绿染华章

2018—2021年
绿色食品、有机农产品、农产品地理标志
新闻宣传作品汇编

■ 中国绿色食品发展中心　编

中国农业科学技术出版社

图书在版编目（CIP）数据

绿染华章：2018—2021年绿色食品、有机农产品、农产品地理标志新闻宣传作品汇编 / 中国绿色食品发展中心编．-- 北京：中国农业科学技术出版社，2022.9

ISBN 978-7-5116-5941-5

Ⅰ.①绿…　Ⅱ.①中…　Ⅲ.①新闻报道－作品集－中国－当代
Ⅳ.①I253

中国版本图书馆CIP数据核字（2022）第179460号

责任编辑　史咏竹
责任校对　李向荣　贾若妍
责任印制　姜义伟　王思文

出 版 者　中国农业科学技术出版社
北京市中关村南大街12号　　邮编：100081
电　　话　（010）82105169（编辑室）（010）82109702（发行部）
（010）82109709（读者服务部）
网　　址　https://castp.caas.cn
经 销 者　各地新华书店
印 刷 者　北京建宏印刷有限公司
开　　本　170 mm × 240 mm　1/16
印　　张　25.75
字　　数　492千字
版　　次　2022年9月第1版　2022年9月第1次印刷
定　　价　128.00元

绿染华章

2018—2021年绿色食品、有机农产品、农产品地理标志新闻宣传作品汇编

序

绿色食品、有机农产品和农产品地理标志（统称绿色有机地标）是我国绿色优质农产品品牌的代表。近年来，在各级政府的大力支持下，在全国绿色食品工作者的共同努力下，在社会各界的热心关注和积极参与下，绿色有机地标事业发展取得明显成效，品牌影响力显著提升。

新闻宣传是助推事业高质量发展的重要力量。近几年来，绿色有机地标宣传工作者和新闻媒体工作者积极探索，创新工作方式方法，深入“三农”工作一线，深挖产业特点和企业典型经验做法，围绕绿色有机地标发展的理念宗旨、实践成果、工作动态、典型经验、品牌故事以及工作思考与建议等方面，编报刊发了大量视角独特、主题鲜明的理论综述文章和新闻宣传报道。其中，理论综述文章坚持把推动事业持续有效高质量发展作为首要任务，对绿色有机地标事业发展起到了重要的指导和引领作用；新闻宣传报道坚持正确的舆论导向，多层次、多形式、多角度地宣传绿色有机地标事业在推动农业绿色发展、引领农业高质量发展和助力乡村振兴方面作出的积极贡献，营造了全社会关注、支持绿色有机地标事业发展的良好氛围，有效提升了绿色有机地标品牌的美誉度和影响力。

为总结交流各地绿色有机地标新闻宣传工作经验做法，促进绿色有机地标新闻宣传工作进一步上水平上台阶，中国绿色食品发展中心汇编了2018—2021年公开发表与刊播的相关重要理论综述文章和绿色有机地标新闻宣传作品。本书编委会对全国推荐的300余篇有关绿色有机地标的各类宣传报道进行了认真梳理，编选了共131篇代表性文稿，按照“新闻综述”“消息通讯”“电视广播”“网络宣传”“品牌故事”进行分类，以供交流借鉴，助推绿色有机地标宣传工作创新宣传报道的内容和形式，拓宽宣传报道的范围和领域。

值本书出版之际，向一直关心、支持绿色有机地标事业发展的“三农”工作者和新闻工作者表示衷心感谢！

中国绿色食品发展中心

2022年7月

目　录

新闻综述　/ 1

【2021 年】

消息通讯 / 145

品牌故事 / 311

新闻综述

编者按　本部分收录了22篇2018—2021年绿色食品、有机农产品、农产品地理标志在政策导向、标准规范、运行模式、产业发展、品牌建设、市场培育等方面的理论研究与综述。这些理论综述作品立意深远、鞭辟入里，具有很强的现实意义和指导性，以缜密的思维分析论述了绿色有机地标农产品当前和今后时期的发展形势和方向，展现了绿色有机地标农产品作为我国绿色优质农产品品牌的代表，提振了农产品消费信心，保障了绿色优质农产品市场供给，为推动农业绿色发展、提高农产品质量安全水平、促进农业提质增效和乡村振兴作出了积极贡献。

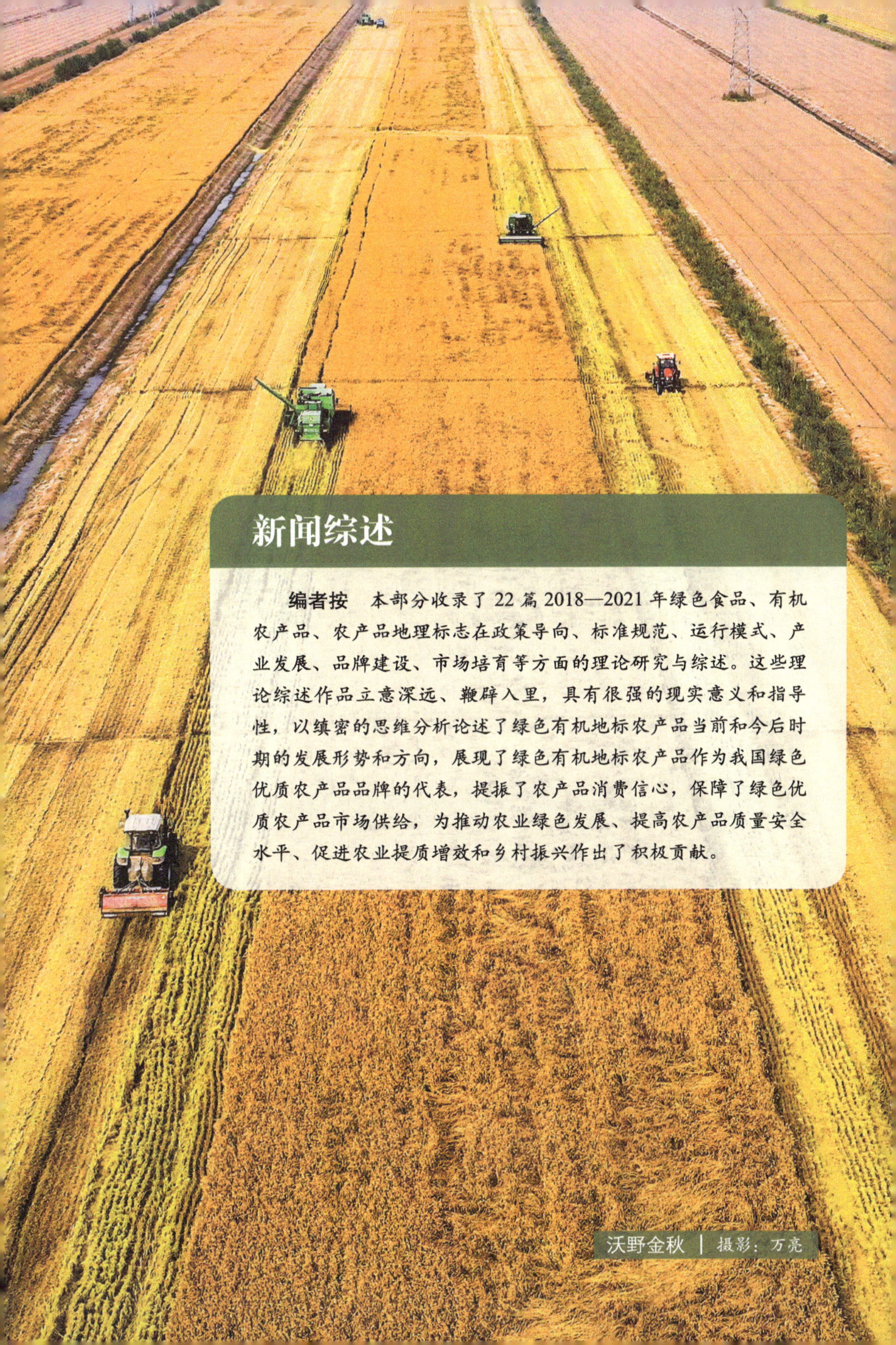

沃野金秋 | 摄影：万亮

【2018年】

中国农业高质量发展的探路者

——写在绿色食品事业诞生二十八周年之际

2018年，对于中国农业来说，注定是一个不平凡的年头。

这一年，是农业质量年。“高质量发展”成为中国农业发展的主基调、最强音，中央农村工作会议作出了“走质量兴农之路”“加快推进农业由增产导向转向提质导向”的重要部署，全国农业工作会议提出了“唱响质量兴农、绿色兴农、品牌强农主旋律”的重要工作思路，中国农业迎来了高质量发展的新时代。

这一年，是改革开放40周年。中国经历了40年的跨越式发展，彻底告别了“物质短缺”时代，人民对美好生活的向往与日俱增，对农产品的质量、安全、特色、环保提出更高要求，品质消费需求强劲。

这一年，也是绿色食品事业诞生28周年。在追求“舌尖安全”、优质、美味的时代，我们由衷地向绿色食品事业的开创者致敬！绿色食品事业是一项符合中国国情、农情的开创工程，在引领农业绿色发展方面作出突出贡献；绿色食品事业是一项顺应时代发展潮流的前瞻工程，向世界贡献了农业可持续发展的中国智慧和方案；绿色食品事业是一项事关人民健康福祉的民心工程，成为老百姓“舌尖安全”的忠实守护者。

习近平总书记高度重视绿色食品产业的发展。在福建工作时，就明确指出：“绿色食品是21世纪的食品，很有市场前景，且已引起各级政府和主管部门的关注。今后要在生产研发、生产规模、市场开拓方面加大力度。”各级农业农村部门始终坚持“提质量、强品牌、增效益”工作方针，一茬接着一茬干，一张蓝图绘到底，久久为功，走出了一条标准化、品牌化、产业化相结合，生态效益、经济效益、社会效益协调发展的新路子，在我国农业发展史和经济社会可持续发展历程中留下浓墨重彩的一笔。

解决“吃好”问题的中国实践

民以食为天，食以安为先。党的十八大以来，以习近平同志为核心的党中央高度重视农产品质量安全工作。习近平总书记指出，能不能在食品安全上给老百姓一个满意的交代，是对我们执政能力的重大考验。食品安全源头在农产品，基础在农业，必须正本清源，首先把农产品质量抓好。

在食物日益富足、“质量兴农”成为农业发展主旋律的今天，我们不禁回想起改革开放进入第二个10年的时候，彼时，中国社会正处于从温饱向小康过渡的历史阶段，中国13亿人口的温饱问题基本解决，老百姓的生活日渐宽裕，品质消费的趋势开始萌芽，传统农业转型升级对于优质、高效的诉求，城市化、工业化对于清洁生产的需要，都日益凸显。与此同时，发轫于20世纪70年代的国际农业可持续发展运动影响不断增大，世界各国对过度使用化肥农药的“石油农业”展开深切反思，纷纷探寻农业可持续发展新路。

农民日报
FARMERS' DAILY
中国农业新闻网 网址：www.farmer.com.cn 手机：wap.farmer.com.cn
2018年11月29日 星期四
中国农业高质量发展的探路者
——写在绿色食品事业诞生二十八周年之际
本报编辑部
解决“吃好”问题的中国实践
农业绿色发展的中国经验

◎《农民日报》第1版发表《中国农业高质量发展的探路者——写在绿色食品事业诞生二十八周年之际》

正是在这一背景下，1990年，中国农业有识之士首创了“绿色食品”，开启了对优质农产品事业的持续探索。尽管当时，她的声音还很稚嫩，其可持续发展的理念在追求高产的年代尚显另类，但经过几代绿色食品人艰苦创业、接力奋斗，绿色食品如同一株顽强生长的幼苗，在与中国社会同步成长中逐渐为人们所接受、熟知、青睐，并开始走入寻常百姓家。

一路行来，绿色食品事业始终坚守“出自优良生态环境、带来强劲生命活力”的发展理念，始终聚焦“绿色”、突出“优质”，矢志做中国优质农产品事业的探路者、践行者。28年来，她创设了一套行之有效的绿色优质农产品生产体系，在我国首次提出了从土地到餐桌全程质量控制理念，创建了产地环境、生产过程、产品质量和包装贮运全程控制的标准体系，质量安全标准达到国际先进水平，体现了清洁化、减量化、优质化和生态化的高度融合。如今，绿色食品已经具备了较为完整的标准体系、工作体系、管理体系和产业体系。这些探索和创新推动了“吃好”问题的解决，极具农业发展的制度创新价值。

翻开绿色食品的成绩单，绿色食品不仅是老百姓眼中安全优质农产品代名词，还是引领绿色消费的风向标，更是农民增收的带动者。目前，绿色食品企业达到13 161家，产品30 781个，原料标准化生产基地678个，基地面积1.6亿亩①。绿色食品产品质量稳定可靠，产品质量抽检合格率持续多年稳定在98%以上，消费者对其认知度超过80%，在各类认证农产品中位居第一，其平均价格比普通农产品高10%～30%，众多农民通过生产绿色食品发家致富。

绿色食品不单是一种简单的食物，更代表着人与自然的关系、人与社会的关系、人与人之间的关系。绿色食品是人们在饮食方面的返璞归真，是对绿色、天然、健康饮食方式的一种宝贵尝试，是中国人在“吃饱”后对“吃好”问题的首次实践。这一探索弥足珍贵，不仅与千百年来老百姓对于“健康饮食”的希冀遥相呼应，更与当代国人对“舌尖安全”的需求高度契合。

农业绿色发展的中国经验

太阳、叶片、蓓蕾，生机盎然的景象被浓缩为绿色食品标志的核心元素，将“生态自然”的发展理念充分展现。绿色食品标志整体为绿色，象征着生命、农业、环保；外框为正圆形，意为保护。整个标志图形描绘了一幅明媚阳光照耀下的和谐生机，告诉人们绿色食品出自优良生态环境，能给人们带来蓬勃活力。

站在国际农业大舞台，绿色食品被誉为“全球可持续农业发展20个最成功的模式之一”，成为享誉国际的知名健康优质食品品牌。绿色食品的探索实践，不仅开辟出农产品质量安全工作的一种崭新模式，拓宽了农业可持续发展的路径，更是成为我国农业绿色发展的先行者。

回顾绿色食品的发展历程，有几条特色鲜明的经验令人瞩目。

她将国际先进标准与中国现实相结合，既确保了优质品性，又具有广泛的参与基础。在“三品一标”②安全优质农产品梯队中，绿色食品立足中国实际，也对接国际先进标准，既不同于无公害农产品安全准入的底线门槛，也区别于有机农产品的小众化路线，而是聚焦优质、特色，让广大企业通过努力能够生产出，让大部分消费者都能买得起，从而成就了其广阔的发展空间和市场前景。如今，绿色食品已经成为打通国际农产品贸易绿色壁垒的“利器”，成为绿色优质农产品供给的“主力军”。

她将政府引导与市场拉动相结合，既带来强劲活力又确保了事业的公益性。绿色食品发展壮大的一个重要原因，将政府有形的手与市场无形的手紧紧地握在

① 1亩≈667米^2，15亩=1公顷，全书同。
② “三品一标”指绿色食品、有机农产品、无公害农产品及农产品地理标志。

一起。一方面，她通过对价格机制、市场手段的积极运用，最大限度地调动了生产者、经营者和消费者参与的积极性，使得他们共同加入可持续生产和消费阵营中来；另一方面，她通过各级政府和农业部门的规划指导、政策支持和组织保障，实现科学有序发展，充分发挥其在标准化生产、产业化经营、品牌化运作中的示范带动作用，并通过加强监管，维护品牌的公信力和权威性。

她将发展生产与保护环境相结合，既提供了绿色产品又创造了生态价值。无论是产品生产还是基地建设，绿色食品都融入“绿水青山就是金山银山”的发展理念，在对产地环境进行严格监测和科学评价的同时，强调投入品减量化、生产操作标准化、过程管理精细化、生产模式生态化，既保证了绿色食品产品质量，又促进了农业生态环境改善和提高；既控制了农业面源污染，又实现了农业废弃物循环资源化利用，走出了一条产业生态化、生态产业化融合发展的新路。

鉴往知来，绿色食品是一项方兴未艾的事业，在农业高质量发展的春天里，她必将茁壮成长。

中国绿色食品事业任重道远

新时代，高质量发展是中国农业最核心的关键词，这之中，“质量”“绿色”“品牌”如同鼎之三足，“质量”是支撑，“绿色”是底色，“品牌”是载体，三者协同合力有效推进中国农业高质量发展。绿色食品秉承可持续发展理念，着眼于提升供给质量和效益，全面体现了农业高质量发展的要求，高度契合质量兴农、绿色兴农、品牌强农主旋律。

进入新时代，人民对于生活品质的要求更高，对于绿色食品的需求更盛。绿色食品不仅没有过时，反而愈发彰显新的强劲活力；绿色食品这项崇高的事业，不仅要继续走下去，而且要走得更好；不仅要持续巩固已有果实，更要开辟新的发展天地。

要坚持绿色发展铸底色。无论绿色食品事业将来怎样演变，绿色发展始终是其必须牢牢坚守的底线。农产品并非带上“绿色”的标签就有竞争力，关键在于将绿色发展的理念落到实处。新时代，绿色食品要紧扣农业绿色发展主线，加快创新和集成一批绿色生产关键技术和共性技术，研发和推广一批生态环保、高效低毒的农业投入品，大规模开展生物防治和有机肥替代化肥行动，组织制定一批区域性绿色食品生产操作规程，加强对新型生产经营主体和农民的培训，打通绿色食品标准推广“最后一公里”的“梗阻”，促进绿色标准落地生根、开花结果。

要强化质量兴农作支撑。当前，绿色食品事业日益壮大，但也出现了诸如

“标准泛化”“盲目上产量、上规模”“一劳永‘绿’”等现象和问题。无论何时，质量始终是绿色食品的生命线，愈是兴旺发达之际，愈要守住品质之魂。要始终坚持“从严从紧、宁缺毋滥”，不降低质量标准，不降低准入门槛，不降低“含金量”，规范申请审核，严格证后监管，强化日常督查，加大抽检力度，健全淘汰退出机制，确保绿色食品的公信力。

要推进品牌强农为引领。品牌作为市场经济的产物，代表着供给结构和需求结构升级的方向，是竞争力的综合体现，直接影响消费者购买意愿。品牌建设贯穿农业全产业链，是助推绿色食品产业升级的强大动能。要找准绿色食品产业定位和市场定位，擦亮和唱响绿色食品品牌，进一步提升品牌知名度、美誉度和市场占有率，充分发挥绿色食品品牌的创新引领作用，调优产品结构，调精品质结构，调高产业结构，将绿色食品事业推向新高度。

要力求开放共享促发展。志合者，不以山海为远。正因为有了开放与共享，彼此的距离才不再遥远，携手发展的空间才无限广阔。中国绿色食品事业起步便受国际农业可持续发展运动的影响，广泛参与国际交流合作是应有之义，一方面有利于向世界传播自己的理念和品牌，提升我国农业国际贸易的质量和效率，提高农业全球价值链地位；另一方面则有利于对接国际行业标准，提升自身发展水平，破解发展瓶颈。只有在开发、共享的国际大舞台上发光出彩，中国绿色食品事业的身姿才能更靓、底气才能更足。

筚路蓝缕创业艰，风帆高扬再远航。进入新时代，绿色食品事业前途广阔，风景正好。我们要切实践行习近平总书记关于农业绿色发展的重要指示精神，开拓创新，锐意进取，真抓实干，不断积淀和发挥我国绿色食品质量优势、制度优势和品牌优势，不断提升绿色优质农产品的有效供给能力，在质量兴农、绿色兴农、品牌强农主旋律中奏响绿色食品的最强音。

作者：《农民日报》编辑部

原载于2018年11月29日《农民日报》第1版

我国“三品一标”高质量发展推进方略

摘要：“三品一标”是我国重要的安全优质农产品公共品牌，是践行绿色发展理念、推进绿色兴农的有效载体。本文全面总结了2017年及近5年来我国“三品一标”工作取得的显著成效和宝贵经验，深入分析了新时代发展“三品一标”的重要意义、面临的新形势、新要求和新任务，研究指出了我国“三品一标”当前和今后一个时期的工作方向、工作方法和工作重点。

关键词：绿色食品；有机农产品；无公害农产品；农产品地理标志；三品一标；质量安全；质量监管

一、近5年我国“三品一标”工作的成效和经验

（一）“三品一标”发展成效

2017年及近5年来，各级农业部门和“三品一标”工作机构认真贯彻落实新发展理念和农业部[①]党组的决策部署，以提升“三品一标”品牌权威性和影响力为主线，以增加安全优质农产品供给为目标，扎实推进各项工作，圆满完成目标任务，取得了明显成效。

（1）总量规模有了新突破。目前“三品一标”企业总数4.3万家，产品总数12.2万个，分别比2012年提高42.3%和25.8%，实物总量、生产面积不断扩大，市场供给达到了新水平。

（2）质量安全水平上了新台阶。5年来，坚持把质量摆在更加突出位置，质量保障能力明显增强，“三品一标”产品质量监测合格率连续多年保持在98%以上。没有发生大的质量安全事件。

（3）品牌效益有了新提升。经调查，消费者对“三品一标”的综合认知度超过80%，“三品一标”产品销售价格平均增长7%以上，特别是绿色有机农产品平

① 中华人民共和国农业部，全书简称农业部。2018年3月，国务院机构改革，将农业部职责整合，组建中华人民共和国农业农村部，全书简称农业农村部。

均价格增幅在20%以上，部分有机农产品增幅在50%以上。绿色食品有机农产品国内年销售额达4 950亿元，年均出口额达33.25亿美元。据专家测算，仅绿色食品一项，年均折合减少尿素施用约268万吨，减少二氧化碳排放约3 400万吨，有效地控制了农业面源污染，保护了农业生态环境。

（4）工作体系有了新格局。经过多年的发展，贯穿农业部以及省级、市级、县级的“三品一标”工作体系基本建立。尤其是2017年，农业部对几家事业单位机构职能进行了改革调整，理顺了工作分工，强化了“三品一标”整体协调发展的工作格局。总体来看，“三品一标”发展成效显著，为推动农业标准化生产，提升农产品质量安全水平，保障绿色优质农产品供给，促进农业增效、农民增收和农业绿色发展发挥了积极作用。

（二）“三品一标”发展经验

5年来，各级农业部门和“三品一标”工作机构履职尽责、开拓创新，积累了诸多宝贵经验。

（1）始终坚持立足农业农村发展大局谋划工作。“三品一标”始终坚持“围绕中心、服务大局”，与现代农业发展紧密结合，走出了一条以品牌化带动标准化，以标准化促进绿色化、优质化的新路子。5年来，“三品一标”先后被纳入“全国现代农业示范区”“农产品标准化示范区”“全国农产品质量安全县”等创建活动，成为评价考核的重要指标。“三品一标”总产量30%以上的产品来自国家现代农业示范区，40%以上的产品来自各级农业产业化龙头企业。

（2）始终坚持以人民为中心的发展思想。“三品一标”推出之初，就把“增进人民健康、保护生态环境和促进农民增收”作为出发点和落脚点。通过建立“以品牌为纽带、龙头企业为主体、基地建设为依托、农户参与为基础”的产业化发展模式，引导和依靠广大农业企业和农民大力发展“三品一标”产品。通过实施“两端监测、过程控制、质量认证、标识管理、全程追溯”的质量保障制度，确保产品安全优质可靠。5年来，平均每年向市场提供安全优质产品近3亿吨，提升了人民群众的获得感、幸福感。

（3）始终坚持质量第一、效益优先的发展原则。质量是“三品一标”的生命线，效益是事业发展的动力源。5年来，整个工作系统严格落实韩长赋部长提出的“稍有不合、坚决不批，发现问题、坚决出局”的要求，把质量摆在更加突出位置，实施“提质量、强品牌、增效益”的工作方针，切实采取措施，全面提高产品质量和产业效益。累计制（修）订绿色食品标准141项，各地发布400多项“三品一标”生产操作规程，有效提高了标准化生产水平。强化属地责任，严格审核认证，加强证后监管，健全风险预警机制，全程质量保障能力进一步增强。坚持品牌引领、效益优先理念，强化品牌宣传，积极培育市场，延长产业链条，不断提升品牌的认知度、美誉度和影响力，有力促进了企业增效、农民增收和精准扶贫。

（4）始终坚持政府和市场协调发展。发展“三品一标”是农业部门的一项重要公共服务事业。5年来，注重发挥农业部门在“三品一标”事业中的推动指导作用。北京、黑龙江、浙江、湖南、福建、重庆、江苏、内蒙古[①]等20多个省（区、市）积极推动将“三品一标”纳入本地农业农村重点工作，列入省级考核指标，并出台相应支持政策，有力推动了当地“三品一标”发展。同时，注重发挥市场在资源配置中的决定性作用，坚持以消费需求为导向，扩大总量规模，优化产品结构，不断满足市场多元化、个性化、多层次的需求，发挥“三品一标”在便捷入市、优质优价、国际对接等方面的优势，广泛拓展国内外市场，不断提高“三品一标”的市场竞争力。

（5）始终坚持发挥农业系统主渠道作用。“三品一标”脱胎于农业，成长于农业，立足农业系统是“三品一标”发展的最大优势和根基所在。5年来，依托各级农业行政主管部门建立的“三品一标”工作机构已经基本健全，省级、市级、县级工作机构目前分别达到78个、604个和5 312个，已覆盖全国所有省级部门和绝大多数市县，是推动“三品一标”发展的重要力量。同时，依托农业系统建立的检测机构和技术专家等支撑队伍不断扩充和完善，为事业发展提供了坚强保障。“三品一标”工作体系已成为我国农产品质量安全管理工作的一支重要队伍。

二、新时代发展“三品一标”的重要意义

当前，我国农业农村经济发展已由增产导向转向高质量发展阶段，推进产业转型升级，提高农业发展质量效益竞争力，是新时代农业农村工作的主要任务。要结合新时代新形势新要求，站在全局高度，充分认识发展“三品一标”的重要意义。

（一）发展“三品一标”是贯彻落实习近平“三农”思想的重要体现

早在2000年，习近平总书记在福建工作时就对绿色食品发展作出了重要批示：“绿色食品是21世纪的食品，很有市场前景，且已引起各级政府和主管部门的关注，今后要在生产研发、生产规模、市场开拓方面加大力度。”2007年，时任浙江

① 内蒙古自治区，全书简称内蒙古。

省委书记的习近平同志撰文提出:“大力实施农产品品牌战略,培育若干国内外知名农产品品牌,依法保护农产品地理标志产品和知名品牌。”在 2017 年召开的全国“两会”上,习近平总书记在参加四川省代表团审议时指出:“要坚持市场需求导向,主攻农业供给质量,注重可持续发展,加强绿色、有机、无公害农产品供给。”总书记的指示,高瞻远瞩,意义深远,为我们做好“三品一标”工作指明了努力方向和根本遵循。我们要认真学习、深入领会、精准把握,坚决贯彻落实总书记的要求,扎实做好“三品一标”工作。

(二)发展“三品一标”是满足人民群众美好生活新期待的必然选择

党的十九大作出了我国进入新时代社会主要矛盾转变的重大论断。社会主要矛盾在农产品领域主要表现为人民日益增长的安全优质农产品需求和农产品供给数量质量不平衡、农业质量发展不充分之间的矛盾。顺应国内农产品消费结构升级的趋势,把增加安全优质农产品供给放在更加突出的位置,这是矛盾的主要方面,也是深化农业供给侧结构性改革的重大任务。“三品一标”作为安全优质绿色生态的主导产品,已在消费者心中树立了良好的品牌形象,能够满足人民群众多元化、个性化、绿色化的消费需求,是实现人民群众美好生活的重要方式。

(三)发展“三品一标”是推进质量兴农、绿色兴农、品牌强农的有效途径

推进质量兴农、绿色兴农、品牌强农是实现农业产业转型升级和高质量发展的必由之路。“三品一标”注重产地环境监控和生态保护,倡导清洁化、减量化生产,推行有机肥替代化肥、生物防控替代化学农药使用,遵循资源循环无害化利用,是践行绿色发展理念、推进绿色兴农的有效载体。“三品一标”通过品牌带动,推行基地化建设、规模化发展、标准化生产、产业化经营,有效提升农产品质量安全水平和市场竞争力,是推进质量兴农、品牌强农、提升农业发展质量效益的有效途径。

(四)发展“三品一标”是实施乡村振兴战略的有力抓手

实施乡村振兴战略是新时代农业农村经济工作的总抓手。乡村振兴战略 20 字方针(产业兴旺、生态宜居、乡风文明、治理有效、生活富裕),与“三品一标”能找到很好的结合点。“三品一标”强调并推动农业绿色化、优质化、特色化,通过品牌带动,培育和壮大主导产业,延长产业链条和价值链,做大做强绿色种养业、农产品加工流通业、休闲农业和乡村旅游业、乡土特色产业,推进一二三产业融合发展,促进优势农产品区域、特色产业区域公用品牌发展和“一村一品”

的建设，是壮大产业发展、推动产业兴旺的重要抓手。通过品牌引领，建立“公司＋基地＋农户”产业化模式，强化企业与农户的利益联结机制，促进企业增效、农民增收和精准脱贫。

三、发展“三品一标”的新要求、新任务

“三品一标”是我国重要的安全优质农产品公共品牌。顺应农业农村经济高质量发展的新要求，“三品一标”要率先实现高质量发展，努力实现四“高”。

（一）产业水平高

产业水平高就是要按照稳中求进的总基调，稳步扩大总量规模，不断满足人民日益增长的绿色优质农产品消费需求。要不断优化企业结构，集中打造一批经营规模大、生产水平高、带动能力强、品牌影响广的“三品一标”加工企业、出口企业和集约化程度高的农业产业化龙头企业。要不断优化产品结构，重点发展与老百姓生活密切相关的“菜篮子”“米袋子”产品、深加工产品和特色农产品，不断满足市场对多样化、特色化、高品质的消费需求。要充分发挥各地区在“一带一路”建设、沿海贸易、大宗原料供给、精深加工等方面的区位优势，形成优势互补、互助促进的良好局面。

（二）产品质量高

产品质量高就是要在确保农产品质量安全的基础上，实现高质量、高品质和营养功能更全面，让消费者真实体验到口感好、品质优、规格高、营养强。要突出消费安全基本保障；要达到发达国家食品先进水平，突出高端品质和营养功能；要突出品质风味特色与地域文化特点，留得住“乡味、乡思、乡愁”；要聚焦生态、环保，满足市场差异化、细分化的消费需求。

（三）产业效益高

产业效益高就是要让企业有赚头、农民有奔头、产业有搞头，实现生态效益、社会效益和经济效益的协调统一。生态效益要高，在生态环境保护、节能减排、资源节约、废弃物循环利用等方面发挥的作用更强，成为促进农业绿色发展的“领头羊”。社会效益要高，为社会提供的安全优质绿色产品多，成为倡导绿色理念、传播绿色文化、引领绿色消费的“风向标”。经济效益要高，产业价值链延长，优质优价机制形成，品牌的增值功能高，成为促进企业增效、农民增收和精

准扶贫的“强引擎”。

（四）品牌价值高

品牌价值高就是要让“三品一标”品牌的公信力、竞争力和影响力再上一个新台阶，做到标准科学先进、审核认证有效、证后监管严格、质量稳定可靠、标志使用规范、市场秩序良好，品牌的公信力和权威性明显提高。充分发挥“三品一标”的标准优势、质量优势和品牌优势，使之成为提高我国农产品在国际市场的竞争力、促进我国农产品出口的重要力量。努力实现“三品一标”理念深入人心，品牌的认知度、知名度、美誉度明显上升，市场体系不断拓展和完善，市场占有率高，消费者对“三品一标”的满意度和忠诚度明显提升。

四、推进我国“三品一标”高质量发展的工作方法和工作重点

新时代、新形势、新要求，推进“三品一标”高质量发展，是一项重要而光荣的任务。整个工作系统要切实增强紧迫感和责任感，与时俱进，开拓创新，转变发展思路，创新发展理念，改进工作方法，努力实现工作导向和工作重心的重大调整，着力在 5 个方面下功夫。

（一）明确定位，在推动“三品一标”协同发展上下大功夫

“三品一标”都是农产品质量安全工作的重要抓手，但又相互区别，各具特色，各有特点。要把握好“三品一标”各自的发展规律和发展重点，做到各有侧重，协同发展。有的要立足安全管控，在强化农产品标准化生产的同时，充分发挥产地准出功能，逐渐成为农产品市场准入的门槛；有的要立足安全优质、营养功能和全产业链优势，突出精品品牌，引领优质优价；有的要彰显生态环保、自然和谐的特点，因地制宜发展，满足公众追求生态、环保的消费需求和服务进出口贸易的需要；有的要突出地域特色、历史文化和品质特性，带动优势特色农产品区域公共品牌的创建。

（二）转变观念，在构建高质量发展政策支持体系上下大功夫

首先要转变思想观念，牢固树立质量第一、效益优先的价值导向，坚持质量就是效益、质量就是品牌、质量就是竞争力，所有的工作要围绕高质量来谋划，尽快实现由总量扩张到质量提升的转变。要转变政策导向，政策的创设要从增加数量导向转向提升质量，推动产业扶持政策从补贴产品认证转向标准培训、技术

推广、投入品研发、品牌宣传、市场培育等方面，避免因过度补贴认证造成盲目发展。要转变考核评价体系，加快构建高质量发展的评价指标，将过度注重发展数量的评价指标向提升质量效益和产业水平方向转变，把结构优化、质量安全、品质提升、品牌宣传、市场培育、效益提高等作为重要考核指标，引导政策、资金、人才等各方面资源聚合到提高“三品一标”质量效益和竞争力上来。

（三）创新方法，在完善高质量发展技术保障体系上下大功夫

要注重标准的创新和落地，密切跟踪国际发达国家和地区农产品质量标准发展的最新趋势和动向，紧紧围绕市场消费需求的变化，及时调整和完善“三品一标”技术标准体系，保持标准的先进性、科学性和实用性。要加强标准的宣传推广和使用指导，制定相应的生产操作规程，印发农事操作历，让农民一看就懂、一学就会，推进“三品一标”标准落地生根，着力解决标准推广“最后一公里”问题。要强化认证产品风险评估，科学设置准入条件，不断提高准入门槛；要坚持“宁缺毋滥”“质量第一”的原则，加强审核管理，强化责任追究，逐步推行认证审核全流程、全覆盖痕迹管理。要简化认证程序，优化审核流程，下移工作重心，着力提高认证申请的便利化、透明化程度。要牢固树立质量风险意识和底线意识，防范系统风险；要强化淘汰退出机制，对不符合要求的产品，及时坚决淘汰出局。要更加注重运用信息化手段推动工作，推进互联网、大数据、人工智能与“三品一标”审核监管工作深度融合。要强化质量追溯管理，积极推动绿色食品、有机农产品和农产品地理标志获证产品信息、证后监管信息与国家农产品质量安全追溯管理信息平台对接，逐步实现获证产品信息源头可追溯、信息可查询、责任可追究。

（四）打造品牌，在加快培育高质量发展新动能上下大功夫

市场需求是推动“三品一标”发展的根本动力。要大力开展品牌宣传，有力激活市场有效需求。要系统研究品牌宣传的规律和策略，打出一套宣传的“组合拳”，讲好品牌故事，全方位提升“三品一标”的知名度和美誉度。2018 年重点做好绿色食品宣传，力争做到家喻户晓、深入人心。中国绿色食品发展中心组织开展的“中国绿色食品宣传月”活动，其目的就是要集中组织开展一系列宣传活动，通过多层次、多形式、多角度宣传尽快提高绿色食品的认知度和美誉度。各地要高度重视宣传月活动，按照宣传月的统一部署，结合本地实际，切实采取措施，开展喜闻乐见、丰富多彩的宣传活动，确保取得实实在在的成效。要大力推进“三品一标”市场体系的建设，积极引导建立区域性的专业批发市场，引导营

销企业建设专营店、专柜，积极拓展专业营销网络建设，搭建线上线下交易平台，推动传统营销模式和新型营销模式互融配合。要精心组织办好中国国际农产品交易会农产品地理标志专展活动、中国绿色食品博览会、中国有机食品博览会等专业展会。要依托“一带一路”建设，加强国际市场的开拓与交流合作，尽可能走出去，不断扩大“三品一标”在国际市场的影响力。

（五）强化服务，在发挥“三品一标”体系队伍的作用上下大功夫

体系队伍始终是我们工作的重要基础和坚强保障。要巩固好已有的体系基础，继续加强整体运作，形成“行政事业共同推进、部门之间相互支持、系统内外紧密合作”的协调和谐发展氛围。要全面加强能力建设，苦练内功，着力提升体系队伍在标准化生产、全过程管控、市场化运作、品牌化发展、信息化管理等方面的专业素养和服务水平。要持续改进工作作风，强化服务意识和廉洁意识，建立“亲清”政商关系。要敢于担当、主动作为，大兴调查研究之风，着力研究解决事业发展中出现的新情况新问题，切实增强事业心和责任感。要加强与发改、财政、市场监管、科技等部门的沟通协调，汇聚推动“三品一标”高质量发展的“同盟军”，要注重发挥科研院所、新闻媒体、社会公众及社会组织的作用，形成推动“三品一标”高质量发展的“朋友圈”。

（本文根据作者在2018年全国“三品一标”工作座谈会上的讲话整理并经审核）

作者：宋建朝

原载于《农产品质量与安全》杂志2018年第3期

我国“三品一标”协调发展的路径选择

摘要：推进发展“三品一标”是实施乡村振兴战略的有力抓手。本文全面总结了2017年和过去5年我国“三品一标”工作取得的进展和成效，深入分析了“三品一标”发展面临的新形势，研究提出了我国“三品一标”协调发展的总体思路、发展路径及当前和今后一个时期的目标任务。

关键词：绿色食品；有机农产品；无公害农产品；农产品地理标志；三品一标；质量安全；质量管理

一、2017年及过去五年“三品一标”的发展成效

2017年整个工作系统按照我国农产品质量安全工作总体部署，扎实开展“三品一标”各项工作，取得了积极进展。主要体现在“两稳两增”。“两稳”就是产品质量稳定，总量稳步增长。规范认证登记，从严审查监管，“三品一标”质量管控能力和水平得到保障。产品抽检合格率稳定在98%以上，全年未发生重大质量安全事件。获证产品总数达到121 546个，比2016年增长12.4%。绿色食品企业、产品续展率分别比2016年提高7个和13个百分点，有机农产品再认证率达到90%。“两增”就是品牌影响力和示范带动力增强。通过加强品牌宣传、扩大市场推广、发展专业营销，进一步增强了“三品一标”品牌知名度和影响力。各类新型农业经营主体积极参与产品生产、绿色生资应用、原料基地建设、示范园区创建，“三品一标”在促进农业绿色发展、三产融合发展、产业精准扶贫等工作中日益发挥了积极作用，为实现“十三五”目标打下了坚实基础。

（一）规范审核，稳步推动事业发展

5年来，绿色食品推行现场核查、交流检查，强化了工作责任落实，提升了风险防控能力；通过调整许可审查制度，方便大型企业、畜禽水产企业申报，优化了产品结构；实施续展审核改革，将审批权下放到省级机构，提高了续展工作的质量和效率；通过颁证制度改革，提高了颁证率和工作效率。有机农产品通过完

善认证制度，优化工作流程，大幅度提高了认证效率。无公害农产品将认证审核与标志管理相结合，缓解了标志使用率偏低的问题。“三品一标”产品总数比 2012 年增长了 27%，年均增长 4.9%。其中，绿色食品、有机农产品增长了 50% 左右，无公害农产品增长了 20%，农产品地理标志增幅达到 114%。黑龙江、江苏、山东等省总量规模继续保持领先地位，安徽、重庆等省（市）发展势头强劲，北京“菜篮子”产品、浙江食用农产品“三品”覆盖率超过 50%。

（二）从严监管，确保品牌公信力

绿色食品企业年检推行“三联单”制度，强化了监管工作的约束机制，督促了标准化生产的落实；持续开展风险预警，并与产品抽检有机结合，及时排查了质量安全隐患。产品抽检比例逐年提高，频率不断加大，及时清除了不合格产品。市场监察范围从一线城市逐步扩大到二三线城市，及时整治了不规范用标现象，打击了假冒伪劣产品，维护了市场秩序。5 年来，共取消 800 多个产品的标志使用权，并向全社会及时发布了公告，有效保证了品牌的公信力。福建、河南绿色食品办公室通过召开颁证恳谈会，对获证产品与基地进行监管约谈交流，增强了工作的权威性和严肃性。四川、福建、内蒙古等地依托农产品质量安全监管信息平台，率先将“三品一标”纳入追溯系统，积累了成功经验。

（三）持续发力，深入开展品牌宣传

5 年来，采取多种形式和手段，利用不同载体和平台，面向社会公众，广泛宣传了“三品一标”品牌形象。中央电视台第四套节目播出的农产品地理标志大型纪录片《源味中国》获得了广泛赞誉。通过连续举办全国性、区域性的“三品一标”专业展会，增进了产业交流，扩大了品牌影响，促进了厂商合作，营造了社会氛围。中国绿色食品博览会累计参展企业超过 7 000 家、产品近 3 万个，交易额超过 100 亿元。积极支持营销企业开设“三品一标”专店、专区、专柜，提高了品牌的集中度。特别是中国绿色食品发展中心重点支持“工行融 e 购”“中绿生活网”等电商平台开展专业营销，入驻企业已近 2 000 家，在线交易额超过 1 亿元。浙江、广东、河北、山西、天津等地面向公众，持续普及“三品一标”知识，天津、河南、湖南、云南、宁夏①、新疆②、辽宁、吉林等地组织产销对接、产品推介等活动，均取得了较好的效果。

---

① 宁夏回族自治区，全书简称宁夏。
② 新疆维吾尔自治区，全书简称新疆。

（四）延伸产业，不断放大品牌效应

全国已有 489 个单位创建了 678 个绿色食品原料标准化生产基地，总面积 1 153.33 万公顷，对接企业 2 716 家，带动农户 2 198 万户，直接增加农民收入 15 亿元。绿色食品生产资料稳步发展，企业已有 200 家、产品 300 个，在生产基地推广应用的效果开始显现。各地已创建 10 个全国绿色食品和有机农产品一二三产业融合发展示范园，24 个全国有机农业示范基地，37 个国家级农产品地理标志示范样板，初步形成了植入品牌理念与文化元素，集生产加工、专业营销、休闲旅游、餐饮服务等业态相融合的发展模式。山东、陕西、青海、北京、贵州等地积极开展各类示范创建活动，提升了产业发展水平。

（五）创造条件，夯实事业发展基础

（1）不断完善制度规范和技术标准。先后制修订近 100 项“三品一标”工作制度、程序规范，发布实施 100 多项技术标准。绿色食品标准已达 141 项，无公害农产品检测目录 58 项，产品认证目录已达 567 个。与此同时，各地配套发布了 400 多项生产操作规程。

（2）大力推进信息化建设。依托原农业部“金农工程”平台，分别建成了“三品一标”信息系统，基本实现了整个工作系统在线办理核心业务、处理关键信息的目标。目前信息系统用户总数超过 3 万，累计在线办理业务近 7 万件。

（3）建立健全工作体系。全国“三品一标”检查员、核查员、监管员已超过 2.4 万人，企业内检员接近 10 万人。湖北、重庆、甘肃等地实现了市县区级工作机构全覆盖，上海、广西①等地创新管理方式，提高了队伍业务素质。

（4）出台各项支持政策。农业部出台了“三品一标”发展的意见，中国绿色食品发展中心发布了绿色食品“十三五”发展规划，明确了“三品一标”发展思路、目标任务与保障措施。大多数省份都出台多项政策推动发展，调动了企业和农牧民的积极性。四川、福建、青海出台了指导性意见，山西、内蒙古、山东、江西、海南等省（区）将“三品一标”列入政府重点工作，黑龙江、安徽、新疆等省（区）制定了绿色食品发展规划。

（六）小　结

5 年来，“三品一标”事业充分发挥特色和优势，积极服务“三农”工作，取得显著成效。“三品一标”种植面积接近 3 000 万公顷，约占全国耕地面积的 25%。

① 广西壮族自治区，全书简称广西。

绿色食品、有机农产品、无公害农产品已纳入国家现代农业示范区评价指标体系。556个国家现代农业示范区已发展“三品”企业17 107家、产品39 353个，产量15 748万吨，分别占企业、产品总数和总产量的37.5%、38.7%和50.2%。围绕国家扶贫攻坚战略，综合施策，支持贫困地区发展“三品一标”，走出了一条“品牌扶贫”的新路子。5年来，贫困地区共创建31个标准化生产基地，面积达33.33万公顷，累计为2 500多家企业、6 000多个产品减免费用1 500多万元。

二、“三品一标”事业发展面临的形势及发展方向

当前，“三品一标”发展面临难得的机遇。一方面，我国农业发展已由数量扩张进入质量提升阶段，推动农业产业加快转型升级。农业产业转型升级要求努力实现“六高”，即产品质量高、产业效益高、生产效率高、经营者素质高、国际竞争力高、农民收入高。需要着力提高农业绿色化、特色化、优质化、品牌化“四化”发展水平，需要大力推进“质量兴农、绿色兴农、品牌强农”战略。在这种形势下，“三品一标”既有广阔的发展空间和舞台，也有发挥功能作用的阵地和条件；既要勇于担当、肩负重任，又要顺势而为、主动作为，积极引导众多龙头企业和农业新型经营主体发展“三品一标”，为推进农业高质量发展贡献力量。另一方面，城乡人民对美好生活的向往，推动农产品和食品消费加快转型升级。广大消费者对安全、优质、健康、营养产品的需求，是共性需求，也将成为刚性需求。产品消费将融入绿色、环保、生态的理念，植入文化元素，并注重场景化、真实性体验。多元化、个性化、特质化、定向化成为消费常态，产品可溯源、市场有监管、质量有保证、品牌可信赖成为基本要求。在这种态势下，只要精心打造品牌，靠质量赢得消费者，靠品牌打动消费者，就能有效发挥优质优价市场机制作用，激发广大企业和农户发展“三品一标”的内生动力，实现生产与消费的良性互动。

“三品一标”经过多年的发展，已具备了良好的发展基础，可以说，规模体量大、品牌影响大、功能作用大。但是，也要清醒地认识到，与高质量发展的要求相比，“三品一标”还存在发展不平衡不充分的问题。“三品一标”发展不平衡主要表现在，绿色食品产品结构不理想，大型企业、深加工产品、畜禽水产品偏少；区域发展差异较大，部分地区还有较大的发展空间和潜力；市场建设相对滞后，成为产业链的短板；部分申报主体过度依赖地方政府推动和奖补政策，市场拉动力不足。“三品一标”发展不充分主要表现在，绿色食品企业不愿用标，无公害农产品难用标，地理标志农产品重申报登记、轻使用宣传问题突出，品牌影响力、

渗透力不充分；部分产品优质不优价，市场机制发育不足，品牌价值体现不充分；绿色食品原料基地、绿色食品生产资料、加工企业、专业营销对接不紧密，产业链、价值链未充分打通；此外，市场秩序、社会诚信、突发事件等外部环境的压力和挑战难以回避，需要客观理性地面对和及时有效地应对。

当前和今后一段时期，整个工作系统要以习近平“三农”思想为指导，按照新时代农业农村工作的总体部署，以推进“三品一标”高质量发展为主线，以改革创新为动力，稳中求进，协调发展，打造品牌新优势，培育产业新动能，开创事业新局面，努力使“三品一标”成为质量兴农、绿色兴农、品牌强农的“排头兵”，为实施乡村振兴战略，满足人民日益增长的美好生活需要作出新贡献。为此，要着力推动“三品一标”工作实现“四个转变”，即由注重发展产品向推动产业升级转变，由扩大产品总量向延伸产业链条转变，由提升品牌认知度向增强品牌竞争力转变，由政府主导推动向市场消费拉动转变。

在新的格局下，要在突出“三品一标”各自特色，瞄准方向、锁定目标、精准发力的同时，更加注重统筹兼顾、协调发展。在战略布局上，要统筹考虑发展规划、产业政策、资金投入、法律保障，避免各自为政、顾此失彼。在发展策略上，要坚持因地制宜，发挥本地区生态环境、自然资源、特色产品、市场需求的优势，突出发展重点。在品牌打造上，要积极探索“三品一标”融合发展模式和途径，形成品牌叠加效应。在制度安排上，既要根据功能定位和目标市场，体现标准的差异性，又要统筹考虑标准之间的协调衔接。要围绕核心业务程序和规范，相互借鉴，取长补短。在工作推进上，要统筹组织开展品牌宣传、市场推广、基地建设、示范区创建、信息化建设、体系队伍建设等基础性、支撑性工作，形成工作合力，增强保障能力。

三、2018 年推进“三品一标”协调发展的工作重点

2018 年是“三品一标”事业面临诸多重大调整的一年。整个工作系统要认真贯彻中央一号文件、中央农村工作会议、全国农业工作会议和质量兴农工作会议精神，稳中求进，扎实工作，推动“三品一标”发展迈上新台阶。

（一）加强审查监管，确保产品质量

2018 年是“农业质量年”，要着力做好证前把关和证后监管工作，确保“三品一标”产品质量和工作质量。

（1）从严证前审查。首先，压实工作责任。坚持问题导向，针对工作中出现

的审查职责不明晰、一审通过率低、材料质量不高、续展不及时等问题，实施分段管理，分级落实审查责任，特别是省级机构要守土有责、履职尽责。其次，提高准入门槛。要从种植面积、养殖规模上提高绿色食品申报条件，对有机蔬菜等高风险项目开展认证前评估。最后，创新工作方式。探索利用信息化技术手段，确保现场检查真实有效。建立信息反馈制度，及时通报各省现场检查、材料审查、续展核查等工作质量情况。

（2）强化证后监管。中国绿色食品发展中心全年将组织抽检2 300个绿色食品产品和200个有机农产品，开展30个农产品地理标志产品的安全、品质指标检测抽查。绿色食品将着手探索创建质量安全示范企业，以强化行业标杆作用。有机农产品将开展对企业的不通知检查，并对重点销售城市开展用标市场监察。推动关口前移，落实“三品一标”质量安全风险预警机制，建立完善应急处置和舆情监测制度。加强商标标识保护与维权，配合市场监察部门严厉打击假冒、滥用和不规范用标行为。研究采取措施，解决绿色食品用标率偏低的问题。将绿色食品、有机农产品和农产品地理标志率先纳入质量追溯管理。

（二）加强宣传发动，提升品牌影响

农业农村部党组对绿色食品宣传工作高度重视，提出了明确要求。

中国绿色食品发展中心与地方要协调配合、上下联动，既要打好“突击战”，又要打好“持久战”，广泛深入地开展绿色食品宣传，全面提升品牌的影响力。首先，要组织好重大活动。中国绿色食品发展中心已于2018年4月2日启动了“绿色食品宣传月”活动，明确了产品展示、品鉴、扫码关注等宣传形式和内容，各地要引导和鼓励社会公众积极参与，组织好绿色食品“进超市”“进社区”“进学校”专题活动。要精心组织企业参加中国绿色食品博览会、中国国际有机食品博览会，同时利用中国国际农产品交易会、中国国际茶叶及茶艺博览会等平台，以及农业品牌目录等载体，集中展示和宣传“三品一标”品牌形象。此外，要注重运用新媒体。在继续通过报刊杂志、广播电视等传统媒体开展宣传报道的同时，还应注重利用互联网、微信公众号等新媒体平台，增强用户黏性、鲜活性与吸引力。

（三）加强市场建设，提高服务水平

（1）精心打造专业展会。突出“展示成果、促进贸易、扩大交流”功能，提升中国绿色食品博览会、中国国际有机食品博览会市场化、专业化、品牌化、信息化、国际化水平，认真细致地做好招展招商、品牌宣传、产品推介、市场推广等工作。此外，将继续在中国国际农产品交易会上组织举办地理标志专展，各地

要予以积极配合。

（2）积极拓展专业营销网络。指导和支持营销企业开办“三品一标”专营店、专柜、专区，搭建电商平台，促进获证企业与专业营销平台有效对接。逐步引导和建立“三品一标”专业经销商队伍，促进市场流通。

（3）提升产业服务水平。充分利用信息共享平台，及时发布“三品一标”获证企业与产品信息。通过试点示范、培训推广等方式，主动开展“三品一标”生产企业与绿色生资企业、原料基地的对接服务工作。加强标志推广服务，鼓励和指导企业规范用标、充分用标，提升品牌形象，获得市场溢价。

（四）加强基础工作，增强支撑能力

（1）深化技术标准和理论研究。2018 年，中国绿色食品发展中心将组织制修订 17 项绿色食品标准，编制 100 项绿色食品生产操作规程。各地要组织好标准、规程的宣贯和培训，确保标准推广到位、落地生根。下大力气开展“三品一标”重点课题研究，以打牢事业发展基础，推动工作创新，各地要积极配合开展好调研、论证等工作。

（2）努力夯实产业基础。绿色食品原料标准化基地要加强审查把关和督导检查，强化退出机制，确保基地创建质量，并强化产业对接功能。绿色生资要实现加快发展，开展示范试点和基地创建，加大推广应用力度。绿色食品、有机农产品一二三产业融合发展示范园和有机农业示范基地要突出示范宣传带动作用，承载更多品牌宣传、文化展示、标准示范的综合功能。要继续支持贫困地区发展“三品一标”，形成可复制、可推广、服水土、接地气的产业扶贫范例，成为精准扶贫攻坚工作的亮点。

（3）加快推进信息化建设。谋划“三品一标”信息化建设总体布局，搞好顶层设计。在确保现有信息系统稳定安全运行的同时，根据业务工作需求，适当改进、优化、拓展系统功能。各地要用足用好信息系统，并确保业务信息特别是统计数据的客观、真实、准确。按照农业农村部的统一部署和要求，继续做好政务信息资源整合共享工作，确保“三品一标”信息资源顺利接入农业农村部和国家数据共享交换平台，实现对全社会的开放共享。

（五）加强队伍建设，强化组织保障

（1）抓作风建设。在整个体系队伍大力弘扬爱岗敬业、严谨细致、勤勉踏实、廉洁奉公的工作作风，勇于担当，甘于奉献，立足岗位职责，努力为社会提供优质、高效、便捷的服务。

（2）抓能力提升。通过业务培训、交流检查和集中评审，不断提高专业队伍的业务技能，重点强化市县级工作队伍能力建设。

（3）抓规范管理。逐步建立健全业务工作的激励与约束机制，加强绩效考核管理，调动专业队伍的工作积极性。结合“三品一标”工作整合，进一步统筹检测业务，严格督促落实抽样检测相关规定，提高检测服务能力。

（4）抓工作合力。发挥两个协会（中国绿色食品协会和中国优质农产品开发服务协会）的作用，重点支持开展生产资料推广、行业自律、品牌宣传、市场建设、理论研究等工作。加快智库建设，凝聚一批高层次、高水平专家，为“三品一标”事业发展献计献策。与国内权威机构合作，开展“三品一标”基础理论、宏观战略、专业技术等研究与攻关。

（本文根据作者在 2018 年全国“三品一标”工作座谈会上的讲话整理并经作者审核）

作者：张华荣

原载于《农产品质量与安全》杂志 2018 年第 3 期

推动“三品一标”全面升级 让中国农业“绿”出新高度

2018年是“三品一标”工作职能整合、整体推进元年，农业农村部将按照稳中求进的总基调和“农业质量年”的总体部署，以“提质量、树品牌、增效益、促发展”为工作目标，努力开创“三品一标”事业发展新局面，为推进质量兴农、绿色兴农、品牌强农和实施乡村振兴战略发挥积极作用。

精准发力，统筹协调，推进“三品一标”高质量发展

提升绿色食品发展质量。保持绿色食品总量稳中有增，续展率稳定在65%以上。着力优化产业结构，鼓励龙头企业申报绿色食品。调整产品结构，鼓励发展深加工产品、畜禽产品和水产品。优化区域布局，优先在“三区三园”、农产品质量安全县等重点区域发展绿色食品，支持西部地区、贫困地区加快发展。加强质量监督检查，确保绿色食品产品质量安全。督促指导获证企业积极用标、规范用标，提升绿色食品品牌形象。

扩大北京中绿华夏有机食品认证中心（以下简称中绿华夏）竞争优势。积极利用农业系统资源条件，充分发挥工作体系优势，推进有机农业发展，实现认证总量持续增长，再认证率保持在85%以上，加强国际合作与交流，扩大境外认证，增强为获证企业服务的能力和水平，不断提升中绿华夏有机食品认证品牌的权威性和影响力，保持行业领先地位。

保护农产品地理标志。修订《农产品地理标志管理办法》和相关配套制度，提高登记保护工作的科学化和规范化水平。立足独特产地环境和人文历史，着力保持地标产品的独特品质。依托特色农产品优势区，打造知名的地理标志品牌，促进特色产业发展。做好国家级农产品地理标志示范样板，发挥引领带动作用。加强地理标志知识产权国际交流与合作，密切跟进中欧地理标志协定谈判，筹备第二批中欧互认产品清单，促进地理标志农产品国际贸易。

推进无公害农产品制度改革。主动加强沟通，积极争取支持，做好《无公害

农产品管理办法》及配套制度规范文件的修订发布工作。及时组织开展培训工作，全面宣贯新的技术规范和制度安排。协调有序地做好职能转接有关工作，推进转接工作平稳过渡。指导协调地方开展无公害农产品认定，做好相关服务工作。

树立“三品一标”品牌整体形象。突出各自特色，树立绿色食品精品形象，打造农产品地理标志知名品牌，提升中绿华夏有机食品认证品牌忠诚度。抓住“品牌提升年”契机，利用中国国际农产品交易会、中国国际茶叶及茶艺博览会、中国绿色食品博览会等平台和渠道，充分展示“三品一标”品牌形象。深入挖掘示范典型，重点打造一批区域品牌、企业品牌、产品品牌，提升“三品一标”知名度和美誉度。

从严审查，强化监管，维护“三品一标”品牌公信力

提高准入门槛。研究提高绿色食品种植类产品产地面积、养殖类产品养殖规模申报门槛。对审核中发现的风险高、问题多的申报主体及产品，加大现场核查力度。将企业内检员作为绿色食品申报主体资质条件，在现有基础上加快推进。对有机蔬菜等高风险项目进行认证前评估调研，不符合条件的不予受理。

从严审查把关。突出绿色食品审查重点，严格现场检查，探索采用信息化技术手段以及第三方监督等措施，确保现场检查真实有效；严格材料审核，坚决杜绝使用违禁投入品、资质文件不符、检测报告不合格、缺失和伪造现场检查材料等情况。加大省级续展工作的抽查和核查力度。建立健全一审通过率、专家评审会发现问题、续展核查情况等通报反馈制度。继续规范有机农产品认证，优化再认证项目计划管理，组织跨省交流检查、集中综合审核。强化农产品地理标志现场核查工作，切实把好材料审核关口。

强化证后监管。严格落实绿色食品企业年检、产品抽检、市场监察、风险预警、产品公告等监管制度。开展绿色食品质量安全示范企业创建试点，带动质量管控水平整体提升。研究采取产品包装标签变更备案制度等措施，主动防范和应对市场监管风险。全年抽检绿色食品产品 2 300 个。对有机产品重点销售城市开展市场监察，督促企业规范用标，做好防伪标签和销售证发放管理工作。加强农产品地理标志证书持有人和标志使用人管理，开展 30 个产品的安全指标和品质指标监测抽检。

推进质量追溯。按照农业农村部统一部署，积极配合将绿色食品、有机农产品和地理标志农产品纳入质量追溯管理，推动获证产品信息、证后监管信息与国家农产品质量安全追溯管理信息平台对接，逐步实现获证产品源头可追溯、信息

可查询。

加强宣传，拓展市场，提升“三品一标”品牌影响力

全面加大品牌宣传力度。重点加强绿色食品宣传，提升绿色食品知名度、美誉度，使标志形象深入人心，发展理念广为传播，品牌效应进一步扩大，力争让绿色食品品牌家喻户晓。以“绿色生产、绿色消费、绿色发展”为主题，举办“绿色食品宣传月”活动，组织开展绿色食品进社区、进学校、进超市等集中宣传活动。组织开展形式多样的农产品地理标志和有机农产品宣传活动。

精心组织办好专业展会。按照专业化、市场化、品牌化、信息化、国际化要求，办好第十九届中国绿色食品博览会暨第十二届中国国际有机食品博览会，展示成果、推动交流、促进贸易，努力打造有权威性和影响力的专业展会。组织举办第十六届中国国际农产品交易会农产品地理标志专展等活动。支持有关地区办好区域性绿色食品博览会、推介会等活动。

指导支持专业营销平台建设。指导支持经销商建设绿色食品、有机农产品、地理标志农产品专营店、专柜，搭建专业营销平台。指导营销企业按照《绿色食品标志营销形象应用规范设计手册》，规范使用绿色食品标志，提升品牌形象。积极开拓专业营销网络，搭建线上线下交易平台。支持绿色食品、有机农产品、地理标志农产品专业电商平台建设，实现与获证企业有效对接。引导建立一支“三品一标”专业营销队伍，拓展市场，服务企业。

延伸产业链条，强化示范服务，增强“三品一标”品牌效应

提升绿色食品原料标准化基地管理水平。依托“三区三园”和农业绿色发展五大行动，重点发展绿色食品原料标准化生产基地。严把创建审核，强化退出机制，严控超大规模基地、蔬菜水果基地创建。落实基地年度检查和抽检、中国绿色食品发展中心督导及各级绿色食品工作机构约谈制度，强化基地属地管理职责。切实推动基地原料与申报企业供需对接。

稳步推进“三产”融合和有机农业示范园区建设。以首批示范园为范本，力争在每个省份布局发展绿色食品或有机农业一二三产业融合发展示范园，使示范园区成为绿色食品、有机农产品优势发挥的平台、文化与形象展示的窗口、标准化生产的样板。修订完善《有机农业示范基地管理办法》，有效提升基地管理水平。支持有条件的地区积极开展有机农业示范基地建设。

扩大绿色食品生产资料推广应用。支持中国绿色食品协会加快绿色生产资料的发展，推动绿色生资在绿色食品原料标准化生产基地中的推广应用，促进绿色食品及无公害农产品生产加工企业与绿色生资对接，保障基地原料和获证产品质量。

做好产业扶贫工作。按照农业农村部扶贫工作统一部署要求，充分发挥“三品一标”在产业扶贫、品牌扶贫、市场扶贫等方面的资源优势和重要作用，大力支持贫困地区发展“三品一标”，促进企业增效、农民增收。

强化技术支撑，提升保障能力，夯实“三品一标”事业发展基础

完善标准体系。保持绿色食品标准先进性，启动绿色食品品质、营养功能评价标准课题研究，组织完成农业农村部有关标准课题跟踪评价、风险评估、标准梳理等研究工作。制定绿色食品、无公害农产品标准制修订技术规范，组织完成绿色食品17项标准制修订和100项生产操作规程编制工作，组织完成58类无公害农产品认证检测目录跟踪评价及修订工作。探索制定农产品地理标志特征特性描述规范。

做好标识与商标保护与管理。积极开展绿色食品商标境内外注册、续展工作，委托专业机构加强商标保护与维权工作。修订《绿色食品商标标志设计使用规范手册》。推进中绿华夏有机食品认证中心以及有机博览会服务商标的注册和保护。

加快推进信息化建设。按照农业农村部统一部署，做好“三品一标”信息资源整合共享工作。加快顶层设计，研究制定“三品一标”信息化建设总体方案。做好现有业务信息系统的运维管理，优化、扩展功能，提高工作质量和效率。加强中心网站建设与管理，充分发挥功能作用。

加强理论政策与技术研究。立足当前，着眼长远，动员各方力量，组织开展“三品一标”重大专题研究。围绕亟待解决的重点问题和重要工作，深入开展专题调研，推动事业发展与工作机制改革创新。与国内权威机构合作，探索组建绿色食品、农产品地理标志研究院。启动华夏有机农业研究院和研究试验站工作，开展有机农业技术相关研究推广工作。加强“三品一标”智库建设，发挥专家学者在科研、咨询、决策等方面的积极作用。发布“三品一标”年度发展报告。

开展国际交流与合作。认真做好农业农村部交办的农产品地理标志、有机农业等方面的国际交流与合作工作。通过学术研讨、产品推介、交流互访、技术合作等方式，提升绿色食品、有机农产品和农产品地理标志国际知名度和影响力。组织开展绿色食品境外检查，扩大中绿华夏有机农产品境外认证，加强与境外有

机认证机构的合作，实现多标认证同步进行，一次审查、多方有效。

强化责任意识，提升能力水平，加强“三品一标”体系队伍建设

加强工作队伍建设。明确各级工作机构职责，压实申请受理、材料审核、现场检查、证后监管等工作责任，严格把关，防范风险。加强检查员、监管员、内检员、核查员等专业人员工作考评，建立健全权责统一的约束激励机制。加大培训力度，提升“三品一标”工作队伍能力水平，重点强化绿色食品市县级工作队伍能力建设。加强中心与各地“三品一标”工作机构沟通联系，引导发挥整体优势，增强工作合力。

加强检测体系建设。修订发布《无公害农产品、绿色食品、农产品地理标志登记检测机构管理办法》，整合现有无公害农产品、绿色食品、农产品地理标志检测业务，提高检测体系整体服务能力。组织开展检测机构飞行检查活动。统筹做好新增机构遴选考核工作。配合做好检测机构能力验证工作。严格督促落实抽样检测相关规定。

充分发挥协会作用。支持中国绿色食品协会开展绿色食品生产资料推广应用、绿色有机农业理论技术研究、诚信体系建设、信息咨询服务、农产品地理标志专业委员会成立等工作。支持中国优质农产品开发服务协会开展农产品品牌建设、产销对接等工作。协助做好协会换届工作。

加强自身建设，提高管理水平，为事业发展提供坚强保障

加强中心党建工作。按照党要管党、从严治党的要求，全面加强中心党的政治建设、思想建设、组织建设和作风建设。通过理论中心组学习、讲党课、研讨交流、学习日、主题党日等活动，深入学习贯彻习近平新时代中国特色社会主义思想和党的十九大精神，扎实推进“两学一做”“不忘初心、牢记使命”学习教育活动。认真做好“两委”选举工作，加强党支部建设。

加强单位建设与管理。以创建文明单位为抓手，外树形象、内增活力，进一步加强自身建设，不断提升管理水平。牢固树立中心“崇尚绿色、铸造精品、求实创新、和谐奉献”的核心价值观，加强中心文化建设，积极开展文明处室创建活动，不断增强中心凝聚力和向心力。进一步健全完善中心规章制度，强化内部管理，转变工作作风，狠抓工作落实，提升工作效能。

加强队伍建设与管理。强化中心职工大局意识、责任意识、纪律意识、服务

意识，培育一流作风，建设一流团队。通过实践调研、挂职锻炼、派出培训等方式，不断提升干部职工的理论水平、专业素质和实践能力。严格执行干部选拔任用条例，做好中国绿色食品发展中心选人用人工作。优化专业技术岗位设置，做好专业技术职务申报工作。

加强行政、财务和后勤管理。认真做好中国绿色食品发展中心人事劳资规范、公文质量把关、保密责任落实、档案收集整理、退休职工管理与服务等工作。修订完善中国绿色食品发展中心财务内部控制等制度，做好预算编制执行、国有资产管理，努力提升资金统筹能力、财务监管能力、依法理财能力，切实防范财务风险。加强后勤服务精细化管理，强化和落实安全生产责任制。

作者：张华荣

原载于《农村工作通讯》杂志2018年第9期

我国农产品地理标志创新发展策略研究

摘要：农产品地理标志是我国重要的安全优质特色农产品公共品牌之一。本文介绍了我国农产品地理标志登记保护事业发展的现状、经验及成效，深入分析了提升地理标志农产品品牌效益的影响因素，研究提出了推进我国地理标志农产品创新发展的对策。

关键词：农产品；地理标志；质量安全；质量管理；品牌保护

农产品地理标志是一种知识产权，又是一种优质农产品区域公共品牌。10多年来，我国农产品地理标志保护事业有了长足的发展。实践证明，创建和发展农产品地理标志是质量兴农、品牌强农的便捷途径。不同特色的地理标志农产品能满足不同地区不同消费人群对农产品的差别化需求，也是地方政府进行农业供给侧结构性改革的有效抓手。在中国特色社会主义进入新时代后，我国农产品地理标志登记保护工作，要坚持五大发展理念，创新思维方法，调整发展策略，持续推进农产品地理标志保护事业实现高质量发展，不断满足人民日益增长的美好生活需要。

一、我国农产品地理标志事业发展状况

（一）发展现状

从2008年农业部全面启动农产品地理标志登记保护工作以来，农产品地理标志工作已经走过了10个年头，各级地方政府和各级农业部门对农产品地理标志登记保护工作重视的程度和工作积极性逐年提升，我国农产品地理标志登记保护事业发展迅速，农产品地理标志从无到有，从少到多。截至目前，通过挖掘、申报、审查、答辩、公告等环节，经农业部登记保护的农产品地理标志已达2 523个，平均每年登记200多个地理标志农产品，其产品涵盖农牧渔业各品类。其中，种植业产品占76%，畜牧业产品16%，渔业产品占8%。在种植业中，果品类占36%，蔬菜类占21%，粮食类占16%。在农产品地理标志登记保护过程中，严格把关，

做好申报材料的审查，确保申报和登记过程材料规范合规。在证后跟踪监管上还组织开展了地理标志农产品监测和标志使用专项检查，各年度地理标志农产品抽检安全指标合格率稳定保持在 100%。地理标志农产品一般比普通农产品售价高出 30%，有效增加当地农民的收入，在贫困地区还有力推动了产业扶贫与脱贫攻坚工作。

（二）发展经验及发展成效

（1）建立完整的制度体系。我国农产品地理标志登记保护的主要制度设计与欧盟类似。农业部于 2007 年底颁布了《农产品地理标志管理办法》，2008 年初出台了《农产品地理标志登记程序》和《农产品地理标志使用规范》以及农产品地理标志登记管理的 9 个配套技术性规范。10 年来登记制度不断完善，已经形成规范、完整、可操作性强的农产品地理标志登记保护的制度体系，包括 1 个管理办法、20 余个配套规范。

（2）打好地理标志登记保护的基础。我国地大物博，生态类型复杂，具有悠久的农耕文明和深厚的文化底蕴，各地在长期的农业活动中，积累了众多地域特色农产品资源和农业文化遗产，为发展农产品地理标志事业奠定了坚实的基础。2014 年，农业部组织在全国范围内开展了农产品地理标志后备资源普查工作，已备案地域特色资源 6 839 个，为挖掘培育登记农产品地理标志打下了良好的基础。

（3）探索地理标志示范样板创建。2014 年起，农业部和各省（区、市）工作机构，针对地理标志农产品产业培育和市场开发中出现的问题，有计划、有目标地选了一些不同类型的地理标志农产品及其区域列为示范样板来创建。截至目前，已创建了 37 个国家级农产品地理标志示范样板，形成了不同的可示范、可借鉴、可推广的成功模式。这些示范样板已较好地发挥了农产品地理标志品牌建设在当地农业主导产业发展中的示范、辐射、引导和带动作用。

（4）着眼中外贸易，促进中欧互认。全面参与中国—欧盟、中国—美国、中国—格鲁吉亚、中国与欧亚地区等双（多）边地理标志和知识产权磋商对话，全程参加中国—欧盟地理标志协定 10 多轮谈判，已有 35 个农产品地理标志被纳入中国—欧盟地理标志产品互认目录。

（5）培养了一支专业工作队伍。多年来，农产品地理标志事业在各级农业主管部门的大力支持和工作机构的配合下，形成了农业部以及省、地、县 4 级联动的工作机制，已建成了省级农产品地理标志工作机构 61 家，建立了由多学科相关专家 141 人组成的部级农产品地理标志专家评审委员会，为农产品地理标志登记和监测工作服务的品质鉴定检测机构 97 家，核查人员和品牌建设培训共 7 000 余人次，有效支撑了农产品地理标志事业的发展。

（6）做好地理标志品牌宣传与推介。在实施品牌强农的战略中，推进农产品地理标志品牌建设，农业部组织和支持各地开展形式多样、内涵丰富的品牌宣传活动。近4年利用每年的中国国际农产品交易会、中国绿色食品博览会等展会平台，充分展示和推介地理标志农产品。2017年100个地理标志精品亮相全国品牌大会，大大提升了地理标志产品品牌的影响力和竞争力；地理标志农产品登上官方微信平台及农业部“网上展厅”；参与了全国地理标志品牌价值评价活动，连续3年在中央电视台专题播出；组织拍摄国家农产品地理标志大型纪录片《源味中国》，展示我国农产品地理标志品牌形象；结合国家知识产权宣传周等活动，积极在中央电视台、农民日报等主流媒体上加强宣传，提高农产品地理标志知名度和影响力。

二、提升地理标志农产品品牌效益的影响因素分析

（一）发展地理标志农产品的有利因素

近年来，党和国家高度重视农产品质量安全工作，高度重视优质农产品品牌建设和发展。2007年，时任浙江省委书记的习近平同志撰文提出，大力实施农产品品牌战略，培育若干国内外知名农产品品牌，依法保护农产品地理标志产品和知名品牌。党的十八大以来，中央领导多次就农产品质量安全作出重要讲话，在中央一号文件中多次对品牌农产品发展提出了明确要求。地理标志农产品是我国重要的安全优质农产品公共品牌之一，总书记的思想，中央的要求，为做好地理标志农产品工作指明了努力方向和根本遵循，提供了良好的政策环境和社会氛围。

当前，中国特色社会主义进入新时代，我国社会主要矛盾已经转化为人民日益增长的美好生活需要和不平衡不充分的发展之间的矛盾。社会主要矛盾在农产品领域主要表现为人民日益增长的安全优质农产品需求和农产品供给数量质量不平衡、农业高质量发展不充分之间的矛盾。民以食为天，食品消费是人民美好生活的重要组成部分。当今人们消费处在口福消费与营养保健消费共存的阶段，其特点是讲究色、香、味，以饱口福，满足感官享受的同时，更加注重安全营养、保健品质、品牌质量，消费方式上呈现出个性化、多样化、高端化、体验式等特点。消费理念不光要吃得安全、吃得放心，还要吃得可口、吃得营养，吃出特色、吃出文化、吃出乡愁。顺应国内农产品消费结构升级的趋势，把增加安全优质农产品供给放在更加突出的位置，这是深化农业供给侧结构性改革的重大任务。发展地理标志农产品有助于满足人民美好生活的需要，适应当前和今后一个时期农

业供给侧结构性改革的刚性需求。

地理标志农产品是农产品地理标志保护的客体，它是某地域长期的农业生产活动过程中形成的具有区域特色的农产品，它富含大自然恩赐的独特营养品质，渗透着人民智慧和汗水，承载着厚重的人文历史积淀。地理标志农产品比普通农产品在域外市场上具有强大的竞争力和远大的发展前途。因此，发展地理标志农产品有助于发展区域经济，打造区域特色品牌，增强农产品的竞争力，有助于农村产业振兴、产业扶贫，增加农业效益，增加农民收入，对我国农业品牌化发展具有十分重要的意义。

（二）发展农产品地理标志事业中存在的问题和困难

农产品地理标志事业虽然有了长足的发展，但也还存在一些不容忽视的问题。

（1）各地在对农产品地理标志内涵认识上还有一些偏差，存在重申请轻监管或发展过热的问题。农产品地理标志的概念是“标示农产品来源于特定地域，产品品质和相关特征主要取决于自然生态环境和历史人文因素，并以地域名称冠名的特有农产品标志”。从农产品地理标志的概念我们可以悟出农产品地理标志的“根”是特定区域独特的自然条件、人文因素，以及独特的种、养、加方法，农产品地理标志的“魂”是保护的客体即产品外在的特征特性和内在品质表现。农业农村部登记保护的地理标志农产品主要是初级农产品，目前各省在数量上发展还很不平衡，发展快的省份有超过 300 个的，发展慢的省份只有 10 多个，除自然禀赋和人文因素外，也有重视程度不够的原因，也有发展过热的情况，特别是近几年，在国家绿色发展、品牌兴农、特色发展理念的大背景下，有的地方发展农产品地理标志的积极性猛然升高，出现了重申请轻监管的现象，甚至还有下达任务指标的。一些获证的地方为了用地理标志带动当地特色产业的发展，一味采取行政措施增加生产面积、提高单产和增加总产量，生产范围和规模大大超出了原来申请时划定的区域，由于保障独特品质的技术规范落实不到位，产品本来应有的特色和品质也没有了保证，使地理标志农产品泛化，导致标称品质符合率降低，这种用发展普通农产品产业的模式发展地理标志农产品产业，不符合地理标志保护的理念，最终会砸了农产品地理标志的牌子。

（2）没有充分领会农产品地理标志就是农业品牌，增强地理标志品牌建设的措施不多，品牌的市场优势还没有充分发挥。目前，在农业农村部登记的大部分地理标志农产品的市场品牌影响力和占有率都还很低，多数还只是在本县、本市或局部范围有一定的知名度，能让外地外省消费者认知认可并青睐的很少，闻名全国的知名地理标志品牌则更是凤毛麟角。这说明地方上对农产品地理标志品牌的宣传、市场推介的政策支持力度还不够，地理标志持有人和标志使用人在市场开拓和营销上还没有形成合力，下的工夫也还不够，如销售包装上无标志。

（3）知识产权保护意识不强，对假冒侵权案件容忍度高、维权不力。根据知识产权和品牌的概念，品牌拥有者对品牌享有专有权即排他性。保护农产品地理标志在经济贸易上的本意在于，划定区域范围内得到许可使用标志的企业有利用生产地理标志产品的受益权，未授权不得使用地理标志，即使是区域内也不行。优秀的地理标志品牌给予消费者的，不仅仅是其产品功能上的价值，还有情感上的体验。企业多年的经营使地理标志品牌有了高知晓度和高消费忠诚度，甚至“粉丝”队伍的形成，给企业带来了明显的市场竞争优势。可是当一个地理标志农产品的市场发展较好时，区域内和周边地区的未授权企业便借机也打着地理标志的牌子在市场上销售，这显然挤占了真正地理标志产品的市场，且品质不好的假冒产品上市还会对真正的地理标志产品带来负面影响。虽然持标人有权要求未许可企业或个人停止侵权行为，可标志持有人和标志使用企业往往视而不见或见怪不怪，或只是报怨，大多没有拿起法律的武器打击假冒，久而久之也损害了地理标志品牌的声誉。

三、地理标志农产品创新发展的对策

当前和今后一个时期，地理标志农产品创新发展应坚持“稳中求进”的指导思想，以提升区域公共品牌的影响力为目标，以制度创新为动力，以提高登记质量为切入点，带动地理标志农产品生产单位扎实落实生产技术规范，确保产品真实，以树品牌为重点，多措并举，提升地理标志农产品的市场知名度和美誉度。

（一）发展理念上要实事求是稳步推进

法国是老牌的农产品地理标志发达国家，特别是地理标志保护制度在法国葡萄酒和奶酪的保护上起了很大作用，其一个地理标志产品的批准登记要 3～5 年。而我国 1 年就要拿到证书，结果是地域划定盲目扩大，品种选定多元化，特定的种养方法与特殊的品质关联度不高，地域命名等级过高，这就偏离了地理标志的概念。因此，一定要实事求是，切忌定任务、下指标，盲目追求数量而忽视申报质量。农产品地理标志发展较慢，登记产品较少的地方也要有紧迫感，同时还要因地制宜，实事求是地稳步推进。地理标志农产品的发展不是把面积搞得越大越好，单产搞得越高越好，总产增得越快越好，也就是说地理标志产品的发展不是像普通农产品那样做大做强，而应是做特做优做精，强调的是当地特定群体的永续经营和永恒受益，这才是农产品地理标志保护的真谛。

（二）发展策略上坚持安全与品质并重

应采取农产品地理标志与绿色食品及有机农产品认证结合，实现“一品有二标”，发挥品牌的叠加效应。地理标志突出的是农产品的区域特色，彰显的是特色品质，绿色食品、有机农产品认证强调的是产品安全和环境保护，如把两者结合起来，更能满足和吸引消费者，因此应综合考虑地理标志与绿色食品、地理标志与有机农产品的双品牌叠加效应。在具体操作中，一是加快推进各个地理标志产品落实绿色食品标准的生产技术规程或有机农产品标准的生产技术规程，这是确保地理标志产品质量安全的关键所在。二是地理标志的持有单位应着力监督地理标志使用人（企业、合作社）是否按地理标志产品控制技术规程生产，真正做到标准化生产，保证地理标志产品品质的特异性、一致性和稳定性。总之，在地理标志产品生产的区域内要强调按保证产品特殊品质的特定生产控制技术规范生产，这样才能保证产品品质的一致性和年度之间的稳定性，使消费者一看就认出是地理标志农产品，一吃就确认是地理标志农产品，这样才会始终信赖这一地理标志农产品，并成为忠实的粉丝，如此，某一地理标志才能在消费市场上长期立于不败之地。

（三）加强培训以提升工作机构的服务能力

新时代新形势对农产品地理标志工作体系提出了更高的要求和考验，党的十九大报告中要求农业工作者要“一懂两爱”。目前总的来看，各省农产品地理标志申报材料质量还有很大的提升空间，特别是在严格按地理标志的概念、管理制度与审核评审条件对申报材料的审核把关上还存在不够严格的现象，有的申请材料过于粗糙，说明地方工作机构的人员还需要进一步加强业务能力培训。今后，一是要特别注重审核实务操练，提升对地理标志的宣讲与指导申报能力。二是要增加省级农产品地理标志审核员数量，并培养认真负责的良好作风，竭诚为申请人乃至用标企业提供优质高效的指导性服务。三是在每个地市县农业部门至少要培训1名懂农产品地理标志登记和管理的业务工作人员。

（四）提升地理标志农产品的品牌影响力

农产品地理标志作为一种农业区域品牌，同时也是一个县或市的一张亮丽名片，当地政府在发展农村经济、扶贫攻坚中怎么支持都不为过。大部分地理标志农产品的市场品牌影响力和占有率都还很小，多数还只是在本县、本市、本省

（区、市）局部范围有一定的知名度。因此，地理标志持有单位和协议用标企业要在利用好电视、报纸等传统媒体开展广告宣传的同时，重视利用新媒体和电商平台宣传自己产品的特征特性和产品质量。地方政府也要投入一定资金，支持企业在产品推介中强化品牌宣传，不一定把经费都补到取证环节。农业农村部要在继续办好中国国际农产品交易会地理标志专展的同时精心策划利用中国国际有机食品博览会和中国绿色食品博览会做好地理标志产品的宣传推介，也要探索分产品类别举办小规模推介会的方式，在帮助企业利用地理标志产品获得实际效益上下工夫。

（五）发挥农产品地理标志在乡村振兴中的作用

实施乡村振兴，产业兴旺是根本，产业兴则百业兴，稳定的脱贫同样离不开健康、稳步发展的农业产业作支撑，一个品牌可以带活一个产业，富裕一方农民。我国贫困人口多集中于深度贫困地区，推进地理标志品牌强农，有助于将这些贫困地区的生态、人文等资源优势转化为发展优势和市场优势。要加强政策支持、补贴，把地理标志品牌树起来，让贫困地区特色农产品插上地理标志品牌的翅膀，产品卖得出去，卖出好价钱，促进地方经济发展和农民增收致富。要把地理标志品牌扶起来，把地理标志品牌扶贫纳入农业产业扶贫的大战略，全面开展地理标志品牌扶贫模式的实践探索，培育出一批地理标志品牌扶贫可推广的典型。

（六）推行地理标志产品保真可追溯，加强品牌保护

发展地理标志农产品产业，要坚持两手抓，两手都要硬。一方面要发展地理标志品牌，另一方面还要保护地理标志品牌。对于每个农产品地理标志持有单位来说，不但需要把握好对使用人的技术指导，还需针对标志使用企业实施全程监管，建立追溯平台。对于许可用标企业来讲，要有自我保护意识，自己的产品包装上应施加地理标志和绿色或有机认证防伪码、企业信息码或产品追溯码等防伪标志，以防别人假冒，市场被他人侵占。企业尽可能实现地理标志农产品源头可追溯、流向可跟踪、信息可查询，并建立下架召回和退货制度，以此提高企业的诚信度和品牌的公信力。另外，地市级工作机构要对农产品地理标志持有单位进行每个季度的定期检查，检查保障措施落实情况，以及是否行使了对地理标志使用人的监管，确保产品和标志相符合。省级工作机构要加大抽检力度，验证地理标志产品年度间品质的稳定性。对很难再符合登记时标称产品特征特性的，应建立撤销登记处置制度。地理标志证书持有人负责建立规范有效的标志使用管理制度，定期对标志使用人农产品地理标志使用情况以及产品生产情况进行跟踪检查

和动态管理，向标志使用人提供标志使用及产品生产方面的技术咨询与服务，标志使用人如实对标志使用情况进行记录，并及时进行归档，保存 5 年，自觉接受登记证书持有人对农产品地理标志使用情况以及产品生产情况的跟踪检查，严格按照《农产品地理标志质量控制技术规范》组织生产和经营，保证产品品质和信誉。

作者：刘平

原载于《农产品质量与安全》杂志 2018 年第 6 期

绿色食品
——优质安全树新标

绿色食品大事记

1990年5月15—17日，农业部在北京召开第一次绿色食品工作会议。

1991年12月28日，绿色食品被确立为国家推动的发展战略和政府主导的公共事业与产业。

1992年11月5日，人事部[①]批准成立中国绿色食品发展中心。1993年1月11日，农业部发布《绿色食品标志管理办法》。

1995年5月25日，农业部颁布《绿色食品　苹果》等首批25项农业行业标准。

1996年11月7日，绿色食品标志证明商标经国家工商行政管理局商标局核准注册。

2002年1月18日，农业部制定并印发了《关于加快绿色食品发展的意见》。

2005年8月4日，中国绿色食品发展中心制定并印发了《关于创建全国绿色食品标准化生产基地的意见》。

中央一号文件7次（分别为2004年、2006年、2007年、2008年、2009年、2010年和2017年）提出要积极发展绿色食品的重要内容。

2016年，国务院印发的《关于发挥品牌引领作用推动供需结构升级的意见》将绿色食品、有机食品列入供给结构升级工程的重要内容。

如今，走进超市，置身于琳琅满目的食品柜台，我们不难发现，无论是生鲜的还是加工的，无论是袋装的还是罐装的，在许多产品的包装上都有一个统一醒目的绿颜色标识——和煦的阳光、绿油油的叶子以及含苞待放的蓓蕾……

---

① 中华人民共和国人事部，全书简称人事部。2008年3月，国务院机构改革，不再保留人事部，相关职能归入中华人民共和国人力资源和社会保障部，简称人力资源和社会保障部。

◎ 甘肃祁连山下油菜种植基地

这个标识象征着“安全”“优质”，带有这个标识的产品正是经过认定的绿色食品。起步于1990年的中国绿色食品事业，从无到有，从默默无闻到深入人心，从理念到产业、从局部到全国、从中国经验到世界影响，通过28年的大胆尝试和艰苦实践，走过了一程荡气回肠的进阶之路。截至2018年6月底，全国绿色食品企业总数12 407个，产品29 108个，已创建绿色食品原料标准化基地635个，面积1.6亿亩，总产量1亿吨。绿色食品已逐步开创出一条具有中国特色的食品安全建设之路，并成为引领安全优质农产品消费的“风向标”。

从零起步　摸石头过河——我国创造性提出绿色食品的概念，推出绿色食品标志，并在农垦系统启蒙发端，初步奠定了绿色食品事业发展的基础

党的十一届三中全会以后，农村率先开展了波澜壮阔的改革，极大地解放农村社会生产力，农产品数量大幅增长。20世纪90年代初，我国农业发展开始战略转型，步入从主要追求数量增长向高产优质高效并重的重大转变。随着社会经济快速发展，人民生活水平普遍提高，消费者日益关注食品的安全保障，日益关注工业发展所产生的废气、废水、废渣，以及化肥、农药的普遍大量使用对农业和生态环境的影响，市场呼唤安全优质和无污染的食品；从世界发展趋势看，1987年联合国提出“可持续发展”的概念，得到各国的高度认可和响应，农产品质量提高、农民生活条件的改善和生态环境的优化，三者相互促进已成为世界农业生产与农村建设的发展潮流。

农业部审时度势，把握农业发展转型的重大机遇，深刻分析了国内食品市场和世界食品产业的发展趋势，于1990年开创性地做出了发展绿色食品的战略决策。

中国绿色食品发展中心首任主任刘连馥回忆说，绿色食品发端于农垦是几个方面因素促成的。首先，当时农业部农垦司在搞“八五规划”与“2000年设想”，提出农垦经济要再上一个新台阶必须有自己的拳头产品和重点企业。其次，农垦大多数单位都在边疆地区，环境较好、污染较少。最后，根据国家的宏观战略，

粮食连续丰产但农民收入增长趋缓，国家开始更注重农业的“产销并重”。综合这些因素，决定在农垦系统内发展无污染的高品质食品。

说起“绿色食品”这四个字的由来也还有一段故事。刘连馥说发展无污染的高品质食品，这是一项全新的事业，因此一开始这项新工程被命名为“无污染食品”。但大家都觉得用“无污染”来命名食品颇为不雅，于是邀请了中央书记处农村政策研究室的专家、学界研究人员一同出谋划策、调研论证，最终这项崭新的工作被确定为“绿色食品工程”。

对于绿色食品来说，每项工作的开展都是全新的，没有经验可借鉴，只能摸着石头过河。绿色食品标志就是绿色食品的“身份证明”，然而在当时我国还没有“证明商标”体系的情况下，绿色食品标志申请商标注册也颇费了一番周折。由于没有“证明商标”体系，绿色食品只能先申请普通商品商标注册，但作为证明商标使用。直到 1995 年《中华人民共和国商标法》重新修改，首次将证明商标纳入保护范围，绿色食品标志于是成为我国第一例质量证明商标。

1990 年 5 月 15 日，农业部农垦司在北京召开了全国首届绿色食品工作会议，时任农业部部长何康出席并作了重要发言，向世界宣告：绿色食品在中国起步了，一项伟大的工程正式拉开了序幕。

绿色食品诞生的那天起，就得到了国务院和有关部门的重视和支持。1991 年，国务院对农业部《关于开发“绿色食品”的情况和几个问题的请示》进行批复，充分肯定了发展绿色食品的重要意义：开发“绿色食品”（无污染食品）对于保护生态环境，提高农产品质量，促进食品工业发展，增进人民身体健康，增加农产品出口创汇，都具有现实意义和深远影响。这是一项新的工作，我国目前还处于起步阶段。要采取有效措施，坚持不懈地抓好这项开创性的工作，各有关部门要给予大力支持。国务院还在批复中明确要求：经贸及有关部门为“绿色食品”进入国际市场积极创造条件，提供帮助。中央财政对组织“绿色食品”开发，适当给予事业费支持。农业部会同国家技术监督局制定和完善“绿色食品”标准。农业部与国家科委、国家计委、国家农业投资公司和国家税务局等协商解决“绿色食品”开发的科技攻关、基地建设、税收减免等问题。至此，绿色食品被确立为国家推动的发展战略和政府主导的公益事业与产业。

为加强绿色食品事业的组织领导，1992 年，农业部组建了中国绿色食品发展中心，专门负责全国绿色食品开发与管理工作。同年，国家工商行政管理总局[①]、

① 中华人民共和国国家工商行政管理总局，全书简称国家工商行政管理总局。2018年3月，国务院机构改革，不再保留国家工商行政管理总局，相关职能归入新组建的中华人民共和国国家市场监督管理总局，简称国家市场监督管理总局。

农业部联合下发《关于依法使用保护“绿色食品”商标标志的通知》，1993年，农业部颁布《绿色食品标志管理办法》。绿色食品事业开始步入了方向明确、规范有序、加快推进的发展轨道。

走出农垦　推向全国——从试点到推广，从农垦系统走向全国，绿色食品以全新的发展理念和工作模式在全国落地开花并快速发展

在刚刚起步的1990年，有127个产品获得了绿色食品标志使用权，到了1993年，这个数量达到了一个小高峰，358个产品获批，绿色食品工程展现出了旺盛的生命力。

然而，即便是有了完善的顶层设计，一个全新的发展理念、一个全新的工作模式在一个泱泱大国落地生根，也绝非易事。从中央到各省构建一套全新的系统，是一项颇具挑战的工作。

黑龙江省是我国重要的商品粮基地，生产基地大都处于远离城市的边缘地带，地域广阔，农垦历史悠远，因而推广绿色食品黑龙江势在必行，这里也是农业部首批确定的5个绿色食品试点省份之一。

刘连馥回忆说，时任黑龙江省主管农业的副省长孙魁文让他印象深刻，当他最初和孙魁文聊到要在黑龙江发展绿色食品的时候，得到了孙副省长的极大鼓励：“好事谁办也不越位，好事做多少也不犯错。”

主管领导的一句话，为绿色食品工作在黑龙江的生根发芽定下了“调调”。1992年前后，为了能够加大绿色食品的发展力度，成立开发管理机构和获得绿色食品标志管理委托权，黑龙江省农垦总局审时度势，即时责成哈尔滨办事处负责人先后4次奔赴北京，向农业部提出关于成立黑龙江省绿色食品管理机构的问题。1993年1月，农业部下发《关于委托管理绿色食品标志问题批复》，同意黑龙江省农垦总局负责黑龙江省绿色食品标志管理工作。

虽然农业部同意将绿色食品标志管理权下放到省里，但作为一个跨行业、跨部门的工作，黑龙江省对这项全新的工作也是慎之又慎。在反复斟酌之后，黑龙江省委机构编制委员会在1993年6月下发省第102号文件——《关于成立黑龙江省农垦绿色食品办公室的通知》，这是受中国绿色食品发展中心的正式委托授权，负责黑龙江省绿色食品产品开发和标志管理工作的绿色食品省级管理机构。

黑龙江的模式成为了绿色食品从国家走向地方的一个缩影。目前，这里也成

为了绿色食品产业最兴旺的省份之一。黑龙江省庆安县素有“中国绿色食品之乡”的美誉，县绿色食品发展办公室主任梁卫东介绍，1994年庆安县“庆泉”牌大米获得了绿色食品证书，随后全省第一个“县级绿色食品工作机构”——庆安县绿色食品办公室成立。这奠定了黑龙江省，尤其是庆安县在全国绿色食品工作中先行者的地位。目前全县155万亩水稻已经全部实现绿色食品标准化种植。

从1990年到1993年，经由农垦系统的发育和酝酿，绿色食品的理念和运行机制逐渐成形，具备了向全社会推开的条件和基础。1995年5月和11月在天津举办的“全国绿色食品工作会议”和“绿色食品宣传展销会”，打响了绿色食品从农垦走向全国的第一枪，成为绿色食品发展的一个重要分水岭。

在绿色食品最初几年，其发展态势呈现出“北强南弱”的局面，在1997年的12月，“中国绿色食品97广州宣传展销会”在广州举办，来自全国30个省（区、市）的33个展团共近400家企业的800多个绿色食品标志产品进行了展示和销售。这样一来，绿色食品“北强南弱”的局面得到了改善。

在顶层设计的有力促推之下，绿色食品的发展步伐显著加快。1997年5月，借着迎接香港回归的机会，应香港农业届“庆委会”的邀请，中国绿色食品发展中心派专门参展小组赴香港参加农产品贸易会，这也是绿色食品作为一种产品、一个理念、一套标准第一次进入香港。同年6月和12月，又在广州分别召开了绿色食品工作会议和“宣传展销会”，进一步扩大了绿色食品在我国南方地区的影响力，使我国绿色食品走上了平衡、稳定发展的快车道。

绿色引领　优质安全——绿色食品远不止是打造一个证明商标，更是构建了一套具有国际先进水平的技术标准体系，为不断提升我国农业生产和食品工业发展水平树立了新标杆

河南雏鹰农牧集团员工吴洪涛还记得，20世纪90年代初家里来了贵客，才会拿出河南省驻马店市西平县产的豫坡酒来招待，这酒除了口感绵柔、粮香扑鼻之外，还有一点与众不同之处，瓶颈处一个绿色标志。

豫坡酒业是河南第一家拥有绿色食品标志使用权的企业。豫坡酒总经理张建设说，豫坡酒的原粮全部来自老王坡国有农场，为保证粮食品质，农场一直严禁使用剧毒农药，同时控制农药残留，确保酿酒所需粮食符合绿色食品原料控制标准；老王坡区域内不允许建设有污染的工业项目，确保土壤、水质、空气不受到任何污染……这在20世纪90年代初的农业生产中，算是颇具开拓性的尝试了。

农民日报 26
十大产业创新
40 特别报道
绿色食品——
优质安全树新标
大事记

◎《农民日报》发表《绿色食品——优质安全树新标》

即便如此，中国绿色食品发展中心工作人员还是针对老王坡的水源、土壤、空气进行了为期一年的跟踪监测，确保各项指标完全符合绿色食品生产的要求。直到 1993 年 10 月，豫坡酒被批准使用绿色食品标志。

可以说，从绿色食品开创之日起，与绿色标志相生相伴的就是安全优质的农产品以及赖以支撑的技术标准体系。

建立绿色食品标准，是绿色食品的一个重大制度创新。中国绿色食品发展中心主任张华荣介绍，截至目前，农业农村部已经累计发布绿色食品标准 297 项，现行有效使用标准 140 项，涵盖产地环境、生产加工过程产品质量和包装贮藏等环节，构建了完整和系统的标准体系。

绿色食品标准体系的创建和实施，奠定了绿色食品标准化生产、产业化发展的技术基础和品牌的核心竞争力，为不断提升我国农业生产和食品工业发展水平树立了新标杆。

绿色食品将抽象的标准转化为具体的生产技术，落实到绿色食品生产的各个环节，切实做到了环境有检测，生产有规程，产品有检验，包装有标识，质量有保证，确保产品优质与安全。目前，我国绿色食品分为 A 级和 AA 级，前者要求生产地的环境质量符合《绿色食品　产地环境质量标准》，生产过程中严格按绿色食品生产资料使用准则和生产操作规程要求，限量使用限定的化学合成生产资料，并积极采用生物学技术和物理方法，从而保证产品质量符合绿色食品标准要求；AA 级则要求生产地的环境质量在符合《绿色食品　产地环境质量标准》的基础上，生产过程中不使用化学合成的农药、肥料、食品添加剂、饲料添加剂、兽药及有害环境和人体健康的生产资料，而是通过使用有机肥、种植绿肥、作物轮作、生物或物理方法等技术，培肥土壤、控制病虫草害、保护或提高产品品质。

此外，中国绿色食品的标准也充分参照了有关国际组织和部分发达国家标准，在结合我国农业生产力发展水平的前提下制定，不仅操作性强，而且能够有效地突破农产品国际贸易领域中的技术壁垒，保证绿色食品产品顺利地进入国际市场。

为保证产品质量，提升产业化水平，绿色食品还构建了贯通产品生产、绿色生产资料、原料基地相关的专业营销的全产业链条。绿色食品生产资料认定与推广应用于1996年启动，目前绿色生资企业已达140家，产品368个，为方便绿色食品生产企业进行投入品选择提供了可靠保证。绿色食品原料标准化生产基地创建工作于2005年启动，现已对接企业2 000多家，带动农户2 500万户，为绿色食品加工企业原料保证和带动农民增收发挥了重要作用。

打造品牌　跨越发展——绿色食品通过不断完善标准体系，严谨规范审核把关，切实加强证后监管，提升品牌公信力，创立了适合我国国情的优质安全农产品的发展模式

品牌是绿色食品事业发展的核心竞争力。据有关行业部门和专业机构市场调查，目前消费者对绿色食品的认知度超过80%，在各类认证农产品中位居第一。绿色食品品牌影响力已从国内扩大到国外，绿色食品商标已在美国、法国、日本等11个国家、地区和国际组织注册，知识产权依法受到保护，成为我国农产品具有国际竞争力的重要战略资源。

优质安全的农产品既要“产出来”，也要“管出来”，绿色食品也不例外。绿色食品年抽检比例可达25%～30%，部分省（区、市）抽检产品甚至达到全覆盖。对抽检不合格的产品则取消标志使用权。通过严格的年检、抽检，确保获证产品的内在品质始终符合绿色食品标准的要求，符合绿色食品“安全优质”的精品定位；积极配合工商、质检、公安等部门有效查处假冒用标，确保绿色食品品牌是干净的品牌，没有杂质和水分的品牌。

正所谓“大树底下好乘凉”，在绿色食品的品牌驱动下，一系列区域公用品牌、企业品牌从中汲取营养，借势发力，在复杂、激烈的市场竞争中赢得一席之地。

在云南云雾生物科技有限公司位于曲靖市麒麟区茨营镇的生产基地，记者看到了俄罗斯鲟、达氏鳇、西伯利亚鲟等国内稀有的水产品品种养殖基地。

公司工程师刘常伟说：“公司严格按照绿色食品水产品标准，用工业标准化的思维实施水产养殖，在水温、病害生物控制等各环节精准控制，经过3年多的养殖探索，取得了明显的效果。”最近，该公司养殖的7种水产品均获得绿色食品证书，其品牌也成为云南省乃至全国水产养殖行业的知名品牌。

绿色食品以统一的标准和高美誉度的品牌，面对市场，组织企业和农户共同参与开发，在一些地区形成了“生产基地—龙头企业—品牌—市场”良性运转的产业链条，促进了农业提质增效转型升级，带动了农民增收致富。

吉林省舒兰市——这里紧邻“五常大米”的产地，但由于产业化力度不够，当地种植户的效益并不可观。从 2015 年开始，当地政府认准了绿色食品的发展潜力，通过培育和调整优化产业化经营主体，提高农民组织化程度，大力发展绿色食品水稻种植。目前共有 15 家绿色食品企业流转土地 1.8 万亩，订单种植面积已达到总面积的 92.2%，这其中达到绿色食品标准的订单种植面积占 56.25%。在舒兰市金马镇永兴水稻种植家庭农场，2015 年 3 人共经营 160 亩土地，到 2017 年通过与外地企业联合发展到 3 万亩；从原来的普通大米改为种植绿色食品大米，销售价格从原来的 9 元 / 千克，增加到现在的 28 元 / 千克，产品远销北京、香港等 9 个省（区、市），成为通过绿色食品生产提升产值的典范。

“绿色食品”在国内形成强大品牌力的同时，也在向国际舞台上展现中国现代农业、绿色农业的形象，有力推动了中国农业的标准输出和价值输出。

目前，中国绿色食品出口已经形成以粮油类、果蔬类、饮料类为主，各类初级、加工产品均有出口的基本格局。山东、江苏、湖南、福建、湖北、贵州、广东、安徽等省的一些地方已经成为稳定的绿色食品出口基地，其生产规模还在继续稳定扩大。上述 8 个省出口规模占到全国绿色食品出口总量的 80%。在我国加入世界贸易组织（WTO）以后，绿色食品的出口额由 4 亿美元增长到 2017 年的 25.45 亿美元，年均增长 16.4%。绿色食品所倡导的绿色生产、可持续发展的生产方式，成为农业经济增长的有效驱动力。

绿色食品事业 28 年来保持两位数的增长，年均增长速度达到了 20% 以上，市场占有份额不断扩大，在全面协调可持续发展、生态文明建设以及品牌化引领过程中的作用越来越凸显。2016 年国务院印发的《关于发挥品牌引领作用，推动供需结构升级的意见》，将绿色食品、有机食品列入供给结构升级工程的重要内容。随着《农业部关于推进“三品一标”持续健康发展的意见》《绿色食品产业发展规划纲要（2016—2020）》的出台，绿色食品发展的步伐稳步加快。进入新时代，绿色食品将沿着绿色发展的跑道，不断创新升级发展，实现新跨越，为推进质量兴农、绿色兴农、品牌强农，实施乡村振兴战略发挥更加积极作用。

作者：李丽颖　韩啸

摄影：程红兵

原载于 2018 年 12 月 7 日《农民日报》

广西发展“三品一标”推进农业产业兴旺

党的十九大提出实施乡村振兴战略，要坚持农业农村优先发展，加快推进农业农村现代化。农业农村现代化最基本的任务是让农业产业兴起来、强起来。农业产业兴旺不仅是乡村振兴的基础，也是“让人民吃得放心”的基础，更是农业人的责任与担当。广西着力发展“三品一标”，抓好品牌建设，推进农业产业兴旺，书写乡村振兴的“新答卷”。

增加绿色优质农产品，打牢产业兴旺基础

乡村振兴，产业兴旺是首位，产业兴，百业兴。推进“三品一标”发展，有助于农业由增产导向转向提质导向，加快构建现代农业产业体系、生产体系、经营体系，培育农业农村发展新动能。

广西明确将“三品一标”作为深入推进农业供给侧结构性改革和现代农业发展的重要内容，在全区大力推进的现代特色农业示范园区建设中，广西已启动1 000多个现代特色农业示范园区、基地，包括绿色食品在内的“三品一标”是其中要求的内容之一。在20多个特色农产品优势区建设中，明确要求按绿色食品的标准建设特色优势区，要求未来1年内主导品种按绿色食品标准管理生产达到60%，3年内60%主导品种通过绿色食品认证，畜牧业绿色食品产品覆盖率3年内达到50%以上。

目前，全区种植业有效期内“三品一标”产品总数为1 389个，面积1 502万亩，产量1 496万吨，数量、面积、规模稳步扩大。全区建有3个国家级绿色食品标准化原料基地，面积近30万亩，2个全国有机农业示范基地建设，获得有机认证农产品3万多亩，建成“百色杧果”国家级农产品地理标志

◎ 绿色食品火龙果标准化种植基地

示范样板，核心区示范面积15万亩，打响了“百色杧果”品牌。2018年，广西金穗香蕉产业化科技示范园通过验收成为全国绿色食品一二三产业融合发展示范园。“富川脐橙”也将完成国家级农产品地理标志示范样板验收工作。“三品一标”示范基地创建在有力提升创建单位品牌农产品生产管理能力和水平的同时，逐步成为广西现代农业的示范窗口和优质农产品的典型代表，形成一批有影响力和辐射带动力的“桂系”品牌，扩大和提高了“三品一标”农产品的市场占有率。

推行农业标准化，增强产业支撑保障能力

质量是“三品一标”的生命线，围绕全区农业优势、特色、支柱、新兴重点产业发展需要，广西农业部门按照高产、优质、生态、安全，全程都有标准可操作的要求，开展农业标准研究和自主创新，制定基地建设、产地环境、农业投入品使用、生产技术、专业化防治、农产品采收、产品质量、标识、生产加工等方面的标准或技术规程，将关键技术、核心技术和专利技术转化到农业标准中，为全面推进农业标准化建立技术基础。目前，全区种植业标准563项，其中技术规程355项，农产品和产地环境要求72项，植保技术69项，检测方法23项，其他61项。初步形成了覆盖农业主导产业和部分特色农产品的农业标准体系。

全区各地也积极制定“三品一标”地方标准。乐业县有机农业示范基地办公室编制了4项有机农业地方标准，由质量技术监督局发布实施，有机农业标准化生产得到普遍推广应用。河池市农业局围绕农产品地理标志，组织制定了“环江香粳”“环江红心香柚”“南丹长角辣椒”生产技术规程，获自治区质量监督管理局、农业厅的批复作为自治区地方标准来制定，并积极组织制定环江长白香糯、东兰墨米、都安旱藕生产技术规程。

强化监管检验，倡导产业绿色发展

农业绿色发展，核心是农药、化肥减量使用。“三品一标”产品强调产地生态环境良好、无污染，实现农药、化肥使用负增长。推广绿色生产技术，科学合理用药、施肥，遵循有机绿色可持续发展原理，是农药、化肥减量行动的最直接体现。在广西，无公害农产品的农药、化肥使用量比常规产品减少10%左右；推广绿色食品生产标准，化肥的使用量比常规产品减少25%左右，农药的使用量则减少40%左右；有机食品按照有机农业生产方式进行生产，禁止使用化学合成的农药及化肥，推动农业环境保护及农业的可持续发展，促进自然生态广西建设。

◎ “富川脐橙”创建国家级农产品地理标志示范样板

◎ 蔬菜基地

“三品一标”覆盖面越大，减少农药、化肥使用的效果越好，质量兴农的成果就越突出。获证单位和农产品是不是严格执行了标准、质量如何，要靠监管结果说话。为此，全区进一步加强检测与监管能力建设，广西各级农业部门在财力允许的情况下，进一步扩大“三品一标”例行监测、专项监测、监督检测及市场监察等工作覆盖面。近年来，全区“三品一标”质量抽检合格率稳定保持在98%以上，2017年全区绿色食品企业年检率达100%，同时还进行了超市市场检查及质量安全检测抽样工作。2017年农业部抽检广西的绿色食品产品全部合格，未发生重大农产品质量安全事故。通过加强监管，把安全优质的农产品与普通农产品区别开来，保证农产品质量安全。

延伸产业链条，提升产业竞争能力

广西农业部门一直致力于统筹推进产业发展和生态保护，依托各地区独特自然风光、人文景观等，将生态环境优势转化为产业优势、经济优势、后发优势，以自然生态、田园文化、农耕文明为基础，发展绿色产业、生态产业、循环产业，发展休闲农业和乡村旅游，推进一二三产业融合发展，逐步使绿色农业园区向农业生产、农产品加工、现代服务业一体化延伸，在园区建设和设施农业生产上，注入休闲农业功能，打造具备农业生产、科技示范、科普教育、农事体验等多种功能的休闲农业园区。按照提高与农业的关联度、群众参与度、市场认可度的要求，发展以绿色农业、种植养殖、果蔬采摘、户外运动为主要内容的集餐饮娱乐、休闲度假、参与体验功能于一体的休闲农庄。让消费者参观了解绿色有机产品的种植与养殖过程，亲自参与和体验绿色有机生活，消费者在享受安逸宁静的生态环境之时，观光、饮茶、品味绿色有机美食，体验绿色有机生活的独特魅力。

广西金穗香蕉产业园是首批8家“全国绿色食品一二三产业融合发展示范园”创建之一，种植绿色食品香蕉数万亩，进行香蕉浆加工，开展绿色香蕉主题休闲农业旅游，是全国休闲农业与乡村旅游五星级园区，高水平实行了绿色食品一二三产业融合发展。百色市乐业县顾式龙云山有机茶园被评为“中国三十座最美茶园”，顾式有机休闲旅游路线被评为“中国十佳茶旅路线”，良好的生态环境让“乐业空气”备受游客青睐，游客络绎不绝，年接待游客2.5万人次，旅游收入超100万元。绿色有机农业与生态旅游相得益彰，吸引越来越多的消费者体验感受绿色有机农业，进而积极购买、消费绿色有机产品。

加强营销与推介，结实产业兴旺成果

农业产业兴旺归根结底是要把优质产品认出来、管理好、卖出去，卖上好价钱。近年来，广西利用各种途径宣传推介“三品一标”农产品，效果显著。组织支持“三品一标”企业参加了有机食品博览会、绿色食品博览会、农产品交易会、农业合作洽谈会等展会。一大批产品获得了多种奖项，达成了一批贸易协议。此外，还充分利用电视、网络、报刊、“今日头条”等平台，加强绿色农产品品牌宣传，引导和鼓励企业利用电商平台进行营销活动，提高市场占有率。这些工作展示了广西“三品一标”企业和产品的形象，提升了广西品牌农产品的影响力和市场竞争力，拓宽了市场渠道。通过有效销售提高高质量农产品的附值，增加农民收入，让“产业兴旺”果实变成财富。

作者：黎柯彤

原载于2018年11月21日《农民日报》

【2019 年】

我国质量兴农推进方向及策略

摘要：推动农业高质量发展的底线是确保农产品质量安全。本文全面总结了 2018 年我国质量兴农工作的成果成效，深入分析了当前我国农产品质量安全工作存在的问题和挑战，研究指出了新时期我国农产品质量安全推进方向及工作方法，强调提出了 2019 年农产品质量安全工作的极端重要性及重点目标任务，对当前和今后一个时期我国质量兴农及农产品质量安全工作具有十分重要的指导作用。

关键词：质量兴农；农产品；质量安全；质量管理

一、2018 年我国质量兴农工作的成效

习近平总书记在 2017 年年底中央农村工作会议上强调，要深化农业供给侧结构性改革，走质量兴农之路，加快推进农业由增产导向转向提质导向。按照总书记的指示要求，农业农村部将 2018 年确定为农业质量年，部署实施一系列行动和措施，发出了全面推进农业高质量发展的动员令；各地各单位团结一心、共同努力，坚持“产出来”“管出来”“树起来”“强起来”各项工作一起抓，质量兴农、绿色兴农、品牌强农统筹推进，农业绿色化、优质化、特色化、品牌化发展不断开创新局面。第一，农业农村部牵头抓总，制定农业质量年八大行动分工方案，建立工作台账并定期调度进展情况；编制《国家质量兴农战略规划（2018—2022 年）》；组织开展“质量兴农万里行”系列活动，先后走过福建、江苏、云南、海南、陕西等 20 多个省份，带动各地举办活动千余场，媒体报道 2 万余篇（次），营造了质量兴农的良好氛围。第二，农业农村部内各司局协同推进，形成合力，深入谋划和推动出台了一批重大行动、重大工程、重大政策。科技教育司在东北、华北地区开展秸秆综合利用试点和农膜回收试点；种植业管理司推进果菜茶有机肥替代化肥试点和病虫全程绿色防控试点，化肥农药使用量双双实现负增长；畜牧业司支持养殖大县整建制推进畜禽粪污资源化利用，综合利用率达到 70%；渔业渔政管理局积极创建水产健康养殖示范场，大力推广集装箱养殖、循环流水“跑道”养殖等现代养殖模式，稻鱼综合种养面积超过 200 万公顷；其他相

关司局也积极引导人才、科技、装备、项目、资金等各方面资源聚合到质量兴农上来。第三，全国各地上下联动，同向用力，31 个省（区、市）、5 个计划单列市以及新疆生产建设兵团都制订并发布了符合本地产业实际的农业质量年工作方案和行动计划。各地点面结合、全面开花，涌现出一大批先进经验和典型事例，农业高质量发展的主旋律在中华大地不断唱响。

各地以农业质量年行动为主线，全面加强农产品质量安全工作，2018 年农产品质量安全水平有了新的提升。主要农产品例行监测总体合格率达到 97.5%，没有发生重大农产品质量安全事件。农产品质量安全保持稳中向好的发展态势，为实现乡村振兴良好开局提供了有力支撑。一年来，各级农业农村部门履职尽责、担当作为，重点抓了 5 个方面工作。

（一）着眼于风险防控，农产品质量安全监测预警和应急处置能力稳步提升

（1）产品监测方面。加大农产品质量安全抽检力度，调整完善例行监测计划，增加农药和兽用抗生素等监测指标，由 2017 年的 94 项增加到 2018 年的 122 项，增幅达 29.8%。发挥例行监测和专项监测“雷达”作用，及时发现并督促整改不合格问题。

（2）风险评估方面。对粮油、蔬菜、畜禽、奶产品等重点食用农产品开展风险排查，提出预警提示和防控建议。组织开展农畜水产品中持久性环境污染物和鸡蛋中农药残留专项评估，为解决公众关注的突出问题提供技术支撑。

（3）应急处置方面。针对媒体报道的“真假有机蔬菜”“真假三文鱼”等突发问题，积极采取措施予以化解。配合做好“生猪屠宰注药注水”等重大问题应急处置、督导会商等工作。上线运行“中国农产品质量安全”微信公众号，做好科普宣传工作。

（二）着眼于解决突出问题，专项整治深入开展

（1）坚持问题导向。部署开展了农药、“瘦肉精”、兽用抗生素等 7 个专项整治行动，严防、严管、严控农产品质量安全风险，努力解决面上存在的问题隐患。针对牛羊肉“瘦肉精”和禽蛋中违禁药物等突出问题，部署开展监督抽查。全国共出动执法人员 277.5 万人次，检查生产经营企业 142 万家次，查处问题 4.6 万起，责令整改 1.96 万起。公布 20 个执法监管和农业生产资料打假典型案例。

（2）压实属地管理责任。强化“发现问题是业绩、解决问题是政绩”的工作导向，推动各地加大执法办案力度，加强日常监督巡查工作。发挥质量考核、食品安全考核和绩效延伸考核等机制倒逼作用，以督查督办、绩效评价、致函、约谈等形式，着力构建农产品质量安全工作属地负总责、一级抓一级、层层抓落实的工作体系。

（三）着眼于提升产业素质，农业标准化大力推进

（1）加快健全标准体系。新制定农药残留限量标准 2 967 项，农药残留限量标准总数达 7 107 项。完成兽药残留限量标准清理工作，新制定兽药残留标准 643 项。批准发布 310 项农业国家、行业标准。

（2）推动标准化品牌化生产。新认证绿色食品产品 13 316 个，新认证有机农产品 628 个，新登记保护地理标志农产品 281 个。加快推动无公害农产品认证制度改革。组织开展绿色食品宣传月活动。在山东省寿光市建设全国蔬菜质量标准中心，总结提炼标准化生产模式。

（四）着眼于全程监管，农产品质量安全追溯体系建设加快

（1）开展国家追溯平台试运行工作。山东、广东、四川 3 省试运行地区的监管、监测、执法机构和规模生产经营主体注册信息已实现全覆盖，追溯平台功能不断完善和优化。

（2）扩大国家追溯平台应用。印发全面推广应用的通知和运行技术指南，部署实施追溯与农业农村重大创建认定、农业品牌推选、农产品认证和农业展会“四挂钩”机制。积极推动将“三品一标”产品率先纳入追溯管理。

（3）推进农产品合格证制度试点。总结山东、河北、陕西等 6 省试点经验，推动合格证与可追溯相结合，探索建立农产品产地准出市场准入衔接机制。陕西率先在省级以上质量安全县试行全覆盖。

（4）鼓励地方建立追溯机制。浙江省着力构建省、市、县统一的全省追溯平台，分批次推进省级农产品质量安全可追溯体系县建设。四川将生产经营主体入驻省级追溯平台增加数等 6 个质量安全指标纳入市州农业发展考核体系。福建将工商登记的 1.5 万家食用农产品生产企业、合作社、家庭农场全部纳入“一品一码”追溯管理。宁夏实现全省农业投入品经营主体在线管理全覆盖。青海省 2/3 的县开展了农产品质量安全追溯试点。

（五）着眼于提升监管能力，努力健全监管体系队伍

（1）深化农产品质量安全县创建。加强国家农产品质量安全县考核培训指导，组织全国 31 个省（区、市）和新疆生产建设兵团开展创建交叉互查。

（2）发挥创建带动作用。支持浙江、上海、北京、江苏等省市开展整省（市）创建，与北京市签订共建农产品绿色优质安全示范区合作协议，努力打造示范样板。举办了国家农产品质量安全百安县和百家农产品经销企业“双百”对接活动，

提升农产品质量安全县的含金量和影响力。

（3）强化检测体系能力提升。开展部县农产品检测机构结对帮扶，推进基层检测机构考核和资质认定工作。

（4）加快信用体系建设。在国家和省级农产品质量安全县率先建立农资和农产品生产经营主体信用档案，目前已有33万个规模以上主体建立信用档案，向全国信用信息共享平台推送信息16.4万条。

（5）强化依法监管。配合全国人大常委会做好《中华人民共和国农产品质量安全法》执法检查，加快《中华人民共和国农产品质量安全法》修订进程。

（六）牵头开展了农村假冒伪劣食品治理工作

旗帜鲜明讲政治，不折不扣抓落实，联合商务部[①]、国家市场监督管理总局等5部门成立专项工作组，开展专题调研，印发指导意见和整治方案，部署专项整治行动，召开电视电话会议进行发动，并在2019年1月上中旬进行了专项督导。各地迅速行动，对农村食品市场来了一次“大扫除”，媒体高度关注，老百姓纷纷点赞。我们迎难而上、敢于担当，在这个过程中也锻炼了队伍，锤炼了作风。

二、新形势下我国农产品质量安全工作的推进方向

当前农产品质量安全工作还存在一些问题和挑战。例如，蔬菜禁限用农药残留超标、牛羊肉“瘦肉精”检出、禽蛋禁用药物使用、水产品中兽药残留超标和非法添加等问题依然存在，产地环境中重金属及有机污染物超标带来的质量安全事件时有发生；基层监管力量比较薄弱，监管能力和监管任务不相适应的问题比较突出。适应新形势新任务新要求，我们要进一步增强做好工作的责任感、使命感，在目标任务上再聚焦，在工作思路上再梳理，在政策措施上再压实，推动农产品质量安全工作再上新台阶。

（一）紧紧围绕乡村振兴的大局来谋划农产品质量安全工作

实施乡村振兴战略是新时代做好“三农”工作的总抓手。在推进乡村振兴中，农产品质量安全工作不仅不能削弱，而是要加强；不仅不能降低标准和要求，而是有了新的更为丰富的价值和内涵。农产品质量安全是乡村振兴的基础和保障，与乡村振兴20个字的总要求密切相关。产业兴旺，质量要先行，安全是基础；生态宜居，绿色发展是引领，要加快健全农业绿色发展的标准体系；乡风文明，需

① 中华人民共和国商务部，全书简称商务部。

要传承农耕文明，与培育地理标志农产品密切相关；治理有效，需要增强质量安全意识，与质量安全信用体系建设密不可分；生活富裕，要求吃得安全放心，增加绿色优质农产品供给。我们要主动将农产品质量安全融入乡村振兴战略中谋划和推动，以乡村振兴战略为统领抓好农产品质量安全工作。

（二）紧紧围绕政府机构改革和职能转变来强化农产品质量安全工作

这次机构改革，中央明确要求加强农产品质量安全和相关农业生产资料、农业投入品的监督管理，严防、严控、严管质量安全风险，让人民群众吃得放心、安心。各地在推进机构改革时不能因任何原因忽视或削弱质量安全监管工作，要确保思想不乱、队伍不散、工作不断。同时，也要抓住机构改革契机，积极争取支持，优化农产品质量安全监管机构设置和职能配置，努力解决基层监管能力和手段不足的问题。特别是中央要求我们将农业、农村、农民问题一起抓，把农村假冒伪劣食品治理等工作交由农业农村部门牵头，这是一项新的任务、新的责任，我们要提高政治站位，善于从农村一侧来思考问题、推动工作，在“三农”工作的大格局中找准农产品质量安全工作的定位。

（三）紧紧围绕全面小康社会的硬任务来抓好农产品质量安全工作

当前各方面对农产品质量安全工作要求越来越高，中央有部署，产业有需求，百姓有期待。如何让老百姓吃得安全放心、对农产品质量安全有信心，是民生领域也是全面建成小康社会需要解决的一大重要、紧迫和现实问题。我们不能一边宣布全面小康建成了，另一边农产品质量安全问题还时常发生，这既影响人民群众的满意度，也影响国际社会的认可度。农产品质量安全工作，做实了就是生产力，做细了就是公信力，做强了就是竞争力。我们要坚持目标导向，以只争朝夕的态度，大力推动农业标准化、规模化、绿色化、品牌化发展，在农产品质量安全问题上给老百姓一个实实在在的交代。

三、2019 年我国农产品质量安全工作的重点目标任务

2019 年是中华人民共和国成立 70 周年，是全面建成小康社会关键之年，深入推进质量兴农、巩固发展农产品质量安全稳中向好形势具有极端重要性，我们要牢牢守住不发生重大农产品质量安全事件这一底线。农产品质量安全工作总体思路是，坚持以习近平新时代中国特色社会主义思想为指导，全面贯彻党的十九大和十九届二中、三中全会及中央经济工作会议、中央农村工作会议、全国农业农

村厅局长会议精神，坚持以实现农业农村现代化为总目标，以实施乡村振兴战略为总抓手，以深化农业供给侧结构性改革为主线，以增加绿色优质农产品供给为主攻方向，坚持“四个最严”，坚持“产出来”“管出来”，聚焦问题抓监管，担当作为抓落实，夯实农产品质量安全基础，提升农业高质量发展水平，切实保障人民群众“舌尖上的安全”。

（一）对标“最严谨的标准”

重点是推进农业标准化生产，增加绿色优质农产品供给标准是农产品质量安全的基础支撑和关键因素，要高度重视标准工作，加快标准制修订步伐，以农业标准化带动品牌化。

（1）建立健全标准体系。修改完善现有标准，尽快改变目前标准数量偏少以及标准不适应等情况，实现我国食品安全标准与国际标准的对接。加快制定农兽药残留食品安全国家标准，力争到2020年使我国农兽药残留标准达到1万项，覆盖我国批准使用的农兽药品种和主要农产品，满足农产品质量安全监管和消费需求。围绕农业绿色发展要求，清理一批与农业绿色发展不适应的标准，制定一批资源节约型、环境友好型绿色发展标准，以一流的标准带动一流的质量。

（2）强化农业绿色生产。习近平总书记在中央经济工作会议上提出着力增加绿色优质农产品供给，我们要将这项工作作为今年重中之重。要加强产地环境治理，集中力量解决土壤重金属污染等突出问题，净化修复受污染耕地。推广绿色生产方式，推进农药化肥减量增效，扩大果菜茶有机肥替代化肥试点，巩固化肥农药“负增长”成效，抓好畜禽粪污资源化利用，继续开展水产健康养殖示范创建。

（3）开展对标达标提质行动。鼓励龙头企业、农民专业合作社等新型经营主体按标生产，支持农产品质量安全县整建制推行全程标准化生产，从源头上保障农产品质量安全。创建一批标准化集成示范基地，发展一批绿色、有机和地理标志等优质特色农产品。

（4）加强品牌培育。树立一批叫得响、过得硬、有影响力的绿色优质农产品产品品牌、企业品牌和区域品牌。建立健全品牌激励保护机制，实行品牌目录动态管理，严打侵权假冒行为，为品牌成长营造良好环境。

（二）对标“最严格的监管”

重点是推进风险防控，提升农产品质量安全治理能力和水平坚持问题导向，切实强化全过程监管，把好从农田到餐桌的每一道关口，健全和完善覆盖生产、流通、消费全过程全链条的监管制度。

（1）强化风险监测预警。加大抽检监测力度，增加监测参数，扩大监测范围。落实抽样“双随机”要求，改进例行监测抽样方式，重点是加强对生产基地的随机抽样，增强抽样的科学性和代表性。改进监测结果通报方式，发挥例行监测风险提示的正向作用，重点加大禁限用农兽药和非法添加物通报力度。

（2）强化风险评估问题发现能力。对潜在风险及时预警，科研上要向国际先进水平靠拢，也要更加紧密地贴近产业发展和执法监管的需要。健全应急处置机制，更加重视舆情监测和舆情应对工作，加强科普解读，回应社会关切。

（3）深化专项整治行动。实施靶向监管，聚焦禽蛋禁用药物、牛羊肉“瘦肉精”、生猪屠宰注水和水产养殖非药品中添加兽药等突出问题开展专项治理行动，严厉打击违法违规行为。部署开展好农资打假专项行动和放心农资下乡进村活动，为农业生产保驾护航。

（4）推进基层日常监管。建立监管名录，加大日常巡查检查力度，实施风险分级管理。加强对企业和农民的教育，特别是散户农民的教育，既要保护农民利益，也要强化食品安全教育，指导督促农民合理用药、科学施肥，落实好安全间隔期、休药期。

（5）加快追溯体系建设。在全国范围推广应用国家追溯平台，建立数据交换与信息共享机制，推动各省（区、市）已有平台与国家追溯平台有效对接和融合。完善《农产品质量安全追溯管理办法》及配套制度标准，落实追溯“四挂钩”工作机制，倒逼生产经营主体实施追溯管理。

（三）对标“最严厉的处罚”

重点是用好法律武器，坚决打击各类违法违规行为，进一步牢固树立“发现问题是业绩，解决问题是政绩”的工作理念，重拳出击，重典治乱，严惩重处一批违法犯罪分子，对违法违规行为零容忍，切实解决执法成本高、违法成本低的问题。

（1）强化案件查处。按照中共中央办公厅、国务院办公厅出台的深化农业综合行政执法指导意见要求，加强农产品质量安全执法工作，加大对违法违规行为处罚力度。对近年来暴露问题较多、媒体曝光较多、群众投诉较多的热点地区和重点领域，组织开展集中严打行动。在全国范围挂牌督办一批大案要案，加大典型案例曝光力度，充分发挥警示震慑作用。

（2）推进“行刑衔接”。进一步完善农业行政执法与刑事司法衔接机制，严格移交标准和移交程序，杜绝以罚代刑。认真贯彻落实食品安全刑事案件适用法律的司法解释，坚决把生产销售使用禁用农兽药、收购贩卖病死猪、私设生猪屠宰场等行为纳入刑罚范围。

（3）加强信用体系建设。将农产品质量安全与农业扶持政策挂钩，建立黑名单制度，形成“一处失信、处处受限”的惩戒机制。对昧着良心制假售假、突破道德底线的行为，要按照“谁受益处罚谁”的原则，加大对违法企业主处罚力度，并依法实施行业禁入。

（4）推进社会共治。积极引导媒体、专家、公众、社会组织等各方面参与，在更大范围、更广领域汇聚起农产品质量安全工作的正能量。鼓励社会监督，建立完善投诉举报制度，加大有奖举报力度。强化信息公开，农产品质量标准、认证认可、检测结果、行政处罚等信息要依法向社会公开。

（四）对标“最严肃的问责”

重点是建立健全农产品质量安全责任制，推动落实地方政府属地管理责任、部门监管责任和生产经营者主体责任。

（1）坚持党政同责。根据中共中央办公厅、国务院办公厅印发的《地方党政领导干部食品安全责任制规定》的要求，推动地方建立党政领导干部农产品质量安全责任制，落实党政同责、一岗双责，权责一致、齐抓共管，确保中共中央、国务院关于农产品质量和食品安全的决策部署落到实处。

（2）压实属地责任。深化国家农产品质量安全县创建，再创建农产品质量安全县100个。鼓励有条件的地区开展整市、整省创建。对前两批创建单位进行核查抽查，凡是不合格的坚决摘牌。综合运用考核评价、奖励惩戒、督查督办等措施，督促地方谋发展必须谋质量安全、管行业必须管质量安全、保民生必须保质量安全。

（3）落实监督责任。继续对各省厅实施农产品质量安全延伸绩效考核，推动各地将农产品质量安全纳入县、乡政府绩效考核范围。推行约谈、致函、签订责任状等制度，对监管不力、失职渎职、推诿扯皮等行为，提请监察机关依法依纪查处。

（4）强化主体责任。出台《食用农产品合格证管理办法》，引导规模生产经营主体开具合格证，探索将散户纳入监督抽查范围，督促其落实质量安全控制措施，防止不合格农产品流入市场。

（五）强化监管制度机制及监管队伍能力

农产品质量安全工作涉及面广、内容多、政策性强。这次机构改革调整了食品安全监管体制，进一步强化了农产品质量安全工作职责。适应新职能、新要求，我们要进一步增强思想自觉、行动自觉，提升素质能力，强化履职担当。重点是强化两个方面。

（1）强化监管制度机制。要靠制度管根本、管长远，实现农产品质量安全全程监管有法可依、有章可循。在法律法规方面，按照“四个最严”精神要求加快修订《中华人民共和国农产品质量安全法》，将一些有效管用的办法上升为法律制度，力争将散户纳入法律调整对象，实现与《中华人民共和国食品安全法》两法并举、各有侧重、相互衔接。在监管制度方面，要围绕农业产业链条，抓住农业投入品、产地环境、种植养殖、收贮运、畜禽屠宰等关键节点，制定相应的制度规范，提出管理要求，形成一整套制度体系，用管用的制度来规范生产经营主体行为，提升监管水平。要研究构建新时期农产品质量安全综合评价指标体系，将农产品合格率、监管工作开展、体系建设和条件保障、群众满意度等作为重要内容纳入，为农产品质量安全考评提供更全面更科学的量化依据。在协调配合机制方面，对内要细化农口相关单位的职能任务，形成统分结合、有统有分的工作格局；对外要加强与市场监管等部门的合作沟通，加快建立农产品产地准出市场准入机制，健全信息交流、案情会商、联合执法等协作机制，推进无缝衔接，形成监管合力。

（2）强化监管队伍能力。目前基层监管力量比较薄弱，针对“小散乱”问题，必须要加强机构队伍建设，创新监管方式，提升监管能力。一要健全体系队伍。积极争取各方面支持，启动实施农产品质量安全保障工程，推动实现省级、市级、县级、乡级监管机构全覆盖，监管、检测、执法、科研（标准）4支队伍有效联动，打造既“懂农业、爱农村、爱农民”，又“敢担当、有操守、作风实”的农产品质量安全工作队伍。强化乡镇监管站机构和能力建设，探索把监管力量向村组延伸，形成对小农户的有效约束，打通农产品质量安全监管“最后一公里”。二要加强技能培训。坚持干什么学什么、缺什么补什么，加大教育培训力度，全面提升综合素质和工作能力。加强农业质检体系建设管理，会同人力资源和社会保障部等有关部门举办第四届农产品质量安全检测技能竞赛活动。三要推进智慧监管。加强监管信息化的顶层设计和体系构建，利用物联网、移动执法终端等新技术新设备，探索“机器换人”“机器助人”等新型监管方法。加强农产品质量安全大数据分析决策，研判趋势规律，锁定监管重点，实现有的放矢、精准监管。

（本文根据作者在全国质量兴农推进会议上的讲话整理并经审核）

作者：于康震

原载于《农产品质量与安全》杂志2019年第2期

新时代我国农产品质量安全的形势与任务

摘要：保证人民群众吃得安全放心是最基本的民生工程。本文全面总结了近年来我国农产品质量安全工作取得的显著成就，深入分析了新时代下我国农产品质量安全工作面临的形势及职责使命，研究提出了进一步提高农产品质量安全水平的工作方法和重点任务，对当前和今后一个时期我国农产品质量安全工作有重要的指导作用。

关键词：农产品；质量安全；质量管理；质量兴农；绿色发展

党的十九大以来，中国特色社会主义进入了新时代，我国农业农村经济社会进入发展的新时期，农产品质量安全工作进入质量兴农、绿色兴农、品牌强农的新阶段，农产品质量安全水平显著提高。与此同时，人民对美好生活的期待不断刷新，社会公众对安全优质农产品的消费需求无限多元，安全优质农产品发展不平衡不充分的矛盾客观存在，努力确保我国农产品质量安全，不断满足人民日益增长的美好生活需要，是当前和今后相当长的一个时期的重大使命。

一、我国农产品质量安全工作取得的显著成就

党的十八大以来，中共中央、国务院高度重视农产品质量安全。习近平总书记 2013 年 12 月在中央农村工作会议上指出，食品安全是产出来的，也是管出来的；食品安全源头在农产品，基础在农业，必须正本清源，首先把农产品质量抓好。要把农产品质量安全作为转变农业发展方式、加快现代农业建设的关键环节，用最严谨的标准、最严格的监管、最严厉的处罚、最严肃的问责，确保广大人民群众“舌尖上的安全”。2017 年 12 月习近平总书记在中央农村工作会议上强调，走中国特色社会主义乡村振兴道路，必须深化农业供给侧结构性改革，走质量兴农之路。农业农村部门深入贯彻落实习近平总书记重要指示精神以及中共中央、国务院决策部署，本着对人民群众高度负责的态度，不断加大农产品质量安全工作力度。在生产端，由增产导向向提质导向转变，大力开展农业标准化创建，推

行农兽药减量化使用。加强农产品产地环境综合治理，努力实现生产源头可控制，全力推进质量兴农、绿色兴农、品牌强农。在管理端，实施国家农产品质量安全监测计划，加大监管执法力度，对突出问题开展专项治理，消除风险隐患，推进食用农产品合格证制度，开展农产品质量安全追溯体系建设，建立农产品质量安全信用体系，完善监管制度和机制，不断提升监管能力。在各级政府部门、生产者、企业家、消费者和新闻媒体的共同努力下，我国农产品质量安全工作取得了明显进展和积极成效。

（一）加强风险预警和风险防范，农产品质量安全水平有较大幅度跃升

实施了国家农产品质量安全监测计划和 4 个药物残留监控计划，例行监测范围覆盖 150 个城市、110 种农产品、122 项监测参数，共抽检样品 20 余万份，获取有效数据 800 余万条。设立农产品质量安全风险评估专项，抽取样品 30 余万份，获得数据 400 余万条。通过监测和评估，及时发现问题隐患，增强了风险防范能力。主要农产品例行监测合格率连续 5 年保持在 96% 以上，比 2001 年提高了 30 多个百分点，2018 年前三季度监测合格率更是高达 97.3%。

（二）全面提升监管能力水平，国家农产品质量安全三大体系建立健全

在标准体系建设方面，截至 2018 年年底，已制定农兽药残留限量标准、行业标准 1.3 万项，基本覆盖我国主要食用农产品和常用农兽药品种，而 2008 年相关标准只有 3 500 多项；建立近 1.8 万项农业生产技术规范和操作规程；国家级层面有 1.2 万名专家从事标准研究、风险评估和标准制定等工作。在检测体系建设方面，建设部省地县 4 级质检机构 3 293 家，检测人员达 3.2 万人，主要产区乡镇也建立了快检设施，检测经费财政投入中央和省级层面增长了 20%，县级增长了 60%；建立了 105 家风险评估实验室，148 个风险评估实验站。在监管体系建设方面，全国所有省（区、市）、88% 的地市、75% 的县、97% 的乡镇建立了监管机构，落实监管人员达 11.7 万人；286 个地市和 2 378 个县开展了农业综合执法工作，综合执法人员达到 3.2 万人；建成国家农产品质量安全追溯平台并开展试运行。

（三）深入开展专项整治，对突出问题采取零容忍态度

坚持问题导向，从过去注重教育，转为对屡教不改、性质恶劣问题严打严惩，始终保持高压态势，持续开展专项治理行动。种植业开展了禁限用农药及农药残留整治；畜牧兽医开展了生鲜乳、“瘦肉精”、兽用抗生素、畜禽屠宰专项行动；渔业开展了“三鱼两药”整治行动；农业生产资料打假每年在春耕生产、秋收冬

种期间开展专项行动。5年来，全国共查处问题23.8万余起，查办案件7.4万件，清理关闭生猪屠宰场1 107个，一批违法犯罪分子被依法逮捕判刑和重罚，农产品质量安全突出问题得到有效治理。

（四）推进制度机制建设，各级各部门责任更加明确

国务院办公厅印发《关于加强农产品质量安全监管工作的通知》，将农产品质量安全纳入绩效考核、实施问责。推动修订了农药、兽药、饲料、生猪屠宰等管理条例。与原国家食品药品监督管理总局合作构建分兵把守、协调配合机制。落实生产经营者是农产品质量安全第一责任人和主体责任人，建立农产品质量安全信用体系，目前已有21万个规模生产经营主体建立信用档案。地方各级党委政府落实属地管理责任，各级农业农村部门承担具体监管职责，26个省份出台了农产品质量安全地方法规。在浙江等6省试点开展了食用农产品合格证制度。

（五）推动生产方式转型升级，优质安全农产品规模显著增加

种植业标准化生产基地大幅度增加，龙头企业、合作社和家庭农场基本实现按标生产，生产经营者质量安全意识和质量控制能力明显提高。在325个作物生产大县整建制推进规模化种植和标准化生产，创建果菜茶标准园和畜禽水产标准化养殖场1.8万个，畜禽养殖规模化率提高到56%，畜牧业规模化、水产养殖设施化提供了更加安全优质农产品；认证无公害、绿色、有机、地理标志农产品12.8万个。命名了107个国家农产品质量安全县，4个省正在创建国家质量安全省。化肥使用实现零增长，农药使用连续3年负增长，兽药使用大幅度减量，三大粮食作物农药利用率38.8%，比2015年提高2.2个百分点，农业环境和土壤污染修复治理加快。

二、农产品质量安全工作的职责使命

2017年10月，党的十九大做出中国特色社会主义进入新时代、社会主要矛盾发生变化的重大判断，明确要求“实施食品安全战略，让人民吃得放心”。新时代需要我们把握好新形势新任务，更需要我们有新担当新作为。

（一）必须满足人民群众新期待

农产品质量安全事关人民群众身体健康和生命安全，受到社会公众高度关注。能不能在农产品质量安全上给老百姓一个满意的交代，是对我们执政能力的重

大考验。尽管我国农产品质量安全水平在不断提升，但风险隐患依然存在，仍有2%～3%不合格产品。我国居民日均消费农产品数量巨大，即使是一个很小的不合格率，不合格的农产品都可能是一个很大的绝对数量。近年来，新媒体发展迅速，网络谣言明显增多，加剧了人们的困惑，动摇着消费者的信心，冲击着政府公信力。因而，即使是1%的问题，也必须付出百分之百的努力严防严打严控，让人民吃得放心、安心、顺心，不断满足人民对美好生活的新期待。

（二）必须落实党中央国务院新要求

农产品质量安全既是社会问题、民生问题，更是政治问题。习近平总书记提出的食品安全监管“四个最严”要求既是我们的行动纲领，也是我们的重大责任。当前农产品质量安全保障体系依然脆弱，基层监管能力手段不足的问题仍然突出，标准制修订能力、风险评估能力与发达国家水平相比还有较大差距。要运用现代方式，提高监管能力和水平，以更加奋发有为、开拓创新、履职尽责精神，抓紧抓好贯彻落实党中央国务院下达的目标任务，为全面建成健康中国提供坚实的支撑保障。

（三）必须融入乡村振兴战略新部署

农产品质量安全是实施乡村振兴战略的重要保障。乡村振兴20个字总要求，与农产品质量安全工作密切相关。产业兴旺，质量要先行，没有质量安全基础，农村产业发展的根基就不牢固。生态宜居，没有良好的农村环境，也就没有质量安全基础。乡风文明，没有农产品质量安全基础文明，就没有乡风整体文明。治理有效，农村食品出现乱象，农村治理也就无法实现最终目标，必须把农产品质量安全纳入农村综合治理重要内容。生活富裕，劣质低价始终不会让农民富裕起来，只有发展优质绿色农产品、不断提高市场竞争力，才是立身之本。

（四）必须符合农业绿色发展新方向

中国经济已由高速增长转向高质量发展阶段，农业发展也必须由增产导向转向提质导向。农业农村部提出质量兴农、绿色兴农、品牌强农，各方面正在全力推进。我国农业生产经营标准化、规模化水平总体还不高，从某种程度上讲，解决质量安全问题比解决数量安全问题更复杂，保障农产品质量安全是一项长期、艰巨、复杂的任务，需要理念、科技、管理、市场综合施策，必须符合农业绿色发展新方向。

三、新时代农产品质量安全工作方法和重点任务

我国农产品质量安全总体上是有保障的，但是，农业生产的一些深层次问题仍未根本解决，农产品质量安全风险隐患依然存在，在个别地区、个别品种、个别环节上还比较突出，质量安全问题时有发生，确保农产品质量安全任务仍然十分艰巨。

新时代农产品质量安全工作的总方针是，严格贯彻落实习近平总书记“四个最严”要求，坚持“产出来”“管出来”两手抓，实施质量兴农战略，扎实推进质量兴农、绿色兴农、品牌强农，切实加强农产品质量安全监管。

在工作方法上，主要是守住一条底线，立足两个定位，紧盯三大产业，突出四项重点，抓好五项任务。具体说来，守住一条底线即切实防范农产品质量安全风险隐患，努力确保不发生重大农产品质量安全事件，守住质量安全底线。立足两个定位，一方面，要保障消费安全，让老百姓买得放心、吃得安全，不断满足人民群众对美好生活的新期待；另一方面，要推进产业发展，加快转变农业发展方式，推动农业发展由数量增长为主真正转到质量提升上来。紧盯种植业、畜牧业和渔业三大产业，不断提高种植业标准化、畜牧业规模化、水产养殖设施化水平，为社会公众提供更多安全优质农产品。突出四项重点，即防范风险，防范出现系统性区域性风险；补齐短板，抓住薄弱环节和关键节点补齐质量安全短板；完善机制，构建全链条长效机制；提升水平，提高农产品质量安全监管能力。突出抓好下列 5 项任务。

（一）提升绿色生产水平，重点是推进绿色标准化

农产品质量安全，首先是产出来的。加强农业标准化工作，推动标准落地，落实按标生产，推进绿色发展。开展标准化生产示范创建，在菜篮子大县和国家农产品质量安全县开展对标达标提质行动，创建一批标准化集成示范基地，推广应用现代农业生产模式。深入推进农药、兽药使用负增长，探索推进化肥使用负增长，推动畜禽粪污无害化处理、资源化利用。加强产地环境治理，集中力量解决土壤重金属污染等突出问题，净化修复受污染耕地。

（二）提升品牌引领水平，重点是发展安全优质绿色农产品

实施品牌战略，强化农产品品牌意识，提升农产品品牌影响力、号召力和竞争力。大力发展绿色有机农业，建立一批绿色食品原料标准化基地，不断提高绿色、有机、地理标志农产品的总量规模，将绿色优质农产品的产地优势、品质优

势、品牌优势转化为经济效益。注重培育优质农产品品牌，重点打造一批叫得响、过得硬、有影响力的农产品产品品牌、企业品牌和区域品牌，因地制宜，做大做强农业特色产业。建立健全品牌激励保护机制，实行品牌目录动态管理，确保品牌“含金量”。严厉打击品牌假冒行为，为品牌健康成长营造良好环境。深化国家农产品质量安全县创建，扩大安全县优质绿色农产品销量，充分发挥金字招牌作用。

（三）提升全程监管水平，重点是增强发现问题解决问题的能力

改进监测方法，扩大监测范围，增加散户产品抽检，落实“双随机一公开”制度，提升监测效率，及时发现问题隐患，发挥监测“利剑”“雷达”作用，时刻防范“问题就在身边，但自己全然不知”的问题。实施靶向监管，突出问题导向，针对重点问题开展专项治理，会同有关部门建立农产品质量安全案件移送和重大案件督办制度机制，重拳出击，重典治乱，严厉打击违法违规行为。建立举报奖励、暗查暗访制度，拓宽案源线索渠道，强化问题发现机制。建立乡镇农产品质量安全网格化监管模式，将监管任务细化落实到人、落实到地块。将农产品质量安全追溯与农业项目安排、农产品认证、品牌推选和农业展会等“四挂钩”。改革无公害农产品认证制度，推进合格证制度，推动政府管控方式由单一无公害认证走向全面管理。

（四）提升科技保障水平，重点是解决农产品质量安全技术性需求

完善标准体系，按照“最严谨的标准”要求，产业发展“缺什么补什么”，抓紧构建一套与农业高质量发展相适应的标准体系，加快制定农产品生产全程控制、营养品质、包装分级、贮藏运输、生态循环、产地环境等方面标准，力争 2020 年农兽药残留标准达到 1 万项，基本与国际食品法典同步，向发达国家靠拢。研发快捷精准的农产品质量安全监测评估技术和设备，为基层快速发现问题提供技术性解决方案。加强风险评估工作，提高风险评估专业化、科学化水平，制定一批农产品质量安全风险管控措施。完善应急机制，修订农产品质量安全应急预案，组建新的农产品质量安全专家组，及时妥善处置农产品质量安全突发事件。

（五）提升农产品质量安全法治化水平，重点是完善法规制度和长效机制

强化顶层设计，完善法律制度。加快修订《中华人民共和国农产品质量安全法》，按照从严管理、从重处罚原则，与《中华人民共和国食品安全法》两法衔接、各有侧重。落实生产者主体责任和第一责任人职责，加强对散户提供的商品

进行管理，力争将散户的商品责任入法。强化生产经营主体责任，加快农产品质量安全信用体系建设，建立违法失信主体“黑名单”制度，实施联合惩戒。落实属地管理责任，加强绩效考核，强化随机抽检和监督抽查的绩效评估，在全国树立“发现问题是业绩，解决问题是政绩”的工作理念。强化部门联动，推进社会共治，发挥消费者监督作用。

农产品质量安全是农业高质量发展的基础，是实现农业农村现代化的重要任务。当前我国正处于全面建成小康社会的决胜期和实施乡村振兴战略的关键期，我国农业发展正从数量扩张向质量提升转变，农产品质量安全正处在由“乱”到“治”的转型期。加强农产品质量安全工作，保证人民群众吃得安全放心，是农业农村部门的职责，是全社会共同的期盼，需要汇聚生产者、经营者、消费者、管理者以及社会各方面的智慧和力量，加强源头防范、产管并举、社会共治，大力推进农业绿色发展和高质量发展，不断提升农产品质量安全水平，切实保障人民群众“舌尖上的安全”。

（本文根据作者在 2018 中国绿色食品发展高峰论坛暨第十三届有机食品市场与发展国际研讨会上的演讲整理并经作者审核）

作者：肖放

原载于《农产品质量与安全》杂志 2019 年第 1 期

我国绿色优质农产品发展思维及方式创新

摘要：绿色食品、有机农产品、地理标志农产品是我国绿色优质农产品品牌代表。本文全面总结了2018年我国绿色食品、有机农产品、农产品地理标志登记保护工作取得的最新进展，深入分析了绿色食品、有机农产品、地理标志农产品发展面临的新形势，研究提出了我国绿色优质农产品当前和今后一个时期的发展思维、发展方式及目标任务。

关键词：绿色食品；有机农产品；农产品地理标志；质量安全；发展方式

一、我国绿色优质农产品发展最新成效及经验

（一）重要成效

2018年，整个工作系统按照农业农村部农产品质量安全工作和“农业质量年”的总体部署，坚持“稳中求进”总基调，围绕高质量发展主线，扎实推进“三品一标”各项工作，取得了积极进展。

（1）产品发展又好又快。据统计，2018年绿色食品企业数和产品数量在高位快速增加，绿色食品企业数达5 970家，增长35%，产品13 310个，增长31.9%；有机农产品新认证企业314家，产品628个，分别增长了40%和18.7%；新公告登记保护农产品地理标志281个，增加了18.1%。2018年向社会提供绿色优质农产品总量超过3亿吨。截至2018年年底，全国“三品一标”获证单位总数为58 422家，产品总数121 743个。其中，绿色食品、有机农产品和农产品地理标志总数37 778个，比2017年增长18.1%。

（2）产品质量稳定可靠。绿色食品、有机农产品和地理标志农产品质量抽检合格率达到98%以上，产品标准突出优质、营养特征。

（3）品牌影响进一步增强。绿色食品、有机农产品和农产品地理标志品牌的知名度、美誉度、影响力和竞争力明显提升，在引领农业绿色发展、提高农产品质量安全水平、促进农业提质增效、带动农民增收脱贫等方面的作用越来越凸显。

另外，从区域发展来看，2018 年“三品一标”大省向强省迈进，小省向大省迈进，部分地区发展成了新的经济增长点。“三品一标”整体推进、协调持续健康发展，为质量兴农战略和乡村振兴战略的实施发挥了积极的示范带动作用。

（二）重要举措及经验

一年来，整个工作系统履职尽责，主动担当，重点抓了以下几个方面工作。

1. 着眼增加绿色优质农产品供给，稳步扩大总量规模

贯彻落实新发展理念，立足当地资源禀赋和环境优势，突出抓好重点地区、重点企业和重点产品的发展。建立健全审查制度和通报反馈机制，实施“部—省—市”三级审查，落实分段审查责任，提高准入门槛，有效防范审查与认证风险，切实提高审查认证登记的质量和效率。内蒙古、上海、宁夏等地强化审核把关，守住质量安全第一道关口。浙江省积极推动工作重心由产品认证为主转向指导服务生产为重。安徽、江苏、湖南、湖北、海南、广西、吉林等地积极争取省政府支持，加大奖补力度，有效推动了事业加快发展。

2. 着眼提高产品质量，严格证后监管

2018 年，整个工作系统强化责任意识，严格落实监管制度，认真开展监督检查，积极创新监管手段，有效防范质量安全风险，较好应对了舆情危机，全年未发生重大质量安全事件。中国绿色食品发展中心和地方共抽检 6 043 个绿色食品，抽检合格率 99.3%；市场监察抽取了 1 500 多个产品，及时对 140 多个假冒和不合格产品进行了处理，对 320 家农民专业合作社的 327 个产品实施预警监测，组织开展了有机蔬菜和蟹类农产品地理标志的专项检查工作。湖南、四川、重庆、宁波、新疆生产建设兵团等从严监管约束机制，督促标准化生产落实，持续开展风险预警，及时排查质量安全隐患。福建强化“监管就是服务”理念，实施“一品一码”准入准出管理。上海、山东等地依托大数据平台和手机 App 实施“智慧监管”。天津、江西、广东等地及时排查、迅速应对舆情事件，有效保障了品牌的公信力和权威性。黑龙江农垦加快稻米质量整体推进，实现“三品一标”稻米质量追溯全覆盖。

3. 着眼提升品牌影响力，加大品牌宣传力度

2018 年绿色食品宣传主题突出，形式多样，投入巨大，上下联动，效果显著。

（1）组织开展了“春风万里　绿食有你——绿色食品宣传月”活动，全国 23 个省（区、市）的 115 个市（县）举办了 256 场活动，展出了 1 500 余家绿色食品企业的 1 万多个产品，发布新闻报道 1 200 余篇、微信公众号信息 1 万余条，绿色食品专题新闻报道为历年最多。北京、天津、贵州、辽宁、大连等地创新绿色食

品进社区、进超市、进学校形式，河南、甘肃、山西等地将“宣传月”活动深入市县级城市，活动影响大、效果好。

（2）加大公益宣传力度。在《农民日报》刊发编辑部文章《中国农业高质量发展探路者》和《优质安全树新标》专题报道，在中央电视台及部分省级卫视频道推出绿色食品公益广告。湖北、浙江等地加强“三品一标”公益宣传力度，通过广播、电视、报纸、互联网、微信平台，积极开展宣传周、品牌日、讲品牌故事等公益宣传活动；陕西、安徽、重庆、云南等地组织开展品牌创建评选、典型示范和样板打造等活动，显著提升了品牌的知名度和美誉度。青岛为上海合作组织峰会提供“三品一标”农产品130余吨，展示了绿色优质农产品的品牌形象。

4. 着眼企业增效和农民增收，积极开拓市场

（1）积极发挥展会平台的功能作用。首次将中国绿色食品博览会和中国国际有机食品博览会两个具有较高影响力的品牌展会同期举办，各地组织优质特色“三品一标”农产品同台亮相，组织举办了36场形式多样的产品推介会、产销对接会，邀请了57家境外企业参展，2 000多位专业采购商到会考察洽谈，展会达到了“展示成果、促进交流、扩大贸易”的目的，市场化、专业化、品牌化、国际化水平进一步提升。组织企业参加了德国、日本和新加坡等境外展会，搭建进出口贸易平台。湖南、西藏[①]等地积极推动当地特色农产品与大型采购商对接，进一步拓展了产品营销渠道。

（2）积极开拓专业营销新模式。黑龙江、新疆等地开发新型营销项目，积极推进绿色食品、有机农产品和农产品地理标志专营店、专柜和电商平台建设，进一步拓展专业营销网络。青海省建立6个优质农产品联盟省外展销中心，积极推动绿色优质农产品走向内地市场。

5. 着眼强化产业支撑，加强技术标准研究力度

（1）继续开展标准体系建设和标准实施。完成了17项绿色食品标准制修订和54项区域性生产操作规程编制工作，启动了8项有机农产品生产操作规程编制工作。北京、天津、黑龙江、湖南、湖北、河南、江苏、安徽、四川、福建等地积极配合中国绿色食品发展中心完成了区域性绿色食品生产操作规程编制工作。各地结合当地实际情况，加快了地方生产操作规程制定步伐。目前，现行有效绿色食品标准140项，区域性生产操作规程104项，地方生产操作规程400多项。

（2）进一步加强检验检测体系能力建设。强化“放管结合”，优化布局和考核，组织开展了13次飞行检查，组织参加农业农村部能力验证和专业培训，强化

① 西藏自治区，全书简称西藏。

淘汰退出机制，取消 5 家检测机构资质。

（3）持续开展队伍能力建设。加强培训力度，壮大师资力量，全年组织开展专业队伍培训班 30 余次。内蒙古自治区率先建立了企业内检员网上培训考试系统，提高了培训效率和质量。

（4）加强理论政策与技术研究。积极搭建产学研融合发展研究平台，成立“中国绿色食品发展研究院”“华夏有机农业研究院”，以期为事业高质量发展提供战略支撑、理论支撑、技术支撑和人才支撑。

6. 着眼打赢脱贫攻坚战，突出抓好品牌扶贫工作

将助力产业精准扶贫作为重要政治任务、头等大事，抓紧抓好，真正做到“真情实意谋划，真抓实干扶持，真金白银投入”。

（1）强化合力扶贫。中国绿色食品发展中心出台了《关于加强“三品一标”品牌扶贫工作的意见》，明确了品牌扶贫的总体要求和工作重点，形成了上下联动的良好格局。

（2）强化政策措施。积极搭建基地建设、产品开发、品牌宣传、产销对接、培训指导 5 个扶持平台。对贫困地区申报产品实施“快车道”和收费减免政策，加快推进贫困地区创建绿色食品、有机农产品标准化生产基地，发展绿色优质农产品。2018 年，中国绿色食品发展中心累计减免贫困地区费用达 920 万元，出资 100 多万元举办了 6 期贫困地区“三品一标”培训班。新疆加大对南疆深度贫困地区品牌扶持力度，河南省召开了品牌扶贫现场会，组织 4 次品牌扶贫产销对接活动。河北省强化对环京津贫困县产业扶贫力度，推动当地特色农产品发展。

二、新形势下发展绿色优质农产品的思维创新

（一）发展绿色优质农产品面临的机遇认知

2020 年是绿色食品事业发展 30 周年，站在新的时间节点，我们既要回顾总结事业发展走过的艰难历程、成功经验和显著成效，更要深入分析事业发展所面临的新形势新任务，登高望远，从长计议。当前和今后一个时期，绿色食品、有机农产品、地理标志农产品处于一个大有可为的发展机遇期。一是政策机遇，二是工作机遇，三是市场机遇，四是技术机遇。抓住机遇也就抓住了政策红利、工作红利、市场红利和技术红利。从政策机遇来看，中共中央、国务院高度重视农产品质量安全和农业绿色发展工作，近两年以来，对农产品质量安全提出了新的更高要求，强调要把“着力增加绿色优质农产品的供给”摆在更加突出的位置。

2019年“两会”期间，习近平总书记在参加河南代表团审议时，要求“保证让老百姓吃上安全放心的农产品”。中共中央办公厅、国务院办公厅年初印发了《地方党政领导干部食品安全责任制规定》，进一步强化地方党政领导对农产品质量安全工作的责任。农业农村部等7个部委（局）联合下发的《国家质量兴农战略规划（2018—2022年）》，将绿色食品、有机农产品和农产品地理标志列入了质量兴农的主要指标，要求年均增长6%。新发展理念，特别是绿色发展理念，已经写入党章，进入宪法，上升为全党的意志和全国的意志。党和国家的一系列方针、政策和中央领导重要指示精神，为农业绿色发展指明了方向，提供了强大的动力支持和基本遵循，而“三品一标”是农业绿色发展的重要组成部分，绿色优质农产品发展面临极好的政策机遇，大有可为。关于工作机遇，表现在多个方面，一是各级党委政府重视支持，出台政策，纳入考核，推动发展；二是工作体系完整，力量增强，整个体系包括检测支撑系统、技术专家队伍齐心协力，有序有效地在开展工作，为事业发展提供了重要的组织保障。关于市场机遇，当前，我国公众消费转型升级，不仅要吃得安全，更要求吃得营养健康，基本解决了“舌尖上的焦虑”，还要进一步解决“舌尖上的美味”，需要绿色食品、有机农产品和农产品地理标志发挥“主力军”作用。培育“大而优”“小而美”“土字号”“乡字号”优质农产品品牌，带动农业产业提质增效和农民增收，绿色食品、有机农产品和地理标志农产品正可以大显身手。关于技术机遇，如今科学技术日新月异，信息技术、生物技术、装备技术等在农业生产管理中广泛运用，给确保质量安全、提升效益带来了巨大的技术机遇和技术红利。这些机遇和红利使得绿色食品、有机农产品和地理标志农产品进入了最好的发展时期，给我们的工作增添了信心，增加了责任，注入了新的活力，提供了强大的动力。

（二）存在问题分析

毋庸讳言，绿色食品、有机农产品和地理标志农产品事业发展还面临着一些挑战和问题。社会各界对农产品质量安全关注度和期望值越来越高，增加绿色优质农产品供给的任务越来越重，现有工作体系力量远远满足不了产品快速发展的需要。由于机构改革，部分工作机构人员调整大，工作职能整合后有所弱化，体系队伍急需再建设、再聚拢、再加强。产业发展不平衡不充分，绿色食品企业用标率不高，专业化营销体系还未建立，优质优价机制尚未充分形成，基础理论研究比较薄弱，信息化技术手段应用不充分，队伍的专业素质和能力有待进一步提升。

（三）发展绿色优质农产品的新思维

适应新形势新任务新要求，我们要进一步增强做好绿色食品、有机农产品和农产品地理标志工作的责任感使命感，在目标任务上再聚焦，在工作思路上再梳理，在推进措施上再压实，在工作手段上再创新，努力做到“四个坚持”。

1. 坚持目标导向，积极优化推动事业高质量发展的环境和条件

（1）转变发展观念。发展是事业第一要务，要毫不动摇坚持科学发展和高质量发展的战略思想，统筹数量、质量与效益的关系，切实改变“重数量、轻质量”“重认证、轻监管”的思想，真正将发展目标和导向转移到提升产业质量效益和竞争力上来，努力实现高质量发展，即产业水平高、产品质量高、产业效益高、品牌价值高。

（2）加大政策创设。积极争取地方政府和农业农村部门的政策扶持，加大对绿色食品、有机农产品及农产品地理标志的奖补力度，充分调动广大生产经营主体和农民生产绿色优质农产品的积极性和主动性。

（3）尊重市场规律。注重发挥市场在资源配置中的决定性作用，加大品牌宣传，积极培育国际国内两个市场，加快解决绿色优质农产品市场信息不对称、市场失灵等问题，促进优质优价市场机制形成，增强事业发展的内生动力。

（4）强化职能职责。要坚持事业发展的公益性定位，抓住改革契机，在机构改革过程中积极争取支持、创造条件，强化工作职能，充实人员力量，做到思想不乱、阵地不换、职能不减、干劲不降，为我国农产品质量安全监管提供坚强的支撑保障作用。

2. 坚持问题导向，加快建立健全质量保障体系

紧盯质量保障体系的薄弱环节和突出问题，加快进行再梳理、再创新、再完善、再落实。

（1）严密制度体系。建立健全质量审核、现场检查、检验检测、标识管理、风险预警等认证制度和质量保障体系，切实做到程序严密、制度完善、措施管用、无缝对接。

（2）推进标准落地。加快将标准转化为生产技术规程，加强生产操作规程的编制、培训和推广力度，大力推进生产操作规程进企入户，促进标准和技术落地生根。

（3）从严审核监管。坚持“严字当头”，严格标准，严格门槛，宁缺毋滥，锁定审核认证登记环节关键控制点，守住底线，严把入口。坚持“趋紧从严”，改进监管手段和方式，引导绿色食品获证主体积极、规范使用标志。

（4）强化退出机制。加大对不合格企业的惩戒力度，释放“从严从紧”信号，让生产经营主体敬畏法规、敬畏质量、敬畏市场、敬畏风险。

3. 坚持服务大局，主动融入农业农村重点工作

提高站位，放大格局，主动将绿色食品、有机农产品和农产品地理标志工作融入农业农村重点工作中来谋划和推动。

（1）融入乡村振兴战略。着力发挥绿色食品、有机农产品和农产品地理标志在壮大主导产业，做强特色产业，促进乡村产业振兴、文化振兴和生态振兴中的示范带动作用。

（2）融入质量兴农战略。充分发挥绿色食品、有机农产品和农产品地理标志在推进农业全程标准化生产，提高农产品质量安全水平，增强绿色优质农产品供给，培育提升农业品牌中的示范引领作用。

（3）融入农业绿色发展。与优化作物品种和区域布局、建设特色农产品优势区、绿色循环优质高效特色农业建设、化肥农药减量增效行动、有机肥替代行动、耕地质量建设、节水农业等重大工程和项目紧密结合，共同推进农业绿色发展。

（4）融入农业产业扶贫。立足贫困地区资源禀赋和生态环境优势，充分发挥绿色食品、有机农产品和农产品地理标志在推进农业绿色化、优质化、特色化、品牌化发展，提高农业产业发展质量效益，带动农民增收脱贫中的积极作用。

4. 坚持底线思维，着力防范化解重大风险

增强忧患意识。绿色食品、有机农产品和农产品地理标志的总量规模越来越大，生产经营主体素质参差不齐，社会关注度、敏感度越来越高，整个工作系统始终处于审核发证的关口、指导服务的窗口和质量安全的风口，质量风险、舆论风险、廉政风险等各种风险内外联动、交织叠加。整个工作系统必须增强忧患意识，坚持未雨绸缪，提高防控能力，既要警惕“黑天鹅”事件，也要防范“灰犀牛”事件。

（1）防范质量风险。建立健全全程质量控制体系和质量安全风险防控责任机制，完善风险预警、风险分析、风险评估和风险报告制度，夯实防范基础，层层传导压力，形成纵向到底、横向到边的责任链条。

（2）化解舆情风险。网络舆论传播速度快、影响广。即使是极个别的农产品质量安全负面信息或偶发事件，通过网络舆论的“蝴蝶效应”，可迅速演化成危机舆情事件，对消费信心、产业发展、品牌形象及政府公信力都会产生严重影响。要时刻绷紧舆情风险防范这根弦，切实提高事前预警、事中处置、事后化危为机的能力。

（3）杜绝廉政风险。要提高免疫力，增强约束力，坚决防范行业“潜规则”，

坚决抵制“权钱交易”，持之以恒加强工作系统作风建设，准确把握好“亲”和“清”的关系，确保整个工作系统廉洁自律、风清气正。

三、发展绿色优质农产品的新方式及近期工作重点

2019年绿色食品、有机农产品和农产品地理标志工作，机遇多、挑战大，任务重、要求高。我们要紧紧围绕“推进事业高质量发展”这一主线，守正创新、精准发力，重点推进“四个聚焦、两个强化”，组织实施“五大行动”。

（一）聚焦“提质量、稳增长”，严格审核把关和证后监管

（1）从严审核把关。坚持严字当头，强化风险意识，突出抓好关键点、高风险产品审查。继续完善分级审查、集中审查、专家评审、问题通报等机制。强化各级工作机构审查综合评价，压实各方责任。积极探索信息化技术在现场检查环节的应用，确保现场检查规范有效。

（2）强化证后监管。坚持证前审查和证后监管并重，落实好企业年检、产品抽检、市场监察、风险预警、产品公告等监管制度。继续做好年检督导工作。积极配合做好有机农产品和农产品地理标志专项检查工作。

（3）组织开展绿色食品企业标志规范使用行动。开展企业用标摸底调查、集中监察，进一步强化获证主体用标意识，引导企业主动、规范用标。希望各地积极配合、多措并举，着力解决绿色食品企业标志使用率过低的问题。

（4）组织开展绿色食品生产操作规程入户示范行动。2019年中国绿色食品发展中心计划在5个省份率先启动规程进企入户行动，总结经验、做出样板，以此带动整个工作系统把工作重心转移到为企业和农户提供技术指导和推进标准化生产上来。各地方绿色食品工作机构要积极配合，主动作为，大胆尝试，印发规程挂图或单行本，组织专家深入田间地头开展技术指导和服务，切实帮助广大农户落实标准化生产。

（5）积极开展质量追溯管理。按照农业农村部的统一部署和要求，积极跟进绿色食品、有机农产品和农产品地理标志质量追溯管理工作，将相关生产经营主体纳入国家农产品质量安全追溯平台。

（二）聚焦“强基础、补短板”，加大产业技术支撑体系建设

（1）加快标准制修订工作。组织完成21项绿色食品标准制修订和3个绿色食品品质、营养功能指标课题研究工作，组织编制58项绿色食品和20项有机农产

品生产操作规程。

（2）组织重大课题研究。计划依托中国绿色食品发展研究院，整合中国农业大学、中国科学院、中国社会科学院、中国农业科学院有关科研院所技术力量及工作系统力量，立项开展绿色食品生态环境效应、经济效益和社会效益综合评价重大课题研究。

（3）组织开展定点检测机构能力提升行动。检验检测体系是事业发展不可或缺的重要力量。2019 年中国绿色食品发展中心将完善定点检测机构顶层制度设计，统筹组织开展检测机构能力验证、飞行检查和专业能力提高培训班等活动，加快建立检测数据传输平台。

（4）加快推进信息化建设步伐。研究制定信息化建设规划，按照打通业务链、产业链、数据链思路，组织开展绿色食品、有机农产品和农产品地理标志信息化平台建设，进一步提升事业信息化管理与服务水平。

（5）支持绿色生资发展。持续推动绿色食品生产资料在绿色食品生产企业和基地中广泛应用，通过产销对接会、博览会等平台支持绿色食品生产资料产品实现品牌提升和产销衔接。

（三）聚焦“树品牌、增动能”，深入开展品牌宣传和市场建设

品牌宣传和市场建设是激活增长动能、提升内在价值的重要手段，需要常抓不懈，久久为功。

（1）继续组织开展“春风万里　绿食有你——绿色食品宣传月”活动。发挥系统优势，开展多种形式的公益宣传活动，组织开展绿色食品进社区、进学校、进超市，媒体记者进基地、进企业、进农户宣传报道工作。各地要积极与新闻媒体广泛合作，开展品牌形象公益宣传。同时，积极支持农产品地理标志宣传片《源味中国》第二季拍摄有关工作。

（2）积极培育国内外市场。组织举办好第二十届中国绿色食品博览会、第十三届中国国际有机食品博览会以及中国国际农产品交易会地理标志专展，突出品牌形象，强化产销对接，培育消费市场。鼓励各地继续举办区域性、专业化展会、产销对接会、年货节等活动，为企业搭建有效的贸易平台。

（3）推动专业经销商队伍建设。启动专业经销商队伍建设，引导组建一支绿色食品、有机农产品和农产品地理标志专业经销商队伍，为厂商合作牵线搭桥。

（4）组织实施好地理标志农产品保护工程。中央财政拟通过农业生产发展资金，采取以奖代补方式，选择特色鲜明、具有发展潜力、市场认可度高的 200 个地理标志农产品，开展保护提升，打造特色产业。各地要积极配合做好方案细化、

支持对象遴选、工程建设和实施等工作。

（5）组织开展“寻找最美绿色食品企业”行动。分区域、分行业、分类别挖掘一批在标准化生产、质量监管、品牌宣传、市场营销、环境保护、扶贫攻坚等方面的典型企业，树立一批具有代表性的标杆企业，突出示范带动作用，为庆祝绿色食品30周年提供鲜活的素材。同时，组织开展“我与绿色食品30年”征文、绿色食品随手拍等活动。

（四）聚焦“促融合、同发展”，进一步放大品牌效应

（1）扎实做好品牌扶贫。各地要主动争取当地财政支持和资金投入，加大对品牌扶贫支持力度。要立足贫困地区资源禀赋，加快建设一批绿色食品原料标准化生产基地、有机农产品基地，开发一批具有地方特色的绿色优质农产品，培育一批影响力大、经济效益好、带动能力强的农产品品牌，积极帮助贫困地区开展好品牌宣传、市场营销、培训指导等工作，助力产业精准扶贫。

（2）积极推进基地建设。各地要突出原料供应、产销对接的重点任务，推动基地落实标准化生产，提升基地产品对接率。要压实主体责任，切实严格监管，确保创建对接取得实效。

（3）推动一二三产业融合发展。各地要按照全产业链发展的思路，突出示范引领功能，每个地区争取建成1～2个全国绿色食品或有机农业领域一二三产业融合发展园区。要发挥系统优势，重视全国有机农产品标准化生产基地建设，将其作为推动有机农业发展的必要措施抓实抓好。

（4）促进品牌融合发展。积极引导“绿色食品＋农产品地理标志”“有机农产品＋农产品地理标志”，并与区域公用品牌协同发展，形成品牌叠加效应。支持具备条件的无公害农产品生产主体积极发展绿色食品、有机农产品和农产品地理标志。拓展跨界融合，支持农业文化遗产所在地发展绿色食品、有机农产品和农产品地理标志。

（5）开展境外交流与合作。推进中国绿色食品发展中心和马来西亚棕榈油总署合作，扩大绿色食品在“一带一路”地区国际影响力。加强与国际认证机构合作，稳步扩大境外产品认证规模。支持中国绿色食品协会开展绿色食品、有机农产品对台交流合作。继续参与中欧地理标志互认产品谈判工作，落实第二批中欧地理标志互认清单。

（五）强化制度机制创新

（1）建立“先培训、后申报”制度。修订绿色食品内检员管理办法，将企业

内检员培训注册作为申报前置条件，提升企业质量安全意识和标准化生产水平。

（2）降低收费标准。落实国务院“放管服”改革要求，按照农业农村部有关精神，中国绿色食品发展中心决定除实施品牌扶贫全部免收政策外，对所有绿色食品企业认证审核和标志使用费收费标准普降20%，进一步凸显绿色食品事业公益性特点。

（3）加快构建高质量发展评价体系。积极引导把产业结构优化、质量安全、品质提升、品牌宣传、市场培育、效益提高、产业扶贫等纳入各级农业农村部门的有关考核内容，引导政策、资金、人才等各方面资源要素聚合到提高绿色食品、有机农产品、农产品地理标志质量效益上来。

（六）强化队伍能力作风建设

（1）健全体系队伍。要以本轮机构改革为契机，积极争取地方农业农村部门的支持，强化绿色食品、有机农产品和农产品地理标志工作职能，建立健全贯穿“部—省—市—县”工作体系。

（2）强化工作合力。加强与发改、财政、市场监管、科技等部门的沟通协调，发挥科研院所、新闻媒体、社会公众及社会组织的作用，特别是发挥好中国绿色食品协会和全国优质农产品开发服务协会的作用，壮大“同盟军”，活跃“朋友圈”，形成同向发力、协调配合、共同推进的良好局面。

（3）提升专业能力。加大专业技能培训力度，将专业知识和业务能力培训作为今后检查员、监管员培训重点内容，进一步提高整个工作体系队伍的专业素养和业务能力，打造一支“政治坚定、业务精良、担当作为、清正廉洁”的体系队伍，为推动绿色食品、有机农产品、农产品地理标志和农产品质量安全监管工作提供有力的支撑保障。

（本文根据作者在2019年全国绿色食品有机农产品和农产品地理标志工作座谈会上的讲话整理并经作者审核）

作者：张华荣

原载于《农产品质量与安全》杂志2019年第3期

绿色是生命的底色。党的十八大以来，习近平总书记多次提到绿色发展理念，2018 年中央一号文件特别提出绿色发展将成为未来农业发展的主导，更多农产品将贴上绿色标签。作为我国安全优质农产品的代表，绿色食品适应人们对绿色发展的需求，尤其是进入新时代，人们对绿色安全优质的农产品需求将更为迫切，绿色食品将迎来前所未有的大发展。1990—2019 年，我国绿色食品事业经过了近 30 年的发展，从概念到产品，从产品到产业，从产业又发展成一个品牌，一步一个脚印，开创出一片可喜的新天地。

绿色食品：新时代　再出发

——中国绿色食品事业发展侧记

家住北京市丰台区的陈女士，最大的爱好就是周末在家为全家人准备一顿丰盛的大餐，而她去超市选购食材时，也总会对包装上贴有绿色食品标志的产品“情有独钟”。

“刚开始对绿色食品并不了解，但有一次我在超市看到由北京二商集团出产的两块豆腐一块卖 2.3 元、一块卖 4.6 元的时候，我还挺纳闷，都是一样的豆腐，怎么在价格上相差了一倍啊，难道就因为包装上贴了一个绿色食品的标志吗？”作为专业“吃货”，陈女士索性把两块豆腐一起买回家全部炖了出来，品尝后发现两者口感确实不一样，贴有绿色食品标志的豆腐在口感上豆香更纯正。

一块豆腐因为绿色食品标志的“加持”，让陈女士一家品尝到了更加优质安全的食物。闲暇时间，她还专门上网了解绿色食品的相关知识，“产自优良环境、全程质量控制、严格按照绿色食品标准生产……”了解越多，陈女士就愈发感觉到绿色食品的出现让家人在健康饮食方面有了更多保障。渐渐地，她成为绿色食品的忠实“粉丝”。

而这也只是绿色食品发展过程中的一个缩影，对当下的大多数消费者来说，绿色食品虽不是奢侈品，却以“优质精品”的形象，不断进入寻常百姓家。

从破土发芽到世界潮流——发展绿色食品的战略选择

20 世纪 80 年代末 90 年代初，我国已基本解决温饱问题，正处于从温饱向小康过渡的历史阶段。消费者日益关注食品的安全保障，日益关注工业发展和化肥农药的过量使用对农业和生态环境的影响，市场呼唤安全优质和无污染的食品。我国农业发展也开始战略转型，步入从主要追求数量增长向高产优质高效并重的重大转变。提高农产品质量、增加农民收入和保护生态环境，已逐渐成为当时世界农业发展的潮流。

在这一背景之下，农业部审时度势，把握农业发展转型的重大机遇，开创性地做出了发展绿色食品的战略决策。

1990 年 5 月 15 日，农业部在北京召开第一次绿色食品工作会议，时任农业部部长何康在会上宣布，启动绿色食品开发和管理工作。

在中国大地上，“绿色食品”破土、发芽。

事有大成，一曰顺势，二曰有为。绿色食品既是我国经济社会改革发展的必然产物，也是我国农业工作中的一项富有远见卓识的创举。

甫一诞生，绿色食品就得到了国务院的高度重视。1991 年，国务院对农业部呈报的《关于开发“绿色食品”的情况和几个问题的请示》作出批复，充分肯定了发展绿色食品的重要意义：开发绿色食品对于保护生态环境，提高农产品质量，促进食品工业发展，增进人民身体健康，增加农产品出口创汇，都具有现实意义和深远影响。要采取措施，坚持不懈地抓好这项工作，各有关部门要给予大力支持。

1992 年，国务院在《关于发展高产优质高效农业的决定》中强调，“对绿色食品等经国家有关部门正式确定的质量标志要严格管理，依法适用和保护”。发展绿色食品由此成为一项国家战略，而绿色食品在促进农业转型升级、提升农业竞争力、带动农民增收和顺应人民美好生活需要上具有积极推动作用。

引领传统农业转型升级

曾连续 12 年被评为全国粮食生产先进县的黑龙江省富锦市，农业资源优势毋庸置疑，但资源优势转化为经济优势的亮点却乏善可陈。多年来“有产量没质量、有产品没品牌、有资源没财源”的问题既是发展的痛点，也是改革的着力点。

2014 年，富锦市开始依托黑龙江（富锦）绿色食品产业园，大力发展绿色食品产业。富锦以科技为支撑，以绿色生产为质量标准，建立了近 30 个多元化多层次的万亩现代化大农业绿色科技示范园区，带动全市 570 万亩耕地基本实现绿色生产，为入驻富锦绿色食品园区的企业生产加工绿色食品，提高市场竞争力，打下了坚实基础。

目前，全市重点发展水稻、大豆、玉米、甜菜、南瓜、马铃薯、果蔬、乳品、肉类、酒类加工及高精食品加工十一大绿色食品产业，产业园内已入驻企业23户，其中，建成投产12户，年产值达37亿元。

从“一粮独大”到“产业融合”，富锦找到了走绿色食品产业化开发的新路径。

在新形势下，各地都在紧紧围绕做强做大绿色食品产业、放大品牌效应的目标，坚持数量、质量与效益并重，稳步推进标准化、减量化生产，带动我国农产品质量向更高水平迈进，可以说，绿色食品产业已经成为促进农业转型升级的“排头兵”，引领我国安全优质农产品消费的“风向标”。

提升农业质量、效益、竞争力

绿色食品促进农业转型升级的同时，也极大提升了我国农业的竞争力。

从中国第一瓶干红在河北省秦皇岛市昌黎县诞生开始，中粮华夏长城葡萄酒有限公司（以下简称华夏公司）视质量为企业生命，不仅采用国际一流的加工生产设备，还从葡萄种植到采摘、酿造、存储、销售等各个环节，打造出一条‘从田间到餐桌’的全产业链质量控制体系，确保每一瓶长城葡萄酒都是安全的好酒。

自企业1988年成立以来，加快发展绿色食品一直是中粮华夏长城葡萄酒有限公司提升产品质量的“砝码”。1996年，成为全国首批获得“绿色食品”标志许可的葡萄酒企业。自取得标志许可以来，一直坚持不懈做绿色食品；每年接受的外检、抽检、第三方检测、自检合理率均为100%。

高品质带来载誉无数，更让企业产品在国际领域崭露头角。长城葡萄酒不仅被国家商检局[①]评为“中国出口名牌”产品，还在布鲁塞尔、伦敦、巴黎等国际顶级评酒大赛中摘得最高奖。就在2018年3月18日，在OIV亚洲葡萄与葡萄酒科技发展中心主办的第八届“亚洲葡萄酒质量大赛”中，华夏公司选送的长城华夏大酒窖珍藏级干红葡萄酒、长城华夏大酒窖特级精选干红葡萄酒、长城华夏酒庄2009年干红葡萄酒、长城华夏酒庄2008年干红葡萄酒四款干红葡萄酒斩获三金一银。

据了解，随着我国绿色食品竞争力提高，大批绿色食品企业开始走向国际市场，累计出口创汇约300亿美元，2001—2016年，绿色食品出口额由4亿美元增加到25.1亿美元，年均增长10%。绿色食品商标已在美国、俄罗斯、法国、澳大利亚、日本、韩国等11个国家和地区成功注册。国际上有澳大利亚、丹麦、缅甸3个国家、6个企业的34个产品使用绿色食品标志。

① 国家进出口商品检验局，全书简称国家商检局。经1998年和2008年两次国务院机构改革，已将其职责归入国家市场监督管理总局。

消费者、生产者共享绿色成果

随着我国成为世界第二大经济体，人们在饮食结构上也正悄然发生着变化，从追求吃饱到追求吃好的变化可以看到，原来粗放式的农业结构生产出的农产品在口感和营养上已不能满足人民群众的需求，而此时，发展多年茁壮成长的绿色食品产业开始发挥出举足轻重的作用。

如今，消费者不仅可以在实体店购买到绿色食品，在各大电商平台上，绿色食品也是随处可见。

点开京东商城，搜索绿色食品这四个关键字，立刻就会出现琳琅满目的绿色食品，而这些绿色食品的售价较普通产品要高出不少，但购买量却着实不低。

以在京东售卖的“柴火大院”2018五常稻花香新米为例，截至2019年1月10日，该款产品已在线上收到39 354条评价，可见其受欢迎程度有多高。

“这款大米已经购买好几次了，有绿色食品标志，蒸出来清香软糯，很好吃。”

“这款米袋子上有明显的绿色食品标志，是值得信赖的品牌，而且米晶莹透亮，蒸出来的米饭很香很筋道。”

……

诸如以上这类的好评记者看到了太多太多，“以一斑而窥全貌”，绿色食品满足了市民的“味蕾”，而田头的农民朋友也因为绿色食品让钱袋子鼓了起来。

“柴火大院”的品牌所有者黑龙江省五常市彩桥米业有限公司，于2015年成立了柴火大院专业种植合作社，发展大米种植基地近2万亩，公司免费为合作社成员提供优质稻种，与他们签订回收合同，在种植、施肥、田间管理等环节由公司的水稻种植专家全程指导，确保绿色食品标准化生产的各项要求落实到田间地头。

彩桥米业经十六道工序和双抛双选、先进的设备工艺、科学全封闭加工、环保型生产，充分保留稻米的营养成分与口味，彻底实现稻米从中低端向高端的跨越。2017年，基地稻田产出的“柴火大院”精品水稻上市后便销售一空，合作社因此促进农民增收120万元，合作社粮农当年人均提高收入6 000～7 000元，喜尝致富增收的甜头。

如今，绿色食品在我国已经成为一个精品品牌，品牌影响力不断扩大。目前，国内大中城市，绿色食品品牌认知度超过80%。在价格上，绿色食品国内售价比普通食品平均高约20%，绿色食品国内销售额已达到3 866亿元。

而且，绿色食品为产业扶贫工作开辟了新局面，2018年累计支持国家级贫困县及新疆、西藏等地区的1 069个企业发展了2 559个绿色食品产品，累计减免费用741.6万元。

传统到现代的历史跨越——绿色食品发展的目标导向

2018年全年新发展绿色食品企业5 970家，产品13 316个，分别比2017年增长35%和32%，增长率为近10年来最高，分别比2017年提高23个和19个百分点。截至12月10日，全国绿色食品企业总数13 206家，产品总数突破3万个，共30 932个。

一组沉甸甸的数据背后，彰显出顺应时代破土而出的绿色食品产业，正迸发出蓬勃生长之力。

可以说，绿色食品经过近30年的发展，在多项相关政策的支持下，绿色食品在有关技术标准、审核评价、监管机制等方面逐步完善，取得了一些可喜的成绩，逐渐向当初开创绿色食品事业时设立的目标靠近。

据了解，“支持发展绿色食品”已多次写入中央一号文件。中共中央、国务院《关于加快推进生态文明建设的意见》对发展绿色产业做出了总体部署。党的十八届五中全会提出了五大发展理念，进一步明确了绿色发展的思想。发展绿色食品，符合国家“绿色发展、低碳发展、循环发展”的战略部署，符合“产出高效、产品安全、资源节约、环境友好”的现代农业发展方向，越来越受到各级政府的高度重视。

当下，发展绿色食品已纳入我国现代农业建设、可持续农业发展、农产品质量安全提升等中长期规划，并与农业标准化、产业化、品牌化等主体工作紧密结合，在组织领导、产业指导、政策扶持、激励机制等方面的配套政策不断完善，支持力度不断加大。正是有了这些政策的大力支持，绿色食品的相关标志许可、证后监管、队伍建设才有了长足发展，我国的绿色食品事业发展才能蒸蒸日上。

标准促进产业发展

绿色食品有一套自己的标准。据了解，我国绿色食品借鉴国际先进食品安全标准，立足我国实际，制定了一套特色鲜明的，先进性与适用性相结合的技术标准体系。该体系贯穿生产的产前、产中、产后全过程，涉及产地环境、生产过程、产品质量、包装标签、贮藏运输等诸多环节，而且标准中部分卫生指标要严于国家标准或发达国家标准。截至2018年年底，绿色食品标准共140项，其中准则类标准14项，产品标准126项。

与绿色食品事业共同成长起来的黑龙江省完达山乳业，正是严格执行绿色食品标准体系的受益者。企业副总经理严利谈及标准化生产为企业带来的效益时说；“我们从原料验收到成品出厂有一整套完善的管理制度，加工工艺均按照GMP

(《药品生产质量管理规范》)制药级标准严格设计生产流程，建立了产品质量安全追溯体系，确保完达山乳品质量安全，这也是完达山乳业能够 4 次蝉联国家食品质量银质奖章的重要原因。”

完达山乳业通过严格的生产标准成长为中国乳业绿色诚信品牌。而四川省雅安市则坚持“绿而美、绿变金”的绿色产业发展之路，大力推进绿色食品基地建设。

目前，雅安市建设绿色有机生产基地 115 万亩，认证绿色有机食品 306 个，成功创建全国绿色食品原料（茶叶、黄果柑、枇杷、核桃、猕猴桃）标准化生产基地 6 个，面积 60 多万亩。

据雅安市人民政府副秘书长陈武介绍，“雅安市持续提升全国绿色（有机）农业示范区建设水平，构建‘天府之肺，生态雅安’，通过大力发展绿色食品产业，2017 年全市农民人均可支配收入达到 12 145 元，比 2010 年翻了一番。”

据了解，截至 2018 年年底，全国共建成 680 个绿色食品原料标准化生产基地，总面积 1.65 亿亩，涉及水稻、玉米、大豆、小麦等百余种地区优势农产品和特色产品，共带动 3 900 多万个农户发展。

严管树立标志公信

经过多年发展，绿色食品标志许可审查监管制度不断完善，有力地保障了事业发展。近年来，在产品申报量持续增长的态势下，中国绿色食品发展中心上下联动，各负其责，从受理申请、现场检查、材料审核、专家评审到证书颁发，严把各个关口，有效防范了质量安全隐患，将不合格产品及时挡在了门外，保持了绿色食品产品质量安全水准。坚持“从严监管、发现问题、坚决出局”，严格证后监管。

记者从中国绿色食品发展中心了解到，2018 年全年因年检、抽检不合格共取消 32 个产品标志使用权。产品抽检方面，共抽查了 6 403 个绿色食品，占 2017 年产品总数的 24.86%，检出不合格产品 42 个，抽检合格率 99.34%。市场监察方面，共抽取标称绿色食品的不重复样品 1 531 个，查处 124 个不规范用标产品和 13 个假冒产品，分别占比 8.01% 和 0.85%。

监管能力的提升，也与中心拥有一支优秀的工作队伍密不可分，目前，全国共有省级绿色食品工作机构 36 个，地（市）级工作机构 308 个，县（市）级工作机构 1 558 个，覆盖了全国 88% 的地州、56% 的县市。

截至 2018 年年底，绿色食品检查员 2 944 人，监管员 1 995 人，企业内检员 25 614 人，共有绿色食品定点检测机构 97 家。

此外，经过多年宣传推广，绿色食品已被社会广泛接受，其推行的生产方式、倡导的消费理念、树立的社会形象和产生的品牌效益，已得到普遍认可。

据调查，在国内大中城市，绿色食品品牌的认知度超过 80%；在所有认证产品中绿色食品的公信度排名第一。绿色食品品牌影响已从国内扩大到国际，其标志商标已在日本、美国、俄罗斯等国家和地区注册，丹麦、澳大利亚、加拿大等国家已开发了一批绿色食品产品。

截至目前，我国绿色食品发展的每一步都稳步踏实，铿锵有力！新时代，绿色食品正逢其时，将昂首阔步继续向前走！

质量兴农　品牌强农——绿色食品发展的时代路径

党的十九大报告提出，实施乡村振兴战略，作为七大国家战略之一写入党章。乡村振兴是基于我国农业农村发展变化和基本矛盾而提出的重大战略，实施乡村振兴战略，是解决当前我国乡村发展问题的必然要求。

推进乡村振兴，单从市场层面看，目前我国的农产品供给和需求存在结构性失衡的问题。我国人均 GDP 超过 8 000 美元，城乡居民消费进入加快升级的阶段，不仅要“吃得饱”，还要“吃得好”，对“舌尖上的安全”的需要也更多。但优质化、多样化和专用化的农产品发展依然滞后，高品质的粮食、果菜、奶类、肉类等农产品生产与消费需求尚有一定差距，这为绿色食品产业发展开辟了新的巨大市场空间。

面对新时代、新需求，绿色食品要稳步扩大数量规模，更好地满足消费者对于绿色安全优质农产品的需求。

绿色食品要不断提升科技含量，大力发展精深加工产品，延长产业链，更好地助力农业持续增效、农民持续增收。

绿色食品企业要面向国际国内两个市场做强做大，在全球农业竞争激烈的当下，为提升我国农业竞争力扛起“大旗”。

在质量兴农、绿色兴农、品牌强农发展理念引导下，中国绿色食品发展中心持续探索、砥砺奋进，继续不断探寻发展绿色食品事业的时代新路径。

筑牢质量基础

江苏省农垦米业集团有限公司作为国有全资农业产业化国家重点龙头企业，长期以来秉承承载产业报国，奉献安全食品的历史使命。一直把生产安全优质的产品作为企业发展的着力点。

在实际操作中，该公司按绿色食品标准化生产的要求，以区域化布局、专业化种植为原则，对种植基地实行“六统一”管理，即“统一品种布局、统一农资供应、统一农艺措施、统一机械作业、统一病虫害防治、统一产品收储”。公司独特的管理优势从源头上保证农产品品种稳定、种植基地稳定、加工工厂稳定、生产操作规范，确保了一流的绿色产品内在品质。

不仅如此，该公司生产的所有系列大米产品实现了从空气、土壤及水源—种植—收割—收储—加工—销售的全过程可追溯，建成了“生产可记录，信息可查询，流向可追踪，责任可追究”的现代化食品安全体系，满足了消费者的知情权、监督权。消费该企业生产的大米能直接通过短信、网络、二维码扫描查询到从餐桌到地头的追溯信息。

“正是严把产品质量关，我们公司才能成为亨氏联合中国区大米独家供应商，贝因美最大的大米原料供应商，青岛啤酒的出口啤酒备案基地。”江苏省农垦米业集团有限公司董事长宗兆勤对记者说。

一路走来，质量铸就了绿色食品事业发展的根基。未来，中国绿色食品事业将更加一丝不苟地把控绿色食品的质量，让绿色食品成为安全优质农产品的显著标识。

优化支撑体系

质量是基础，体系是关键。

绿色食品事业是一项系统工程，贯穿农业全产业链。新时代，推进绿色食品事业发展，要以系统思维，从支撑绿色食品事业发展的质量标准、标识标准、监督管理、技术支撑、管理服务等关键支点着手，优化绿色食品技术标准体系、优化绿色食品标志许可制度、加强产品质量监管体系、强化科技支撑体系、健全管理服务体系，全面构建推进绿色食品事业的支撑体系。

据介绍，未来，中国绿色食品发展中心要加强产品质量监管体系建设，建立“以属地监管为原则、行政监管为主导、行业自律为基础、社会监督为保障”的综合监管运行机制。积极推进绿色食品质量追溯管理。制定符合绿色食品行业自身特点的诚信标准，建立诚信信息服务平台，稳步开展诚信评价工作。同时，在强化科技支撑体系上下大力气。鼓励和依托大专院校、科研院所开展绿色食品农业投入品使用技术研究，并建立将先进成熟研究成果应用到生产中的宣传推广机制。支持地方研究和推广一批特色鲜明、务实管用、农民欢迎的清洁生产技术。加大绿色食品生产资料研发和推广应用力度，不断提升绿色食品清洁化生产水平。

强化品牌引领

品牌建设贯穿农业全产业链，是助推绿色食品产业升级的强大动能。目前绿色食品已经具备强大的品牌效应，在消费者中有很大的影响力，具有一定的市场号召力。

2018 年在福建省厦门市举办的第十九届中国绿色食品博览会，共实现订单交易额 32 亿元，合作意向金额 40.2 亿元。其中，诸多电商平台也不遑多让，天猫取得 5 000 万元订单金额，山姆拿下 3 000 万元订单……包括沃尔玛连锁超市、深圳百果园、永辉超市、北京一亩田、大润发等大型采购商均在该届博览会上订购了数千万元的优质绿色食品。

“近几年，越来越多的消费者倾向于购买更加优质安全的农产品，对于我们超市来说，要根据消费者的需求不断调整供货链。绿色食品经过多年发展已经形成了质量过硬的品牌效应，我们已经连续 3 年在中国绿色食品博览会采购货品，一是展会上的产品质量有保证，二是可以节约我们采购员挑选货品的时间成本。”永辉超市生鲜商品采购部负责人对记者说。

据了解，中国绿色食品将进一步适应我国农业发展方式转变、农产品消费升级、流通模式创新的新形势，以市场需求为导向，完善标准、严格审核、从严监管、强化示范，提升绿色食品的可信度、美誉度和市场知名度。

“进入新时代，我国由农业大国正在加速走向农业强国，深入推进农业供给侧结构性改革，大力发展绿色优质农产品成为现代农业发展的基本方向，绿色化、标准化、品牌化、优质化赋予这一战略新的内涵。”中国绿色食品发展中心主任张华荣用“四个化”强调了未来绿色食品事业发展的重点。

绿色化，确保可持续发展。绿色既是农业的属性，更是新时期农业发展的新理念。促进农业绿色发展，增强农业可持续发展能力，是农业现代化的基本内涵，也是生态文明建设的必然要求。绿色食品始终注重产地环境保护，倡导减量化生产，科学合理控制农业投入品使用，追求以生态环境质量促产品质量提升的目标，是农业绿色发展的重要载体和有效途径。保护农业生态环境，推动农业绿色生产，需要绿色食品继续发挥领跑作用。

标准化，让农产品质量安全“产出来”。实践证明，农产品质量安全要“产”“管”齐抓，“产出来”是前提，落到产品上就是要突出抓好绿色优质农产品生产。只有不断扩大绿色食品的规模总量和市场份额，带动农业标准化生产水平不断提高，才能从源头上解决“产出来”的问题。

品牌化，适应消费转型升级。城乡人民收入水平的不断提高，高层次、多元化、个性化消费需求增加，必然要求扩大品牌农产品生产。在各地举办的农产品交易会、博览会和展销会上，绿色食品纷纷“唱主角”，备受经销商和消费者的青睐，展示出了广阔的发展空间和市场前景。

优质化，促进农民持续增收。绿色食品推行标准化生产、品牌化引领、产业化经营的综合发展模式，有利于配置优质资源，提升农业新型经营主体素质，延长农业产业链，促进农业提质增效。据市场调查，绿色食品比普通农产品价格平均高出 10%～30%。借助品牌的社会影响力和市场竞争力，广大农户不同程度实现了增收。特别是在生态环境优良的贫困地区，发展绿色食品已成为农民脱贫致富的一条捷径。

“潮平两岸阔，风正一帆悬”。未来不远，梦想可期。绿色食品发展的路径已绘就，各相关主体“干”字当头、“实”字为先，在目标任务上再聚焦，在工作思路上再梳理，在政策措施上再加力，在推进落实上再努力，我们有理由相信，绿色食品事业必将在推进我国现代农业发展中书写出绚丽篇章。

作者：毛绪强

原载于《农产品市场》杂志 2019 年第 6 期

“绿”满中原 生“机”勃勃

——河南省发展以绿色食品为代表的“三品一标”农业品牌综述

河南省位于中国中东部、黄河中下游，北、西、南三面由太行山、伏牛山、桐柏山、大别山沿省界呈半环形分布，中东部为黄淮海冲积平原，西南部为南阳盆地。大部分地处暖温带，南部跨亚热带，属北亚热带向暖温带过渡的大陆性季风气候，同时还具有自东向西由平原向丘陵山地气候过渡的特征，四季分明、光照充足、土地肥沃，良好的先天条件为农业的发展奠定了良好的基础，是全国重要的优质农产品生产基地。

党的十八大以来，生态文明建设纳入中国特色社会主义事业“五位一体”总体布局，绿色发展理念深入人心。“三品一标”（无公害农产品、绿色食品、有机农产品和农产品地理标志）作为政府主导的安全优质农产品公共品牌，是当前和今后一个时期农产品生产消费的主导产品，也是传统农业向现代农业转变的重要标志。

近年来，河南省深入践行绿色发展理念，把绿色食品为代表“三品一标”农业品牌纳入农业现代化指标体系，精心组织，优化服务，创新思路，狠抓落实，走出了一条发展绿色食品引领农业品牌化、标准化，提升农产品质量和效益之路，广袤中原大地“绿”意盎然，生“机”勃勃。

“量”“质”转变 擦亮绿色招牌

绿色是生命的底色。2019 年中央一号文件特别提出大力发展紧缺和绿色优质农产品生产，推进农业由增产导向转向提质导向。当前，食物日益富足，“质量兴农、绿色兴农、品牌强农”成为农业发展主旋律，绿色发展理念深入人心，农业供给侧结构性改革不断深化，人民对优质安全农产品的需求与日俱增，乡村振兴战略全面实施，都需要绿色食品承担新任务发挥新作用。

绿色食品，是“环境有监测、操作有规程、产品有检验、包装有标识、证后有监管”的高质量农产品和加工食品，是我国政府推出的安全优质农产品公共品牌。绿色食品从品牌创立起，就倡导环境友好、资源节约和安全优质的绿色理念。

作为中华文明的重要发祥地，河南农耕文化传承悠久，北部、中部、东部平原地区具有规模化集约化发展无公害农产品的明显优势。南部、西南部、西部，淮河两岸、大别山区、桐柏山区、伏牛山区、太行山区等地区，生态环境良好、农产品资源丰富，是天然的绿色食品、有机食品生产基地。黄淮平原土地质量总体符合绿色食品产地标准。全省各地依据资源禀赋，加大地理标志农产品挖掘、培育、登记和知识产权保护力度，培育区域公用品牌，大力支持各类农业经营主体依托区域公用品牌，发展特色优质农产品，推广“农产品地理标志 + 绿色食品（有机食品、无公害农产品）+ 企业品牌”的品牌发展模式，构建完整的农产品区域品牌经济链。

截至 2019 年 11 月底，河南省“三品一标”产品总数为 4 443 个，其中无公害农产品 3 232 个，绿色食品 1 045 个，有机食品 47 个，农产品地理标志 119 个，创建了 5 个全国绿色食品标准化原料基地、2 个国家级农产品地理标志示范样板、42 个省级“三品一标”示范基地。

规范认证　强化长效监管

优质安全的农产品既是产出来的，也是管出来的。近年来，河南省创新思路，强化服务，建立起了省、市、县三级分布，时间上相互衔接，空间上“横到边，纵到底”的农产品质量安全监测网络，每年实验室定量检测样品 30 000 个，监测范围包括农产品生产基地和批发市场，全省例行监测达到全时段、全地域、全环节覆盖。

严格工作规范，统一检查程序和要求，严把认证关口，确保现场核查工作的规范性和有效性，保障河南省“三品一标”产业持续稳定健康发展；根据“三品一标”的发展要求，在无公害农产品、绿色食品、有机农产品、农产品地理标志和一二三产业融合发展等方面制定了示范基地创建管理办法，有效带动了全省“三品一标”的发展。

每年组织召开无公害农产品集中评审会、绿色食品集中审核会、农产品地理标志产品专家品鉴和审定会，通过以会代训的措施，加快“三品一标”认证审核进度，提高工作效率。严格规范“三品一标”证后监管。严格执行专项检查与市场监察工作，在全省范围内开展“三品一标”用标专项检查，同时重点对郑州市辖区的超市、专卖店和批发市场所售标称为“三品一标”的产品实施监察，抽取

“三品一标”产品，对涉嫌不规范用标的产品，报上级有关部门。

加强人员培训。不断提高农产品质量安全检测技术人员的检测能力，加强“三品一标”检查员、监管员、核查员和内检员的业务培训，积极开展“三品一标”的宣传动员、组织申报、技术指导、技术培训，切实将整个工作系统打造成为专业、高效、高素质的农产品质量安全工作队伍。

2018年，河南省完成了无公害农产品认证制度改革的各项准备工作，正式启动认定工作，并完成了河南省2018年第一批无公害农产品评审认定工作。这也是继农业农村部无公害农产品认定制度改革将终审颁证权限下放到省级农业部门后，河南省首次认定通过了693家生产经营主体1 119个无公害农产品。

宣传推介　助力品牌腾飞

近年来，河南省坚持以“助品牌腾飞，促供需结缘”为理念，以“打造绿色中原，享受绿色生活”为主题，每年积极组织“三品一标”企业参加中国国际农产品交易会、中国绿色食品博览会、中国国际有机食品博览会等国内知名展会，充分展示河南农业品牌大家族的新发展和新形象。

2018年，组织全省绿色食品生产资料企业参加了第十五届中原肥料（农资）产品交易暨信息交流会。在第二十一届中国农产品加工业投资贸易洽谈会，联合山西、安徽、江西、湖北、湖南等省绿色食品工作机构，组织中部六省的245家绿色食品企业、820余绿色食品人进驻中部六省绿色食品展示区，在全国造成了较大影响，也是首创工作之一。根据“农业质量年”要求，开展2018年河南省绿色食品“双新双创”评选活动，并组织50家获奖企业亮相“中国农民丰收节”河南省主会场。

此外，河南省还启动绿色食品宣传月活动，定期召开河南省绿色食品宣传工作座谈会，邀请省内主要媒体和新媒体，增进了河南省绿色食品工作部门和新闻媒体单位的交流合作，进一步推动河南省绿色食品宣传工作，扩大绿色食品的市场影响力，提升绿色食品的知名度、美誉度。举办“春风万里　绿食有你”为主题的绿色食品产销对接会，组织全省70多家“三品一标”企业展示200余种获证产品，60余家省内外营销机构与“三品一标”企业开展了产销咨询对接，达成合作意向120余个。开展绿色食品进社区活动，全省12家绿色食品企业展示20余种获证产品，供社区居民免费品尝，数百名居民踊跃参与互动。主会场设在郑州，省市县三级联动，共举办176场活动（全国232场）。通过微信，面向社会，组织开展“我最喜爱的绿色食品”网络投票活动，官方微信公众号“绿色中原梦”的关注人数从 1 329 人增至 303 456 人。

打造品牌　带动脱贫增收

河南省是农业大省，脱贫攻坚开展以来，全省农业农村部门认真贯彻落实省委、省政府“精准扶贫、产业扶贫”的部署，扎实推进农业产业扶贫，提出“为产业扶贫插上品牌翅膀”的农业品牌扶贫思路，确定以“三品一标”公共品牌为抓手，促进农业提质增效，实现农民增收脱贫，助力打赢脱贫攻坚战。

在农业产业扶贫中引入品牌因素，通过品牌这个接口，地方特色农产品提高了市场知名度，扩大了销售规模，直接带动贫困群众增收；“三品一标”的认定管理，提高了贫困地区优质特色农产品价格，把“绿水青山”变成惠及贫困群众的“金山银山”。

为推进品牌扶贫扎实有效开展，河南省先后在兰考、卢氏、正阳、光山、确山、上蔡、淅川、濮阳县、洛宁、台前、新蔡和滑县等 10 余个县开展农业品牌扶贫整县推进行动，每年整合 100 多万元资金用于贫困县“三品一标”认证，为他们免费进行环境监测和产品检测。同时，还协调中国绿色食品发展中心对贫困县绿色食品企业申请认证费用减免 30%。

2018 年，针对卢氏县、正阳县、淅川县、濮阳县、洛宁县、台前县的品牌扶贫整县推进工作，累计出动 200 余人次进行现场检查和检测检验抽样，其中包括 6 次集中现场检查和检测检验抽样，出动检测检验抽样车辆 20 台次，对申请认证的新型农业经营主体实行“一对一”上门现场服务。

此外，河南省农业农村厅还推动实施“南水北调中线水源地优质特色农产品进京”工作，淅川县一大批获得“三品一标”认定的农产品成功进入北京市场，得到了首都人民的充分认可，累计销售农产品 1.78 万吨，销售额 4 亿元以上，辐射带动 2.6 万名贫困人口。

截至 2019 年上半年，全省“三品一标”产品共有 4 300 个，贫困县“三品一标”产品达 2 015 个，占比 46%。其中，无公害农产品共有 3 232 个，贫困县 1 563 个，占比 48%；绿色食品共有 915 个，贫困县 406 个，占比 44%；地理标志农产品共有 106 个，贫困县 34 个，占比 32%；有机食品 47 个，其中贫困县 12 个，占比 25%。信阳毛尖、灵宝苹果、杞县大蒜、平舆白芝麻、泌阳夏南牛获批国家级特色农产品优势区，产业扶贫已成为贫困地区打赢脱贫攻坚战、发展壮大农村经济的重要抓手，农业品牌是引领农业产业发展、带动贫困群众增收致富的有效途径。

举目已是千山绿，宜趁东风扬帆起。展望未来，河南省将深入推进农业品牌化战略，发展绿色食品为代表的“三品一标”农业品牌，不断推进农业高质量发展，使绿色食品和有机农产品成为促进农业转型升级的“排头兵”、引领安全优质农产品消费的“风向标”，引领带动更多更优更响亮的农产品走出河南、走向全国、迈向世界。

作者：刘红涛

原载于2019年11月26日《河南日报》

【2020年】

而立之年再出发

——第二十一届中国绿色食品博览会聚焦绿色食品事业30年

2020年11月6—8日，一年一度的中国绿色食品博览会暨有机食品博览会（以下简称绿博会）在福建省厦门市举办。来自全国的近2 500家绿色食品和有机食品企业相聚鹭岛，17家海外参展商通过“云参展”的方式参与，近3万米^{2}的展厅、1 200余个国际标准展位被打造成成果展示的大窗口、产销对接的大平台、合作交流的大盛会。在中国绿色食品事业起航30年的重要节点，此次博览会旨在回顾过往、展示成果、总结经验、谋划未来，在新的历史起点上进一步推动绿色食品事业高质量发展。

回溯30年发展历程　树立农业绿色生态发展理念

20世纪80年代末90年代初，为保护我国农业生态环境，提高农产品质量安全水平，农业部提出了“安全、优质、营养、健康、环保”为基本内涵的绿色食品概念。绿色食品于农垦系统发轫。经过30年探索实践，绿色食品从无到有、从小到大、从弱到强，逐渐发展成一套特色鲜明的制度体系、一个农业绿色发展的成功模式、一块安全优质农产品品牌、一项蓬勃发展的新兴产业，成为践行生态优先、绿色发展理念，深入推进农业供给侧结构性改革的先驱力量。

2020年绿博会被赋予诸多意义。在新冠肺炎疫情综合防控、脱贫攻坚收官、“十四五”规划拉开序幕之际，绿色食品事业正式步入而立之年。中国绿色食品发展中心主任张华荣介绍：“从概念到标准、从标志到产品、从品牌到产业，绿色食品创立和发展了一项极具中国特色的新兴事业，在提升农产品质量安全水平、满足人民群众美好生活需要，推进农业绿色发展、保护农业生态环境等方面发挥了积极的示范引领作用。”

在同期举办的“发展绿色食品　助力乡村振兴”研讨会上，来自政府部门、科研院所、企业的150余位代表汇聚一堂，老、中、青三代绿色食品人共话桑麻。中国绿色食品发展中心首任主任刘连馥被授予“绿色食品终身成就奖”。作为这项事业的开创者、见证者之一，满头银发的刘连馥激动地说："看到 30 年来中国绿色食品翻天覆地的变化，心里非常高兴，希望以后能进一步树立农业生态发展的价值观，将我们的标准推向世界。"

截至 2020 年 9 月底，已有 140 项绿色食品行业标准被执行使用；正是在这些标准的规约下，全国绿色食品企业总数达到 18 747 家，产品总数达到 41 681 个，企业和产品年均分别增长 21% 和 22%；同时，产品种类已覆盖种植、畜禽、水产等大宗农产品及加工食品，质量抽检合格率保持在 98% 以上。2019 年，绿色食品产品年销售额达到 4 600 亿元，出口额超过 43 亿美元。

耀眼的成绩单背后，是绿色食品带来的巨大经济社会价值和生态环境价值。中国工程院院士、中国绿色食品发展研究院院长张福锁介绍，绿色食品的发展模式在"减肥减药"、保护土壤、环境减排等方面成效明显，平均减少氮肥使用量 30%，农药使用强度降低了 60%，土壤有机质含量提高 17%；2009—2018 年的十年间，通过绿色食品模式减排了 5 558 万吨二氧化氮，相当于北京市 3～4 年汽车尾气的二氧化氮排放量；同时，农户和企业经济效益分别增加 43% 和 50% 以上，相关标准和体系建设已经产生了明显的制度效应，对现代农业管理、生产技术体系建设起到引领作用。

打造多元开放展会平台　为绿色食品产业发展增添活力

2020 年是继 2018 年后绿博会再次来到厦门。来自全国 36 个展团的 2 100 多家企业的绿色食品、农产品地理标志产品、绿色食品生产资料等缤纷亮相；有机食品展览会有来自各省（区、市）25 个展团和部分品牌企业单独布展，合计参展企业 393 家。两个展会本着"展示成果、促进贸易、推动发展"的宗旨，加大招展招商力度，向广大客商和消费者呈现了一届产品精美、形式创新、交流活跃的行业盛会。

在青海展区，从三文鱼到牦牛肉，再到色泽亮丽的红枸杞和黑枸杞，让各路客商和当地群众驻足流连。"我们养殖场位于拉西瓦水电站，气候属于'高冷'，昼夜温差大，水质可直接饮用，特别适合养殖冷水鱼类。"青海凯特威德生态渔业有限公司负责人朱博介绍，"经过绿色食品认证后，我们已经顺利进入厦门、西安、南京等市场，希望这次能够和更多经销商合作，进一步扩大市场。"

厦门当地 65 岁的张林发老先生携一家三代人一起来到绿博会，收获颇丰，从新鲜牛奶到绿色蔬菜，再到冬虫夏草，大小袋子拎了不少。"2018 年我就来过（绿博会），那时候还不太了解绿色食品，现在觉得不仅品种多，关键是质量放心。"

云南曲靖的赵光国从事多年农产品进出口贸易。海关技术中心等多部门的质量检测，让他对农产品质量安全尤为重视。2018 年他成立云南维康农业科技有限公司，流转土地 1.55 万亩，打造从绿色蔬菜种植、加工、销售的全产业链企业，公司成立后的第一件事，就是申请绿色食品认证。“按照绿色食品标准，我们公司的生态和技术优势被完全释放出来，基地生产严格把关，土壤、水源每年抽检，远离化学药剂，全程溯源……现在公司 31 个品类的蔬菜出口到新加坡、澳大利亚、泰国等地畅通无阻。”赵光国说。

据组委会初步统计，本届绿博会加大了采购商邀请力度，共邀请 900 多家采购商前来展会开展市场考察与对接洽谈活动，实现订单交易和达成意向合作金额 42.4 亿元，签订经贸合作项目 789 个。

甘肃省古浪天源农业产业有限公司销售经理叶祥在现场直接架起了火锅，为大家煮起了“红秃头”特色拉面。“为什么叫‘红秃头’？”有客商问道，“这是用西北高原独有的特色麦种‘红秃头’经过古老手工工艺加工而成的，小麦长在砂石地，雨水滋养，不使用化肥农药，口感劲道余香无穷……”现场一派热气氤氲、食客们“面红耳赤”的场景，来自北京、天津的采购商现场与叶祥签下 300 吨的“大单”。

助力脱贫攻坚　把握“十四五”高质量绿色发展战略先机

2020 年是决战脱贫攻坚的收官之年，组委会为“三区三州”和农业农村部定点扶贫地区提供了部分免费展位，各展团特别是中西部省份都加大力度组织贫困地区企业参展。据统计，本届博览会共有来自贫困地区 500 多个县的 1 700 多个产品参展，达成贸易额 1.5 亿元；200 家企业来自贫困地区，占参展企业总数的 9.37%。展会期间，组委会不间断地举办扶贫特色产品系列推介发布活动，24 个贫困县携产品进行了现场推介，大同黄花菜、凉州农鲜、汪清木耳、砀山酥梨等悉数亮相，陕西、甘肃、新疆生产建设兵团等展团还举办了 7 场专题推介会。

自 2017 年 1 月至 2020 年 6 月底，中国绿色食品发展中心支持 832 个国家级贫困县的 5 179 家新型生产经营主体发展了 12 154 个绿色食品、有机农产品，登记农产品地理标志 219 个，推动贫困地区特色农产品标准化生产、品牌化发展，并引导各地“两品一标”龙头企业与贫困地区开展有效对接，探索建立“‘两品一标’品牌＋龙头企业＋基地＋贫困户”的联贫带贫模式。

前来参展的河南天豫薯业股份有限公司负责人告诉记者，近年来公司立足“绿色食品＋农产品地理标志”品牌叠加效应，通过“公司＋基地＋合作社＋农户”模式，与周边 24 家专业合作社签订红薯种植和收购合同，并与 281 户建档立卡贫困户签订红薯种植回收协议和土地入股分红协议，入股合作社的贫困户每年可享受合作社的分红，并到天豫薯业成为产业工人。

正所谓“潮起两岸阔，风好正行舟”，责任与机遇并存，成为时代赋予中国绿色食品事业的内在属性。“接下来，要继续以高质量发展为主线，以增加绿色优质农产品供给为主攻方向，实施提质量、稳增长、强品牌、增效益的发展战略，推动绿色食品事业持续健康发展，为实施乡村振兴战略和推进农业农村现代化，提高城乡人民生活质量作出新的更大的贡献。”张华荣说。

作者：韩啸

原载于2020年11月11日《农民日报》

30 年发展，看绿色食品事业成效几何

2018 年，中国绿色食品发展中心与中国农业大学农业绿色发展学院共同成立了中国绿色食品发展研究院（以下简称研究院），旨在开展农业绿色发展的新理论、新技术、新路径、新模式的探索和实践，强化绿色食品产业发展的战略支撑、理论支撑、技术支撑和人才支撑，推进绿色食品产业高质量发展，助力农业绿色发展和乡村振兴战略的实施。

2020 年 11 月 6 日，在正值绿色食品事业创立 30 周年之际，中国绿色食品发展中心在福建省厦门市举办了“发展绿色食品　助力乡村振兴”研讨会，会上，中国农业大学教授、中国工程院院士张福锁代表其团队发布了研究院重大研究成果《绿色食品生态环境经济和社会效益评价报告》。该报告从绿色食品对农业生产减肥减药、提高耕地质量促进土壤健康、助力环境减排、提高经济和社会效益 4 个方面介绍了绿色食品事业发展 30 年来，对我国经济社会发展带来的积极变化。

成效一：减肥减药成效显著

报告指出，大力发展绿色食品事业以来，绿色食品的减氮量达到了 39%。如果把减氮量折合成尿素来看，2009—2018 年全国减少使用尿素 1 458 万吨，节省成本 335 亿元，效果非常显著。在实施绿色种植养殖技术过程中，不光氮肥使用量得到了减少，实际上磷投入也减少了 22%，钾投入减少了 8%，成效突出。绿色食品模式的推广让农药使用强度降低例如 60%，十年间农药的成本节约也达到了 350 亿元。让研究团队没有想到的是，之前大家普遍认为化肥农药施用量减少会造成减产，但结果却是粮食作物增产了 12%，蔬菜增产了 32%，其他的经济作物增产了 13%，果树则有 17% 的减产，可以说绿色食品的推广在农产品产量效应上出现了“三增一减”的效果，绿色食品既为我国粮食安全作出了贡献，又为生态环境保护作出很大的贡献。张福锁告诉记者：“对于果树为什么减产，我认为，一是种植者为了提高品质刻意控制产量；二是因为果树生长周期长，因此在果树的生产中，我们的技术到位率仍然需要再提高。蔬菜因为生长周期短，所以增产明显。”

成效二：提高耕地质量促进土壤健康

研究团队对绿色种植和非绿色种植进行比较后发现，通过绿色种植模式，土壤的有机质含量提高了 18%，土壤全氮提高 14%，土壤有效磷提高 39%，速效钾增加 27%。

“非常有意思的是，绿色模式越种越好。如果种植绿色食品 10 年，土壤有机质会增加到 31%，氮磷钾的养分增加到 18%～42%，也就是说绿色食品对土壤质量的提升具有明显的时间累计效应，越种越好。”张福锁院士介绍。

成效三：环境减排方面效果显著

报告指出，绿色食品生产中温室气体的减排效果非常显著。2009—2018 年的十年间，全国绿色食品生产减排二氧化碳量达到 5 558 万吨，相当于北京市 3～4 年的汽车尾气的排放二氧化碳量。同时，绿色食品模式的水足迹、碳足迹、氮足迹和土壤酸化速率降低了 30% 以上，养殖场的减排达到 40% 以上，也是效果非常明显。

“可以说，绿色食品生态系统服务价值得到大幅度提升，这个生态系统服务价值就是我们的市场价值加上非市场价值，非市场价值就是生态服务价值减去我们对环境污染造成的环境代价，这样计算出来的生态系统服务价值十年增加了 32 000 多亿元，这个价值相当于我们 2018 年农业总产值的 49%。所以说，绿色食品带来了巨大的生态系统服务价值。”张福锁院士说。

成效四：显著提高经济和社会效益

据张福锁院士介绍，通过研究院团队对绿色食品产业的深入调研发现，大力发展绿色食品不仅让农户和企业经济效益分别增加了 43% 和 50% 以上，同时从绿色食品品牌美誉度也达到 75% 以上。

而且绿色食品产业还产生了更深远的社会效益，例如，从现代农业管理的效应来看，绿色食品的标准体系、生产技术体系都对现代农业管理制度的建设起了带头作用；从技术效应来看，绿色食品在面源污染治理技术、重金属污染防治、土地质量提升技术方面示范作用明显；从健康安全效益来看，绿色食品的安全性不仅为消费者带来安全，对生产者的健康安全也有非常好的影响。所以绿色产品产生了广泛而深远的社会效益。

绿色食品事业经过30年发展，通过大幅度减肥节药，提质增效，倡导了低碳、营养、健康的绿色消费与生活模式，开启全面绿色发展新时代。

绿色食品事业经过30年发展，铸就了“精品品牌”，绿色食品质量高，产业效益高，品牌价值高，在推进农业高质量发展中发挥了“领跑者”作用。

绿色食品事业经过30年发展，既引领了现代农业产业标准化、制度化发展，也保障了粮食安全，守护了绿水青山，绿色食品为全球粮食安全和农业可持续发展提供了中国方案，提供了中国解决办法。

【延伸阅读】

《绿色食品生态环境经济和社会效益评价报告》应用全球最新食物系统、资源环境与生态经济学、品牌权益等理论和模型方法，对绿色食品全链条做了定量分析，也应用国际化的碳足迹、氮足迹、水足迹、生态系统服务价值定量分析，应用大数据分析对绿色食品全产业链的生态环境以及社会经济效益做了系统分析。

同时，张福锁院士及其团队也对30多年来绿色食品产业累计的数据库资料做了整理，并建立了包括食品科学、农业科学、畜牧科学、精密学、资源环境和社会科学在内的多学科评价平台，整理了9 000多份完整的数据，做了线上线下10个城市的调研，并在全国很多地方取了样品，同时，还在全国25个省（区、市）选了520个代表性的绿色食品企业进行分析调研，采集了大量的土壤、植物、水、大气的样品参数。

作者：毛绪强

原载于《农产品市场》杂志2020年第23期

做足“绿”文章　擦亮“金”招牌

宁夏绿色食品三十年披荆斩棘强势崛起

固原市西吉县马莲乡张堡塬村依山抱川，现代化牛舍、设施园艺大棚、蔬菜基地依次铺展，田间上百位农民采摘蔬菜……这样的情景，如诗如画、美不胜收。

西安市长安区川道里数百亩广东菜心正进入采摘期，村里有专门的物流通道，采摘的菜心经过6小时冷藏，包装后发出32小时便可直达广州、深圳等地。端上百姓餐桌时，那菜心仍然是绿油油的“菜园子”本色。一位经销商摘下一棵菜心咀嚼着说：“在广州、香港等地，这叫宁夏菜心，在咱们宁夏它叫广东菜心，这可是响当当的品质蔬菜，价格比普通菜心增长了几倍。这里海拔高，日照时间长，雨水少，气候冷凉，土壤深厚，有机质含量高，农作物病虫害少，生产的蔬菜色泽鲜亮、脆嫩多汁，深受消费者喜爱。”

宁夏菜心的“走红”只是宁夏绿色食品发展过程中的一个缩影。时光横轴拉伸跨越30年，宁夏人餐桌上的食物已然从吃得饱向吃得好、吃得安全转变，绿色食品成为众人“心头好”，以“优质精品”的形象不断进入寻常百姓家。同时，宁夏绿色食品经过30年发展，从最初的一个概念、发展成一个品牌、成长为一个产业、壮大为一个事业，凝聚了几代人的心血和汗水。在宁夏大地上走出了一条标准化、品牌化、产业化相结合，经济效益、生态效益、社会效益协同发展的新路子，奏起了一曲曲以“增”“快”“新”“绿”为主旋律的协奏曲。放眼望去，农民的钱袋子更鼓了，农村的环境更美了，农业的底色更绿了。

破土发芽　宁夏顺势而为

在食物日益富足、“质量兴农、绿色兴农、品牌强农”成为农业发展主旋律的今天，我们不禁回想起20世纪90年代初，彼时，我国社会正处于从温饱向小康过渡的历史阶段，中国人的温饱问题基本解决，老百姓的生活日渐宽裕，品质消费的趋势开始萌芽，传统农业转型升级对于优质、高效的诉求，城市化、工业化对于清洁生产的需要，都日益凸显。

在这一背景下，农业部审时度势，把握农业发展转型的重大机遇，开创性地做出了发展绿色食品的战略决策。

1990 年 5 月 15 日，农业部在北京召开第一次绿色食品工作会议，启动绿色食品开发和管理工作。

在中国大地上，“绿色食品”破土、发芽。宁夏也顺势而为，开启绿色这一新篇章。

宁夏西海固自古有“苦瘠甲天下”之称，这片贫瘠的土地曾经为吃饱肚子发愁，很长一段时间，种植耕地仅仅是当地农民糊口的“饭碗”。如何在自然条件本不优厚的情况下，让农业发挥更大的效益，让农民从土地上获得更多收益，宁夏动足脑筋、久久为功，加大特色农业和绿色食品的扶持力度，从无到有、从慢到快找准“小而特、小而优、小而精、小而美”和“独一份”“特别特”“好中优”的定位，一大批“原字号”“老字号”“宁字号”在全国绿色食品大军中崭露头角，屡试锋芒。

田间餐桌　安全溯源吃得安心

以前，银川的王女士去超市买菜都是凭借肉眼挑选，用她的话来说就是“糊涂买”“糊涂吃”，如今她却对宁夏本地产的绿色食品“情有独钟”。问起原因，她说现在有了这个绿色食品追溯平台，只要用手机扫描二维码，就能追溯到农产品源头，获取农药残留检测值、企业信息、农产品生长全过程图片、视频等相关信息，真可谓“前世今生”一机在手，通通掌握，她买得放心、吃得安心。

多年来，宁夏坚持“严”字当头，严谨执行标准，严格履行程序，严肃落实责任，把好“两品一标”质量审查关口。注重从源头上防范安全风险，织就了覆盖从自治区、市、县三级平台的一张农产品质量安全监管网。建成三级监管平台 27 个，追溯试点 2 263 个，追溯农产品达到 56 种以上，追溯数据超过 10 万条，全区 80% 的绿色食品经营主体都纳入国家农产品质量安全追溯系统之中。同时，不断强化备案管理，探索开展追溯码 + 合格证“二合一”制度，提升农产品质量安全诚信意识和信用水平。截至目前，全区开具电子合格证 62 502 张，附带合格证上市的农产品 2.67 万吨，消费者扫码查询 8 274 次，这些无一不说明宁夏绿色食品的监管和安全早已深入人心。

宁夏对农产品质量安全一刻也不放松，守住不发生重大质量安全事件的底线，着力增加优质安全绿色农产品供给。数字是发展最好的脚注，截至目前，宁夏创建国家现代农业示范区5个、全国绿色食品原料标准化生产基地13个、有机农业（水稻）示范基地2个，建设国家级农业标准化示范园区69个、国家级畜禽标准化示范场72个、农业农村部蔬菜标准园106个，认证登记绿色食品282个、农产品地理标志登记保护产品60个，优质农产品获证产品数量年增幅保持在6%以上……一组组沉甸甸的数据背后，展现了宁夏顺应时代破土而出的绿色食品事业，正迸发出蓬勃旺盛的生长之力。

硬核品质　品牌实力圈粉

从有“身份”到有“身价”，宁夏绿色食品持之以恒谋发展，在保证质优的前提下，好产品声名远扬、吆喝不断。宁夏的枸杞、葡萄酒、大米、滩羊等每到一个展会，都会掀起一阵采购旋风，早已成为人人追捧的“明星产品”。多年来，宁夏坚持“低头做品质，抬头做品牌”，高端化、差异化、特色化的品牌创建之路，使众多优质、绿色、有机的品牌农产品组成宁夏现代农业的“全新矩阵”。全区各类特色农业品牌达到317个，创建中国特色农产品优势区7个，盐池滩羊、宁夏大米等8个区域公用品牌入选全国特色农产品区域公用品牌，贺兰山东麓葡萄酒、中宁枸杞、盐池滩羊品牌价值分别达到276.4亿元、172.9亿元、71.1亿元。

擦亮“原字号”“老字号”“宁字号”等农业产品品牌，提升了特色农产品附加值、竞争力和美誉度。中宁枸杞名扬天下，是世界枸杞的发源地和正宗原产地；贺兰山东麓是世界公认的酿酒葡萄最佳产区之一；宁夏大米素有“珍珠米”“朔方贡米”美誉，被评为“中国十大好吃米饭”；宁夏冷凉蔬菜是粤港澳、长三角、京津冀市场“高品质蔬菜”代表；宁夏牛奶被誉为“全国奶业优质安全发展的一面旗帜”；盐池滩羊肉被列为G20杭州峰会、厦门金砖五国峰会、青岛上合峰会和2019夏季达沃斯论坛指定供应食材……这一张张耀眼的成绩单和亮丽的名片无不彰显出宁夏绿色食品正逢其时，成为宁夏农业发展的“生力军”“领头羊”，并将昂首阔步继续向前。

产业引领　按下发展“快进键”

打响品牌、打出知名度仅仅只是宁夏绿色食品发展的先行军，以龙头企业为依托，以技术发展为支撑，才是宁夏绿色食品做大做强、做优做实的一个有力抓手，让传统农业“脱胎换骨”顺利转型的一大法宝。

为促进宁夏绿色食品产业高质量发展，自治区农业农村厅在深入调研摸底的基础上，牵头起草了《宁夏绿色食品产业高质量发展“十四五”规划》，为宁夏绿色食品未来发展绘就了新蓝图，谱写了新篇章，开启了新征程。到 2025 年，绿色食品加工业总产值达到 1 500 亿元，农产品加工产值与农业总产值的比值达到 2.5∶1，农产品加工转化率达到 80% 以上。通过绿色食品等认证的产品销售收入 100 万元以上的企业达到 30% 以上。

宁夏围绕优质粮食、奶产业、酿酒葡萄、枸杞、肉牛滩羊、瓜果蔬菜等特色优势产业，打造全产业链绿色标准化集成示范基地，提高农业标准化生产水平。力争到 2025 年，新建的 5 000 亩以上生产优质粮食的绿色食品原料基地 100 个；建设千亩以上露地蔬菜和 200 亩以上设施蔬菜标准化示范基地 50 个；规划新建奶源基地 9 个，培育国家级和自治区级肉牛标准化示范场 20 个，建设 300 只以上滩羊家庭牧场 960 个；建设葡萄标准化种植基地 100 万亩，枸杞标准化基地 70 万亩；创建 100 亩以上的自治区级苹果标准化种植基地 20 个；创建国家级及自治区级绿色有机标准化生产基地 50 个以上。

“葡萄酒香枸杞红，冷凉菜绿牛羊壮。”产业兴在了家门口，农民们挣钱顾家两不误，腰包里有钱了，生活越过越好，好日子就像老百姓最爱唱的“花儿”[①]那样红火。绿色食品产业一头连着农业和农民，一头连着工业和市民，是一个绿色产业，也是一个富民产业，更是一个民生产业。

循环发展　脱贫致富奔小康

宁夏积极探索用有机肥替代化肥，连续多年为化肥农药“减量”“瘦身”。通过创建化肥农药减量技术示范区、农作物病虫害统防统治及绿色防控示范区，实施绿色高质高效创建项目，化肥农药使用量实现零增长，实现了一边种地一边养地，让土壤休养生息、厚积薄发。

在推进生态农业的过程中，宁夏大力发展循环农业，实施畜禽粪污资源化利用整县推进，形成了“养殖场户 + 粪污收集处理中心 + 饲草料基地”粪污处理利用体系，让“废料变肥料”。推广秸秆微贮等秸秆综合利用技术，全区农作物秸秆资源综合利用率 87.6%，过去弃如敝屣的秸秆“变废为宝”。

苏相锋是张堡塬村的致富带头人，2014 年，他流转土地 1 000 亩，创立了向丰现代循环农业园区，种植马铃薯、青贮玉米和冷凉蔬菜，鲜薯加工成淀粉，废水处理后还田种植青贮玉米，青贮玉米和粉渣育肥肉牛，牛粪和马铃薯秸秆加工

① “花儿”是流行于甘肃、青海、宁夏一带的地方民歌曲谱。

为有机肥，种植绿色蔬菜，构建了“种、养、产、加、销”和“从农田到餐桌”的全程生态循环产业链。

在宁夏，像苏相锋这样醉心“绿色事业”的人不在少数。从过去小打小闹的农产品变身成增收致富的大产业，绿浪翻滚的麦田，膘肥背圆的肉牛，一个个山梁沟峁里，成千上万个贫困农民的命运被改写，家家户户都是脱贫光荣户。绿色，正成为宁夏绿色食品擘画蓝图的底色，也是宁夏农业发展的潜力所在。

殷殷关切　绿色农业底气足

2020年6月，宁夏迎来了新的历史机遇，担起了新的历史重任，“努力建设黄河流域生态保护和高质量发展先行区”为建设美丽新宁夏注入了新的强大动力。

2020年，自治区把绿色食品产业确定为九大重点产业之一，就是贯彻落实“建设黄河流域生态保护和高质量发展先行区”的具体行动，坚持以“初心”和“使命”为动力，切实增强绿色食品产业高质量发展的责任感和紧迫感。坚持以“技术”和“标准”为引领，切实把绿色发展理念贯穿绿色食品生产全过程，充分发挥典型引路作用，促进绿色食品产业新技术、新理念、新模式推广应用。坚持以“基地”和“龙头”为支撑，紧紧依托主体，培育打造绿色食品产业全链条，统筹产区、园区和销区布局，打通生产、加工、流通关键环节，综合施策、精准发力，推进绿色食品产业高质量发展。宁夏剑指一个目标，就是让优质粮食、瓜果蔬菜产业更“绿色”，葡萄酒、枸杞产业更“红火”，肉牛、奶牛产业更有“牛劲”，滩羊产业更聚“羊气”，实现从田间到餐桌、从牧场到冰箱、从种养到观光休闲链式发展。

回首宁夏绿色食品30年的发展之路，有荆棘坎坷，有波涛风浪，但农业人从未畏难退缩，一直砥砺前行，始终如一地把品质、品牌、特色、安全作为绿色食品的标杆和标准，每一步都迈得坚稳踏实、铿锵有力。未来不远，梦想可期，2020年是推动绿色食品产业高质量发展的开局之年，发展的蓝图已绘就，前进的方向已指明，宁夏将坚持农业农村优先发展总方针，调优种养结构，调大经营规模，调强加工能力，调长产业链条，奋力走出一条具有宁夏特色的现代农业高质量发展新路子。我们有理由相信，宁夏绿色食品产业必将在建设黄河流域现代农业高质量发展先行区的进程中书写出更为绚丽的新篇章。

来源：宁夏回族自治区农产品质量安全中心
原载于2020年11月3日《宁夏日报》

【2021 年】

“十四五”期间我国农产品质量安全工作目标任务及2021年工作重点

摘要：2020 年农产品质量安全工作稳中有进，为“十三五”圆满收官作出了积极贡献。本文充分肯定了 2020 年及“十三五”期间我国农产品质量安全工作取得的积极成效，分析了“十四五”农产品质量安全工作的重要意义，明确提出了新时期工作的目标思路，对 2021 年我国农产品质量安全监管工作的重点任务进行了部署。

关键词：农产品；质量安全；质量监管；工作安排；十四五

一、2020 年和“十三五”期间农产品质量安全工作成效

2020 年是中华人民共和国历史上极不平凡的一年。新冠肺炎疫情突然暴发，给农产品质量安全工作带来许多困难和挑战。各级农业农村部门坚决贯彻中央部署要求，坚持农产品质量安全和农业稳产保供同部署同落实同考核，在大战大考中经受住了考验。农产品质量安全保持稳中向好的发展态势，主要农产品例行监测合格率达到 97.8%，为农产品稳产保供和全面建成小康社会作出了积极贡献。

（一）迎难而上，为稳产保供提供有力支撑

新冠肺炎疫情防控关键时期，为克服监管人员下不去、质量安全难保障的问题，农业农村部针对性下发了 5 个文件，梳理近年问题隐患清单，指导各地分区分级精准监管，确保质量安全工作不断档不缺位。针对农产品流通不畅可能带来的质量安全风险隐患进行研判，提醒各地强化监管防范。扎实开展春耕备耕农资打假“春雷”行动，畅通放心农资下乡进村渠道，保障化肥、种子等农资供应。各省将质量安全纳入春耕生产督导，克服困难，靠前服务，保障了上市农产品安全。北京、天津、黑龙江等地，积极使用农村大喇叭、微信群等手段渠道进行宣传，推进农产品质量安全知识进村入户。

（二）聚焦风险，监测评估工作稳步推进

在防控最吃劲、人员难流动的时期，根据疫情防控情况及时调整部级例行监测方案，改跨省异地抽样为本省或邻省就近抽样；在疫情防控转入常态化后，立即恢复跨省抽检。坚持快抽快检快报，坚持随机抽样开展风险监测，采用抽样App等信息技术手段，缩短抽样时间，改进检测方法，上报结果时间平均比2019年缩短1周。各省也加大了风险监测力度，全系统定量抽检110余万批次，同比增长10.0%。西藏自治区强化监测随机抽样，抽样地点在任务下达前3天摇号确定。强化风险评估成果运用，组织开展39个风险评估专项，编制设施草莓、韭菜、芹菜、农产品收贮运等20余篇质量安全风险防控指南，通过技术攻关解决了“韭菜甲拌磷”等突出问题。做好全天候舆情监测，快速妥善处置“普洱茶用药”“镉超标米粉”“海参敌敌畏”等负面舆情。湖北省开展农产品质量安全应急演练，湖南省、四川省还修订了应急预案。

（三）较真碰硬，聚焦突出问题开展专项治理

扎实开展“利剑”行动，全国共出动监管执法人员153万人次，发现使用禁用药物和残留超标、私屠滥宰等问题3 481个，查处案件2 518个。部省两级深入开展监督抽查，向社会公布160多个典型案例。种植业方面，严格农药定点经营，加快推动高毒农药替代，推进农药化肥减量增效；畜牧业方面，组织兽药残留监控，实施兽用抗菌药减量化行动，强化生鲜乳和生猪屠宰环节监管；渔业方面，推广水产绿色健康养殖，减量规范用药。四川省深入推进“重点监控名单”和“黑名单”制度；福建省连续开展质量安全“两检合一”（省级风险监测和市县监督抽查）和“检打联动”工作。

（四）优标提质，增加绿色优质农产品供给

大力开展标准制修订，新报批农药、兽药残留限量标准3 025项，限量标准总数超过1万项。实施地理标志农产品保护工程，落实中央财政转移支付及省级配套资金8.3亿元，支持242个产品发展。新认证绿色食品、有机农产品、农产品地理标志2.2万个，其中，支持贫困地区认证产品6 408个，减免认证费用5 061万元。新登录名特优新农产品831个，认证良好农业规范（GAP）农产品1 238个。青海绿色有机农畜产品示范省创建取得实效。

（五）系统谋划，努力构建科学高效的监管制度体系

加快《中华人民共和国农产品质量安全法》修订。召开合格证试行工作现场

会，全国 29 个省农业农村部门与市场监管部门联合发文推进，带证上市农产品达到 4 670 万吨。深入推进第三批国家农产品质量安全县创建，开展“国家农产品质量安全县提升月”活动。加快农产品质量安全信用体系建设，浙江、广东、海南和上海 4 省市率先开展试点。国家追溯平台注册生产经营主体 22 万家，25 个省级平台完成部省对接。

2020 年农产品质量安全工作稳中有进，为“十三五”圆满收官作出了积极贡献。“十三五”是农产品质量安全稳中向好、不断提升的 5 年。监测参数从 94 项扩大到 130 项，合格率连续 5 年保持在 97% 以上。绿色食品、有机农产品、农产品地理标志认证数量比“十二五”末增加 72%。“十三五”是真抓实干、敢于“亮剑”的 5 年。持续开展专项整治，制假售假、私屠滥宰、非法添加等违法违规行为得到有效遏制。农村假冒伪劣食品联合整治和“不忘初心、牢记使命”主题教育农产品质量安全专项整治都受到中央肯定。“十三五”是责任不断压实、制度不断创新的 5 年。推动中共中央办公厅、国务院办公厅出台《地方党政领导干部食品安全责任制规定》，严格开展食品安全工作评议考核，充分发挥了“指挥棒”作用，合格证制度全面试行，农产品质量安全县创建深入推进，追溯体系建设进展明显。“十三五”是绿色发展、转型升级的 5 年。产地环境治理扎实开展，化肥农药减量增效行动实现预期目标，病虫害绿色防控技术广泛应用，绿色生态健康养殖持续推进，投入品减量化、生产清洁化、废弃物资源化、产业模式生态化取得明显成效。

二、“十四五”期间农产品质量安全工作的重要意义

党的十九届五中全会，以习近平同志为核心的党中央，对“十四五”规划和 2035 年远景目标进行了擘画，突出强调了统筹发展和安全，对优先发展农业农村、全面推进乡村振兴作出了全面部署，特别提出要“强化绿色导向、标准引领和质量安全监管”。习近平总书记在 2020 年中央农村工作会议上强调，要坚持用大历史观来看待农业、农村、农民问题，牢牢把住粮食安全主动权，既要保数量，也要保多样、保质量，推动品种培优、品质提升、品牌打造和标准化生产。学习习近平总书记重要讲话精神，农业农村部门深感责任重大、要求更高。必须立足新阶段、新征程、新格局，充分认识做好“十四五”农产品质量安全工作的重要意义。

（一）从讲政治的高度看，保障农产品质量安全是民生大事，更是政治任务

习近平总书记强调，人民对美好生活的向往，就是我们的奋斗目标。美好生

活，首先必须保障吃得安全放心，否则就是一句空话。农产品质量安全，事关民生福祉和党的执政基础，不仅是个经济问题、民生问题、社会问题，更是一个严肃的政治问题。民生和安全联系在一起，那就是最大的政治。必须把思想和行动统一到中央决策部署上来，善于用政治眼光观察和分析农产品质量安全，从讲政治的高度谋划和推进新发展阶段农产品质量安全工作。

（二）从推进高质量发展看，提升农产品质量安全水平是应有之义，也是必由之路

习近平总书记强调，质量就是效益，质量就是竞争力。农产品质量安全是农业高质量发展的基础保障，是全面推进乡村振兴的重要支撑，是农业农村现代化的关键环节。当前，农产品质量安全基础还不够牢固，质量安全保障能力还不能很好地适应高质量发展要求，亟须补齐短板，不能让质量安全问题拖了高质量发展的后腿。要向质量要效益，以质量求发展，让安全看得见、质量有保障、品牌叫得响，让高质量发展更有底气、更具活力、更可持续，为乡村振兴和农业农村现代化打下坚实基础。

（三）从构建新发展格局看，增加绿色优质农产品供给有巨大空间，可以大有作为

习近平总书记强调，畅通国内大循环，要坚持扩大内需这个战略基点，以质量品牌为重点，促进消费向绿色、健康、安全发展。近年来，优质农产品越来越好销，“菜篮子”越来越丰富，百姓的食物需求更加多样化、特色化、高端化，这极大地激发了农产品供给新的增长点。要把增加绿色优质农产品供给、提升农产品品质摆在更加突出的位置，努力扩大内需、畅通循环，更好地满足百姓消费升级的新需求。

（四）从统筹发展和安全看，做好农产品质量安全工作是农业农村部门的使命所系、职责所在

习近平总书记强调，安全是发展的前提，发展是安全的保障。在农业产业发展上，农产品质量安全是底线，安全和发展是“1”和“0”的关系，没有安全这个“1”，产业发展再多的成绩、生产的产品再多都可能会等于“0”，不可能实现健康可持续发展。对农业农村部门来讲，既要保数量，也要保质量，既要抓发展，也要保安全。要坚持底线思维、增强忧患意识，做到发展和安全两手抓、两手硬，确保不给产业发展埋雷，不给社会稳定添乱。

三、“十四五”期间农产品质量安全工作的目标和任务

“十四五”农业农村工作在经济社会发展全局中的定位是“保供固安全、振兴畅循环”。农产品质量安全工作的主线则是“强监管保安全，提品质增效益”。要继续深入贯彻落实习近平总书记“四个最严”“产出来”“管出来”等重要指示要求，坚持围绕国之大者抓主抓重、围绕中央部署落细落小，坚持系统观念，统筹产业发展和质量安全，“守底线”“拉高线”同步推、“保安全”“提品质”一起抓。

“十四五”时期农产品质量安全的工作目标是，到“十四五”末，主要农产品监测合格率要稳定在98%以上。农兽药残留标准达到1.3万项，以安全、绿色、优质、营养为梯次的高质量发展标准体系基本形成，绿色、有机、地理标志等农产品认证登记数量稳步增长，达标合格证制度在新型农业经营主体基本实现全覆盖。智慧化监管网络初步构建，农产品追溯体系稳步推进，以信用为基础的新型监管机制建立健全。生产经营者责任意识、诚信意识和质量安全管理水平明显提高，人民群众的获得感、幸福感、安全感显著增强。要实现这些目标，就要重点把握好“底线、供给、责任、手段、能力”5个方面。

（一）要严防死守底线

坚持预防为主、全程防控，牢牢守住农产品质量安全底线。当前，农产品质量安全风险隐患依然存在，个别生产经营者违规使用禁用药物、不遵守安全用药间隔期休药期的行为时有发生，重金属、病原微生物、生物毒素等问题越来越受关注。“十四五”时期，要下大力气解决禁用药物使用问题，同时要密切关注产地环境污染、生物源危害及其他潜在污染物问题，坚决防范发生区域性、系统性、链条式问题，最大限度地消除不安全风险。

（二）要持续优化供给

要强化标准引领，坚持保数量、保多样、保质量，增加绿色优质农产品供给。近年来，我国加大了农产品认证力度，绿色、有机、地理标志农产品达到5万多个，但占上市农产品总量的比重还比较低。农产品供给多而不优，大路货同质化严重，分等分级少，个性化产品缺。“十四五”时期，要围绕高质量保供，统筹推进两个“三品一标”，生产方式上要大力推进品种培优、品质提升、品牌打造和标准化生产，产品上要大力发展绿色、有机、地理标志农产品，推行食用农产品达标合格证制度。

（三）要压紧压实责任

要进一步发挥食品安全工作评议考核、质量工作考核以及延伸绩效考核作用，压实“三个责任”，健全监管制度机制。近年来我国在完善监管制度方面下了很大工夫，对属地责任和监管责任抓得比较紧、压的比较实，对规模主体也提了很多要求，但是对个体农户的监管还是薄弱环节。大国小农是我国基本国情农情，进入新发展阶段，必须实现主体全覆盖、监管无死角，所以要想方设法压实小农户的生产主体责任。“十四五”时期，要以修订《中华人民共和国农产品质量安全法》为契机，将小农户、家庭农场纳入监管范围，全面推行合格证、追溯管理和信用监管，扎牢制度的“笼子”。

（四）要创新升级手段

运用新理念、新技术，实现监管方式手段创新。基层监管人员任务重，监管手段还比较落后，生产记录全靠手、巡查检查全靠走、隐患排查全靠瞅，传统人盯人的监管方式已经远不能适应现代农业的生产需求。“十四五”时期，要运用现代信息技术，推动生产管理方式转变，实现主体名录、生产记录、质量控制、执法处置等信息管理“一张网”、具体操作“一手握”。

（五）要不断增强能力

抓基层、强基础、固基本，提升农产品质量安全系统工作能力和水平。受机构改革影响，不少县市检测机构被划转，部分乡镇监管站职能被并到了农业综合服务机构，基层监管能力和监管任务不匹配的矛盾比较突出，这些问题要引起高度重视。不管各地机构队伍怎么设置，监管职责都不能落空，也不能削弱。“十四五”时期，要加强县乡体系队伍建设，推动各类资源向基层下沉，实施基层网格化监管，保证“事有人抓、活有人干、责有人负”。

四、2021 年农产品质量安全工作重点

2021 年是“十四五”开局之年，也是建党 100 周年，做好农产品质量安全工作具有特殊重要的意义。2021 年的农产品质量安全工作重点有以下 7 个方面。

（一）启动“治违禁促提升”行动计划

当前禁用药物使用等突出问题主要体现在“一枚蛋”（禽蛋）、“一只鸡”（乌鸡）、

“两棵菜”（芹菜、豇豆）、“三条鱼”（加州鲈、乌鳢、大黄鱼），这是质量安全领域的“老大难”问题。农业农村部下定决心，将采取“一个问题品种、一张整治清单、一套攻坚方案、一批管控措施”的“四个一”治理模式逐个去攻克。各地要积极行动起来，对照农业农村部确定的整治重点，结合本地实际细化整治方案。对辖区内的生产主体、主产品种、用药种类、农业生产资料店铺等，迅速建立台账，包片包户、责任到人。同时，要加大宣传培训力度，增强生产者质量安全意识，严格落实安全用药间隔期休药期制度。这轮机构改革后，部分地区农产品质量安全监管和农业综合执法的衔接还不够顺畅，要研究理顺机制，强化执法办案。借鉴惩治长江流域非法捕捞等违法犯罪的经验，抓紧出台农产品质量安全领域行刑衔接办法，建立农业农村部门与公检法的紧密协作联动机制。各地监管检测机构要与农业综合执法机构紧密协作，强化检打联动，严打违法违规行为。

（二）强化监测预警和应急处置

农产品质量安全工作要坚持下先手棋、打主动仗，发挥好风险监测、风险评估作用。农业农村部将采取信息化手段，加强监测资源统筹、信息共享，建立农产品质量安全数据直报和统计分析制度，2021 年首先把部省两级监测数据统起来。风险评估要奔着问题去、盯着隐患走，摸清风险来源，“一品一策”提出管控措施。各地要想方设法扩大监测范围，做到农产品质量安全定量监测每千人 1.5 批次。进一步强化应急机制，提升应对能力，对出现的突发问题和负面舆情，第一时间核查处理，决不能贻误战机，要及时报告、相互通气、及时主动回应。

（三）推进现代农业全产业链标准化

标准决定质量，坚持以高标准体系引领高质量发展。要强化标准的顶层设计，围绕农业产业发展，突出安全保障、品质提升、绿色发展等重点领域，加快农业高质量发展标准体系构建。新制定农兽药残留标准 1 000 项，农业行业标准 200 项。要将开展现代农业全产业链标准化试点作为推动标准落地创新启动的重点工作，以产品为主线、质量控制为核心，试点推进农产品全产业链标准化，打造一批按标生产的示范典型。2021 年要抓紧开展 10 个试点，力争 5 年内建成全产业链标准化集成应用基地 300 个，培育一批农业龙头企业“领跑者”。

（四）发展绿色优质农产品

围绕推进两个“三品一标”重点任务，着力提升绿色优质农产品供给能力。

要稳步发展绿色、有机、地理标志农产品，2021年再认证1万个。深入实施地理标志农产品保护工程，再支持200个产品培育发展，推动地理标志农产品生产标准化、产品特色化、身份标识化、全程数字化。加快发展名特优新农产品，扩大农产品全程质量控制技术体系试点范围和总量规模，探索实施良好农业试点。要推进农产品品质提升，抓紧建立农产品品质指标体系，认定一批农产品品质分析评价机构，制定一批技术规范和检测方法标准，配套开展品质评价、分等分级等工作。

（五）大力推行食用农产品达标合格证制度

农业农村部2020年12月在江苏省常州市召开了现场会。2021年要以更大的力度推进试行工作，从“巩固、达标、提升”3个方面来发力。巩固，就是对照试行方案再加码，继续推进。特别要加强与市场监管部门的协调，争取出台两部门方案，打造一批批发市场查验合格证的示范点，提升带证农产品的市场认可度。各地要提高新型农业经营主体覆盖率，引导小农户规范开具合格证。达标，是合格证的核心。各地尤其是县乡监管部门，要在抓合格证的同时强化监管措施，在安全用药指导、主体名录建立、巡查检查、快速检测、监督抽查、执法查处等方面下更大工夫，实现合格证制度与已有监管措施的融合推进。提升，就是向前一步推行生产过程信息化、可溯源化，向后一步推进信用管理，构建开证主体的信用评价机制。

（六）完善农产品质量安全治理体系

健全法律法规。推动出台新的《中华人民共和国农产品质量安全法》，与《中华人民共和国食品安全法》两法衔接、各有侧重。要推进信用监管。探索“信用+分级监管”“信用+产品认证”等应用试点。出台农产品质量安全信用管理试行办法，制定信用体系建设基本规范和信用评价标准，开展“信用农产品质量安全中国行”系列活动。要完善农产品追溯制度。加强国家农产品追溯平台推广应用，完成所有省份的平台对接，入驻企业达到40万家以上。要大力推进市场化利用，探索开展全程追溯试点，推广一批追溯典型案例和标杆示范企业。

（七）强化基层监管能力建设

县乡两级是农产品质量安全工作的第一战场，是监管执法的前沿阵地，决不能放松懈怠，决不能弱化。要发挥国家农产品质量安全县“排头兵”作用，修改考核办法，建立县（市）长答辩制度，新创建100个国家农产品质量安全县。对已经授牌的，要开展动态核查和跟踪评价，总结推广创建成功经验，打造“一县一亮点”。开展第二批国家农产品质量安全县与脱贫摘帽县结对帮扶活动。要稳住监管检测“基本盘”，加快出台农产品质量安全网格化监管的意见，落实“区域定格、网格定人、人员定责”要求。稳定农产品质量安全检验检测体系，加强基层监管服务人才体系队伍建设，在健全监管员、检测员基础上，探索建立村级协管员、企业内控员、社会监督员队伍。要提高监管信息化水平，积极争取中央投资建设农产品质量安全综合监管平台，强化大数据管理和应用。推进世界银行贷款“阳光农产品质量安全”试点项目，在种养殖过程中推广应用物联网、人工智能等新技术，实现生产管理和档案记录信息化、可视化。

（本文根据作者在全国农产品质量安全监管工作视频会议上的讲话整理，发表时略有删节）

作者：于康震

原载于《农产品质量与安全》杂志2021年第2期

“十四五”时期我国绿色食品、有机农产品和地理标志农产品工作发展方略

摘要：本文全面总结了“十三五”时期绿色食品、有机农产品和地理标志农产品工作取得的成效，分析了做好绿色食品、有机农产品和地理标志农产品工作的重要意义，明确了“十四五”时期绿色食品、有机农产品和地理标志农产品工作发展目标和思路。

关键词：绿色食品；有机农产品；地理标志农产品；十四五；发展目标

“十三五”以来，在农业农村部党组的坚强领导下，各级农业农村部门和绿色食品工作系统认真贯彻落实党中央决策部署，紧紧围绕三农工作大局，扎实工作、开拓创新，绿色食品、有机农产品和农产品地理标志（以下简称绿色有机地标）工作取得积极成效。为增加我国绿色优质农产品供给，提升农产品质量安全水平，推动农业绿色发展，促进农业增效、农民增收作出了积极贡献。本文全面回顾了“十三五”以来我国绿色食品、有机农产品和地理标志农产品工作的重点成效，分析了新时期发展绿色有机地标农产品的重要意义，并提出具体的发展目标和实现路径。

一、“十三五”时期绿色有机地标农产品工作成效

（一）全面加快发展速度，总量规模迅速扩大

2020 年年底，全国绿色有机地标农产品获证单位超过 2.3 万家，产品总数超过 5 万个，与“十二五”末相比，分别增长了 93% 和 72%，年均增速保持在两位数。以绿色有机地标农产品为代表的我国绿色优质农产品品牌格局基本形成，每年向社会提供绿色有机地标农产品实物总量超过 2 亿吨。特别是新冠肺炎疫情暴发以来，绿色有机地标农产品发展逆势增长，对提振农产品消费信心，保障绿色

优质农产品市场供给发挥了重要作用。

（二）全面强化标准化生产，产品质量稳定提高

“十三五”期间，制修订绿色食品标准 85 项，有效使用的绿色食品标准达 141 项，对标“四个最严”的要求，修订发布了《绿色食品农药使用准则》行业标准。启动绿色食品和有机农产品区域性生产操作规程编制工作，组织编制绿色食品生产操作规程 212 项，实现了种植业全覆盖，启动生产操作规程“进企入户”行动，让标准从科研人员笔下走向农民手上，这是决定全局性的关键举措。编制有机农产品生产操作规程 7 项。全国绿色食品原料标准化生产基地、有机农产品生产基地总数达到 808 个，面积超过 1 333.3 万公顷。全面落实企业年检、产品质量抽检、市场监察、风险预警、产品公告 5 项证后监管制度，启动了年检督导工作，推进绿色有机地标农产品标准化生产落实落地。“十三五”期间，绿色有机地标农产品抽检合格率保持在 98% 以上，没有发生重大农产品质量安全事件。

（三）全面发力品牌培育，品牌影响力明显提升

2018 年起连续 3 年开展了“春风万里　绿食有你——绿色食品宣传月”活动，累计举办了各类宣传活动 795 场，广泛宣传了“绿色生产、绿色消费、绿色发展”的理念。连续举办绿色食品博览会、有机食品国际博览会和地理标志农产品专展，成功打造了有影响力的全国宣传推介平台，累计参展企业超过 1.3 万家。2019 年起实施地理标志农产品保护工程，两年来落实中央财政转移支付资金 13.8 亿元，支持 452 个产品发展，有力推动了地理标志产业发展和品牌建设。据社会调查，消费者对绿色食品品牌的知晓率达 73.5%，忠诚度达 60%，绿色食品的知名度和美誉度显著提升。积极推动国际认证合作，绿色食品标志商标已在 11 个国家、地区和国际组织注册，有机农产品认证已扩大到 38 个国家和地区，89 个地理标志农产品列入中欧地理标志互认名录，绿色有机地标农产品品牌的国际影响力逐步提升。

（四）全面融入和服务三农大局，产业效应日益凸显

聚焦农业农村主责主业，主动融入乡村振兴、质量兴农、绿色兴农、产业扶贫等重点工作，积极发挥示范带动作用。据调查，绿色有机地标农产品比普通农产品价格高出 10%～30%，甚至 50% 以上，各类新型农业经营主体不同程度地实现了增效增收。2020 年，绿色食品销售额超过 5 000 亿元，出口额超过 36 亿美元。聚焦贫困地区特别是“三区三州”深度贫困地区，出台申报“五优先”、费用减免等扶持措施，走出了一条特色鲜明、成效明显的品牌扶贫之路。“十三五”期间，

支持贫困地区发展绿色有机地标农产品16 740个，建设生产基地82个，减免费用8 905万元。发展绿色有机地标农产品，有效促进了农业绿色发展。首次发布《绿色食品生态环境效应、经济效益和社会效应评价》报告，评估表明，2009—2018年，绿色食品生产比常规生产中氮肥使用和化学农药使用分别减少39%和60%，10年累计减少氮肥使用670万吨、化学农药使用54.2万吨，减少二氧化碳排放3 003万吨，助力碳达峰碳中和，累积创造生态系统服务价值6.3万亿元。

二、新阶段发展绿色有机地标农产品的重要意义

党的十九届五中全会强调优先发展农业农村，全面推进乡村振兴，加快农业农村现代化。立足新发展阶段，贯彻新发展理念，构建新发展格局，发展绿色有机地标农产品、助推农业高质量发展具有十分重要的意义。

（一）发展绿色有机地标农产品是贯彻落实中共中央决策部署，深化农业供给侧结构性改革的必然要求

习近平总书记强调，人民对美好生活的向往，就是我们的奋斗目标，明确要求要把增加绿色优质农产品供给放在突出位置。2020年，习近平总书记在中央农村工作会上指出，农业生产要“三保”，既要保数量，也要保多样、保质量。2021年中央一号文件明确强调要发展绿色农产品、有机农产品和地理标志农产品。绿色有机地标农产品是农业农村系统推出的安全优质农产品公共品牌，是深入推进农业供给侧结构性改革，落实农产品保数量、保多样、保质量的重要措施，事关国之大者，是一项重大的政治任务。我们要继续把思想和行动统一到中央决策部署上来，从讲政治的高度谋划和推进新阶段绿色有机地标农产品发展。

（二）发展绿色有机地标农产品是全面推进乡村振兴，加快农业农村现代化的重要抓手

习近平总书记强调，要推动乡村产业振兴，紧紧围绕发展现代农业，围绕农村一二三产业融合发展，构建乡村产业体系。绿色有机地标农产品具有显著的理念、标准、质量和品牌优势，是发展乡村特色产业的重要手段。绿色有机地标农产品秉承绿色化、优质化、特色化、品牌化的现代发展理念，推行产地洁净化、生产标准化、投入品减量化、废弃物资源化、产业生态化的绿色生产模式，有利于延长产业链，提升价值链，拓展生态链，做优做强乡村特色产业，巩固拓展脱贫攻坚成果与乡村振兴有效衔接，是助推乡村全面振兴的重要支撑力量。

（三）发展绿色有机地标农产品是提升农业质量效益和竞争力，实现农业高质量发展的有效途径

习近平总书记在中央农村工作会议上指出，要推动品种培优、品质提升、品牌打造和标准化生产。这为新阶段推进农业高质量发展、提升质量效益竞争力提供了路径指引。唐仁健部长在全国农业农村厅局长会议上强调要落实总书记指示，坚持质量兴农、绿色兴农、品牌强农，增加优质绿色和特色农产品供给，在生产方式上，推动品种培优、品质提升、品牌打造和标准化生产。在产品方面，大力发展绿色有机地标农产品生产，推行食用农产品达标合格证制度。绿色有机地标农产品本身就是产品“三品一标”的核心内容，采取全程质量控制和全链条标准化的技术路线，推行“质量认证与过程管理、品牌打造与产业发展相结合”的运作模式，与生产“三品一标”目标一致、路径相通，必将在推动农业高质量发展、统筹两个“三品一标”发展中发挥重要的示范带动作用。

（四）发展绿色有机地标农产品是顺应消费需求，培育绿色农产品消费市场的有力举措

加快构建以国内大循环为主体、国内国际双循环相互促进的新发展格局，是一项关系“十四五”全局发展的重大战略任务。习近平总书记强调，畅通国内大循环，要坚持扩大内需这个战略基点，以质量品牌为重点，促进消费向绿色、健康、安全发展。2020年我国人均GDP超过1万美元，随着城乡居民消费升级加快，农产品消费由“吃得饱”向“吃得好”“吃得营养健康”加快转变。这就要求我们对标高品质生活需求，加快绿色有机地标农产品发展，充分发挥在增加绿色优质农产品供给中的“生力军”作用。

虽然“十三五”时期我国绿色有机地标农产品工作取得了重大成就，但我们也应清醒地看到，对标高质量发展要求，仍存在一些短板和弱项：总量规模还不能充分满足消费需求，产业结构需进一步优化，质量安全风险防控能力有待加强，品牌影响力需进一步提升。我们要直面问题，进一步提高认识，强化使命担当，以更加积极的态度推动绿色有机地标农产品高质量发展。

三、“十四五”时期绿色有机地标农产品工作目标及思路

“十四五”是绿色有机地标农产品发展的重要战略机遇期。要深入贯彻落实习近平总书记关于“增加绿色优质农产品供给”等重要指示精神，坚持围绕国之大者抓主抓重，围绕中共中央部署落细落小，按照新阶段农业农村工作“保供固安

全，振兴畅循环”和农产品质量安全工作“强监管保安全，提品质增效益”的工作定位，以高质量发展为主题，以“稳发展优供给，强品牌增效益”为主线，以统筹推进农业生产和产品两个“三品一标”为路径，坚持“守底线”“拉高线”并举，保安全和提品质同步推，统筹发展规模、质量、速度和效益，不断提高农业发展质量效益和竞争力。

“十四五”时期绿色有机地标农产品工作的目标是，到“十四五”末，绿色食品、有机农产品、地理标志农产品数量达到 6 万个，实物总量占农产品比重显著提升；产品抽检合格率稳定在 98% 以上，特色产品品质指标体系初步建立，产品分等分级有效推动；标准体系进一步完善、绿色生产水平显著提升，标杆“领跑”作用凸显；产业结构不断优化，产业发展质量水平明显提高；品牌的知晓率、公信力和美誉度进一步提升，消费引领作用扩大；品牌效应显著，服务“三农”大局的功能作用进一步增强。

围绕上述目标，“十四五”时期绿色有机地标农产品发展的基本思路，要聚焦 6 个着力点。

（一）稳发展

要贯彻落实新发展理念，坚持“质量第一”，引导地方政府因地制宜科学设置绩效考核指标，推进绿色有机地标农产品由总量扩张向总量增加和质量提升并重转变。坚持严字当头，严把审查准入关，严格标志管理，健全淘汰退出机制，坚决退出不合格产品，做优存量，严控增量，不断提高产品质量。要突出发展重点，优化生产布局，支持粮食和重要农副产品、深加工产品、地方特色农产品加快发展，稳步推进绿色食品原料标准化基地和有机农业基地建设，深入实施地理标志农产品保护工程，不断提升绿色有机地标农产品供给数量和质量。

（二）保安全

绿色有机地标农产品是农产品的精品代表，在质量安全上要作表率。要对标“四个最严”要求，对使用禁用药物和允许用药但残留超标的问题零容忍，对使用禁用药物的要亮红灯，一票否决，取消用标资格，并加强行刑衔接。对允许用药但残留超标的要亮黄灯，屡次违反的取消用标资格，让用药安全成为永不可触碰的红线。检测机构要认真负责，严格把关。要加强建立全过程质量监管机制，严格认证审查，严格依标生产，严格证后监管，加强事中事后监管，开展风险监测、监督抽查和巡查检查。要加快推进质量安全标准体系建设，以产品为主线，推进现代农业全产业链标准化生产。要从监管端和生产端同向发力，筑牢质量安全底线，切实提高绿色有机地标农产品的公信力。

（三）提品质

迈入新时代，提品质已成为市民消费需求的主旋律，成为提升农产品质量安全水平的重点工作，绿色有机地标农产品要走在前列，加快提档升级。要探索建立产品分等分级制度，让消费者切实感受到优质农产品的好口感和优品质，助推绿色有机地标农产品优质化、高端化发展。要突出高端品质和营养功能，加快构建营养品质指标体系。要围绕保持特色，加强特色产地保护，特色品种培优，特色技术集成，深度挖掘产品背后的历史文化故事，努力打造一批特色鲜明、内涵丰富的乡愁产业。

（四）铸品牌

要紧盯国际先进水平，着力打造一批信誉过硬、品质高端、市场认可、政府信任、企业信服、公众依赖的优质绿色农产品精品品牌。做优做强中国绿色食品博览会、中国国际有机食品博览会、地理标志农产品专展等国家级宣传推介平台，同时用好媒体、科普等公共宣传手段，广泛宣传绿色生产、绿色消费、绿色发展理念，以质量优供给，以品牌促消费，不断提升绿色有机地标农产品的市场辨识度，始终占领农业高质量发展“制高点”。

（五）赋动能

要以改革创新为第一动力，不断激发绿色有机地标农产品高质量发展的动能和活力。强化政策协同，结合现代农业示范园、现代农业产业集群、农产品质量安全县、农业绿色发展先行区等示范创建，打造一批绿色优质农产品高标准基地，壮大主导产业、培优特色产业。要围绕延伸产业链、提升价值链，积极探索营销新模式新业态，拓展流通渠道，培育一批线上线下相结合的专业营销平台和营销队伍。要利用信息技术，健全优化绿色有机地标农产品管理服务平台，不断提升绿色有机地标农产品生产智能化、营销网络化、档案电子化和质量追溯化水平。

（六）增效益

要围绕服务“三农”大局，坚持绿色有机地标农产品的经济、生态和社会效益相统一。要发挥好绿色有机地标农产品在引导绿色消费中的“风向标”作用，提升品牌认知度、美誉度和忠诚度，提高市场占有率，促进企业增效和农民增收。要强化绿色导向，落实产品认证中绿色化、减量化、清洁化生产相关要求，引导主体发展生态循环绿色生产模式，开展绿色有机地标农产品生态效益评估，让社会认知生态价值，助推农业绿色转型。要构建与小农户的利益连接机制，推动产业链向基层下沉，将岗位留在农村，将利益留给农民。继续实施脱贫地区的扶持减免政策，不断提升社会效益。

四、结　语

围绕“十四五”时期绿色有机地标农产品发展的目标和任务，各地要强化组织领导，加强统筹协调，积极争取政策支持，引导金融机构和社会资本参与绿色有机地标农产品产业发展。要强化督促落实，将绿色有机地标农产品工作纳入实施乡村振兴战略实绩考核范围，推进各项重点任务落实落地。要高度重视地方绿色有机地标农产品工作机构划转撤并问题，确保事有人抓、活有人干、责有人负。要挖掘典型，加大宣传引导，营造良好氛围，汇聚推动绿色有机地标农产品高质量发展的强大合力。此外，绿色食品工作系统作为农产品质量安全监管体系的重要组成部分和骨干力量，要积极参与农兽药残留专项整治、全产业链标准化试点和地理标志农产品保护工程的实施，在绿色有机地标农产品中带头推动质量追溯管理和合格证开具。

（本文根据作者在2021年绿色食品、有机农产品和农产品地理标志工作座谈会上的讲话整理，发表时略有删节）

作者：肖放

原载于《农产品质量与安全》杂志2021年第3期

2020 年我国绿色食品、有机农产品和农产品地理标志工作成效及 2021 年工作重点

摘要：本文系统总结了 2020 年我国绿色食品、有机农产品和农产品地理标志工作取得的成效，明确了 2021 年工作重点，并提出推动新阶段绿色食品、有机农产品和农产品地理标志事业高质量发展的保障措施。

关键词：绿色食品；有机农产品；农产品地理标志；工作成效

一、2020 年绿色食品、有机农产品和农产品地理标志工作成效

2020 年是极为不平凡的一年。新冠肺炎疫情突然来袭，给绿色食品、有机农产品和农产品地理标志（以下简称绿色有机地标）工作带来许多困难和挑战。整个工作系统坚决贯彻落实党中央决策部署，按照农业农村部党组的要求，齐心协力，攻坚克难，扎实工作，推动绿色有机地标事业保持平稳健康发展。

（一）统筹疫情防控和事业发展，绿色有机地标总量规模再上新台阶

中国绿色食品发展中心及时出台政策措施，积极应对新冠肺炎疫情冲击。组织开展线上受理审核工作，明确续展企业证书有效期顺延至疫情解除后 3 个月，助力企业加快复工复产。远程指导抽样工作，创新在线现场检查、视频会议等工作方式。开通网上培训系统，全年近 2 万名企业内检员完成线上培训。对疫情重灾区湖北省绿色食品工作系统提供帮扶资金，全部免除湖北省企业申报绿色食品、有机农产品认证相关费用。2020 年全国绿色有机地标获证单位新增 9 615 家，产品新增 21 641 个，分别比 2019 年增长 14.6% 和 11.9%。绿色有机地标获证单位总数达到 23 639 家，产品总数达到 50 295 个，同比分别增长 18.5% 和 15.6%。全国已建成绿色食品基地 742 个，有机农产品基地 66 个，三产融合发展园区 27 个。江苏、安徽、河南等省积极争取政府政策支持，实现了较大幅度增长。广西、浙江、上海等省（区、市）率先开展线上检查审核工作，保持了工作的稳定性。

（二）从严审核登记和证后监管，产品质量水平稳中有升

强化审查工作机制，突出现场核查、专家把关环节，落实5项监管制度，及时处理不合格产品，全年撤销17家企业36个产品的绿色食品标志使用权。督查6家省级工作机构年检开展情况；抽检8 673个绿色食品，合格率为99.54%，较2019年提高了0.12个百分点；对80个各类市场开展市场监察，整改112个不规范用标产品；重点对茶叶、调味品以及农民专业合作社获证产品开展风险预警跟踪监测，起到了质量安全风险防范作用。实施“绿色食品标志规范使用行动”。对307个有机产品进行抽检，合格率为99%，并对61家获证企业进行不通知检查。组织对44个地理标志农产品开展质量监测。持续推进绿色有机地标追溯管理工作，建立与国家追溯平台信息共享工作机制。四川、云南等省落实审核工作分级管理制度，严格检查审查关口。河北、黑龙江、湖南等省以企业规范用标为重点，强化实地检查，确保年检工作实效性。

（三）聚焦产业扶贫硬任务，助力脱贫攻坚圆满收官

紧紧围绕“三区三州”深度贫困地区，深入实施品牌扶贫行动。继续采取“五优先”措施，落实绿色食品费用全免、有机农产品减免政策，采取线上线下相结合的方式，为“三区三州”培训绿色食品“三员”825人。上海、江西、江苏、浙江、福建、北京6个省（市）与“三区三州”深度贫困地区结对帮扶，先后组织83人次实地开展材料审核、现场检查和产销对接工作，云南、四川、甘肃、新疆、西藏等省（区）建立内部帮扶、优先发展机制。利用“绿色食品宣传月”、中国绿色食品博览会、中国国际有机食品博览会、中国国际农产品交易会地理标志专展等平台积极推介贫困地区获证产品。2020年支持贫困地区2 884家企业发展绿色有机地标产品6 406个，减免费用5 061万元，创建27个绿色有机基地，地理标志保护工程支持了74个贫困县特色产业发展。

（四）持续加大品牌宣传和市场培育，品牌影响力和市场拉动力进一步增强

围绕绿色食品事业创立30周年主题，成功举办“发展绿色食品　助力乡村振兴”研讨会，组织“寻找最美绿色食品企业”行动，遴选出154家绿色食品标杆企业，开展“我与绿色食品30年”主题征文、摄影作品评选等系列宣传活动。采取线上直播方式，举行“春风万里　绿食有你——绿色食品宣传月”活动，共有32个省级工作机构举办了240多场形式多样的宣传推介活动。成功举办第二十一届中国绿色食品博览会、第十四届中国国际有机食品博览会、第十八届中国国际

农产品交易会地理标志专展和第六届地理标志品牌推介会。积极拓展境外交流合作，中绿华夏有机食品认证中心与意大利有机农业与生物动力协会等 3 家境外机构签订了合作协议，35 个农产品地理标志列入首批中欧地理标志互认名录。

（五）强化标准引领和体系队伍建设，事业发展基础进一步夯实

制修订 20 项绿色食品产品标准，制定 50 项区域性绿色食品生产操作规程，开展了绿色食品牛奶、番茄和黑木耳品质营养功能指标研究工作。安徽等 7 个省实施“绿色食品生产操作规程进企入户示范行动”。组织 125 家绿色食品、农产品地理标志定点检测机构参加农业农村部能力验证工作，对 8 家定点检测机构开展飞行检查。全年举办 16 期绿色有机地标业务培训班，支持各地举办 23 期专业培训班，培训 3 585 人次。截至 2020 年年底，全国有绿色食品检查员 3 571 人，监管员 2 776 人，企业内部检查员 63 569 人；有机产品认证检查员 308 人，企业内检员 2 391 人；地理标志核查员 2 150 人。按照农业农村部的统一部署，启动绿色有机地标信息系统整合重建工作。

（六）加强重大问题研究，把控事业发展大局能力明显提升

在绿色食品事业创立 30 周年之际，委托中国农业大学张福锁院士团队开展了《绿色食品生态环境效应、经济效益和社会效应评价》重大课题研究，用科学的数据和丰富的实例印证了绿色食品 30 年所产生的重大效益，彰显了绿色食品品牌价值。为克服疫情影响，帮助企业复工复产，在相关部门的指导支持下，及时组织对湖北等 10 个省份深入开展调研，研究分析了疫情对绿色食品产业发展的影响，提出了对策措施。为了调整优化绿色食品产业结构，组织 20 个省份开展了加工企业发展情况专题调研，提出了对策性措施。面对新形势新情况，通过对重大问题的研究分析，加深了对事业发展规律性的认识，增强了对事业发展的信心和把控能力。

二、2021 年绿色食品、有机农产品和农产品地理标志工作重点

2021 年是“十四五”开局之年，也是建党 100 周年，做好绿色有机地标工作意义重要。要认真贯彻落实中央决策部署和农业农村部工作要求，坚持稳中求进，以高质量发展为主题，以增加绿色优质农产品供给为主攻方向，强化风险防范，狠抓责任落实，组织实施审查工作规范、标准规程进企入户、规范用标、品牌宣传月、队伍能力提升“五大行动”，充分发挥绿色有机地标工作在“品种培优、品

质提升、品牌打造和标准化生产”中的重要作用，为巩固拓展脱贫攻坚成果、全面推进乡村振兴、加快农业农村现代化作出新的贡献。

（一）稳定节奏、把控风险

近年来，一些地方绿色食品和农产品地理标志在高位上快速增长，发展目标过高，任务过重，而人员力量日益趋紧，工作强度接近极限。发展速度过快、规模过大，不仅影响产业发展质量成色，而且容易出现各种风险漏洞，埋下质量安全隐患，损害精品品牌形象。对此，要统筹兼顾，处理好发展与安全、数量与质量、眼前与长远、局部与全局的关系。要实事求是、量力而行；要稳定节奏、把控风险；要行稳致远、久久为功。绿色食品要坚持精品定位，突出优质营养、环保健康的高端品质，稳步增加总量规模；有机农产品要坚持行政推动与市场拉动相结合，因地制宜加快发展；农产品地理标志要突出“独特地域、特定生产方式、独特品质、特定历史文化”，坚持成熟一个、发展一个。绿色食品原料基地要以提升质量、稳定总量、优化结构为重点稳步发展，积极推进有机农产品基地和一二三产业融合发展园区建设。绿色食品生产资料要扩大认定总量，积极推广应用。

（二）严格审查、严格监管

严格证前审查和证后监管是确保产品质量和提升品牌公信力的根本保证。目前个别地区和机构存在“重申报数量、轻审查质量”“重认证登记、轻证后监管”等问题。2021 年中国绿色食品发展中心先后下发了完善绿色食品审查、提高地理标志登记管理质量、加强基地建设管理等通知，提出了一系列严格审查把关的要求。绿色食品要严格平行生产、委托加工审查，提高蔬菜、水果最小申报规模，将注册商标作为申报的基本条件，建立续展率与新增产品数挂钩的联动工作机制。绿色食品基地建设要控制规模和数量，特别是要严控超大规模和蔬菜水果基地创建，落实基地年检和产品抽检措施，提高原料产品与加工企业对接率。为了规范地理标志审查登记工作，中国绿色食品发展中心制修订了 14 项技术规范，对材料初审、现场核查、专家评审等工作提出了严格要求，其中要求严格执行 30 年生产年限和 20 年声誉年限，对声誉基础不足或特色品质不明显的产品，不予受理。要坚守底线，从严监管，全面落实证后各项监管制度措施，做好 3 000 个绿色食品抽检、7 家省级工作机构年检督查和续展核查以及风险预警监测工作，确保不发生大的质量安全事件。严格落实抽样检测相关规定，有条件的地区要积极争取支持，增加产品抽检数量。强化淘汰退出机制，对企业年检、产品抽检不合格的，依法依规摘牌出局。

（三）压实责任、落实制度

保护好、发展好绿色有机地标事业，是各级工作机构和企业的共同责任。目前还存在工作责任不明确、制度落实不到位等现象，极少数同志责任心不强，风险意识淡薄，工作不认真、不严谨。一些地方绿色食品申报材料不规范。证后监管偏软偏松，实效性不高。少数企业质量意识不强，落实标准、原料采购、绿色生产资料使用不到位。为此，中国绿色食品发展中心 2021 年组织开展“绿色食品审查工作规范行动”，探索建立省级工作机构审查质量综合评价机制，试行集中飞行检查。全面强化绿色食品检查员、内部检查员职责，加强对申请材料规范性、真实性的审查，健全“四查四通报”机制。要切实履行监管职责，确保产品发展到哪里，监管工作就跟进到哪里。中国绿色食品发展中心将结合年检督导和续展核查工作，重点解决现场检查、证后监督检查“重形式、轻实效”的问题。督促检查获证企业切实履行质量安全第一责任人责任，全面落实技术标准和生产操作规程；推动基地、企业积极推广应用绿色食品生产资料，从源头保障产品质量。要继续推进质量追溯管理，督促和指导申报单位在国家追溯平台开展主体注册。近日，农业农村部部署了农产品质量安全专项整改工作，各工作机构要在地方农业农村主管部门的领导下，认真抓好绿色食品和地理标志产品质量安全整改工作，重点是蔬菜产品的质量安全整改工作。

（四）优化结构、优化产业

近几年，绿色食品虽然取得快速发展，但产业结构“三多三少”的问题仍然存在，初级产品多，加工产品少；合作社多，龙头企业少；种植业产品多，畜禽和水产品少。要加快产业结构调整升级，优化产业布局，重点依托优势农产品产业带、特色农产品区域和地方特色主导产业，打造一批规模大、影响广、效益高的产业集群。要优化产品结构，积极推进畜禽、水产和加工食品的发展。研究出台相关政策措施推动加工产品申报，在新发展的绿色食品产品中，加工产品占比不应低于 40%。积极引导农业产业化龙头企业、大型食品企业、农民专业合作示范社发展绿色食品，启动大企业“一企一策”服务模式，加快审查进程，国家级龙头企业由中国绿色食品发展中心直接受理审查，省级龙头企业由省级工作机构受理审查。积极配合实施农产品地理标志保护工程，推进产品特色化、生产标准化、身份标识化和全程数字化。

（五）扩大用标、唱响品牌

目前绿色食品和地理标志品牌已有一定的知名度和影响力，但企业用标情况不太理想，有的担心市场监管或职业打假不敢用标，有的因短期效果不明显不愿用标。此外，一部分地理标志证书持有人未授权生产主体用标。要让品牌叫得响，就要使企业响应、市场呼应、社会回应。2021 年将继续实施“绿色食品标志规范使用行动”，通过加强包装标签备案，推进防伪标签向粘贴式标签转换，方便、规范企业用标。对长期连续用标的绿色食品企业实施优惠政策。加强地理标志产品标志管理，规范标志授权使用，推进产品带标上市。继续以“绿色生产、绿色消费、绿色发展”为主题，开展“春风万里　绿食有你——绿色食品宣传月”活动，推动绿色食品进超市、进社区、进学校。要积极引导、鼓励、支持搭建产销对接平台，建立专业经销商队伍，拓展产品营销渠道。要高质量办好 2021 年的中国绿色食品博览会、中国国际有机食品博览会和中国国际农产品交易会地理标志专展，扩大规模，突出“商”味，强化专业招商、宣传推介等服务。促进品牌融合发展，积极引导“绿色有机地标 +”，形成品牌叠加效应。要加强舆论宣传引导，营造全社会关注绿色生产、推动绿色消费的良好氛围。

（六）开拓创新、激发活力

面对新形势新任务，要勇于在制度机制、工作方式方法上开拓创新，增强事业发展的活力。对接国外发达国家和地区先进质量标准，进一步健全完善绿色食品标准体系，提高标准采用率。以生产操作规程“进企入户”示范行动为切入点，推进绿色食品标准和技术落地生根。与科研院所和地方政府合作，创建绿色食品科技成果转化推广试验基地，推进农业全产业链标准化生产。利用新一代信息技术，加快国家绿色有机地标农产品管理服务平台建设，逐步实现核心业务工作线上化、电子化、自动化，促进业务协同、数据共享、信息贯通，全面提升工作效率和服务效能。各地要积极配合中国绿色食品发展中心开展绿色食品产业“十四五”发展规划纲要、绿色食品知识产权依法保护、农民专业合作社发展绿色食品、绿色食品品质营养指标等课题研究，不断夯实事业发展的理论政策和技术基础。

另外，需要特别指出的是，统筹发展绿色有机地标农产品是农业农村部赋予我们的职责，中绿华夏是农业农村系统的有机农产品公共品牌，也是一项具有公益性质的事业。近年来，黑龙江、安徽、江苏、湖北、湖南等省分别出台指导意见、扶持政策，并加强工作机构建设，有力地推动了有机农产品工作。各地积极履责，多想办法，利用好农业农村系统的资源优势、技术优势和体系优势，三位一体，整体推进。要以有机农产品基地建设为抓手，以“有机 + 地标”为主攻方向，共同推动有机农产品和有机农业发展，不断提升中绿华夏有机农产品的影响力和竞争力。

三、推动新阶段绿色有机地标事业高质量发展的保障措施

新征程新阶段，绿色有机地标工作任务更重、责任更大、要求更高，需要整个工作系统提高政治站位，强化责任担当，提升能力本领，改进工作作风，为推动事业高质量发展提供有力保障。

（一）牢固树立大局观念

要主动融入质量兴农、农业绿色发展、全面推进乡村振兴、加快农业农村现代化等战略任务中，发挥绿色有机地标工作的积极作用。要主动融入发展规划、示范创建、专项行动等重点工作中，占据应有位置，争取政策支持，创造发展条件。要主动融入农业生产“三品一标”提升行动中，不断提升农业质量效益和竞争力。要继续发挥好品牌优势和体系优势，支持脱贫地区绿色有机地标农产品发展，做大做强特色产业，助力巩固脱贫攻坚成果与乡村振兴有效衔接。

（二）讲究工作方式方法

绿色有机地标工作环节多、任务重、时效强、要求高，需要与时俱进，创新方式方法。要创新工作手段，树立互联网思维，加快信息化平台建设，提高认证登记、证后监管智能化水平。要及时总结基层创造的好经验好做法，加大宣传推广，以点带面、示范引领。要汇聚工作合力，加强与系统内外有关单位、部门之间的联系和合作，积极发挥绿色食品协会等社会组织的重要作用，探索有机工作站运行模式。要牢固树立法治思维和规则意识，坚持依法依规办事，确保绿色有机地标工作经得起实践检验和历史考验。

（三）切实增强服务意识

要按照中央深化“放管服”改革的精神，简化认证登记程序，优化业务流程，疏通工作堵点，减轻企业负担，提供规范高效便利的服务。要树立“窗口”意识，结合现场检查、企业年检、基地创建等工作，加强政策咨询、技术培训、专业指导和信息服务。各检测机构要规范抽样检测，严格技术把关。要切实加强作风建

设，严格遵守中央八项规定精神，力戒形式主义、官僚主义，实实在在干活，干干净净做人。

（四）提高队伍能力水平

目前，绿色有机地标工作体系队伍已有一定规模。随着地方机构改革的推进，不少机构调整，人员流动性大，一定程度上影响了体系队伍的稳定性，市县级工作机构、人员力量与工作任务不匹配的现象比较突出。要积极争取地方有关部门的支持，努力确保职能明确、力量充实、责任到位。中国绿色食品发展中心 2021 年启动了体系队伍能力建设行动，各地应持续加强专业培训，不断提升体系队伍的业务能力和技术水平，打造一支政治过硬、本领过硬、作风过硬的高素质专业化队伍。

（本文根据作者在 2021 年绿色食品、有机农产品和农产品地理标志工作座谈会上的讲话整理，发表时略有删节）

作者：张华荣

原载于《农产品质量与安全》杂志 2021 年第 3 期

2021 年 5 月 25 日，绿色食品、有机农产品和农产品地理标志工作座谈会在江西省南昌市召开。会议对“十三五”时期绿色有机地标工作做了总结，对 2021 年和“十四五”时期的工作做了部署安排。会议指出，2021 年包括今后一个时期，绿色有机地标工作要念好“稳”“严”“实”“优”“响”“新”6 字经。绿色有机地标工作取得了哪些成效？发展中又存在哪些问题？“6 字经”该如何念？带着这些问题，记者专访了中国绿色食品发展中心主任张华荣。

绿色有机地标工作要念好“6 字经”

——访中国绿色食品发展中心主任张华荣

◎ 中国绿色食品发展中心主任张华荣

记者：2020 年是极不平凡的一年。新冠肺炎疫情给绿色有机地标工作带来诸多困难和挑战，绿色有机地标事业发展情况如何？

张华荣：2020 年对于绿色有机地标工作是一个“大考年”，面对新冠肺炎疫情带来的诸多困难和挑战，整个工作系统按照中共中央决策部署和农业农村部工作要求，齐心协力，攻坚克难，“一手打伞，一手干活”，圆满地交出了大考之年的一份合格答卷。绿色有机地标产品总量达到历史最高纪录。

可以说，“风景这边更好”。绿色有机地标获证单位新增 9 615 家，产品新增 21 641 个，分别比 2019 年增长 14.6% 和 11.9%。获证单位总数达到 23 639 家，产品总数达到 50 295 个，同比分别增长 18.5% 和 15.6%。全国已建成绿色食品基地 742 个，有机农产品基地 66 个，三产融合发展园区 27 个。

记者：在疫情冲击下，2020 年绿色有机地标获证总量非但没有减少，反而达到了历史最高纪录，为什么？我们具体是怎么做的？

张华荣：中国绿色食品发展中心统筹疫情防控和事业发展，及时出台政策措施，打组合拳。组织线上审核，明确续展企业证书有效期顺延至疫情解除后 3 个月，抽样、现场检测、培训等方面，做了部署应变和妥善安排，有效助力企业加快复工复产。全年近 2 万名企业内部检查员完成网上在线培训。同时，对疫情重灾区湖北省绿色食品工作系统提供帮扶资金，全部免除湖北省企业申报绿色食品、有机农产品认证相关费用。

总量增加，但质量更为关键。在总量增加，工作量大增情况下，审核登记和证后监管工作到位，产品质量水平稳中提升。一是制度落实到位，二是政策措施到位。全年撤销17家企业36个不合格产品的绿色食品标志使用权。在抽检数比上年增加30%的情况下，合格率为99.54%，同比提高0.12个百分点。同时，对80个各类市场开展市场监察，整改112个不规范用标产品，重点对茶叶、调味品以及农民专业合作社获证产品开展风险预警跟踪监测，起到了吹哨警示的作用。实施“绿色食品标志规范使用行动”。对307个有机产品进行抽检，合格率为99%，并对61家获证企业进行不通知检查。组织对44个地标产品开展质量监测。持续推进绿色有机地标追溯管理工作，建立与国家追溯平台信息共享工作机制。

助力贫困地区发展绿色有机地标事业。围绕“三区三州”深度贫困地区，通过结对帮扶、内部帮扶等方式，落实绿色食品费用全免、有机农产品减免政策，采取线上线下相结合的方式，为“三区三州”培训绿色食品“三员”825人。2020年支持贫困地区2 884家企业发展绿色有机地标产品6 406个，减免费用5 061万元，创建27个绿色食品和有机农产品基地，地理标志保护工程支持了74个贫困县特色产业发展。

◎ 2021年绿色食品、有机农产品和地理标志农产品工作座谈会

此外，围绕绿色食品事业创立30周年主题，通过举办“发展绿色食品 助力乡村振兴”研讨会、“春风万里 绿食有你”等系列宣传活动，绿色食品品牌影响力和市场拉动力进一步增强。

2021年以及今后一个时期，绿色有机地标工作要念好“稳”“严”“实”“优”“响”“新”6字经，不断增强事业的生存力、竞争力、发展力、持续力。

绿色有机地标事业发展要又稳又快

记者：近年来，我国绿色食品和地理标志农产品事业发展速度很快，那么，是不是速度越快越好呢？

张华荣：绿色食品31年发展历史，从产品数量上来说，最先开始的1万个产品，用了16年时间，近来增加的1万个产品，用了两年，2021年估计一年就可以发展1万个产品。可以说，我国绿色食品事业发展速度很快，规模不断扩大，但是发展速度过快、规模过大，不仅影响产业发展质量成色，而且容易出现各种风险漏洞，埋下质量安全隐患，损害精品品牌形象。

绿色食品、有机农产品和农产品地理标志发展要“稳”，稳定节奏、把控风险。要统筹兼顾，处理好发展与安全、数量与质量、眼前与长远、局部与全局的关系。要实事求是、量力而行；要稳定节奏、把控风险；要行稳致远、久久为功。

具体来讲，绿色食品要坚持精品定位，突出优质营养、环保健康的高端品质，稳步增加总量规模；有机农产品要坚持行政推动与市场拉动相结合，因地制宜加快发展；农产品地标要突出“独特地域、特定生产方式、独特品质、特定历史文化”，坚持成熟一个、发展一个。绿色食品原料基地要以提升质量、稳定总量、优化结构为重点稳步发展，积极推进有机农产品基地和一二三产业融合发展园区建设。绿色食品生产资料要扩大认定总量，积极推广应用。

绿色有机地标事业，要控制好节奏和速度，如果跑得又快又稳，则不需要降速度，如果跑得跌跌撞撞的，就需要慢下来稳一稳。

“好要有好的样子”

记者：严格证前审查和证后监管是确保产品质量和提升品牌公信力的根本保证，目前个别地区和机构存在“重申报数量、轻审查质量”“重认证登记、轻证后监管”等问题，如何解决这些问题?

张华荣：今年中国绿色食品发展中心先后下发了完善绿色食品审查、提高地标登记管理质量、加强基地建设管理等通知，提出了一系列严格审查把关的要求。

绿色食品要严格平行生产、委托加工审查，提高蔬菜、水果最小申报规模，将注册商标作为申报的基本条件，建立续展率与新增产品数挂钩的联动工作机制。绿色食品基地建设要控制规模和数量，特别是要严控超大规模和蔬菜水果基地创建，落实基地年检和产品抽检措施，提高原料产品与加工企业对接率。地理标志农产品要突出声誉基础和特色品质，提高登记管理质量。严格执行30年生产年限和20年声誉年限，对声誉基础不足或特色品质不明显的产品，不予受理。

要坚守底线，从严监管。做好3 000个绿色食品抽检、7家省级工作机构年检督查和续展核查以及风险预警监测工作，确保不发生大的质量安全事件。严格落实抽样检测相关规定，有条件的地区要积极争取支持，增加产品抽检数量。强化淘汰退出机制，对企业年检、产品抽检不合格的，依法依规摘牌出局。

好要有好的样子。在绿色有机地标事业的发展中，整个系统要严格把规定要求落实到位，要把质量作为绿色有机地标产品发展的根本生命线。

产品发展到哪里，监管工作跟进到哪里

记者：保护好、发展好绿色有机地标事业，是各级工作机构和企业的共同责任。在绿色食品发展中，如何压实责任、落实制度？

张华荣：去年，中国绿色食品发展中心综合审查和专家评审未通过的申报产品有 236 个，占评审产品的 2.02%。虽然量小，但相关现象不能忽视，要严格审查把关，要压实责任、落实制度。

今年中心组织开展“绿色食品审查工作规范行动”，探索建立省级工作机构审查质量综合评价机制，试行集中飞行检查。全面强化绿色食品检查员、内部检查员职责，加强对申请材料规范性、真实性的审查，健全“四查四通报”机制。

产品发展到哪里，监管工作就跟进到哪里。中国绿色食品发展中心将结合年检督导和续展核查工作，重点解决现场检查、证后监督检查“重形式、轻实效”的问题。督促检查获证企业切实履行质量安全第一责任人责任，全面落实技术标准和生产操作规程；推动基地、企业积极推广应用绿色食品生产资料，从源头保障产品质量。继续推进质量追溯管理，督促和指导申报单位在国家追溯平台开展主体注册。

加工产品占比不应低于 40%

记者：近几年，绿色食品虽然取得快速发展，但初级产品多，加工产品少；合作社多，龙头企业少；种植业产品多，畜禽和水产品少。这种产业结构是否合理？

张华荣：目前，绿色食品发展确实存在产业结构“三多三少”的问题，这也是我们必须要面对和解决的重要问题。

加快产业结构调整升级，重点依托优势农产品产业带、特色农产品区域和地方特色主导产业，打造一批规模大、影响广、效益高的产业集群。

优化产品结构，积极推进畜禽、水产和加工食品的发展。研究出台相关政策措施推动加工产品申报，在新发展的绿色食品产品中，加工产品占比不应低于 40%。积极引导农业产业化龙头企业、大型食品企业、农民专业合作示范社发展绿色食品，启动大企业“一企一策”服务模式，加快审查进程，国家级龙头企业由中国绿色食品发展中心直接受理审查，省级龙头企业由省级工作机构受理审查。积极配合实施农产品地理标志保护工程，推进产品特色化、生产标准化、身份标识化和全程数字化。

“用标吃香，不用吃亏”

记者： 目前绿色地标品牌已有一定的知名度和影响力，但是有部分企业因种种原因存在顾虑，不愿意用标，具体是什么原因？有哪些改进措施？

张华荣： 原因有多方面，有的担心市场监管或职业打假不敢用标，有的因短期效果不明显不愿用标，此外，有一部分地标证书持有人未授权生产主体用标。

唱响品牌，才能使更多企业愿意用标。要让品牌叫得响，就要使企业响应、市场呼应、社会回应。今年将继续实施“绿色食品标志规范使用行动”，通过加强包装标签备案，推进防伪标签向粘贴式标签转换，方便、规范企业用标。对长期连续用标的绿色食品企业实施优惠政策。加强地标产品标志管理，规范标志授权使用，推进产品带标上市。继续以“绿色生产、绿色消费、绿色发展”为主题，在全国开展“春风万里　绿食有你——绿色食品宣传月”活动，推动绿色食品进超市、进社区、进学校。

要做到“用标吃香，不用吃亏”。要让企业看到用标效益，实现优质优价。积极引导、鼓励、支持搭建产销对接平台，建立专业经销商队伍，拓展产品营销渠道。高质量办好今年的中国绿色食品博览会、中国国际有机食品博览会和中国国际农产品交易会农产品地理标志专展，扩大规模，突出“商”味，强化专业招商、宣传推介等服务。同时，促进品牌融合发展，积极引导“绿色有机地标 +”，形成品牌叠加效应。

推进绿色食品标准和技术落地生根

记者： 目前，我们有 141 项绿色食品标准，如何提高标准的采用率，推进标准和技术落地生根？

张华荣： 面对新形势新任务，要勇于在制度机制、工作方法上开拓创新，增强事业发展活力，对接国外发达国家和地区先进质量标准，健全完善绿色食品标准体系，提高标准采用率。

主动融入农业生产“三品一标”提升行动中，不断提高农业质量效益和竞争力。以生产操作规程“进企入户”示范行动为切入点，推进绿色食品标准和技术落地生根。与科研院所和地方政府合作，创建绿色食品科技成果转化推广试验基地，推进农业全产业链标准化生产。利用新一代信息技术，加快国家绿色有机地标农产品管理服务平台建设，全面提升工作效率和服务效能。

作者：崔建玲

原载于《农产品市场》杂志 2021 年第 11 期

走绿色路　打优质牌　领跑农业高质量发展

——全国绿色有机地标农产品工作综述

绿色食品、有机农产品和农产品地理标志（简称绿色有机地标）是农业农村系统推出的安全优质农产品公共品牌，是质量兴农、绿色兴农、品牌强农的领跑者，更是实践农业高质量发展的生力军。多年来，全国绿色食品工作系统聚焦农业农村主责主业、主动融入重点工作，为增加绿色优质农产品供给、推动农业绿色发展、促进农业增效和农民增收作出了积极贡献。

日前召开的 2021 年绿色食品、有机农产品和农产品地理标志工作座谈会提出，要充分发挥绿色有机地标工作在“品种培优、品质提升、品牌打造和标准化生产”中的重要作用，在巩固拓展脱贫攻坚成果、全面推进乡村振兴、加快农业农村现代化立新功。

产管结合　增加绿色优质农产品供给

中国绿色食品发展中心主任张华荣表示，“十三五”时期是绿色有机地标农产品全面加快发展速度、迅速扩大总量规模的五年。截至 2020 年年底，全国绿色有机地标农产品总数超过 5 万个，每年向社会提供产品总量超过 2 亿吨。全国绿色食品原料标准化生产基地、有机农产品生产基地总数达到 808 个，面积超过 2 亿亩。

绿色有机地标农产品总量规模站上新台阶，质量水平同样稳中有升。记者了解到,“十三五”期间，绿色有机地标农产品抽检合格率保持在 98% 以上。2020 年，有关方面抽检 8 673 个绿色食品，合格率 99.54%，较上年提高了 0.12%；抽检 307 个有机产品，合格率为 99%。

质量稳定可靠，根本上是“产出来”的。各级工作机构全面强化标准化生产，“十三五”期间制修订绿色食品标准 85 项，有效使用的绿色食品标准达 141 项；推进绿色食品和有机农产品区域性生产操作规程编制，启动了生产操作规程“进企入户行动”，这被认为是决定全局性的关键举措。

品牌信誉良好，关键是“管出来”的。多年来，各级工作机构严把审核登记、证后监管两大关口，强化审查工作机制，突出现场核查、专家把关环节，全面落实企业年检、产品质量抽检、市场监察、风险预警、产品公告5项证后监管制度。仅2020年，中国绿色食品发展中心就撤销了17家企业36个产品的绿色食品标志使用权；对80个各类市场开展市场监察，整改112个不规范用标产品。

示范引领　带动特色产业提档升级

“中国三大名柚”之一的重庆梁平柚，曾陷入“一斤[①]卖不上一块钱”的窘境，产业面临萎缩。近年来，当地以农产品地理标志登记保护为抓手，着力改善生产条件、制定技术标准和生产规范，柚农从规模化、标准化、产业化中获益匪浅。如今，梁平柚鲜果售价就能高出市场价两三成，柚子膏、柚子全果粉等加工进一步提升附加值，“中华梁平柚海”的柚农吃上了“旅游饭”。

像梁平柚一样，通过开展绿色有机地标农产品生产而打赢“翻身仗”的不在少数。据调查，绿色有机地标农产品比普通农产品价格高出10%～30%甚至50%以上，各类新型农业经营主体不同程度地实现了增效增收。特别是“三区三州”深度贫困地区，在申报“五优先”、费用减免等措施支持下，走出了一条特色鲜明、成效明显的品牌扶贫之路。

扶优培优，关键是产业有内生动力、产品有市场说服力。近年来，全国绿色食品工作系统持续加大品牌宣传和市场培育。2018年起，连续3年开展“春风万里　绿食有你——绿色食品宣传月”行动，连续举办中国绿色食品博览会、中国国际有机食品博览会和地理标志农产品专展，打造有影响力的全国宣传推介平台。

各地积极行动，走出去、请进来，全渠道推广，多场景营销，提升品牌传播力和影响力。黑龙江在哈尔滨中央大街打造绿色食品商城，发挥客流和“地标IP”优势，为“龙江绿”开辟打品牌、闯市场的快速干道。甘肃筛选出30个绿色有机地标产品，从产地环境、营养价值等方面进行特征性指标分析并向社会公布，增强品牌公信力。江苏2021年探索开展绿色有机餐厅认定，打造直接面向消费者的有机农产品体验地。

品质过硬，品牌可靠，消费体验佳，绿色有机地标农产品正在赢得市场的认可。据社会机构调查，消费者对绿色食品品牌的知晓率达73.5%，忠诚度达60%。以绿色食品为代表的绿色优质农产品品牌影响力和市场拉动力进一步增强，仅2020年绿色食品销售额就超过5 000亿元，出口额超过36亿美元。

---

① 1斤=0.5千克，全书同。

稳中求进　找准重点开新局

进入“十四五”时期，全社会对绿色有机地标工作提出了更高要求。

2021 年绿色食品、有机农产品和农产品地理标志工作座谈会提出，到“十四五”末，绿色有机地标农产品数量达到 6 万个，产品抽检合格率稳定在 98% 以上，标准体系进一步完善、绿色生产水平显著提升，品牌效应显著，服务“三农”大局的功能进一步增强。

扎实推进，久久为功。张华荣表示，要突出抓好“稳、严、实、优、响、新”六大重点：稳定节奏、把控风险，稳步增加总量规模，因地制宜加快发展；严格审查、严格监管；全面落实证后各项监管制度措施，强化淘汰退出机制；压实责任、落实制度，重点解决现场检查、证后监督检查“重形式、轻实效”的问题，继续推进质量追溯管理；优化结构、优化产业，加快产业结构调整升级，优化产业布局，打造一批规模大、影响广、效益高的产业集群；扩大用标、唱响品牌，继续实施“绿色食品标志规范使用行动”，促进品牌融合发展，积极引导“绿色有机地标 +”；开拓创新、激发活力，进一步健全完善绿色食品标准体系，推进绿色食品标准和技术落地。

举目已是千山绿，宜趁东风扬帆起。围绕重点部署工作，各地已经行动起来。安徽将绿色食品产业作为十大战略性新兴产业写入本省“十四五”规划，实施战略性新兴产业集群建设工程；浙江推动“一标一品”集群化发展，积极探索长三角一体化发展路径；福建探索绿色食品审核全程信息化，建成的绿色食品审核管理系统今年已在 6 个产品的申报审核中应用，规范流程、提高效率……进入新阶段，全国绿色有机地标农产品工作肩负新使命、开启新征程。

作者：丁乐坤

原载于 2021 年 6 月 18 日《农民日报》

新征程　再出发

——绿色食品产业“十四五”发展规划综述

砥砺前行三十余载，转眼我国绿色食品事业发展已然迈过而立之年。2021年年末，中国绿色食品发展中心印发《绿色食品产业“十四五”发展规划纲要（2021—2025年）》（以下简称规划）。规划显示，2020年，全国绿色食品生产企业总数已达到19 321家，产品总数达到42 739个。创建绿色食品原料标准化生产基地742个，基地面积1.7亿亩。绿色食品总量超过2亿吨。绿色食品销售额超过5 000亿元，出口额超过36亿美元。

一组组闪耀的数字背后，折射出我国绿色食品发展事业的坚实步履与蓬勃生机。中国绿色食品发展中心主任张华荣表示，“十四五”期间，我国绿色食品产业规模将稳步扩大。“绿色食品企业总数将达到2.5万家，产品总数达到6.5万个，绿色食品原料标准化生产基地达到800个。绿色食品产品质量抽检合格率达到99%，确保不发生系统性重大质量安全事件。”张华荣说。

行而不辍，未来可期。“十四五”将如何书写好“绿”文章？规划的出台将为我国“十四五”时期绿色食品产业高质量发展指明方向。作为全面推进农业绿色转型和高质量发展的关键时期，绿色食品将在“十四五”期间肩负更多责任、发挥更大作用。

振产业——国家级和省级农业产业化龙头企业、大型食品加工企业、出口企业比重明显提升

冬日时节，在安徽六安国家农业科技园区内，青翠欲滴的薄皮椒挂满枝头。这里每年可培育“皖椒10号”辣椒苗200万株，带动种植面积超1 000亩。近年来，六安市持续推进绿色农产品生产加工供应基地建设，打造长三角的“大菜园”。“我们园区辐射36个村，耕地面积约8万亩。主要产业是绿色稻米、蔬菜的生产和加工，还包括农业成果的应用推广、农旅融合等，可以说既是长江三角洲

的‘米袋子’‘菜园子’，也是一个三产融合的大平台。”安徽省六安市舒城县农科所副所长阮琦琦说。

近年来，全国各地聚焦绿色食品产业，加快转变农业发展方式，推动绿色食品产业高质量发展。“十三五”期间，绿色食品获证企业和产品年均增长速度分别达到 15.1% 和 12.8%。2020 年，绿色食品产品覆盖种植、畜禽、水产等大宗农产品及加工食品，大米、面粉、大豆、水果、食用菌等已占同类产品总量的 5%～10%，机制糖、食用盐等产品市场份额超过 25%，绿色食品产业规模稳步扩大。

事实上，伴随着居民收入的快速增长，如何满足消费者对绿色优质农产品的需求已然成为一个重要议题。规划认为，提高绿色食品产业发展水平，关键在于培育一批规模大、实力强的生产经营主体，建设一批高质量、高水平的标准化生产基地。

在优化产品结构方面，除了大力发展大米、小麦粉、植物油、蔬菜、水果等与百姓生活密切相关的“米袋子”“菜篮子”产品，还将加快补齐畜禽、水产品的短板，引导生态环境良好的草原地区发展草食畜禽产品，引导大型湖泊、库塘等自然条件良好的天然水域发展绿色水产品。

农业企业是农业产业化的“龙头”，带动作用非常明显。规划指出，将重点支持国家级和省级农业产业化龙头企业、大型食品骨干企业、出口企业和农民专业合作社示范社发展绿色食品，发挥其在品牌引领中的辐射带动作用。同时，还将积极推进基地建设，积极开发一批规模大、产能高、声誉好、产业带动能力强的绿色食品生产资料企业，大力推广应用绿色食品生产资料，加快发展绿色食品饲料，破解绿色食品畜禽水产品发展瓶颈。

稳质量——绿色食品标准体系不断完善，标准引领作用凸显，质量保障能力不断增强

质量是绿色食品的生命，作为特定的产品质量证明，绿色食品的标志已成为我国优质精品农产品形象的代表。“十三五”时期，绿色食品抽检合格率保持在 98% 以上，产品质量始终稳定在高位水平，没有发生重大农产品质量安全事件。取得的成绩背后离不开相关支撑保障能力的持续加强。

规划相关数据显示，“十三五”时期，共制修订绿色食品标准 85 项，有效使用绿色食品标准 140 项，组织编制绿色食品生产操作规程 212 项。通过建立科学

严谨、规范高效、公正权威的标志许可审查程序，完善了企业年检、产品抽检、市场监察、风险预警、产品公告 5 项监管制度。

进入“十四五”时期，全程质量控制体系将进一步完善。具体来说，首先要落实标准化生产，积极开展绿色食品品质营养指标研究，制定茶叶、果酒、水产品等 10 类产品的品质营养指标。其次，要继续编制（修订）一批区域性绿色食品生产操作规程，鼓励各地因地制宜制定生产操作规范。加强对绿色食品生产经营主体的标准培训，实现按标生产。

同时，要严把标志许可审查关，严格落实蔬菜水果最小申报规模、平行生产管理等措施，切实提高准入门槛。全面实施审查规范行动，组织修订完善审查制度，压实分级审查责任，强化现场检查、续展核查等制度，建立健全审查信息通报机制，提高审查质量和效率。

此外，对于企业来说，绿色食品的审标、用标行为绝不是一劳永逸。“十四五”期间将继续完善绿色食品监管制度，严格落实企业年检、产品抽检、标志市场监察、风险预警和产品公告 5 项监管制度，加大对监管制度落实的督导检查。同时，强化淘汰退出机制，对不合格企业和产品及时取消标志使用权。强化知识产权管理意识，继续做好绿色食品标志商标注册、保护和维权工作。积极配合市场监管部门加大对假冒绿色食品标志产品的打击力度，净化绿色食品市场环境，维护好品牌公信力。

强品牌——绿色食品品牌公信力和影响力进一步提升，忠诚度和美誉度进一步提高，绿色消费引领作用明显扩大

在云南昆明，一场别开生面的绿色食品推介暨产品直播带货活动吸引着众人的目光，产品以绿色、健康的定位引得众多网友纷纷买单。活动负责人介绍，近年来，通过紧紧抓住数字经济快速发展的势头，实现从传统营销到电子商务模式的转型升级，搭建“云垦优选”绿色食品电商营销平台，建设绿色食品数字体验中心，直播带货云南高原特色农产品，打通线上线下共享平台，用品牌、产业赋能“绿色农垦”特色品牌。

市场的高度认可是绿色食品多年来持续稳定发展的最好脚注，多年来，绿色食品以科学的标准、优良的品质、过硬的质量、统一的形象，赢得了消费者的认可和信赖。目前我国一二三线城市消费者对绿色食品标志的知晓率已达 73.5%。根据市场调查，绿色食品售价比同类普通食品平均高出 20% 左右。

如何进一步擦亮绿色食品这块“金字招牌”？规划显示，需进一步提升绿色食品的品牌影响力和公信力。“十四五”时期，还将持续打造绿色食品精品品牌，突出绿色食品安全、优质、营养特征，深入挖掘丰富绿色食品品牌内涵，强化绿色食品品牌宣传，不断提升绿色食品品牌的认知度、知名度和美誉度。

同时，为了进一步扩大绿色食品的市场占有率和影响力，提高消费者的满意度和忠诚度，还需加快专业营销体系建设。鼓励发展绿色食品流通新业态新模式，支持绿色食品生产企业、营销企业创建电商平台，加强与大型知名电商平台合作，开展绿色食品网络营销、直播带货，大力支持第三方平台发展绿色食品直销配送、线上线下相结合的新零售方式。

作者：丁乐坤

原载于 2022 年 1 月 19 日《农民日报》第 1 版

（注：本文成稿于 2021 年年末，故编者将其纳入 2021 年作品）

“一标一品一产业”融合发展模式有成效 以小产品成就大产业

以“一标一品一产业”融合发展模式为抓手，浙江不仅实现了品牌与产业的融合，而且注重与乡村振兴战略、长三角一体化国家战略深度融合，为乡村产业兴旺和实现农业现代化提供了有效载体和动力源泉。

“望得见山、看得见水、记得住乡愁”，这充满诗意的一幕，是人们对乡村振兴的美好愿景。那乡愁又是什么？有人说是儿时的回忆，也有人说是熟悉的乡音，还有人说是舌尖上的家乡味道。

浙江，虽然面积较小，却依靠多样的自然环境，在山川大地、江河湖海中塑造出万千生态。无论是风味浓甜的黄岩蜜橘、果肉细脆的浦江葡萄，还是清香扑鼻的安吉白茶、微甘而香的桐乡杭白菊，抑或是肉质鲜美的大陈黄鱼、鲜嫩肥美的金华两头乌猪，都是浙江人记忆深处最熟悉的味道。

如何留住这份乡愁？2020年以来，浙江在持续推进农产品地理标志登记保护和绿色食品认定的基础上，聚焦“一标一品一产业”融合发展，不断增强绿色优质农产品供给能力，打响区域公共品牌，振兴区域特色产业。

◎ 浙江的农业生产环境（供图：浙江省农产品质量安全中心）

做好品牌文章，打造“金字招牌”

“2016年成为G20峰会特供基地，2017年成为全省首个葡萄出口基地，并陆续销往新加坡、马来西亚、迪拜等，自从有了‘浦江葡萄’这块金字招牌，我们的产品更加能够获得市场认可。”浦江靓松家庭农场葡萄园负责人陈青松这样说道。

在不少地区出现“千城一面”现象的当下，地理标志农产品成为彰显区域特色的一大亮点。

浦江县有着悠久的葡萄栽培历史，被称为“中国巨峰葡萄之乡”。近年来当地葡萄产业发展迅速，2020年全县种植面积达7.1万亩，产值达11亿元，成为浦江农业第一大产业。陈青松所说的“金字招牌”就是当地于2013年获得的农产品地理标志。

作为我国重要的农业公共品牌，2002年12月修改的《中华人民共和国农业法》首次明确了农产品地理标志的法定概念。2007年12月，农业部出台《农产品地理标志管理办法》。2008年，农业部正式启动农产品地理标志登记保护工作。

怎样才能获得农产品地理标志登记保护？浙江省农产品质量安全中心主任郑永利指出最起码要具备“四个独特”：第一要产自特定的区域，第二要具有独特的品质或风味，第三要有独特的生产方式或加工工艺，第四要传承浓厚的农耕文化。可见，“地理标志农产品是我们的乡愁，从产业角度来看，就是乡愁产业。”

浙江自2010年启动农产品地理标志登记保护工作后，近两年主要的创新做法是做好“融合”的文章，打造“一标一品一产业”融合发展模式，即农产品地理标志登记保护、绿色食品质量认定和区域特色产业提质增效融合发展。

通过扩大总量规模、优化产品结构、主攻供给质量、创新发展动能，浙江努力构建政策支持、技术标准、生产经营、质量管控和品牌推广五大体系，着力推进绿色农产品特色化发展、基地化建设、标准化生产、产业化经营、品牌化运作，“在此过程中，走出了一条颇具浙江特色的绿色优质农产品高质量发展新路子。”浙江省人大常委会副主任史济锡曾为《乡愁之旅——浙江省地理标志农产品》等系列图书作序道。

当前，按照“挖掘培育一批、登记保护一批、提升发展一批、淘汰出局一批”的工作思路，浙江正大力挖掘有产业规模、发展潜力、农耕文化基础、历史传承的区域特色产品，加强农产品地理标志登记保护。

截至2020年年底，全省共登记保护农产品地理标志138个，比“十二五”末增长了2倍多。其中96%为浙江农业十大主导产业产品，包括果品、茶叶、蔬菜等12类。产品总数位居全国前十，年产量突破200万吨，年产值高达387亿元。

与此同时，浙江省农业农村厅还出台了《浙江省农产品地理标志提升发展三年行动计划（2020—2022年）》和《浙江省地理标志农产品保护工程创建办法》，强化顶层设计、统筹谋划、科学布局和政策支撑，构建起地理标志农产品持续健康发展的长效机制。

提升种植模式，坚持品质为先

而对于消费者来说，最重要的是怎么才能吃得健康放心，尤其是疫情防控进入“常态化”，人们对于绿色优质农产品的需求也越来越强烈。

近年来，浙江聚焦区域特色优势农产品，创新性地提出了全县域整建制推进绿色发展思路，全面推行“六个一”发展模式（建设一片规模基地，制定一个生产规程，认定一批绿色食品，打响一个公共品牌，提升一个特色产业，带动一方百姓致富），全产业推广应用国家绿色食品标准，促进“一标一品一产业”融合发展。

每到3月下旬，湖州市安吉县的茶园里便陆续忙碌了起来，茶农们灵动的双手十指翻飞，采摘的新叶叶片玉白、叶脉翠绿、状如凤羽，这些茶树的品种叫作“白叶一号”。

作为我国第一个白叶茶品种，“白叶一号”培育于20世纪80年代，并于90年代在当地推广种植，到2020年安吉县白茶种植面积已达17万亩，年产量约400万斤，产值达27.59亿元，品牌价值41.64亿元，被国家认定为珍稀茶树品种。

2018年，安吉白茶入选国家农产品地理标志登记产品，“这不仅标志着安吉白茶从产地、产品到品牌得到全方位、全领域、全覆盖的知识产权保护，更重要的是，我们实现了安吉白茶生产从无公害农产品标准到绿色食品标准的升级。”安吉县农业农村局副局长韩树根介绍。

质量，是安吉白茶的立身之本。据了解，安吉在开展农产品地理标志登记保护工作的同时，还在浙江省农产品质量安全中心的指导下同步开展全国农产品质量安全全程控制体系示范县、国家级农业绿色发展先行先试支撑体系建设试点县、全国绿色食品原料标准化生产基地、全国绿色食品一二三产业融合发展园区和省级精品绿色农产品基地建设工作，并通过建立“六合一”的质量追溯管理体系、推行农产品质量网格化监管、设置绿色食品茶叶用药专柜、推动安吉白茶身份标识化和全程数字化等，真正实现全过程品质管控。

与安吉白茶一样，这些年，金华市浦江县也开启了葡萄精品化种植模式，“当前，我们正以‘浦江葡萄’作为精品绿色食品葡萄示范基地的公共品牌开展绿色食品认定、宣传展示，统一绿色葡萄示范基地质量安全管理制度，建立统一生产技术操作规程和生产模式图，打造统一标准的绿色食品农药专柜供应农药、统一基地标志牌，全面打造精品绿色食品葡萄示范基地。”浦江农业农村局局长楼建超说。

为了夯实产业基础，浦江还推出了“三农三业三服务”帮扶工作，为每一个葡萄种植主体配备技术指导员、销售联络员和民生服务员，以解决最末端葡萄种植户在生产、销售以及政策引导等方面的难题。

于如清就是这支队伍中的一员，同时也是浦江县果业协会会长，有着 30 多年的葡萄种植经验，“平常最主要的工作就是帮助果农解决种植过程中遇到的技术难题，像每年 5 月底 6 月初是我们最忙的时候，要上门指导果农怎么疏花疏果、控产提质。”于如清说。除此之外，他每年还会帮一些产量比较多的果农销售葡萄，2020 年，多的时候一天可以卖到 4 万多斤。

在郑家坞镇沈里村，民生服务员沈靖凯则耐心为葡农沈邦数解答葡萄高品质示范基地的申报条件，“种植面积、控产标准、卫生条件……所有验收细则我们都会逐条解说，最关键的是要和老百姓解释清楚做好这件事情能受益什么。”沈靖凯说。

据了解，截至 2020 年，浙江共创建省级精品绿色农产品基地 25 个，有效期内绿色食品达 1 899 个。

聚焦产业振兴，实现融合发展

如今，浦江葡萄的批发价已从原先的低端区转向中高端区，安吉白茶也从“一片叶子富了一方百姓”升级为“一片叶子助力脱贫攻坚”，而这些实实在在的效益，离不开日趋增强的品牌影响力。

事实上，以“一标一品一产业”融合发展模式为抓手，浙江省不仅实现了品牌与产业的融合，而且注重与乡村振兴战略、长江三角洲区域一体化战略深度融合，为乡村产业兴旺和实现农业现代化提供了有效载体和动力源泉。

“实施乡村振兴战略是新时代‘三农’工作的总抓手，产业兴旺是根本，如何挖掘、培育、保护、提炼、发展好地理标志农产品是产业兴旺的重要抓手。”郑永利介绍，浙江省将地理标志农产品工作纳入浙江省乡村振兴战略规划，并列入对市、县（市、区）政府的乡村振兴战略实施绩效考核指标体系，每年分解下达目标任务并实施考核。除此之外，2020 年浙江省政府工作报告中明确提出“实施地理标志农产品保护工程”，并纳入省政府对省农业农村厅的年度考核重要量化指标。“接下来，我们还希望以地理标志农产品为抓手，助力长江三角洲区域农业农村一体化发展。”

比如在台州市黄岩区，蜜橘产业不仅是当地乡村振兴的“助推器”，如今还成为其积极融入长江三角洲区域一体化的“新名片”。2020年，黄岩区在全市率先出台《黄岩区全面接轨大上海，深度融入长三角实施方案》，通过与上海同济大学、浙江大学等一批高校开展校地合作借智引才，努力擦亮“中华橘源”金名片。

20世纪八九十年代，因城市化进展加快和工业经济发展，黄岩蜜橘一度面临产业规模萎缩、竞争力减弱、知名度和影响力弱化的严峻现实，“随着全国柑橘种植面积的扩大，黄岩蜜橘在国内市场份额也从以前的1/6，变成了后来的1/700。”黄岩果树技术推广总站站长黄茜斌痛心地说。

为了重振“黄岩蜜橘”品牌，黄岩启动实施蜜橘产业振兴计划，并在2017年的旅游柑橘节上召开了“黄岩蜜橘2017—2026十年规划”评审会，从培育引进柑橘品种、改善柑橘种植技术、扩大柑橘品牌影响、加大政策资金扶持等措施入手，制定了一条长远发展路线。

随着黄岩蜜橘通过国家农产品地理标志登记保护，2020年，黄岩规模化发展柑橘良种3 000多亩，黄岩蜜橘获“世界蜜橘之源”称号，蜜橘筑墩栽培系统入选第五批中国重要农业文化遗产名单。在一年一度的柑橘旅游节上，还开通了“上海万人游黄岩”暨上海·黄岩旅游直通车，迈开了重返“上海滩”的步伐。

“一方面，我们在技术上通过标准化生产提升果品品质，通过激励措施推进精品基地建设；另一方面，我们大力加强品牌宣传，除了启动‘直通车’，还将推动黄岩蜜橘进高铁等，让老品牌焕发新光彩。”黄岩农业农村局副局长汪燕燕说。

以“一标一品一产业”融合发展带动乡村产业兴旺必须会“吆喝”，黄岩蜜橘只是其中一个缩影。当前，浙江正加强线上与线下互动、传统媒体与新媒体融合，创新载体大力宣传推介以地理标志农产品为代表的绿色优质农产品。

据了解，浙江省农产品质量安全中心还与浙江新闻频道《翠花牵线》栏目开展了战略合作，并创设了“浙江精品绿色农产品”微信公众号，举办全省绿色优质农产品包装设计大赛，组织参加中国国际农产品交易会、中国绿色食品博览会等展示展览活动，为各县市的地理标志农产品提供一个共享的传统媒体与新媒体融合的多维宣传平台，提高了农产品地理标志的知名度。

“30年来我省绿色食品、地理标志农产品等绿色优质农产品工作取得明显成效。”浙江省农业农村厅厅长王通林表示，特别是近两年，浙江首创的“一标一品一产业”融合发展模式受到省领导和农业农村部充分肯定。值得一提的是，在

2020年第十五届中国全面小康论坛上，“一标一品一产业”融合发展模式还荣获了“2020年度中国十大民生决策”奖项。

作者：潘晗艳

原载于《小康》杂志2021年2月下旬刊

消息通讯

编者按 消息、通讯是新闻报道的常用文体，在报纸、电视、广播、网络等媒体上出现频率高。新时期绿色有机地标事业发展成效明显，呈现全面发展、快速发展、高盘发展的态势。近年来，中央及地方主流媒体、新媒体高度关注绿色有机地标产业发展动态，涌现了一大批质量高、影响广、效果强的新闻通讯作品，这些作品围绕绿色有机地标的重点工作、任务、动态及活动开展事实报道，形成良好的宣传舆论氛围，进一步树立了绿色有机地标这一政府主导的安全优质农产品公共品牌形象。

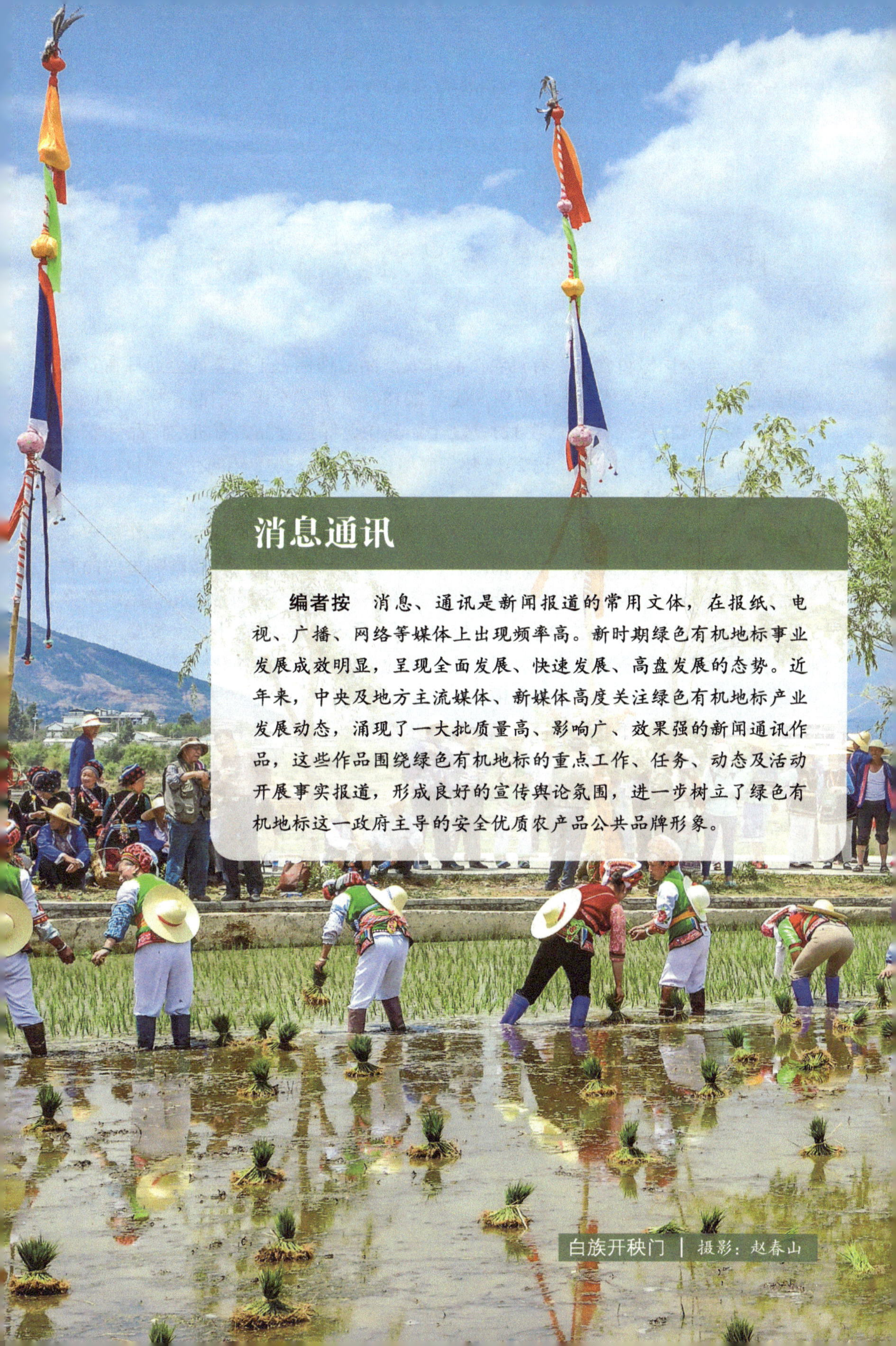

白族开秧门 | 摄影：赵春山

全国“三品一标”产品总数超12万个

2019年全国绿色食品、有机农产品和农产品地理标志工作座谈会近日在安徽省合肥市召开。记者从会上了解到，截至2018年年底，全国“三品一标”获证单位总数为58 422家，产品总数121 743个。其中，绿色食品、有机农产品和农产品地理标志总数37 778个，比2017年年底增长18.1%，2018年向社会提供绿色优质农产品总量超过3亿吨。

据了解，2018年，我国绿色食品、有机农产品和农产品地理标志工作稳中有进，中国绿色食品博览会和中国国际有机食品博览会两个具有较高影响力的品牌展会同期举办，各地组织当地优质特色“三品一标”农产品同台亮相，组织举办了36场形式多样的产品推介会、产销对接会，邀请了57家境外企业参展，2 000多位专业采购商到会考察洽谈，博览会市场化、专业化、品牌化、国际化水平进一步提升。积极开拓专业营销新模式，推进绿色食品、有机农产品和农产品地理标志专营店、专柜和电商平台建设，进一步拓展专业营销网络。继续开展标准体系建设和标准实施，进一步加强检验检测体系能力建设，持续开展队伍能力建设，成立中国绿色食品发展研究院、华夏有机农业研究院，为事业高质量发展提供战略支撑、理论支撑、技术支撑和人才支撑。出台了《关于加强“三品一标”品牌扶贫工作的意见》，形成了上下联动的良好格局。积极搭建基地建设、产品开发、品牌宣传、产销对接、培训指导5个扶持平台，加快推进贫困地区创建绿色食品、有机农产品标准化生产基地，发展绿色优质农产品。

作者：杨丹丹

原载于2019年4月15日《农民日报》

让绿色生产、绿色消费、绿色发展理念深入人心

——第二十届中国绿色食品博览会暨第十三届中国国际有机食品博览会综述

昨日，为期3天的第二十届中国绿色食品博览会暨第十三届中国国际有机食品博览会（以下简称绿博会）在郑州落下帷幕。

本次展会为我国绿色食品、有机农产品发展提供了成果展示和产销对接的平台，既给参展商带来了实实在在的收益，也让市民感受了我国农业绿色发展的最新成果，更让“绿色生产、绿色消费、绿色发展”的理念深入人心。

河南展团收获丰。好想你健康食品、温县铁棍山药、信阳毛尖……本届绿博会，在河南省综合展区、郑州展区和洛阳展区，共有300余家企业800余种产品参展，展品种类多、品质高、门类全，充分彰显了农业豫军的实力。河南展区的设计也颇有新意，融入了中原文化元素与现代农业科技元素，成为本届博览会的亮点。在郑州展区，好想你健康食品、博大面业、中农华盛、煜阳农业、世通食品等郑州市31家绿色食品、有机食品生产企业组团亮相。“好想你”品牌在全国的知名度很高，好想你健康食品股份有限公司总经理石聚岭告诉记者，企业产品销量非常不错，此次参展主要是为了展示企业形象，提高产品的美誉度。小小红薯也能作出大文章。在河南煜阳农业发展有限公司的展台，香甜可口的“大紫丫”有机红薯吸引了不少人驻足品尝。“有一个客户在往届绿博会上吃过我们的红薯，今天又专门来展台买了4袋。”公司有关负责人告诉记者，此次参展一方面希望展示企业产品，同时也希望扩大订单。“已经有山西、上海等不少地方的电商平台和我们接触，希望经销我们的产品；不少种植户品尝了有机红薯后，也有意购买我们的红薯苗。”

3天展期，河南省参展企业收获颇丰：现场、线上销售额747万余元，现场签约额4 500余万元，达成购销意向和拟合作项目2.15亿元。河南省展团多个产品还获得博览会金奖。

优质食品受追捧

“民以食为天，食以安为先。”随着食品安全和绿色生态理念深入人心，人们越来越注重食品的品质。本届博览会，参展品七成是绿色食品、有机农产品，还有蕴含独特区域文化与品质的地理标志农产品。绿博会上，各种绿色、有机食品备受市民青睐。

“真看花眼了！希望以后有更多的绿色食品、有机食品到咱老百姓的餐桌上！”“作为消费者，口感和品相只是一方面，咱老百姓关心的是产品是不是真正绿色、真正有机！”在郑州国际会展中心一层展厅，展台上摆放的各类贴有绿色食品、有机农产品标签的食品深受市民喜爱。

鹤壁浚县振鹤合作社带来了绿色食品黑糯玉米，每一个玉米都张贴了农产品追溯二维码。该合作社的李涛说，糯玉米为当地贫困户带来了很好的收益。“这种玉米在中原地带很少，营养价值更高、口感也更好。希望能够借助这个平台将糯玉米在河南市场推广，让消费者享受到绿色、健康的玉米。”

在湖北展区，湖北名菜洪山菜薹、蔡甸藜蒿、蔡甸莲藕等农产品十分喜人。武汉参展商冯军介绍说，和一般的菜薹比，洪山菜薹要甜一些，质脆味醇。“现在人们越来越注重食品的品质，希望通过参加此次博览会，让国内更多地方的人们了解我们的产品，扩大产品知名度。”

宁波展区的红美人柑橘皮薄、汁水丰沛，被称为“网红水果”，价格不菲却销量可观。在参展商许接军看来，如今市民对食品的质量和安全有了更高要求，这也促使有机食品的销售不断升温。“虽然红美人柑橘比普通的柑橘价格贵，但是老百姓很认可。因为这个柑橘是绿色食品认证，而且采取有机栽培模式，所以橘子口感特别好。这也说明百姓越来越看重品牌质量，而不仅仅是价格。”

绿色发展成共识

除了带来实实在在的收益，绿博会也让“绿色化、优质化、特色化、品牌化”的理念愈发深入人心。

要实现 2020 年农村贫困人口全部脱贫的目标，产业扶贫是重要的支撑。如何在绿色发展理念指导下发展好特色农业、助力脱贫攻坚，也成为与会人员热议的话题。

“发展农业，要注重细分市场，把产业和产品做精、做深、做细、做极致；同时要着力打造有影响力的知名品牌，注重抓住新技术突飞猛进的机遇，提升产品科技含量。”绿博会期间，农业部原副部长、国务院扶贫办原主任刘坚在中国绿色食品发展高峰论坛上的观点引起与会嘉宾共鸣。

作为全国重要的农业大省，农业特色产业是河南省贫困地区的优势产业，也是农民实现脱贫的主导产业。近年来，河南省积极通过品牌引领推动贫困地区农业特色产业提升，为贫困地区的农产品插上品牌的翅膀，让特色农产品飞出深山，走向全国、走向世界。“通过开展贫困县农业品牌整县推进行动，河南在贫困地区培育知名农业品牌 164 个，占全省的 42%；农业品牌扶贫带动贫困户 11 万人。”河南省农业农村厅副厅长刘保仓用数字让人们感受到品牌化在带动贫困脱贫方面的作用。

绿博会让人们感受到的不仅仅是优质农产品的魅力，也让“绿色生产、绿色消费、绿色发展”的理念愈发深入人心，“绿色化、优质化、特色化、品牌化”发展成为新农人努力的方向。

作者：武建玲　张立　卢文军

原载于 2019 年 12 月 3 日《郑州日报》

6 700 万亩标准化基地赋能现代农业高质量发展

——写在全国绿色食品原料标准化生产基地管理暨贫困县基地创建培训班开班之际

立足资源和生态环境优势，黑龙江省坚持“打绿色牌、走特色路”，自 2004 年在全国率先开展了绿色食品原料标准化生产基地的创建工作。经过 10 多年的发展，黑龙江省绿色食品原料标准化生产基地从无到有，从小到大，已经建成全国最大的标准化生产基地聚集区，有力支撑全省绿色食品产业迅猛发展，引领、示范和带动了全省现代农业高质量发展。中国绿色食品发展中心对黑龙江省标准化基地建设工作充分肯定，并将黑龙江省的发展理念和建设经验向全国推广，成为引领行业发展的标杆。

做探路者　打样全国标准化基地建设

黑龙江省在推进绿色食品原料标准化生产基地建设中，以提质增效为目标，确立了 6 个目标定位，即农产品质量安全的示范区、现代农业生产的“样板田”、区域经济发展的“增长极”、推广新科技和培育新农民的“平台”、新产品开发的密集区、国内外有影响的大品牌，并一以贯之地把标准化贯穿基地建设的每个层面和每个阶段。

在省委省政府的坚强领导和各地的积极努力下，绿色食品原料标准化生产基地建设成效显著，呈现出规模大、分布广、产量大、品类全、品质优、机制新的典型特点。

规模大。全省已建成国家级标准化基地 165 个，总面积 6 694.1 万亩，占全国总量的 38.7%，是全国最大的标准化基地聚集区。

分布广。全省所有市（地）行政区、农垦和森工系统都建有标准化基地，57 个县（市、区）和 52 个农场建设标准化基地。

产量大。全省 2018 年标准化基地原料产量达到 2 200 万吨，约占全国总量的

20.1%。

品类多。标准化基地涉及水稻、玉米、大豆、蔬菜、杂粮和食用菌等 9 个品种，涵盖了黑龙江省主要农作物品种。

品质优。坚持把质量摆在更加突出位置，基地生产质量保障能力明显增强，标准化基地产品质量监测合格率连续多年保持在 99%，没有发生大的质量安全事件。

◎ 绿色蔬菜种植基地

注：近年来黑龙江省通过积极调整基地品种结构，不断深入农业供给侧结构性改革，在稳定发展水稻、玉米和大豆等粮食作物基地的同时，大力发展蔬菜、食用菌等特色经济作物原料标准化生产基地。

机制新。按照绿色食品先进技术标准体系和全程质量控制理念，已建立并运行了组织管理、投入品管理和技术服务等机制，基本涵盖了标准化基地建设的各个阶段和各个环节，实施效果显著。

在黑龙江省的示范带动下，全国绿色食品原料标准化生产基地建设迅速铺开，截至 2018 年 12 月底，全国共建成 680 个绿色食品原料标准化生产基地，涉及水稻、玉米、大豆、小麦等百余种地区优势农产品和特色产品，带动 3 900 多万个农户发展。

做引领者　高质量现代化农业发展迈入新阶段

伴随绿色食品标准化基地建设工作的不断深入，绿色食品种植几乎覆盖了黑龙江省所有县级区域，绿色发展理念深深植根龙江大地，引领并推动黑龙江省农业迈入现代农业发展的新阶段——标准化生产的“助推器”。标准化基地创建过程，实质上就是农业标准化实施的过程，也就是传统农业向现代农业加快迈进的过程。黑龙江省在绿色食品原料标准化生产基地建设中，以实施全程标准化生产模式为主导，先后制定绿色食品技术操作规程 81 项，涵盖了粮食作物、经济作物、畜禽养殖、山特采集及食用菌栽培等领域，有效提升全省农业标准化生产水平。目前，全省绿色食品认证面积已达 7 400 万亩，有效促进了现代化农业生产活动，推动了农业科技成果转化和技术进步，加快了传统农业向现代农业迈进。

质量兴农的有效途径。绿色食品严格按照标准化开展种植养殖，奠定了产品质量安全的基础，也把“从土地到餐桌”全程质量控制落到了实处。全省绿色食品抽检合格率均达到 99% 以上，2018 年达到了 99.37%。近 5 年来，农业农村部先

◎ 绿色“鸭稻”种植基地
注：通过大力发展“鱼稻”“鸭稻”“蛙稻”和“蟹稻”等循环种养模式，黑龙江省不断提升绿色食品原料标准化生产基地创建水平，走出了一条通过保护和改善资源环境、加快现代农业发展的绿色生态之路。

后3次致信表扬黑龙江省农产品质量安全水平相对较高。通过发挥绿色食品的质量优势、产品优势和品牌优势，黑龙江省农产品市场竞争力不断提高，绿色食品远销40多个国家和地区。

产业化经营的生力军。坚持推行以品牌标志为纽带、龙头企业为主体、基地建设为依托、农户参与为基础的产业化经营方式，切实强化了企业与农户的利益联结机制，延长了农业产业链条，增强了农产品加工企业整体实力。黑龙江省有7户绿色食品企业进入全省规模以上企业主营收入50强，有8户进入全省规模以上企业利税50强，居各业前列。

农民增收的有效渠道。标准化基地建设促进了农业结构调整，已成为农村经济发展中最活跃的因素。2018年，全省绿色食品基地亩均增收80元，增收总额超过50亿元；依托绿色食品产业，全省每年安置农村剩余劳动力60多万人，人均每月工资性收入3 000元以上。

农产品品牌化的有效载体。随着标准化基地影响不断扩大，龙江绿色食品成为家喻户晓的优质安全农产品代名词，呈现出生产消费良性互动、线上线下销售两旺的态势。这几年在各地举办的农产品交易会、博览会和展销会上，黑龙江绿色食品企业纷纷“唱主角”，备受经销商和消费者的青睐，展示出了广阔的发展空间和市场前景。

促进农业可持续发展的成功之路。经检测，黑龙江省标准化基地核心区土壤环境指标、江河水质和空气质量均高于国家标准。村屯面源污染得到有效控制，生产区域杜绝了污染企业入驻，生态环境得到有效保护，美丽乡村建设不断取得新进展。

做开拓者　探索全程监管长效发展新机制

建设绿色食品原料标准化生产基地是一项全新的工作，没有经验可循。黑龙江省立足高质量发展、可持续发展，坚持实事求是，不断创新，探索出一整套包括主体责任、投入品管理、全程质量监管在内的标准化原料基地建设机制。

突出县级政府主体责任。采取政策支持、典型示范等途径，调动地方创建标准化生产基地的积极性，实现了由“要我创建”为“我要创建”。承担创建任务的县（市、区）政府都成立了领导组织机构，明确了部门职责和任务，定期研究和解决创建过程中遇到的实际问题。在编制经济社会发展规划特别是农业发展规划中，把标准化基地建设作为一项重要内容，统筹安排，制定并实施了一系列支持政策。

全面开展环境监测。绿色食品绿不绿，关键在“源头”。为确保基地环境符合绿色食品质量标准，省农业部门争取省政府把基地环境监测纳入“三农”重点工作，对全省已建成的万亩基地全部进行检测，监测项目包括基地的土壤、水和大气三类，共 25 项指标。共获得土壤样品 7 700 个、水样 2 100 个、大气 2 400 个，准确把握了基地质量状况，有针对性地制定保护措施。同时，对监测数据进行分析，绘制全省基地环境质量监测图，将基地环境监测纳入常态化和规范化管理轨道。

坚持标准入户进田。根据标准化基地建设的要求，近年来共制修订绿色食品操作规程 81 个，并由黑龙江省质量技术监督局正式颁布实施，建成了比较完善的标准化基地配套技术体系。组织专家编写了一批“明白纸”和“操作历”，定期下发基地农户。采取“集中培训”和“定向培训”相结合的方式，每年直接培训工作机构师资和骨干 1 000 多人，延伸培训基地农户和企业人员 20 多万人，确保每个村都有几名懂绿色食品标准的“明白人”。特别是在基地春耕整地、播种、水稻大棚育秧等关键环节，采取召开现场会等多种形式推进工作，总结推广典型，以点带面，促进提升整体水平。

探索融合发展新路。结合推进农业“三减”，积极创新基地建设方式，促进产业融合，全省在标准化基地建设“鱼稻”“鸭稻”“蛙稻”和“蟹稻”基地 20 多万亩，探索出了一条利用资源、保护资源，实现可持续发展的新途径。

组织基地产品与市场对接。以基地产品为重点，以市场需求为导向，采取多种形式推动基地与市场的直接对接。每年都组织基地参加国内外大型展会，与农产品经销商洽谈对接。近年来，组织 10 个基地县产品进入北京农展馆黑龙江展销中心，集中销售，优势互补，取得良好效果。

大力宣传推介基地品牌。近年来，黑龙江省充分利用各种载体，大力宣传绿色理念，推介绿色食品基地品牌，营造良好的社会环境。每年在各类媒体发稿 300 篇以上，网络转发超过千条。还在哈尔滨市机场高速、京哈、哈同、哈牡、哈绥和哈大等高速公路设置以绿色食品基地为内容的巨型广告牌，进一步扩大了标准化基地的影响面。坚持实施严格基地监管。

坚持落实最严厉的监管措施，定期围绕“投入品”使用、标准化生产、基地

◎ 绿色水稻种植基地（摄影：张晓磊）
注：高清摄影头、智能温感器、物理防虫仪……黑龙江省在绿色食品原料标准化生产基地建设中，非常注重科技新成果新产品的运用，依靠科技支撑既节能环保，又提升产品品质。

与企业对接，以及主体责任落实等影响基地建设问题，按照“省、市、县”三级联动的模式，逐县、逐乡、逐村、逐地块进行检查，开展“绿色食品质量监管专项行动”，边查边完善边提高，切实把各项基地管理和建设措施落实到位。同时，大胆创新监管机制，积极推进监管工作前移到基地，变定期监管为常态监管，部门监管为社会共同监管，配合有关部门加强对绿色食品基地投入品监督和管理，综合运用经济、行政、法律等手段，切实把标准化基地“管严”“管好”“管到位”。定期开展基地产品抽检，对不合格的产品、基地进行公开曝光。

做超越者　勇当新时代绿色农业发展排头兵

党的十九大以来，习近平总书记多次就高质量发展发表重要讲话，作出“解决我国社会的主要矛盾，必须推动高质量发展”“推动高质量发展，是当前和今后一个时期确定发展思路、制定经济政策、实施宏观调控的基本要求”等重要论述。黑龙江省委十二届五次全会指出，高质量发展，意味着高质量的供给、高质量的需求、高质量的配置、高质量的投入产出、高质量的收入分配、高质量的经济循环，意味着工业的高质量、农业的高质量、科教事业的高质量、生态产业的高质量、文化产业的高质量、旅游产业的高质量、人民生活的高质量，意味着黑龙江省发展到了从“有没有”转向“好不好”的重要阶段。

作为推动农业高质量发展的“样板田”和“增长极”，2019 年黑龙江省将加大力度实施科技兴农、质量兴农、绿色兴农战略，采取一系列新举措全力推进标准化基地建设，努力争当绿色食品发展的排头兵。

力争在扩大绿色食品基地规模上有新突破。按照优质、高效、生态、绿色、安全要求，以满足龙头企业加工和市场需求为前提，继续坚持政府推动、龙头带动，区域化布局、规模化发展、产业化经营，积极而稳妥地推进绿色食品原料标准化生产基地建设。到 2019 年年底，全省标准化基地认证面积力争达到 8 100 万亩。

力争在推进基地标准化生产上有新突破。一是通过建立健全操作规程实现标准化。进一步完善绿色食品基地生产技术标准体系，并尽快与国际接轨。二是通过强化农户执行力实现标准化。紧密结合各地实际，研究制定操作性强的绿色食品“明白纸”“操作历”，做到每项标准都能让农户看懂，能学会，能会用。要在基地生产的关键环节，采取召开现场会、举办培训班等途径，做给农民看，引领农民干，确保标准化全面实施。三是通过推行建设和生产标准实现标准化。积极推行“八化”建设标准、“八化”生产标准，切实把标准化贯穿到基地生产的每个层面和每个环节。

◎ 绿色食用菌种植基地

注：黑龙江省绿色食品原料标准化生产基地种类齐全、品种丰富。目前已建成水稻、玉米、大豆、蔬菜、杂粮和食用菌等9个品种的基地，基本涵盖了全省主要农作物品种。

◎ 绿色大豆种植基地

注：由于严格按照标准种植，绿色大豆标准化基地生产的大豆色泽金黄透明，营养丰富，商品品质和内在品质俱优，备受加工企业青睐。

力争在强化基地全过程质量监管上有新突破。遵循“四个最严”要求，强化从农田到餐桌全过程监管力度，提升绿色食品全链条质量安全保障水平，积极推进监管工作前移，把“管出来”的各项措施延伸到生产基地、落实到“产出来”的全过程。严格执行产地环境标准，突出管好、管住“投入品”，强化基地管理制度建设，真正做到靠机制管人，靠制度管事。积极推行退出制度，建立基地产品的质量追溯体系，对不合格的基地和产品，实施“一票否决”，让质量成为绿色食品产业发展的“高压线”。

力争在提升基地与龙头企业“对接率”上有新突破。通过强化服务，创新机制，政策吸引等措施，不断密切基地与各类主体的利益联结，不断提高“对接率”。鼓励和支持现有的大型绿色食品企业增加绿色食品认证数量，扩大生产规模和加工总量，强化对标准化基地的拉动；鼓励国内外各类大型企业以多种形式进入黑龙江省绿色食品生产领域，特别是直接开展基地建设；支持与标准化原料生产基地联结的龙头企业按照产地、产品质量相一致和市场化运作原则，扩张优势产品规模，提升品牌层次，努力打造一批特色鲜明、质量稳定、信誉良好、市场占有率高的知名基地品牌。

力争在绿色食品原料标准化生产基地与农产品地理标志融合发展上有新突破。将代表黑龙江省农业资源优势的绿色食品和代表独特地域特征的农产品地理标志结合起来，借力农产品地理标志提升农业品牌，形成品牌叠加效应，培育壮大绿色食品基地。增加已有农产品地理标志保护范围内绿色食品基地的数量，用地理标志的特性来强化绿色食品的区域特征。积极培育绿色食品认证、农产品地理标志“双标”产品。以中药材、食用菌、鲜食玉米、蔬菜、乳制品、蜂蚕产品等品种为重点，增加农产品地理标志数量。

作者：李钢　韩玉龙　张桂英

原载于 2019 年 7 月 9 日《黑龙江日报》

农业品牌化标准化产业化水平提升 湖北省新增 562 家“三品一标”企业

让百姓餐桌更加丰盛，更加绿色。记者从 2019 年 7 月 23 日在荆州市召开的湖北省“三品一标”（无公害农产品、绿色食品、有机农产品和农产品地理标志的统称）工作会上获悉，2018 年湖北省新增“三品一标”企业 562 家，产品 946 个。至此，全省有效使用“三品一标”标志企业达 2 119 家，品牌总数达到 4 552 个，总产量达到 1 487 万吨，标志着湖北省农业品牌化、标准化、产业化水平和绿色优质农产品有效供给得到了进一步提升。

湖北省是农业大省，特色农产品种类和数量在全国都名列前茅。经过连续多年的品牌培育和口碑推广，全省“三品一标”农产品发展势头良好，小龙虾享誉四海，鄂茶远销欧美市场，食用菌出口创汇位居全国之首。2019 年 4 月召开的全国绿色食品有机农产品和农产品地理标志工作会议上，湖北省作为典型做了经验交流。

随着生活水平提高，人们对农产品安全性越来越关注。湖北省制定并严格执行“三品一标”认证审核实施办法、不合格材料退回制度，严把认证关口，2019 年抽检“三品一标”产品 270 个，合格率达 98.9%，绿色食品年检率达到 100%。

作者：胡琼瑶　杨远通

来源：湖北省绿色食品管理办公室

原载于 2019 年 7 月 25 日《湖北日报》

青海省河南县有机产品在深圳受热捧签约金额达 1.8 亿元

青海省河南蒙古族自治县（简称河南县）近日在深圳举办 2019 年中国珠三角（深圳）招商引资暨有机产品推介会，展出 20 余种具有蒙古族特色的雪多牦牛肉、乳制品、手工艺品、人参果等有机产品，受到参会企业热捧。

推介会现场，河南县与四川一马天下网络科技有限公司、深圳平湖海吉星国际农产品物流管理有限公司、深圳市穆羊人食品开发有限公司等 8 家企业代表进行现场签约，签约内容涉及有机畜产品推广、销售代理、电商总代理等，总签约金额约 1.8 亿元。

据河南县县委常委、副县长谭涛介绍，河南县史称青海黄河南部蒙古，俗称“河南蒙旗”，建政于 1954 年 10 月。全县总面积 6 997.45 千米^2，平均海拔 3 600 米。支柱产业以畜牧业为主，是全国面积最大的有机畜牧业生产基地，也是青海省生态保护最好的草原，堪称“亚洲一流，青海最美”。

河南县县长阿琼亲自为雪多牦牛肉代言，录制的抖音视频走红网络。推介会同时启动了蒙旗雪多牦牛肉全国促销活动。

谭涛表示，河南县坚持“生态立县”战略，走出了全民生态意识先行、生态制度保障先行、生态治理和生态行为的“四个先行”之路，形成了与全面建成小康社会高度契合的生态发展格局，力争到 2025 年，实现全省生态文明先行县、牧区绿色产业先行县、开放融合发展示范县、生态智慧先行县建设走在全省前列的发展目标。

他说，深圳是我国改革开放的窗口城市，是河南县扩大对外开放，实现跨越发展的一大“指向标”，希望通过此次推介会与深圳建立友好合作交流的伙伴关系。

作者：蔡东海
来源：中国日报深圳记者站
原载于 2019 年 11 月 6 日《中国日报》

吉林擦亮“绿色招牌”，助力乡村振兴发展

近年来，吉林省以增加绿色优质农产品供给为主攻方向，围绕建设绿色有机基地、加快经营主体培育、申报地理标志保护等工作，培育了一批绿色食品、有机农产品和农产品地理标志优势品牌，成为引领农业产业和消费转型升级的“主力军”。

◎ 向稻田中投放蟹苗

初夏时节，记者走进松原市查干湖镇腰初村金色阳光三农农机服务专业合作社 3 800 亩水稻种植基地里，稻苗郁郁葱葱长势正旺，河蟹三五成群吐着泡泡、挥舞着爪子爬来爬去。

◎ 稻田蟹

“合作社位于前郭灌区，利用当地丰富水资源，采取一田双收、稻渔双赢的稻渔综合种养模式，河蟹不仅能清除稻田杂草，预防水稻虫害，粪便又能提高土壤肥力，二者形成一个多元化复合生态系统。”合作社负责人张大志告诉记者，通过稻蟹共生这种养殖模式，可以为市场提供更高品质的稻田米和河蟹，产生“1+1>2”的效果。

在绿色食品生产上，无人机植保作业、智能田间管理监控系统，虫情测报系统和标准化农田改造，一系列科技投入也夯实了合作社绿色生产方式，让合作社粮食产量逐年增加。

“我们现在的水质、土质和米质每年都进行两次监测，无任何污染，绿色水稻产量每公顷 15 000 斤左右，每公顷照普通水稻多收益 5 000 元以上。”张大志信心满满地对记者说。

◎ 绿色食品稻田

◎ 包装有机蔬菜

为从生产源头保障绿色食品质量和实现可持续发展，吉林省依托现代农业示范区、粮食生产功能区、特色农产品优势区和质量安全县等，创建全国绿色食品原料标准化生产基地。在乾安县博瑞生态农业公司绿色有机蔬菜包装车间里，工人们正在加班加点装箱发货。“几年来，通过各级绿色食品办公室工作人员和农业专家不定期技术指导，产品无论在品种和产量上都实现了新跨越。40 个品类全部经中国绿色发展中心认定为绿色食品，日均生产 15 000～20 000 斤绿色蔬菜。”公司负责人卢坤说。

“今年，按照‘稳存量、优结构、增总量’要求，吉林省进一步优化企业、产品和区域结构，重点推进农业产业化龙头企业、大型食品企业、农民专业合作示范社发展绿色食品。”吉林省绿色食品办公室主任史宏伟说，“下一步，吉林省还将以增加绿色优质农产品供给为主攻方向，充分发挥绿色有机地标在‘品种培优、品质提升、品牌打造和标准化生产’中的重要作用，巩固拓展脱贫攻坚成果，加快推进乡村振兴。”

截至目前，吉林省有效使用绿色优质农产品标志达 1 454 个，创建全国绿色食品原料标准化生产基地 23 个，绿色优质农产品环境监测面积达到 620 万亩。

来源：吉林省绿色食品办公室

原载于 2021 年 6 月 30 日《吉林日报》

打造“苏米”名片！ 2020 年江苏最美绿色食品大米企业评选出炉

2020 年 11 月 24 日下午，在淮安洪泽白马湖艳阳度假酒店里，30 个同一种规格的电饭煲在桌上一字排开，来自江苏 30 家绿色食品大米企业的大米被放置在统一的透明玻璃杯里，等待着评委的评测，这里正在进行的是由江苏省绿色食品协会联合江苏省农业科学院新农学院、江苏省餐饮行业协会、江苏省农民专业合作社联合会共同举办的“淮味千年”杯 2020 江苏最美绿色食品大米企业评选活动。

◎ 专家们品评“苏米”

◎ 江苏省农业农村厅领导推介“苏米”

江苏省农业科学院著名水稻育种专家，南粳 46 之父王才林研究员拿起一杯大米，仔细看外观、闻香味，按照专业标准进行打分评判。他告诉记者，判断大米品质主要是从颗粒光泽、饱满程度、垩白粒率、大米香味、口感等方面去考量。

“截至目前，江苏全省绿色优质农产品比重达 67.4%，其中，绿色食品大米企业 427 家，产品 872 个，获证产量 257 万吨，绿色优质农产品总量规模居全国前列。”江苏省农业农村厅副厅长朱新华介绍说，江苏是全国水稻主产省之一，水稻常年种植面积 3 300 万亩，居全国第六，总产量 390 亿斤左右，居全国第四。

评审会现场，通过专家对入围企业样品的米样及米饭品鉴，企业路演，专家打分等环节，句容市天王镇戴庄有机农业专业合作社、淮安市洪泽岔东绿色食品

◎ 评审会现场

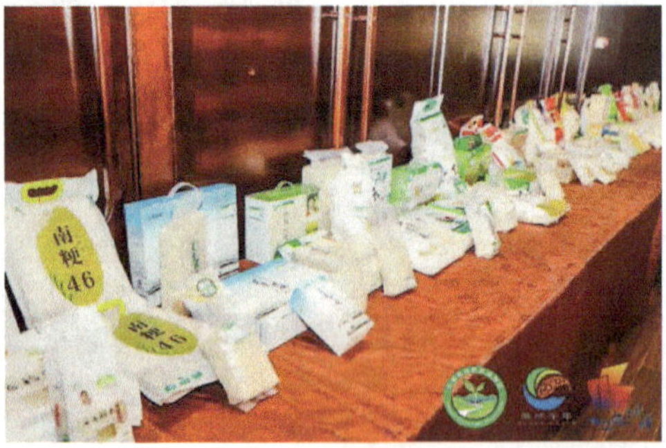

◎ “苏米”飘香

有限公司、扬州马棚湾生态农业科技有限公司等20家企业脱颖而出，荣获“江苏最美绿色食品大米企业”称号。江苏射阳大米集团有限公司、江苏绿州米业有限公司、涟水县联众植保种植专业合作社等10家企业荣获最佳人气奖。

会上，中国邮政集团江苏省分公司渠道平台部总经理姜诚义做“邮滋味苏米”项目推介，并与江苏省绿色食品协会签署“苏米”项目合作备忘录，共同启动“苏米”推介项目。

江苏省农业农村厅副厅长朱新华、淮安市洪泽区委副书记张灏、江苏省农业农村厅农产品质量监管处处长李旭、江苏省农产品检测中心主任刁春友、江苏省绿色食品办公室主任徐继东、江苏省农业农村厅乡村产业发展处副处长王建华、淮安市农业农村局总畜牧兽医师周凤建等领导受邀出席。

江苏省农业科学院王才林研究员、江苏省农产品质量检验测试中心主任刁春友研究员、扬州大学戴其根教授、江苏省农业技术推广总站倪玉峰研究员、南京市农业农村局张永青一级调研员、洪泽中等专业学校王砚超6位研究员担任感官品鉴专家，13市绿色食品机构专家担任评审专家。

据悉，2020年是绿色食品发展30周年，为强化宣传，促进规范，营造绿色食品事业发展良好氛围，江苏省组织开展“春风万里　绿食有你”系列宣传之“江苏最美绿色食品企业”评选活动，分别在5月、8月、10月和11月成功举办最美绿色食品茶叶、葡萄、蔬菜和大米企业评选，有效促进了绿色食品生产主体规范生产，提升了产业质量效益。

来源：江苏省绿色食品协会

“学习强国”学习平台2020年11月25日发布

看“龙江绿”如何破解“同质化”

产品“同质化”是每一个主产区都面临的共同问题。破解“同质化”为产品营销带来的种种障碍，也一直是黑龙江省有机食品和绿色食品销售不得不面对的一个课题。

在为期 3 天的第二十一届中国绿色食品博览会上，记者透过现场展与销的热烈及对一些参展商的访谈，欣喜地看到了“龙江绿”在破解“同质化”上实实在在的努力与进步。

创新跳出同质化泥潭

在高端食用菌领域打拼了近 20 年的黑龙江天锦食用菌有限公司，今年带到绿博会上的产品几乎全是各种口味的袋装或盒装菌汤，原菌产品只占一成左右。总经理高鹏告诉记者，他们从 2018 年开始进行产品转型升级，把干蘑菇、木耳制成开袋后加入开水就可以吃的菌汤。实现了食用方便快捷的同时，成本也大幅下降，同时也做出了自己的特色，避免了传统山珍特产的同质化问题。

除了山珍特产，大米、杂粮杂豆等黑龙江省优势农产品，亦是品牌多、产地多、品种多、产品多，让消费者眼花缭乱的同时，也给企业和生产者带来诸多销售难题。不过来自饶河的净水大米、肇源的碱地大米及来自宝清的尚膳豆制品，却通过包装、技术及产品研发的创新，轻松跳出同质化泥潭。

特色紧紧抓住消费者

在双鸭山饶河县中顺农业开发股份有限公司的展台上，一款名为“中顺净水”的净水大米，以其特别清新素雅的包装设计风格在众多参展产品中脱颖而出。

“这是我们专门请香港设计师针对深圳消费者特点，手绘设计的最新产品包装，一经推出，在深圳特别受欢迎，这次亮相鹭岛，也取得了很好的推广效果。”其负责人介绍，他们是通过讲故事的方式把“产品的好”充分讲出来，把该有的市场定位和回报体现出来。深圳年轻人多，他们注重生活品质，消费能力也强，而且更喜欢有新鲜感的东西，所以他们经过多方调研，决定摈弃过去常见的大红大绿、乡土气浓的农产品包装风格，采用素雅清新的设计风格，主打的 3 款米分别取名：有机鹭田、冰雪粒粒光、白月光，突出乌苏里江净水源的生态优势，一款米讲述一个故事，通过 3 个小故事讲述“净水大米的前生今世”，讲好“净水大米的特别之处”，而这 3 个包装图案组合起来就是乌苏里江的全貌。这 3 款米不仅包装有故事，内容物也各不相同，分别装的是有机高端米、绿色健康米和粥米，都配有不同的做法吃法，这让快节奏的年轻人特别喜欢。

绿色食品销路越来越广

同是大米，来自肇源的碱地大米也以特色收获了许多拥趸。“今天又签了一个 110 万元的订单。”肇源坤乾农业技术开发有限公司总经理王大勇高兴地说。他告诉记者，这个碱地大米是和中国农业大学合作的，通过盐碱地改良和选用专门品种，种出来的大米 pH 值在 7 左右，做出来的米饭特别筋道，不回生，非常好吃。“我们的订单基本都是跟回头客签的。因为碱地大米过去消费者接触的不多，碱地大米的好他们也不知道，所以每次展会，我都在现场煮饭，给大家品尝。这次因为疫情原因，我没带电饭锅来，但我一般就推荐少买点回去尝尝，吃好了再谈合作，效果还真挺好。我们的产品从去年面世，每一次展会都能收获不少客户，如今在河北、四川等地都有代理商。”王大勇说。

在宝清县的展位上，来自黑龙江尚膳食品有限公司的“笨大哥”系列大豆制品，以其突出的品质、丰富的品类和灵活的包装赢得了许多客商的青睐。公司总经理张忠恒在接受记者采访时说：“我们的种植基地位于宝清的富硒带上，加工原料全部是富硒绿色大豆，加工品类从豆皮、腐竹、各种口味的豆香干、干豆腐到水豆腐，不仅全，而且全部采用亲民的小包装，比如 200 克、150 克一袋，正好够一盘菜的。”“笨大哥”其实不笨，他以“亲民实用”的产品契合了消费者的需求，赢得了自己的市场；但“笨大哥”还在精进。“这次展会上我又学到了经验，我打算回去推出适合超市的礼盒装，把这些豆干、干豆腐等即食品的包装再缩小，变成 50 克左右一小包，每个礼盒里装上不同口味的即食豆制品，比如麻辣的、微辣的、五香的、烧烤的等，这样分量少了，价格控制在 10 元左右，更便于消费者购买，销量自然就增加了。”

作者：崔佳欣　张桂英
原载于2020年11月9日《黑龙江日报》

荆楚味道越来越香

“湖广熟，天下足。”鱼米之乡湖北，是全国重要的农产品生产基地。

2019 年，湖北省农产品加工业产值 1.23 万亿元，同比增长 7%。今年上半年，虽然受到新冠肺炎疫情影响，但全省农产品上半年出口总值仍然达到 9.76 亿美元，同比增长 17.8%。

来之不易的亮丽数据表明，“长江水、湖北粮、荆楚味”深受中外消费者青睐。拉动农业产业链的龙头企业，为农业大省向农业强省跨越，提供了有力支撑。

农产品品牌凝聚着资源禀赋、农耕文明和匠心经营。从做产品到创品牌，湖北是如何发力与坚守的？

坚守品质，“荆楚味”更香了

清洁、切块、灌装……自动化生产线上，一瓶瓶香菇酱次第而过。几天后，这批香菇酱将远渡重洋，出现在欧美国家的各大超市里。

新冠肺炎疫情影响外贸订单，地处大洪山腹地的湖北随州品源公司却“逆市而上”，今年出口量预计超过 1.2 亿美元，创历史新高。

论品牌，品质是基础。作为农业大省，在短缺经济时代，湖北为保障全国农产品供给作出了重要贡献。但进入新时期，人们从“吃饱”向“吃品质、吃安全、吃文化”等更高需求转变，湖北农业大而不强、多而不优的结构性问题日益突出，“大路货”居多，优质稻、精品果菜茶、名特优畜水产品的比重较低，全国知名品牌数量有限。

以量取胜的时代一去不复返，只有增加绿色优质农产品供给，才能更好满足人们“舌尖上的需求”。

2003 年，宣恩县黄坪村栽下了第一棵黄金梨，随后规模不断壮大。在湖北省农业农村厅支持下，口感好、味道醇的黄金梨成功拿到了欧盟认证。每年夏季梨园挂果时，为了保证品质，每棵树最多只能留十几个果子。虽然数量少了，但达到出口欧盟标准的特级果，却卖出了令人欣喜的高价，最贵的黄金梨一斤卖到 20 欧元。黄坪村的村民十几年来坚持标准化种植，产品连续多年来出口法国、德国等国家。

为了守护品质，湖北启动实施了一系列举措，让“荆楚味道”越来越香醇。

围绕水稻和油菜两大优势作物，在全省划定水稻生产优势区和双低优势油菜保护区；三峡柑橘带、江汉平原优质油稻、环武汉城郊蔬菜等特色农业产业板块逐步形成。

兴起绿色革命，推行标准化生产，实施农药使用量零增长行动，虾稻共作等生态种养新模式在全省遍地开花。

从田间到餐桌，竖起一道坚实的质量安全屏障。省、市、县、乡层层签订农产品质量安全工作责任书，建立和完善农业标准体系，确保农产品质量安全水平在全国领先。

功夫不负有心人。以小龙虾为标志的“湖北味道”走向全国、走向世界。夏收油菜、淡水产品产量，均连续多年稳居全国前三；今年1—8月湖北农产品出口破100亿元，同比增长37.8%，成为外贸出口的突出亮点。其中，食用菌、茶叶、中药材、天然蜂蜜等特色农产品位居出口前列。生猪产能逐步恢复，上半年全省生猪存栏1 790万头，较2019年末增加173万头，连续8个月回升。

从“做产品”到“创品牌”

品牌是畅行市场的通行证。在湖北，从车间到市场，从省内到省外，从种植到“吆喝”，一场“品牌战”全面打响。

2019年，湖北省农业农村厅聚焦特色产业和区域品牌，强化政策引导和资金支持，着力提升品牌影响力和竞争力。在全省农业系统共同努力下，赤壁青砖茶、蕲春蕲艾、洪湖水生蔬菜、通城黄袍山油茶成功入选第三批中国特色农产品优势区名单，潜江龙虾、随州香菇等11个品牌入选中国农业品牌目录。

去年，湖北印发《湖北省农产品品牌三年培育方案》，提出要按照“区域公用品牌+企业产品品牌”发展模式，重点培育潜江龙虾、蕲艾2个省级核心大品牌，以及20个区域公用品牌和200个企业产品品牌，引导地方政府积极创建省级特色农产品优势区。

真金白银支持品牌宣传。去年起，湖北省财政统筹安排1亿元在中央广播电视总台宣传潜江龙虾、随州香菇、宜昌蜜橘等区域公用品牌，为全国人民带来一场具有浓郁荆楚味道的视觉盛宴。一只只鲜活的小龙虾，经过大厨的烹制，成为一道道色泽红亮的美味佳肴，生动的画面配上宣传语“潜江龙虾　红遍天下”——连日来，这条广告宣传片在中央电视台轮番刊播。不仅潜江龙虾，还有恩施玉露茶、洪湖莲藕等一批湖北优质区域公用品牌农产品，纷纷亮相中央电视台黄金时段。

讲好背后故事，挖掘深层内涵，洪山菜薹、武当道茶、瓦仓大米等一批农产品品牌背后，都有一段神秘而动人的故事，农产品有了独特魅力和品牌溢价。

组合拳的实施取得了良好成效。2019 年，湖北新认证“三品一标”产品 836 个，有效期内“三品一标”企业达 2 258 家，品牌总数达 4 586 个，总量规模位居全国前五。

卖出去才是硬道理

拍图上传、回复留言、包装发货……秭归县郭家坝镇郭家坝村崔敏熟练地操作着。当前正值夏橙上市，他不仅在淘宝开了网店，还开了微店，家里几万斤夏橙几乎全在网上销售。

秭归是全国首个“四季鲜橙”产区，独特的优势和良好的品质引得阿里巴巴未来农场、京东、苏宁鲜果等龙头电商纷纷聚集。在秭归，只要懂电脑的基本都开了网店，真正进入了“全民开网店”时代。

湖北省农业农村厅数据显示，秭归脐橙稳居全省单品水果电商交易额第一，已成为湖北农村电商“第一果”。

好酒也怕巷子深。品牌再响，卖出去才是硬道理。

要致富，先修路。连续 11 年，湖北省委、省政府将农村公路建设纳入“十件实事”，全省建制村通路率达 100%，架起通往外界的桥梁。

修公路，还要建“网路”。早在 2017 年，湖北即启动光纤宽带连接“千村万户”行动，实现全省 100% 行政村接通宽带。2018 年，湖北省农业农村厅出台《湖北省农村电商工程三年行动方案》，推动村级电商服务网点在行政村全覆盖，农村地区“村村通快递”，电商物流服务“村村通”。

湖北推进农产品电商出村工程，广泛对接各类电商平台，引导农村淘宝、益农信息社进村入户，从“田头”到“餐桌”，以最少环节、最短距离、最快速度把恩施硒茶、秭归脐橙、蕲春蕲艾等名优农产品送到天南海北。

今年新冠肺炎疫情发生后，湖北一些农产品销售遇阻。在全国人民的大力支持下，湖北农产品通过网络平台销售，引发热潮。

2020 年 4 月 6 日晚，央视新闻“谢谢你为湖北拼单”首场直播进行到一半的时候，1 万余份湖北茶就被抢订一空；“我为湖北胖三斤”，淘宝直播喊话，10 天之内，4 000 万斤湖北农产品被抢光，“鄂”字号农产品销量同比飙升 6.6 倍；拼多多“湖北优品馆”上线一周内，平台内湖北农产品销量较2019年同期上涨超过370%。

从“种得好”向“卖得好”转变。到2019年年底，潜江龙虾全产业链年产值已超过300亿元；秭归脐橙年综合产值超过20亿元，秭归县已培育脐橙亿元村3个、5 000万元专业村12个。湖北已建设22个省级出口农产品质量安全示范区，其中含8个国家级出口农产品质量安全示范区；拥有农产品出口企业450家，出口目的地为160多个国家和地区，食用菌、茶叶、蔬菜、水果、天然蜂蜜、淡水产品等出口主导产品年出口货值稳居全国前列。

（湖北日报记者：胡琼瑶　刘澍森；通讯员：蔡俊松　杨远通）

作者：蔡俊松　杨远通

来源：湖北省农业农村厅　湖北省绿色食品管理办公室

原载于2020年10月26日《湖北日报》

做强“里子”，打响“牌子”

——安徽省“三品一标”农产品逐年增加，成为提升农业竞争力，带动企业增效和农民增收的优势资源

“品质与地理环境有关，更与绿色生产方式密不可分”——全省“三品一标”农产品达7 262个，总量居全国第六位

沿着蜿蜒的盘山公路，汽车驶过乡镇、水库、农田和一片片茶园，远处是一望无际的山脉，这就是霍山黄芽的原产地——安徽省六安市霍山县。

安徽抱儿钟秀茶叶科技有限公司是国内黄茶的领军企业。由于未到采茶季，3月初的厂房比较冷清，但再过半个月，随着天气转暖，就会迎来生产的忙碌时刻。“2月24日复工，销售基本都来自网上。霍山黄芽在国内外很有名气，我们接到的是来自全国各地的订单。”公司副总经理刘宜柱表示。

◎ 日前，安徽省滁州市南谯区金鹏生态农业专业合作社员工正在大棚内采摘草莓。2019年以来，该合作社在传统蔬菜种植的基础上，拓宽种植渠道，积极引导鼓励农民发展反季节大棚草莓种植，每亩草莓每季可为农户增加纯收入2万元以上，成为农民冬季增收的重要渠道（摄影：通讯员董超）

在品茶间，工作人员用不同器皿，为记者冲泡了几种不同类型的黄芽，有的浓郁、有的恬淡，入口之时，一股醇厚的香味扑面而来，舌尖的味蕾能明显地感受到黄茶那种特有的微苦与甘香。

霍山茶为何好喝？“品质与地理环境有关，更与绿色生产方式密不可分。”霍山县农业农村局农业产业发展中心副主任赵登全道出了原因，霍山启动了茶园“双替代”，即有机肥替代化肥、生物防治替代化学防治，绿色食品茶生产达10.1万亩，无公害茶叶全覆盖，切实做到“钢筋水泥不上山，农药化肥不下田”。

芜湖大米能入围国家地理标志产品，也得益于绿色的种植方式。据芜湖市农

◎ 3月8日，庐江县白湖镇杨柳万亩大圩油菜花盛开，远处农亩灌注蓄水，为春耕生产做好充分准备（摄影：通讯员周跃东）

业农村局相关负责人介绍，芜湖市大米生产技术成熟且“绿色”。比如在选择生产基地上，就先对土壤和灌溉水质进行检测，选取符合绿色食品基地标准的场所；生产中施用有机肥，减少化肥用量，特别是生产中后期禁用氮肥。为了治理病虫害，开展微波处理水稻种子、农药减量施用等。

优质的地方传统特色农产品，入选国家地理标志产品，为提升知名度和市场竞争力提供了巨大帮助。“2019年，我们在欧盟卖了3 000多斤霍山黄芽。”在霍山县雨佳有机茶公司，负责人张娜告诉记者，“入选‘中欧100+100’地理标志互认互保产品之后，霍山黄芽进入欧盟的超市，跟进入我们自己的超市一样方便。”

截至2019年底，全省有效使用“三品一标”农产品达到7 262个，其中无公害农产品3 006个、绿色食品3 355个、有机农产品819个、地理标志农产品82个；有效使用“三品一标”农产品总量居全国第六位，较2018年上升3位，绿色食品数量居全国第二位。

“如果牌子不响，再好的产品也卖不上好价钱”——认证覆盖有待扩大，品牌推广有待加强

2019年12月，第二十届中国安徽名优农产品暨农业产业化交易会（上海）举办，成为安徽“三品一标”产品展览的“大舞台”和销售的“大市场”，上海市民就是认准了“皖字号”，专门前来采购。

然而，记者发现并非所有“三品一标”产品都能“直达”长江三角洲地区，在销售渠道、品牌推广上还有待提升。此外产业发展上相比长江三角洲地区其他省市还有差距。

首先是总量不足，产品总量的供给与群众需求仍存在较大差距。安徽省农业农村厅农产品质量安全管理站相关负责人表示，目前，安徽省“三品一标”认证覆盖率48%，产品年产量1 970.7万吨，相比上海、江苏、浙江等省（市）还有不小差距，“走访合肥不少黑猪肉销售点发现，即使价格比较高却供不应求”。

其次，“三品一标”市场上也常现“李鬼”。“三品一标”冒用、伪造现象时有发生，存在质量参差不齐，“劣币驱逐良币”现象。部分“三品一标”生产经营

单位组织化程度较低，管理模式较松散，质量控制较弱，产品追溯难以全部实现。各级监管机构力量较为薄弱，监管压力较大。

再次，“三品一标”产品的品牌推广力度不足，品牌价值没有充分展现。据了解，目前“三品一标”作为政府主导的农产品公共品牌，产品认证的多个环节需要一定费用，增加了产品成本，加上销售价格受市场影响较大，优质优价难以实现，影响“三品一标”生产单位积极性。

“如果品牌不响，再好的产品也卖不上好价钱。”采访中，不少“三品一标”生产企业这样反映。以霍山黄芽等茶叶品牌为例，一些企业反映，黄茶由于定位中低端，目前还走的是“实惠路线”，销售价格没有提升，企业积极性受影响。宣传推广不足，在营销与“造势”上做得不够。

“不能太心急，毕竟厂子是自己的，牌子是大家的。”一位茶叶企业负责人表示，希望政府进一步做好规划引导，加强品牌推广，形成“拳头品牌”，在激烈的市场实现突破。各企业也既要抱团发力，推行产业化运作，又要主打特色化、个性化，满足不同消费者需求。

“管理好、走出去、卖好价，促增收”——以“三品一标”推进农业标准化，提升农产品质量安全水平和市场竞争力

将“三品一标”的资源利用好，需要进一步规范认证和管理，提升产品发展水平。同时大力扶持一批龙头企业，带动打响品牌。

前不久，安徽省农业农村厅出台 2020 年全省农产品“三品一标”产业发展与要点，除了计划年内新培育“三品一标”农产品 1 000 个以上外，特别提出要强化“三品一标”认证审核和产业监管，提高“三品一标”品牌公信力，在皖北、皖中、皖南 3 个片区开展认证农产品专项质量监测。

“我们按照地理标志保护农产品相关要求，通过建设高标准优质生态茶园、推进茶叶清洁化加工、加强流通环节管理，做大霍山黄芽产业。”赵登全对记者说。

“公共品牌打造，不是一个地方、一家企业就能完成的，而是需要多方入手。”安徽省农业农村厅农产品质量安全管理站相关负责人说，这需要合力推进宣传营销和品牌价值打造，发挥“三品一标”农产品品牌价值优势，让优质优价效应进一步凸显。

区域合作，是让“三品一标”产品“走出去”的一条新路。2019 年 12 月，长三角绿色农产品生产加工供应联盟揭牌，这个由沪苏浙皖农业农村部门发起成立

的组织，将成为农业融合的“桥梁纽带”，为长江三角洲地区的“三品一标”产品的生产销售构筑了“绿色通道”。

“管理好、走出去、卖好价，促增收。”安徽省农业农村厅相关负责人以12个字总结“三品一标”产品促进乡村产业发展的关键词。他表示，“三品一标”产业发展需要久久为功，要树牢现代化农业发展理念，增强发展后劲，营造良好的发展环境。

借助电商扩大销路、做大品牌，也成为安徽“三品一标”企业的突破口。今年疫情期间，出售茶叶的线下门店基本都未营业，但在网上销售却热度不减。“多亏我们有电商，要不然亏大了。现在电商销售占公司总销售的50%了。”刘宜柱坦言。

“我们培育‘三品一标’农产品，推进农业标准化，提升农产品质量安全水平和市场竞争力，最终还是要带动企业增效、农民增收，实现社会效益、生态效益、经济效益同步提升。”安徽省农业农村厅党组成员、总农艺师汤高平告诉记者。

作者：史力　董超　周跃东

原载于2020年3月16日《安徽日报》

中国绿色食品博览会上海南省“两品一标”农产品受客商追捧

椰风海韵洋溢海南元素，瓜果飘香“绿动”美丽鹭岛。2020 年 11 月 6 日，第二十一届中国绿色食品博览会在厦门举行，海南展馆内人潮涌动。

“请问这里卖瓜的人在不在？”一大早，来自辽宁长白仙子生物科技有限公司的参展商田凯文就来到海南展馆“寻瓜”。

原来，田凯文已经连续 4 年参加绿博会，一次参展时偶然试吃，他品尝到三亚三力源生态农业有限公司种植的甜瓜，便被海南水果“圈粉”。

“海南的甜瓜，口感甜度都是一流的！但是这家公司一般只接大宗订单，不卖散货。去年我一早就和老板说给我留两箱瓜，结果还是卖完了。所以今年我一大早就来找瓜，这次一定要把老板微信加上！”田凯文说。

一旁的三亚三力源生态农业有限公司负责人杜艳芳一边将两箱甜瓜装箱，一边笑着说道：“我们是‘旧相识’啦，去年真是不好意思，今年瓜给你留着，给你大优惠！”

杜艳芳说，公司依托三亚优势自然禀赋，在三亚槟榔河基地拥有 1 000 多亩标准化大棚，年产甜瓜近 5 000 吨，主要与三家公司发展订单农业，“我们甜瓜口感好主要取决于绿色种植，采用蚯蚓粪、秸秆肥料施肥，产品获绿色食品认证，也是农产品地理标志登记产品。”

中国绿色食品博览会上，不仅来了“旧相识”，还出现了许多“新面孔”。来参展的 16 家海南企业纷纷表示，2020 年受到新冠肺炎疫情影响，市场销路受到影响，大家都希望能通过展会展示拳头产品、新产品，进一步打响海南特色农产品牌，拓宽销路。

“这是我们新推出的辣木月饼，您品尝一下！”海口海味椰生科技专业合作社理事长王词忠热情地招呼采购商，展台旁，口感清甜的辣木茶也频频引起采购商啧啧称赞。

王词忠介绍，海南的气候环境非常适合种植辣木，合作社每年可生产 20 吨辣木茶、50 吨辣木粉，本届展会主要展销辣木茶、辣木月饼，目前已经实现线上线下销售，市场仍然处于培育阶段，希望通过展会让更多消费者了解辣木。

展会上，还来了一位60岁的海南“养蜂人”——海南卓津蜂业有限公司副总经理李新萍，她告诉海南日报记者，企业目前已经有8种产品获得绿色食品认证，公司高度重视绿色种植养殖的理念。

“这几年我们公司增加了一块新业务——放蜂。随着绿色生产理念深入，越来越多的海南农业企业和公司，与槟榔园、荔枝园合作进行授粉，进行绿色生产。”她说：“养蜂人就是‘吉卜赛人’，花在哪里我们就去哪里。槟榔是海南重要的助农增收‘三棵树’之一，我们新推出槟榔蜜，也将努力实现绿色食品认证。”

中国绿色食品博览会只是海南省推动品牌农业“两品一标”发展的一个缩影。

据海南省农业农村厅统计，截至目前，全省认证“两品一标”数量178个，其中，绿色食品125个，有机食品16个，农产品地理标志37个，为提升农产品质量安全、培育农业品牌，促进脱贫攻坚、乡村振兴、带动区域经济发展作出重要贡献。

作者：傅人意　王伟君

原载于2020年11月7日《海南日报》

以绿色为底色！描绘广东绿色食品高质量发展之路

当前，随着人们物质生活条件的日益提高，大众饮食观念正从“吃饱”向“吃好”转变，优质又健康的绿色食品、有机食品和地理标志农产品得到广大消费者的青睐，正逐渐成为餐桌上的“常客”。

2021 年 7 月 24 日，“春风万里　绿食有你”——广东绿色食品宣传月（梅州站）活动在梅州启动。活动的举办旨在进一步宣传普及绿色食品发展理念，展示绿色食品发展成果，提高广东绿色食品品牌公信力和影响力。

◎　会议现场

据悉，本次活动的主题为“绿色生产　绿色消费　绿色发展”，活动由广东省农业农村厅主办，广东省农产品质量安全中心、梅州市农业农村局承办，梅江区农业农村局、南方农村报社、广东省农产品质量安全协会协办。

标杆成效：绿色食品引领优质农产品发展重要方向

◎　广东省农业农村厅一级巡视员牛宝俊在会上致辞

“绿色食品代表了我国优质农产品发展的重要方向。”广东省农业农村厅一级巡视员牛宝俊在会上强调绿色食品重要性。他表示，绿色食品在保护农业生态环境，推动农业标准化生产，提升农产品质量安全水平，扩大农产品出口、增加农产品市场竞争力和农民增收等方面都发挥了积极的示范引领作用，

◎ 中国绿色食品发展中心总工程师张志华在会上致辞

绿色食品、有机食品和地理标志农产品已成为政府主导的公共优质安全品牌。

记者在活动上获悉，全省绿色有机地标产品保持良好发展势头。截至 2020 年年底，广东省包括绿色食品在内的“三品一标”农产品数量达 3 259 个，其中无公害农产品 2 392 个，有机农产品 130 个，农产品地理标志 54 个，绿色食品 683 个，绿色食品数量比上年增加了 6.58%。

“绿色食品在推进农业标准化生产、加快农业高质量发展方面树立了新标杆、作出了重要贡献。”中国绿色食品发展中心总工程师张志华在会上致辞。他还表示，此次宣传月活动的成功举办将进一步扩大绿色食品品牌在梅州、广东乃至全国的影响。

作为本次活动举办地，梅州具有发展绿色食品产业得天独厚的优势条件。其中“梅江区清凉山茶”于 2018 年入选第一批农产品地理标志登记产品名单，并获得国家农产品地理标志登记证书。

“持续践行绿色发展理念，让绿色食品成为质量兴农，绿色兴农，品牌强农的排头兵。”梅州市农业农村局局长黄增国在会上致辞，借助全省农业大市优势条件，梅州市通过夯实产业、培育龙头、鼓励申报、奖励支持等方式，大力推进无公害农产品、绿色食品、有机食品和农产品地理标志申报认证工作。

截至目前，梅州市共培育发展了有效期内无公害农产品 143 家，绿色食品认证企业 72 家，农业农村部有机认证 3 家，地理标志产品 19 个（其中农业农村部农产品地理标志登记产品 8 个），不断坚实了梅州绿色食品的产业发展基础。

◎ 梅州市农业农村局局长黄增国在会上致辞

“绿色食品从生产、加工、环境条件到投入使用全过程都有一个全产业链的标准。”农业农村部农产品及加工品质量监督检验测试中心（广州）常务副主任、研究员王富华向记者介绍道，“比如在这个标准下出产的柚子在维生素 C、可溶性糖等营养物质含量上更加丰富。有别于普通农产品，这也是绿色食品在品质标准上的优势。”

质量追溯：确保田间地头到餐桌上的质量安全

◎ 颁证仪式

绿色食品是优质、安全农产品的代名词，其在生产规程、产品标准、安全指标等方面一直备受广大消费群众关注。

“依法生产，诚信经营，为保障农产品质量安全尽责，让人民群众吃得安心放心……”会上，广东省农产品质量安全协会秘书长江燕玲宣读广东省农产品“不安全不上市”倡议书（以下简称倡议书）。随后，对10家绿色食品企业进行颁证。

“雪莲果是我们主产的绿色食品，可预防和治疗高血压、糖尿病。”梅州市强惠农业发展有限公司总经理阙文光介绍道，在展位现场，整齐摆放的雪莲果旁均附有产品相关绿色食品证书。记者留意到，在食品包装上都贴有鲜明的绿色食品标签字样，且通过扫描二维码能获取证书信息。阙文光跟记者谈道，这样的包装即方便消费者放心够买，也能让绿色食品高品质形象深入人心。

加快建立产品从田间到餐桌的全过程质量追溯制度是倡议书其中一项内容，农业生产企业如何确保绿色食品实施“从土地到餐桌”全程质量控制呢？

梅州市乐得鲜农业开发有限公司有“妙招”，公司总经理郭洛先跟记者介绍道，目前公司自主开发搭建农产品全产业链信息化管理平台，从种植端、视频监控、分拣配送实现全过程智能化追溯，保障绿色食品质量安全。另外，公司在政府肉联厂采购放心、合格的新鲜肉品，并投资引进了先进的肉品精加工设备，以“集中采购、集约化生产”的操作经营模式，通过设备精加工，有效降低食品安全风险。

据悉，广东省绿色食品质量抽检合格率连续多年稳定在98.5%以上，2020年合格率达到99.5%，在年底农业农村部组织的“利剑”行动中，全省所有抽检批次产品均100%合格。

技术支撑：科技护航绿色食品高质量发展

绿色食品发展是一项复杂的系统工程，必须以科技支撑为辅助，这其中就包含有生产技术和加工技术环节上对绿色食品的保障。

科技如何保障绿色食品质量安全？在王富华看来，绿色食品健康发展与科学技术精密相连，科技在控制环境安全、研发农药、品种改良、保持产量等方面发挥关键作用。以农药和化肥投放为例，有科学研究表明，相较于普通食品，绿色食品在生产环节上农药投入减少 60%，化肥投入减少 30%，得益于科研成果，既减少了农药和化肥投入，又减少了环境上的污染。

他还表示，利用科研技术研究出一套不同品种农产品和加工品的技术生产规程，确保绿色食品生产符合规程，保障全过程生产质量安全。另外，在品种改良上，研制出抗性强、产量高、品质好的品种，通过技术相互配合，才能确保绿色食品健康高效发展。

本次活动还组织广东省 17 家绿色食品企业、农业农村部畜禽产品质量监督检验测试中心（广州）和广东省农业科学院农业质量标准与监测技术研究所参展，展出绿色食品产品包括粮食、蔬菜、水果、茶叶、饮料、畜禽产品以及特色加工产品等。

作者：程玉婷　黄俊杰

摄影：程麒

来源：广东省农产品质量安全中心

原载于 2021 年 7 月 30 日《南方农村报》

大连油桃地标品牌评选揭晓："体重"一斤多油桃拿下"桃王"称号

◎ 桃王争霸赛

油桃是大连的地方特色果品之一，那么，大连油桃哪家甜？这一问题有了答案。2021 年 9 月 1 日，大连油桃地标品牌系列评选活动发布仪式在沙河口区和舍艺术工厂举行。现场活动环节中"桃王争霸赛"和"油桃擂台赛"尤为引人注目。20 多个农产品地理标志大连油桃授权企业代表参加此次大赛。经过激烈角逐，大连千禧苗木果品专业合作社选送的油桃获得"桃王"称号，其单果重量达 572.8 克。

此次活动由大连市农业农村局指导，大连市现代农业生产发展服务中心主办，大连美丽乡村文化研究院承办。旨在推动大连油桃产业进一步发展，扩大市场占有率，同时充分利用新媒体平台提高大连油桃知名度、美誉度和地标品牌影响力，促进新品种升级及现代农业流通方式转变，增加农民收入。

大连桃王争霸赛评选标准为：在果型和色泽合乎标准的前提下，按单果重量进行测评，最终单果最重者为桃王。果农们依次将自己的参赛油桃拿到评委席开封检验，单果称重，经过一番角逐，大连千禧苗木果品专业合作社选送的油桃脱颖而出，夺得本次"桃王争霸赛"桃王奖。

大连油桃擂台赛评选活动中，专家评委通过观察、品尝、称重，从果型、色泽、硬度、口感、重量、可溶性固形物 6 个方面对参评油桃逐一打分，并通过专业仪器对选送的油桃随机抽取检测，进行评分。同时，由抖音新媒体达人组成的大众评委则通过品尝，挑选出口感最好的油桃。两者分数按比例相加为所得总分。按得分顺序评定出了大连油桃擂台赛金奖、银奖、铜奖。最终，大连千禧苗木果品专业合作社、大连水润馨和家庭农场、大连鑫源实业总公司、大连万家家和农

◎ 大连油桃地标品牌系列评选活动发布仪式

场、瓦房店本贤果菜专业合作社选送的油桃获得金奖。

活动中还进行了大连油桃品牌发布，大连油桃区域公用品牌形象标识第一次展现在大众面前。大连油桃区域公用品牌标语为“百日慢熟自然甜”。据介绍，大连地处北纬39°，年平均气温10℃左右，生长期平均温度23℃。年日照时长接近3 000小时，这些得天独厚的气候条件，造就了世界公认的最适宜农作物生长的纬度，也使大连成为全国油桃的优势产区之一。相对于其他区域的速生桃来说，大连油桃100～140天的生长期是地域性的特点之一。天然条件下自然缓慢成熟，使大连油桃外观艳丽，着色均匀；果形圆整，果个较大，果面光泽度高；果肉细腻，适口性好；果实甜，风味浓郁，有香气；果实硬度高，果实具有良好的商品性，在国内各大城市深受欢迎，并远销俄罗斯、澳大利亚等国际市场。

2019年1月17日，大连油桃获得农业农村部农产品地理标志登记保护。2020年，大连油桃获得辽宁省“百强农产品区域公用品牌”殊荣。截至目前，大连的油桃种植面积约为1.87万公顷，年产量约33万吨。

大连市现代农业生产发展服务中心绿色生态能源部副部长栾剑告诉记者，该中心作为大连油桃地理标志证书持有人，为大连油桃品牌宣传做足了工作，目的是更好地促进大连果业高质量发展。

大连油桃十大好吃品种名单

丹霞、瑞光28、中油4、中油6、中油7、中油8、中油20、金霞油蟠、中油蟠9、中农金辉

作者/摄影：齐媛媛

来源：大连市现代农业生产发展服务中心

原载于2021年9月1日《半岛晨报》

2021 年度全国绿色食品宣传月福州站活动成功举办

为宣传“绿色生产、绿色消费、绿色发展”理念，进一步提高全社会对绿色食品的认知度，展示“生态福建·绿色农业”品牌发展成果，全面提升福建省农产品优质化、绿色化、特色化、品牌化发展水平，2021 年 7 月 30 日，在中国绿色食品发展中心、福建省农业农村厅的支持下，由福建省绿色食品发展中心、福建省绿色食品协会、福州市农业农村局主办，福建省广播影视集团电视新闻综合频道中心、福州山姆会员商店协办的“春风万里，绿食有你”——2021 年全国绿色食品宣传月（福州站）启动仪式暨绿色优质农产品线上带货活动在福州山姆会员商店正门隆重开启。

福建省农业农村厅副厅长王智桢到场致辞，强调发展绿色食品对于保护高颜值环境，促进高质量发展，满足高品质生活具有重要意义。并指出福建省在“生态福建·绿色农业”品牌发展过程中，一大批获证主体精准落实生产规范，精心呵护源头环境，精致打造绿色食品，努力为人民群众提供舌尖上的安全和美味。今后要多搭建这样的平台，让优质的绿色食品走进千家万户，让优秀的生产主体亮相线上线下，努力促进生产端和市场端的双向联通，实现供给侧和需求侧的有效对接。

现场还为诏安县茶叶协会、古田县食用菌产业管理局、平潭县鲍鱼协会等 7 家 2021 年新获证主体代表颁发国家农产品地理标志登记保护证书，为新获证生产企业颁发了绿色食品证书，南平亨通农业发展有限公司的蔡永健总经理作为绿色食品企业代表发言，传达了绿色发展理念，表达了绿色食品企业为广大居民输送绿色、优质、特色农产品的初心和打造更优质市场消费环境的决心。

此次活动采取线上线下相结合的方式，包括现场直播、主播访谈、科普宣传、产品展示品鉴等活动。通过福建省电视台帮帮团 V 直播等媒介播放绿色食品科普及绿色食品启动仪式宣传片，在线宣传绿色食品理念和内涵、标志形象和科普知识，线下与在场观众互动有奖问答，增进消费者对绿色食品的了解和对绿色食品品牌的关注。

本次启动仪式线上参与人数超过50万人，40多家企业携带70多个种类的特色优质农产品参与了直播带货，直播带货线上参与人数累计超过100万人，达成订单5 697单，销售金额近40万元。

近年来，福建省坚持把发展绿色食品作为福建特色现代农业建设的重要抓手，大力发展绿色优质特色农产品，品牌农业和“三品一标”事业发展态势持续向好，品牌效应日益显著。

目前全省有效用标的绿色食品产品达1 074个，创建了14个全国绿色食品原料标准化生产基地，茶叶、蔬菜、水果、食用菌、水产品等主要认证产品的市场占有率大幅提升。绿色食品用标数量连续3年年均增长16%、绿色食品生产面积占农作物生产面积超过10%、绿色食品产值占农作物总产值30%以上，主要指标保持全国领先，“福”字号绿色食品已成为福建农业的重要标志和亮丽名片。

来源：福建省绿色食品发展中心

福建农业农村厅官网、中国食品安全网等2021年8月发布

“绿色工程”赋能贵州农业现代化

2021 年 12 月 10 日，岑巩县民丰果树种植专业合作社的社员们正忙着备货。“去年，8 万斤思州柚首次走出国门，今年又接到了来自俄罗斯的新订单，第一批 60 万斤！我们的柚子品质年年都有提升，今年建了 300 亩示范基地，在绿色生产技术上寻求突破。”合作社负责人刘寿军说。

◎ 岑巩县思州柚

岑巩县以龙江河思州柚省级现代高效农业示范园区为引领，在全县推广种植“国家地理标志性保护产品”思州柚 4 万亩，年产果 3.5 万吨，为当地群众带来长效增收。

绿色，已成为贵州农业高质量发展的旋律。目前，全省共有绿色食品企业 275 家，累计认证绿色食品 407 个、农产品地理标志 151 个；全省 86 个农产品质检机构通过“双认证”占比 79.3%，平均认证参数达 110 项。2021 年以来，贵州大力推进农业绿色发展，推进产业生态化、生态产业化，赋能农业现代化，推动农业提质增效，提升整体经济效益，为巩固拓展脱贫攻坚成果与乡村振兴的有效衔接提供有力支撑。

“集成示范”推动农业科技绿色转型

入冬以来，气温渐低，但在黄平县旧州镇，群众冬种的热情不减，采收完近万亩稻谷后，又马不停蹄地进行土地翻犁，迎接即将到来的早熟马铃薯播种旺季。

“为加强秋冬高质高效种植，我们县今年启动了马铃薯绿色高产高效技术推广项目和马铃薯单产提升行动项目，共示范实施 6 000 亩，带动全县 6 万亩马铃薯发展。”县农业技术推广站负责人白文华说，技术项目的运用对于冬种至关重要。

在贵州，良好的生态环境、得天独厚的资源优势，为农业产业绿色发展奠定了基础。

◎ 贵州大学茶学院茶树种质资源与育种团队成员牛素贞等人在望谟县开展技术服务

◎ 修文猕猴桃

2021年，“贵州喀斯特山区优势特色产业提质增效技术集成与示范”项目入选国家重点研发计划“绿色宜居村镇技术创新”重点专项。其中，以茶为对象，将开发探索绿色高效生产技术体系。

“在茶树病虫害防治方面，集成‘冬季矿物清园+以采代防控+科学用药’等技术，构建形成适应望谟茶园的绿色防控技术体系。”目前正值茶园冬管关键阶段，贵州大学茶学院茶树种质资源与育种团队成员牛素贞等人前往望谟县开展技术服务。

坚持创新引领，农业科技绿色转型。

贵州黔霖农业发展有限公司研发出高效低容量农用喷头及组件，可实现亩减少农药用量40%以上，省水50%以上，减少用工50%以上；2021年4月开始实施的“辣椒病虫害智能防控App的研究与示范”，实现了辣椒病虫害的智能识别、精准计数和远程监测预警……

围绕主导产业，贵州农业基地技术集成创新和示范推广能力不断增强，农业绿色发展理念深入人心。

“十三五”期间，贵州蔬菜产业试点推进以草治草、机械化残膜拾捡和尾菜无害化处理等技术，推广国家标准地膜，创建清洁菜园200余个；2021年，修文县创建全国绿色食品原料（猕猴桃）标准化生产基地顺利通过专家组验收……

“生态循环”构建绿色低碳农业产业链

“你瞧！我们的香柚树长势这么好，全靠这些肉牛提供的肥料。”铜仁市万山区丹都街道旗屯村党支部副书记曾元华高兴地说。

贵州华城牧业有限公司董事长赵世国介绍，肉牛粪便经过发酵加工为纯天然绿色肥料，投送到果树基地，结出的果子品质更高。目前，该村正全力打造集有机肥加工、肉牛生态养殖、精品水果种植为一体的生态循环科技园。接下来还将探索香柚精加工，打造香柚果酒、香柚精油等品牌，持续推进一二三产业融合。

◎ 凤冈县茶园

推动传统产业生态化，生产方式绿色化，贵州加快构建生态效益好、科技含量高、资源消耗低、环境污染少、符合市场需求的绿色低碳循环发展的产业体系。

变废为宝，贵州多地探索农业面源污染治理新路。

“我们每天早上都在槽里铺上猪粪，虫子吃猪粪长得很快，产生的虫砂没有异味，家里的环境干干净净。”贞丰县平街乡营盘村养猪户张燕高兴地说。

2021 年以来，驻村工作队摸索出以蛴螬为核心虫种，将村里养殖过程产生的畜禽粪便资源化利用。进食粪便后的蛴螬成为可直接喂鸡、喂鱼的优质蛋白饲料。眼下，村里建起了微型生态鸡场，当前存有乌蒙乌骨鸡 150 羽。

循环发展，贵州切实把生态优势转化为产业经济优势。

养殖肉牛、林下鸡的粪便加工成有机肥料，循环作为果树和水稻肥料。锦屏县罗丹村 550 亩耕地和 2 045 亩林地上，产业兴旺，这里已成为三星级的“锦屏县龙池多彩田园”旅游景区景点，更是网红打卡地。

凤冈县着力推进“畜—沼—茶（林、果、蔬、粮）”模式，目前已覆盖各乡镇数百个种植和养殖基地。作为国家农业绿色发展试点先行区，凤冈县以“双有机”为引领，通过示范引领，形成以点串线、由线连面的产业格局，构成有机农业产业资源标准体系。

绿色发展贯穿一二三产业，在此过程中，实现着农业生态环境的休养生息和自我修复。

“质量监管”塑造绿色优质农产品品牌

2021 年 12 月 10 日，由贵州省农业农村厅组织，99.55 吨在农业生产资料打假行动中查出的假劣农兽药产品被统一送至清镇进行集中销毁处理。

2021 年以来，全省农业执法人员按照“保供固安全，振兴畅循环”总体要求，狠抓农资市场监管，扎实推进农资打假工作，不断提高农资产品质量水平。

如今，一批批“贵字号”优质农产品飞出大山，树立起绿色生态农产品品牌形象。

为守好群众“舌尖上的安全”，贵州积极保障农产品质量安全。推行食用农产品合格证和追溯制度，有效提高了农产品生产者的质量安全主体责任意识，推进了产地准出与市场准入有效衔接。

截至2021年10月，全省已有6 104家主体开具达标合格证47.02万张，带证上市农产品42.03万吨。2021年5月推广应用的“贵州省食用农产品合格证管理系统”小程序，实现了食用农产品达标合格证开具数字化。

在加强农产品质量安全体系建设中，贵州加强基层网格化管理，不断提升监管检测能力。

作为重要技术支撑单位，贵州省农产品质量安全监督检验测试中心制定了相关实施方案，重点推进和加强对全省茶叶、蔬菜、谷物、中药材、水产品等的质量安全监督抽检、风险监测工作。

“宁要草，不要草甘膦！”在2021年整治茶园菜园果园违规使用草甘膦等除草剂行动中，全省农业执法部门已立案查处192起。

推动农业产业绿色生态可持续发展，贵州正坚定地向现代山地特色高效农业强省迈进。

作者：金忠秀

原载于2021年12月13日《贵州日报》天眼新闻

贵州绿色食品认证企业和产品数创新高

近日，记者从贵州省绿色食品发展中心获悉，近年来，贵州省深入践行“绿水青山就是金山银山”理念，重点围绕茶叶、水果、蔬菜等农业特色优势产业大力发展绿色食品，为助推绿色兴农、品牌强农发挥了积极作用。截至目前，贵州省共有绿色食品企业 260 家，产品 381 个，企业和产品数均创历史新高。

为加快绿色食品发展，贵州省绿色食品发展中心印发了《关于进一步明确绿色食品工作职责的通知》，对绿色食品工作实行分级审查，进一步明确了市县级绿色食品工作机构的职责，细化了工作责任，理清了工作思路，进一步提高了绿色食品工作效率和质量，上半年初审上报绿色食品产品 49 个，同比增加 97%。

贵州省积极引导绿色食品企业延长产业链，提升加工环节的技术水平，扩大企业规模，探索绿色食品一二三产业融合发展，实现了绿色食品附加值的提升。在贵州省绿色食品中心等有关部门的帮助下，2020 年年初，贵州省余庆县凤香苑茶业有限责任公司获批成为贵州第一个全国绿色食品（茶）一二三产业融合发展园区。与此同时，修文猕猴桃、兴仁薏仁米这两个“全国绿色食品原料标准化基地”已完成创建并进入准备验收阶段，贵州绿色食品原料基地和园区建设实现零突破在即。

贵州省绿色食品事业的快速发展，得到了中国绿色食品发展中心的大力支持。2019 年，中国绿色食品发展中心决定在 2019 年 5 月 1 日至 2021 年 1 月 1 日，对贵州省贫困县减免绿色食品认证审核费和标志使用费。据介绍，该政策在脱贫攻坚五年过渡期继续执行。

以前，刺梨没有被纳入绿色食品允许申报目录，2019 年，贵州省绿色食品中心向中国绿色食品中心申请将刺梨及加工产品纳入绿色食品允许申报目录。2020 年，中国绿色食品发展中心批准了该申请后，贵州省绿色食品中心立即对刺梨生产企业开展绿色食品培训，为助推刺梨产业绿色发展提供了有效抓手。

近年来，贵州加强培训绿色食品检查员、内部检查员的力度，壮大绿色食品认证队伍。目前，贵州省通过中国绿色食品发展中心正式注册的绿色食品内检员已有 1 395 名，为企业更好贯彻绿色食品标准、规范绿色食品生产管理、进一步提高产品质量奠定了人力支撑。

贵州省绿色食品中心有关负责人告诉记者，贵州将继续加大绿色食品认证力度，重点围绕贵州省刺梨、茶叶等 12 个农业特色优势产业和 16 家高成长食品企业开展绿色食品认证相关工作，进一步优化绿色食品企业结构和产品结构，促进贵州省绿色食品高质量发展。同时，还将加强建设绿色食品认证队伍，加大绿色食品检查员培训力度，提高绿色食品检查员转正率，强化队伍建设。该中心还将积极争取政策支持，提高贵州食品企业申报认证的主动性和积极性。

作者：杜涛

原载于 2021 年 8 月 17 日《中国食品报》

绿色食品、有机食品、境内外农产品好货组团来中部地区，“国字号”的高端专业农展会在郑州举办

为展示“三品一标”品牌农产品产业发展成果，提升品牌知名度和美誉度，为企业与商家搭建对接和产品交易平台，促进贸易、培育市场、带动区域经济发展提供新动力，经农业农村部批准，中国绿色食品发展中心定于2019年11月19日至12月1日在郑州国际会展中心举办第二十届中国绿色食品博览会暨第十三届中国国际有机食品博览会。11月19日上午，绿博会具体信息在郑州市人民政府新闻发布厅正式对外公布。据悉，这是中国绿色食品博览会首次在中部地区举办。

河南省农业农村厅副厅长刘保仓，郑州市人民政府副市长李喜安，河南省绿色食品发展中心主任余新华，郑州市农业农村工作委员会党组书记、主任樊惠林等出席了新闻发布会。参加新闻发布会的媒体有中央驻豫媒体、省市级媒体以及香港驻豫媒体30余家。郑州市委宣传部新闻发布办主任杨俊卿主持会议。

中部地区首次举办，对推介河南“三农”发展成果、带动区域经济作用重大

当前，绿色发展理念深入人心，农业供给侧结构性改革不断深化，人民对优质安全农产品的需求与日俱增，乡村振兴战略全面实施，都需要绿色食品承担新任务发挥新作用。2017年8月，在内蒙古包头举办第十八届绿博会之前，当时的河南省农业厅党组研究决定，正式向中国绿色食品发展中心提出举办绿博会的申请。经过努力，2018年8月中国绿色食品发展中心正式批复，河南省郑州市举办第二十届绿博会。据悉，这是绿博会首次在中部地区举办。

河南省农业农村厅副厅长刘保仓表示，“此次盛会的举办，对于推介河南‘三农’发展成果，意义重大，对带动区域经济和展示河南省农产品形象不无裨益。”

河南省绿色食品发展中心主任余新华介绍，绿色食品是我国政府推出的安全

优质农产品公共品牌，是“环境有监测、操作有规程、产品有检验、包装有标识、证后有监管”的高端农产品和加工食品。为引导绿色生产和消费，促进绿色食品发展，农业部于1990年推出绿色食品品牌的同时，推出集商洽、展示、交流与科普于一体的专业展会——中国绿色食品博览会。多年来，绿博会坚持“展示成果、推动发展、促进贸易”宗旨，坚持“专业化、国际化、市场化、信息化、品牌化”办展，在推进质量兴农、绿色兴农、品牌强农和农业高质量发展方面的贡献力和影响力越来越大，“可以说，方圆1 000千米^{2}以内的，都会有人开车过来采购”，说明这台展会的品牌早已深入人心。

对于此次盛会能够落地郑州举办，郑州市农业农村工作委员会党组书记、主任樊惠林表示“来之不易”，本届更是亮点、特点多！樊主任说，首先，展示展览面积大；其次，参展范围广，从省级组团到品牌企业、国际展区，还有一些市级展团、商协会展团、品牌咨询企业和检测企业，覆盖范围非常广；突出绿色、有机和品牌，“本着将本届绿博会打造成为绿色优质农产品供给的主力军和引领社会绿色消费的风向标原则，将绿色、有机和品牌放在首位”。同时，绿博会内容更加丰富，不仅有展示展览，还将举办高峰论坛，主题是“发展绿色食品，助力脱贫攻坚”。采购商大腕云集，邀请了全国重点商超，天猫、京东等电商前来洽谈采购，这也是本届绿博会一大亮点！

“众星云集”，境内外知名企业参展

据发布会现场介绍，本届绿博会展区位于郑州国际会展中心一层展厅，总面积33 000米^2，设置1 050个标准展位及公共区域，分为省级展团展区、国际及品牌产品展区、有机农产品展区、绿色食品生产资料展区和综合展区等，其中河南展区面积2 000米^2，分设河南综合展区、郑州展区和洛阳展区。全省报名参展企业接近330家，河南省绿色食品发展中心共挑选了246家企业、近700个产品参展。参展产品为有效使用绿色食品标志的绿色食品和获得农业农村部认证登记的“三品一标”产品。

记者在参展名单上看到，博览会河南组团阵容强大，好想你健康食品股份有限公司、博大面业、河南世通食品、河南省煜阳农业发展有限公司、洛阳曌坤农业有限公司、三门峡大爱生态农牧等众星云集，将分别带来红枣干、挂面、面粉、香薯、葡萄等生态农产品、高端深加工产品……目前已确定在省级展团展区亮相的有全国37个绿色食品展团、28个有机食品展团、2 100余家企业，在品牌企业展区进行展示的有110余家知名企业、15个市级展团、9个商协会展团、3家品牌咨询企业和 6 家检测企业，来自韩国、日本、智利、马来西亚、越南等国家的 17 家企业则齐聚国际展区。

据介绍，博览会已经成为全国最具权威性和影响力的农产品精品展会、龙头展会，国内外高端食品消费和集团采购的首选平台之一。本届绿博会期间将举办高峰论坛，主题是“发展绿色食品，助力脱贫攻坚”，届时国内知名品牌专家学者将齐聚论坛。

博览会利好效应初显，推动全省农业绿色发展再上新台阶

余新华主任表示，郑州成功申办第二十届绿博会利好消息的效应已初显。河南省企业积极创造条件，力争在家门口参加高端展会，申请使用绿色食品标志的企业大幅提升。截至 2019 年 9 月，全省绿色食品总量已突破 1 000 个大关。年内全省绿色食品数量增长率可达 25%。“相信第二十届绿博会成功举办后，展会效应还会持续放大，对推进农业两个转型升级和绿色发展，实施品牌强农和打赢脱贫攻坚战，必将产生有益而深远的影响。”

本届绿博会宗旨是“展示成果、促进贸易、推动发展”；主题是“绿色生产、绿色消费、绿色发展”；目的是展示“三品一标”品牌发展成果，提升品牌知名度和美誉度，为企业与商家搭建对接和交易平台，促进贸易、培育市场，为带动区域经济发展提供新动力。

当前，绿色发展理念深入人心，农业供给侧结构性改革不断深化，人民对优质安全农产品的需求与日俱增，乡村振兴战略全面实施，都需要绿色食品承担新任务发挥新作用。本届绿博会恰逢中华人民共和国成立 70 周年，又即将迎来绿色食品事业创立 30 周年。成功举办绿博会，必将推动河南省农业绿色发展再上新台阶。据了解，目前，绿博会已先后在北京、上海、天津、广州、厦门等 12 个城市举办了十九届。2018 年起，中国国际有机食品博览会与之同期同地进行。

作者：李丽

原载于 2019 年 11 月 20 日《大河报·现代农业》

绿色食品标准进企入户 “湘字号”农产品更优更绿

疫情之下，绿色发展理念更加深入人心：推进绿色生产，引领绿色消费，绿色食品开发商机凸显。记者今天从湖南省农业农村厅获悉，上半年，全省绿色食品产业加快壮大，有效个数、实物总量、企业利润均保持两位数增长。至今年上半年，全省绿色食品总数达 3 050 个，居中部地区第二位。

放眼“湘字号”农产品，绿色成为最靓的“底色”。湖南省农业农村厅绿色食品办公室主任谭小平介绍，在中国国际农产品交易会、省农博会上，绿色食品唱“主角”，成为真正的“金字招牌”。

2020 年以来，各地抓好疫情防控的同时，加大绿色食品开发。汉寿、新田的蔬菜，保靖、安化的茶叶，永顺的猕猴桃、莓茶，湘潭、华容的优质米……绿色食品基地迅速扩张。全省共创建 118 个绿色食品示范基地，带动大面积绿色生产。

绿色食品“绿不绿”，关键抓“源头”。推进绿色食品生产操作规程进企入户，湖南省绿色食品发展中心组织技术团队，对绿色食品生产企业进行培训。药菇山泉是省内绿色食品认证饮用水，专家团队对员工进行培训，对标操作规程，确保水源地保护、饮用水瓶装、储运等全程“绿标生产”。

在永顺的猕猴桃、汝城的朝天尖椒、安化的云上茶园等示范基地，农业技术专家培训员工，让绿色食品生产操作规程落实到每一个岗位，真正实现“落地生根”。

管住源头保“真绿”，优质优价效益好。全省打造农产品“身份证”管理平台，绿色食品在“禾棠悦色”线上专区展销，质量可溯源。在长沙市选择农贸市场，设立展销窗口，拓展销售渠道，带动绿色食品开发提质增效。

作者：张尚武

原载于2021年8月3日《湖南日报》

荣成市农产品地理标志登记现状

农产品地理标志，是指标示农产品来源于特定地域，产品品质和相关特征主要取决于自然生态环境和历史人文因素，并以地域名称冠名的特有农产品标志。

登记农产品地理标志的意义

登记农产品地理标志，发掘独具特色的优质农产品，有利于培育地方特色产业、打造区域品牌、提高传统特色农产品附加值，促进产业兴旺，增加农民收入，助力脱贫攻坚。

农产品地理标志如何使用

使用农产品地理标志的单位到农产品地理标志登记证书持有单位办理以下相关手续。

（1）标志使用申请书。

（2）生产经营者资质证明。

（3）生产经营计划和相应质量控制措施。

（4）规范使用农产品地理标志承诺书。

（5）其他必要的证明文件和材料。

（6）签订农产品地理标志使用协议。

荣成市有哪些农产品地理标志

荣成市已登记农业农村部农产品地理标志 11 个，包括荣成苹果、荣成绿茶、荣成无花果、荣成草莓、荣成砂梨、荣成大樱桃、荣成大花生、荣成甘薯、荣成蜜桃、伟德山板栗、荣成西洋参，登记保护面积 56.6 万亩。

◎ 荣成苹果

荣成苹果简介

荣成苹果 2010 年 4 月 9 日登记为农业部农产品地理标志，登记保护面积 7 193 公顷，登记产量 220 000 吨。

荣成苹果色泽鲜艳、个大形正、果面光洁、皮薄肉脆、风味香甜、汁多爽口，富含维生素 C、锌、铁、硒等多种营养物质。荣成苹果现已成为荣成农业发展的支柱产业，主要品种有富士、威海金、王林等。

◎ 荣成无花果

荣成无花果简介

荣成无花果 2010 年 10 月 24 日登记为农业部农产品地理标志，登记保护面积 1 000 公顷，登记产量 20 000 吨。

荣成无花果果型扁圆、球型或倒卵型，果实熟前绿色，熟后黄绿色，果肉淡红色，果目小，开张，果面平滑不开裂，果肋明显，果皮韧度较大。无花果富含多种维生素、矿质元素，维生素 C 含量是橘子的 2.3 倍，还含有纤维素、多种有机酸、微量元素、酶类和 18 种氨基酸。

◎ 荣成绿茶

荣成绿茶简介

荣成绿茶 2010 年 4 月 9 日登记为农业部农产品地理标志，登记保护面积 2 000 公顷，登记产量 500 吨。

荣成市属暖温带季风型湿润气候区，四季分明，冬暖夏凉，是典型的海洋性气候，非常适合茶树的生长发育。与其他茶叶产区相比，荣成茶叶生长期最长，采摘期最短，营养积累最多。特殊的地理位置所形成的气候、土壤条件造就了该绿茶叶片肥厚耐冲泡，汤色嫩绿明亮，滋味鲜爽醇，香气高，带有独特的板栗香和熟蛋黄香。20 世纪 60 年代荣成就成为山东省“南茶北引”最成功的县市之一，并被确定为高产攻关试点县。

荣成草莓简介

◎ 荣成草莓

荣成草莓 2010 年 10 月 24 日登记为农业部农产品地理标志，登记保护面积 400 公顷，登记产量 12 000 吨。

荣成草莓果实中到大型，圆锥形或纺锤形，色泽鲜艳，果形端正，果面光洁，畸形果和沟棱果少；发育充分，肉脆汁多，酸甜适度，果香浓郁。荣成草莓品质上等，维生素 C 含量高，品质优良，主要栽培品种有甜宝、明宝、香野、明晶等。

荣成砂梨简介

◎ 荣成砂梨

荣成砂梨 2011 年 12 月 15 日登记为农业部农产品地理标志，登记保护面积 800 公顷，登记产量 42 000 吨。

荣成砂梨果实大型，呈圆形或扁圆形。果点较大，一般无蒂，果梗较长。果皮色泽多数为褐色。果肉白，水分多，肉质较细嫩且脆，石细胞少，味甜爽口并有香味。荣成砂梨硬度大，富含人体所需的多种维生素、矿物质及其他微量元素。

荣成大樱桃简介

◎ 荣成大樱桃

荣成大樱桃 2011 年 12 月 15 日登记为农业部农产品地理标志，登记保护面积 400 公顷，登记产量 3 000 吨。

荣成大樱桃颜色分为红、黄、紫等，果实色泽鲜艳、晶莹美丽。果实个大，柔软多汁、酸甜可口，鲜食风味极佳。荣成大樱桃有很高的营养价值，其中维生素 C、维生素 A、铁含量均高于同类产品。

◎ 荣成大花生

荣成大花生简介

荣成大花生 2013 年 4 月 15 日登记为农业部农产品地理标志，登记保护面积 20 000 公顷，登记产量 80 000 吨。

荣成大花生果实较大，缩缢明显，网纹清晰，壳薄，籽粒饱满且多为双仁果；籽仁呈长椭圆形，大而饱满，种皮呈粉红色，表皮光滑。荣成大花生蛋白质含量高，脂肪含量低，还原糖、钙等均高于同类产品。

◎ 荣成甘薯

荣成甘薯简介

荣成甘薯 2013 年 4 月 15 日登记为农业部农产品地理标志，登记保护面积 4 000 公顷，登记产量 120 000 吨。

荣成甘薯薯形美观，薯块长纺锤形，大小均匀，无条沟、裂口，薯皮光滑，土黄色并略带淡红色。荣成甘薯薯肉淡黄色，甜度高，口感好，营养丰富，口感生食甜、脆、香，熟食吃甜、面、软、香，民间俗称“蜂蜜罐”。

◎ 荣成蜜桃

荣成蜜桃简介

荣成蜜桃 2014 年 5 月 22 日登记为农业部农产品地理标志，登记保护面积 600 公顷，登记产量 9 000 吨。

荣成蜜桃果实圆形，果面 80% 以上红色，果肉红白相间，肉质硬脆，味道纯甜浓郁，酸甜可口，黏核。平均单果质量 120 克，最大单果质量 150 克。荣成蜜桃富含多种营养物质，经检测富含蛋白质、糖类、膳食纤维、维生素 B_1、维生素 B_2、维生素 C、钙、磷、铁、钾等。具有生津润肠、活血消积、丰肌美肤作用。

伟德山板栗简介

◎ 伟德山板栗

伟德山板栗 2014 年 5 月 22 日登记为农业部农产品地理标志，登记保护面积 800 公顷，登记产量 3 000 吨。

伟德山板栗介于南方菜栗和北方炒栗之间，100 粒 / 千克左右。栗蓬中大均匀，果实心形，颜色褐红，皮薄易剥，果肉嫩黄，细糯香甜。伟德山板栗富含钙、磷等营养物质，蛋白质含量高，蛋白质中赖氨酸、苏氨酸、色氨酸等多种氨基酸含量丰富。

荣成西洋参简介

◎ 荣成西洋参

荣成西洋参 2015 年 2 月 10 日登记为农业部农产品地理标志，登记保护面积 600 公顷，登记产量 1 100 吨。

荣成市西洋参种植始于 20 世纪 90 年代中期，上庄、大疃、虎山、人和、滕家、王连、荫子、崂山等镇街均有种植，荣成西洋参主要有效成分总皂苷含量高，富含多种氨基酸、粗纤维、钙、锌、铁等。

作者：马珊珊

来源：荣成市农业农村事务服务中心

原载于 2021 年 12 月 21 日《齐鲁晚报》

同福农牧合作社　带领乡亲共致富

土豆，学名马铃薯，别名山药蛋。在娄烦，又沙又绵的大土豆，清香中还隐隐带着一丝鲜甜。无论是熬土豆粥、做土豆饼还是炖一锅土豆大烩菜，都香糯可口，回味悠长。

◎ 共同致富

“中国好土豆，娄烦山药蛋”的名头也由此响亮。娄烦土豆好吃人尽皆知，而位于天池店乡南岔村的同福农牧专业合作社则以带动村民合作致富的方式，成为“娄烦山药蛋”的代言人。

地标美食山药蛋

◎ 供销两旺

一路蜿蜒，途经多个村庄后，我们终于来到天池店乡南岔村。蓝天白云下，村里山梁上的土豆秧苗长势正旺，几个干活的村民边擦汗边高兴地说：“估计今年山药蛋的收成又差不了！”

山梁下，在写有“娄烦县同福农牧专业合作社”大字的一排砖砌小平房里，合作社负责人尤同义笑呵呵地为记者介绍着：娄烦县是太原市饮用水源保护地，有省级有机旱作农业示范县之称。这里生态环境优越，自然条件独特，土壤有机质含量极高，阳光充足，昼夜温差大。

这种独特气候土质条件下生产的有机马铃薯绵而沙、口感好、品质好。“娄烦山药蛋”地理标志品牌有机马铃薯就产自这里。除了好吃，这里的土豆营养价值也极高，所含淀粉在人体内吸收速度慢，是糖尿病患者的理想食疗品，也是家庭必备的纯天然绿色食品。

除了普通马铃薯，同福农牧专业合作社还正在着手繁育马铃薯优质原种。别看原种马铃薯个头不大，价格却是普通马铃薯的 1.5 倍。繁育出来的脱毒种薯不仅病虫害少，而且产量高。尤同义说，合作社现在繁育出的脱毒马铃薯亩产量可达 3 000 余千克，亩产量比原来提高两倍。

◎ 精耕细作

◎ 地域特色

区域品牌名声响

尤同义介绍，虽然娄烦县种植土豆的历史悠久，但“娄烦山药蛋”品牌之路则算是刚刚起步。娄烦县确定马铃薯为“一县一业”主导产业后，县里开始推广青薯 9 号新品种。

◎ 科技培训

◎ 田间指导

由于种植新品种风险大，许多村民一开始的积极性并不高。于是，合作社带头试种，一年辛苦侍弄下来，马铃薯亩产前所未有地达到 3 000 千克。这让种了多

◎ 规模种植

年马铃薯的合作社成员大吃一惊，因为普通马铃薯的亩产通常仅为 1 000 千克左右。合作社尝到甜头后，开始着力在全村推广。

要想把土豆产业做大，打造区域公用品牌势在必行。娄烦县确定同福农牧专业合作社为“娄烦山药蛋”农产品地理标志登记申请单位，具体承办申报工作。合作社经过两年的积极申报，目前“娄烦山药蛋”已获得国家地理标志登记保护，并获得全国绿色农业十佳蔬菜地标品牌。2019 年获得全国名特优新农产品、山西农产品市级区域公用品牌。“娄烦山药蛋”在娄烦种植已涉及 8 个乡（镇），种植面积达 6 万亩，年产量 10 万吨。

尤同义说，“娄烦山药蛋”通过发展品牌之路，践行绿色发展理念，减少污染，提高土壤肥力，保护了当地生态环境，为促进农业可持续发展奠定了基础。进一步实现经济效益、社会效益和生态效益协调发展。

带领村民共致富

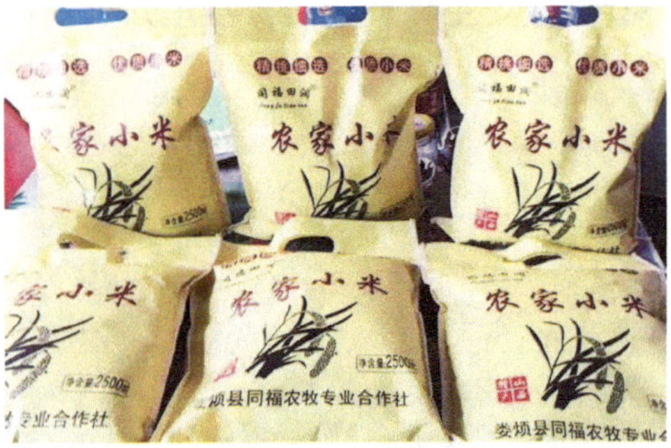

◎ 农家小米

据了解，娄烦县同福农牧专业合作社成立于 2010 年 6 月。2011 年合作社在国家工商行政管理总局注册了“同福田润”商标，除了生产土豆，还有小米、石磨面等产品。

合作社实施多元化、多品种农产品种植，通过调整产业结构，扩大合作社规模、转变观念，脚踏实地转型发展农业。合作社先后带领 1 310 户农民，种植富硒马铃薯 1.8 万亩，户均年收入达 4 800 元以上。

今年 46 岁的尤林平是娄烦县南岔村村民，跟着尤同义种植无公害马铃薯已有七八年时间。“以前在外面打工一年也就是 3 万元的收入，现在跟着合作社干，年收入能达到五六万元，自己家里还养着 5 头牛，一家人的日子是越来越好了。”尤林平高兴地对记者说。

◎ 脱贫先进

◎ 绿色发展

由于在带领村民脱贫致富方面作出了突出贡献，2021 年 2 月底，尤同义在人民大会堂被授予“全国脱贫攻坚先进个人”的光荣称号。提起这个荣誉，他心情依旧十分激动：“我就是一名地地道道的农民，通过带领乡亲们种植‘娄烦山药蛋’打开了致富门。国家这么肯定我的成绩，我的干劲也更足了，以后会继续带领乡亲们种植更多更好的土豆，让大家过上更美更幸福的日子。”

◎ 农业观光

作者：孙耀星

摄影：赵世凯

原载于 2021 年 7 月 4 日《太原晚报》

上海都市农业进入绿色、有机时代

日前，由上海市农业展览馆主办、上海市农业技术推广服务中心协办的2019上海地产果品直销展开展，不久前获得水蜜桃金奖的上海南汇瓜果有限公司、获得葡萄金奖的上海马陆葡萄公园有限公司以及获得蜜梨金奖的上海常奉农产品专业合作社悉数参展。数据显示，本次参展的绿色产品品类占了总品类的70%。

短短10天时间，上海举办了4场市级层面的鲜果评比、直销活动，为果农和市民创造面对面机会的同时，着重强调鲜食瓜果品类的绿色、有机资质，向供给侧、需求侧发出明确信号，上海农业将步入绿色、有机时代。

为什么要连续举办上海地产水蜜桃、葡萄、蜜梨评优活动？记者从上海市农业农村委、上海市农业展览馆等部门了解到，分别对地产水蜜桃、葡萄、蜜梨进行评优，是为了让市民进一步了解地产鲜果的品质和产业的水平，通过设立绿色、有机参选门槛，引导果农专注生产绿色、有机产品，引导消费者关注地产绿色、有机鲜果。

据了解，上海全市水果栽培总面积超过21万亩，预计总产量30万吨左右，四大主栽水果桃、梨、葡萄、柑橘的种植面积、产量、产值均占水果总量的95%左右。身处上海高端市场，上海果农早已形成了高品质高效益的经营理念，地产鲜果的品质越来越好。可是，桃、梨、葡萄三大类水果因为密集上市、存放期短，全面实现优质优价仍存在不小的困难，而通过评奖、直销等活动拉近果农和市民的距离，是政府应当提供的公共服务之一。

作者：胡立刚

原载于2019年8月15日《农民日报》

重庆江津　推进地理标志农产品保护工程建设

重庆江津九叶青，椒香馥郁味无穷。一粒小花椒，成就富农大产业。在重庆市江津区，经过40余年的发展与保护，花椒已演变成江津主要的特色农业产业，江津也成为全国青花椒综合管理技术水平、种植效益、单位产量均比较高的“中国花椒之乡”。江津以花椒为媒，先后获评中国特色农产品优势区、全国农村一二三产业融合发展先导区、重庆江津国家花椒生物产业基地，成功创建国家现代农业产业园。

2020年，江津花椒被纳入地理标志农产品保护工程，在推广良种良法、提升加工能力、推动科技创新、拓展品牌营销等方面收到显著成效。

依托地理标志工程项目，江津建设了花椒标准化示范园、种质资源圃和良种繁育场，收集种植了来自全国103个品种共6 500株花椒，并成功培育出无刺花椒这一优质高产品种，让花椒的保护与应用研究落到实处。

新技术促进花椒产品深加工。江津在新建的花椒工程技术创新中心开发出花椒枝杈生产活性炭、花椒籽生产药枕、花椒嫩叶生产芽苗菜的深加工产品，充分发挥每一棵花椒树价值。

“江津花椒大数据中心”和“江津农业数字展示中心”在项目建设中应运而生，构建起花椒产业大数据云平台、智慧监管体系、智慧生产体系及产销一体化服务体系，以花椒产品质量追溯为抓手，实现生产智能化、服务在线化、经营网络化和管理数据化，为江津花椒信息化发展开辟新道路。

目前，江津的花椒种植面积达57万亩，投产面积42万亩，年产值达37亿元，约占全区农业总产值的1/4。62万名椒农正走在这一富民强村的绿色农业可持续发展之路上。

在实施地理标志农产品保护工程的基础上，下一步，江津将全力健全花椒标准体系，实行花椒全产业链管控机制，强化产业组织化管理，筹建江津花椒国家地理标志产品保护示范区，力争建成全国青花椒种苗繁育中心、全国花椒产业综合开发技术输出高地和全国花椒交易流通高地。

作者：重庆市江津区农业农村委员会
原载于2021年9月22日《人民日报》

擦亮“凉州农鲜”金字招牌

——武威市凉州区品牌强农之路速记

近年来，甘肃省武威市凉州区全面贯彻落实新发展理念和高质量发展要求，深入实施乡村振兴战略，推进农业供给侧结构性改革，依托农业产业和优势产品，促进农业增效、农民增收，走出了一条“种出好产品、创出好牌子、卖出好价钱”的质量兴农、绿色兴农、品牌强农之路。

整合资源　优化布局　着力构建特色产业集群

凉州区地处青藏、黄土、蒙新三大高原交汇地带，境内地形地貌多样，拥有雪山高原、森林草甸、绿洲平原、大漠戈壁等雄浑的西部风光。土壤肥沃，光热资源充足，日照时间长，昼夜温差大，天然隔离条件好，工业污染少，加上祁连山冰雪融水的浇灌，让这里成为绿色有机农产品的绝佳产区之一。

发展产业是农业农村工作的永恒主题，也是农产品品牌建设的基础。凉州区立足区情实际和产业优势，因地制宜打造沿山、沿川、沿沙三大特色产业带，大力发展“牛羊猪鸡菜果菌薯药草”十大特色产业和肉鸽产业，形成了特色鲜明、优势突出、产出高效的特色产业集群。2020年，凉州区按照“稳粮、优经、扩饲”目标，坚持“以水调结构、以水定产业”，养殖与种植结构不断优化，牛存栏42.05万头，与2019年持平，出栏14.13万头，同比增长19.54%；羊存栏139.24万只，同比增长39.74%，出栏50.84万只，同比增长11.39%；猪存栏59.54万头，同比增长31.58%，出栏71.21万头，同比增长2.83%；鸡存栏408.05万只，同比增长33.65%，出栏118.38万只，同比增长15.53%；肉鸽存栏8.51万羽，出栏9.4万羽。粮食作物种植面积114.6万亩；瓜菜种植面积39.4万亩，同比增加12.4%，其中设施蔬菜11.83万亩；落实菌棚687座、31.05万米^2；马铃薯种植面积6.55万亩；甘草、黄芪、板蓝根等中药材种植面积1.3万亩；青贮玉米、苜蓿等饲草种植面积22.1万亩。

加大招商引资力度，先后引进实施伊利乳业、优然牧业、牧原生猪、德青源金鸡、众兴菌业、海升水果胡萝卜、嘉禾佳酱菜、亚盛田园牧歌饲草、华中农业露地蔬菜等一批投资规模大、产业链条长、带动能力强的农业产业化项目，采取“龙头企业 + 合作社 + 基地 + 农户”的产业化经营模式，健全完善产业链、价值链和利益链，打造种植、养殖、加工全产业链，推动农业由增产导向向提质导向转变。农业产业发展的架势全面拉开，实现了规模从小到大、产品从有到优、产业链从短到长、经营方式从粗放到精细、龙头企业带动能力从弱到强的转变。

政策扶持　龙头带动　提升农产品品牌建设动能

加强政府对农产品品牌培育的指导、服务和管理作用，强化财政扶持，深入实施品牌农业提升行动。区委、区政府 2020 年出台了《凉州区实施乡村振兴战略推进农业产业化发展奖励扶持政策》，在蔬菜种植、特色种植、食用菌产业、畜牧养殖、奶业发展、农产品加工、“三品一标”认证、培育壮大主体、冷链建设、农产品营销等方面，通过金融信贷、资金奖补、一事一议等方式予以支持，兑现区级农业奖补资金 4 000 万元。

坚持市场导向，以企业为主体，项目为载体，充分发挥各类农业生产经营主体在品牌培育中的主力军作用，大力培育具有自身特色的农产品品牌。牛产业以玉霖、黑牛，羊产业以普康，猪产业以牧原，鸡产业以德青源、旺河，奶产业以伊利、优然牧业，食用菌产业以众兴菌业，蔬菜产业以华中、沼然，农产品加工以嘉禾佳、海升，面粉以红太阳、西北神农，熏醋以益民、醋大妈、春晓，中药材产业以蓉宝，马铃薯产业以达利，林果产业以黄羊河、智信达，肉鸽产业以大元金鸽产业园为龙头，培育壮大了一批运作良好、在产业内发挥领军作用的生产经营主体。全区累计培育认定区级以上龙头企业 104 家，创建区级以上示范合作社 311 家，其中国家级 6 家、省级 59 家、市级 26 家、区级 220 家。

严字当头　好中选优　培育农产品区域公用品牌

品牌化是农业现代化的核心竞争力和重要标志，也是凉州区现代农业发展的短板弱项。凉州区农业资源丰富、地理优势明显，适合各类农作物生长，农产品品牌多、基地小、宣传力度小，优质不优价，还没有叫得响、过得硬、竞争优势明显、文化底蕴深厚的有影响力的区域公用品牌，农产品的品牌价值亟待提高。

近年来，凉州区大力发展有机农产品和绿色食品，着力培育“独一份”“特别特”“好中优”“错峰头”品牌的特色农产品，进一步夯实农产品品牌培育基础。

2020 年，全区新申报认证绿色食品认证企业 4 家、产品 16 个，申报登记全国农产品全程质量控制技术体系（CAQS-GAP）生产经营单位 3 家、产品 5 个，申报认定莫高葡萄酒、黄羊河甜糯玉米、甘青面粉、沼然绿小乳瓜、旦马黑牛雪花牛肉 5 个“甘味”农产品品牌。截至目前，全区“三品一标”认证（登记）企业 45 家、产品 153 个、基地面积 50.98 万亩、认证产量 51.05 万吨、畜产品认证规模 122.3 万头。

区域公用品牌的欠缺不利于农业产业规模的发展壮大，也不利于农业质量效益和竞争力的进一步提升。在农产品区域公用品牌打造上，凉州区以“醉美凉州、地道农产”为主题，深入挖掘凉州农产品核心价值与文化内涵，通过面向全社会公开征集，创新性地推出了覆盖全区域、全品类、全产业链的区域公用品牌——凉州农鲜。在品牌标识设计中，巧妙融入“天马”元素，将特色农业资源与文化旅游资源有机融合，充分发挥中国旅游标志——马踏飞燕的影响力和知名度，讲好凉州历史文化故事、农产品品牌故事，提升农产品品牌溢价效应。并对公用品牌进行商标注册和著作权登记，强化知识产权保护力度。制定了《凉州区农产品区域公用品牌管理办法》，加强区域公用品牌授权管理，提升品牌规范化管理水平，督促和指导企业统一规范使用“凉州农鲜”品牌商标，推动形成标准化生产、产业化经营、品牌化营销的现代农业发展新格局。

借势中国绿色食品博览会暨有机食品博览会，在厦门国际会展中心凉州展区举行了“凉州农鲜”品牌发布会暨优质特色农产品推介会，对“凉州农鲜”进行了专场推介，并对 9 家首批授权使用单位现场授牌，发布会情况受到新甘肃、今日头条、微信公众号、凤凰网、搜狐网、网易网等新闻媒体宣传报道，为打造农产品区域公用品牌开了个好头。

凉州区智信达农业开发有限公司总经理汪玉梅说，凉州区农业发展潜力巨大，生产条件得天独厚，病虫害发生较少，农产品品质相当好。但是，长期以来由于农业企业的单打独斗，凉州农产品一直贴着“质优价廉”的标签，品牌也没有打响擦亮。现在，区委区政府正在打造公用品牌的“航空母舰”，企业是非常欢迎这一做法的，这样一来，企业就可以抱团作战，合力打响“凉州农鲜”公用品牌，发展的信心更足了。

强化监管　以质塑牌　全力保障“凉州农鲜”安全底色

借助国家农产品质量安全县“金字招牌”，立足区域特色和优势产业，以质量和诚信创建知名品牌，走以信为本、以质取胜的农产品品牌发展道路。

坚持绿色生产理念，实施耕地质量保护提升、化肥农药减量使用、有机肥替代化肥、膜下滴灌技术，推进农作物病虫害专业化统防统治和绿色防控，资源化利用农业废弃物，最大限度减少农业面源污染。全面推行高毒农药定点经营、实名购买制度，强化农业投入品管理，重点查处违禁农（兽）药生产、销售、使用等违法行为。落实农产品质量安全属地管理责任，推进农产品质量安全区、镇、村三级网格化监管，全区 37 个镇 2 个生态建设指挥部全面开展农产品风险监测，实现主要农产品监测全覆盖，每年抽检农产品 45 000 批次以上，监测合格率保持在 99% 以上。积极推广农产品质量安全监管追溯平台应用力度，所有“三品一标”产品认证主体全部纳入国家追溯平台监管，积极推行“合格证 + 追溯二维码 + 区域公用品牌”开证模式，逐步实现了农产品全程来源可溯、流向可追、问题可查。2020 年，全区累计开具农产品合格证 20 460 张，48 386 吨食用农产品“带证上市”。疫情期间，合格证成为农产品的“通关文牒”，保障了食用农产品有效供给和质量安全。

多媒体　新业态　深层次　宣传推介凉州农产品

加强产品品牌宣传推介，用好广播、电视、报刊等传统媒体资源，用活微信、微博、头条、抖音等新媒体资源，精心打造凉州农业新名片——微信公众号“桑麻话凉州”，不断推出内容鲜活、形式新颖、感染力强的新闻素材，提升凉州农产品品牌传播力、影响力和公信力。

多渠道加大优质农产品宣传力度，提高凉州农产品知名度。先后组织 39 家次企业参加了甘肃省“甘味”农产品品牌目录发布宣传推介活动、第二届中国 · 兰州（榆中）高原夏菜新品博览会、第十八届中国广西—东盟食博会、第二十一届中国绿色食品博览会和第十四届中国国际有机食品博览会、第十八届中国国际农产品交易会等大型展会。参展期间，累计接待访客 2.4 万人次，建立联系意向客户 1 100 人次，接受采访报道 21 次，达成采购或意向协议 9 单，签约总金额 2 175.4 万元。“黄羊河”糯玉米等产品被评选为中国国际有机食品博览会金奖，“西凉仙紫”葡萄、“汉和牛”牛肉等产品被评选为中国绿色食品博览会金奖产品，“古凉天赐”皇冠梨饮料、“陇旺河”乌骨鸡蛋被评选为中国广西—东盟食博会金奖。

加强“龙头带基地、企业连农户、产供销一体化”渠道建设，围绕现代农村市场体系建设，重点发展肉类全程冷链物流和蔬菜果品冷链物流，新建农产品批发市场 3 个，累计达到 7 个，年成交额近 40 亿元，培育昊天等冷链物流企业 19 家，冷链保鲜库容达到 26.6 万吨。

积极主动适应网络营销、直播带货、同城配送等经济新趋势、新业态，加快智慧农业发展步伐，构建农产品电商公共服务平台，大力扶持甘肃田园绿色农业电子商务科技有限公司打造凉州区农产品云端集散中心智慧产业园，通过整合本地电商资源、优化农产品供应链、建立同城配送体系，引领传统农产品产业经营销售模式转型升级，从根本上打通特色农产品流通渠道，提高产品附加值，最大限度实现电商企业优势互补、抱团发展、降本增效。

组织“醉美凉州·地道农产”助农扶贫直播带货、“I@甘肃网络扶贫博览会”、农民丰收节网络直播、农产品“同城配送进社区”等活动，推动形成了“名店与名牌结合、展示与销售结合、线上与线下结合、宣传与推介结合”的新型营销格局。

凉州区农业农村局局长陈彬德说，在新的起点上，“凉州农鲜”将以凉州区政府公信力背书，大力实施质量对标和品牌创建提升行动，通过建立和完善“市场决定、企业主体、政府推动、社会参与”机制，推动企业增品种、提品质、创品牌，培育出一批含金量、知名度高的“凉州农鲜”品牌，举起农业高质量发展大旗。

作者：祁玉洁　俞兆鹏

原载于2021年3月1日《甘肃经济日报》

一片叶子“链”出三个亿

——茶产业如何跨越“小弱散”？青岛西海岸新区通过打造茶韵小镇，实现全产业链发展

“春茶苦，夏茶涩，要好喝，秋白露。”眼下正是秋茶采摘时节，在江北纬度最高、面积最大的大田茶叶种植镇——青岛西海岸新区海青镇，茶叶已经进入大面积采摘期，茶农们迎来了丰收时刻。

西海岸新区海青镇是“南茶北引”落地发展的地标镇，茶叶种植面积占青岛全市约1/3，拥有“北茶之源”的美誉。近年来，该镇立足茶的优势，做好茶的文章，发展茶叶产业，打造茶韵小镇，蹚出了一条全产业链发展茶产业、进而推动乡村振兴的新路子。目前，全镇茶园面积3.5万亩，茶生产企业200余家，年干茶产量260万斤，产值3亿多元。

在构建双循环新发展格局的当下，海青镇如何跨越链条短、“小弱散”的“小农经济”阶段，实现北茶产业高质量发展？记者近日在海青镇探访悄然发生的改变。

富农：茶农变身茶老板　年入300万元

“海青当地的秋茶香气高、滋味浓郁，富含茶多酚。”在位于海青镇的一处茶园里，山东龙泰茗茶业有限公司董事长李俊龙一边指挥工人采摘秋茶，一边向记者介绍海青当地所产秋茶的独特韵味。

今年50岁的李俊龙是土生土长的当地人，对于茶叶种植有着发自内心的热爱，潜心研究种植技术，是不少村民眼中的“茶痴”。但是对于究竟如何靠着茶业致富增收，在很长一段时间里，李俊龙并不清楚。

“咱祖祖辈辈就是以种地为生，原先只想着怎么把自家的几亩地料理好，没想过办企业扩大规模。”直到2015年，海青镇作为新区特色小镇试点镇，以“竹风茶韵、静雅海青”为战略定位，全面铺开特色小镇建设。在相关部门的政策扶持和产业引导下，李俊龙发现，自己的茶叶种植技术可以通过产业化实现更大的价

值。于是他成立了公司，同时开始扩大种植规模，并通过水肥一体化等技术不断优化茶叶种植管理，提高土地产值和经济效益。

6 年时间，他的茶叶种植面积已经翻了 10 倍，从最初的不到 10 亩扩大到 100 余亩，年销售额突破 300 万元。在他的带动下，周边 1 000 余户茶农成了企业的“合伙人”，“我们为周边茶农免费提供种子、技术，优先收购低收入茶农的鲜叶。根据茶叶品质，茶农每亩地的年收入最高可达 1 万元。”

从种植户到茶企老板，李俊龙的经历正是海青镇通过打造特色小镇，促进产业富民的一个缩影。

2020 年 5 月，西海岸新区管理委员会出台了相关政策，工委农办会同财政局、农业农村局、工业和信息化局等 9 部门制定了激励办法，对年内实际投资 1 亿元及以上、农业产业投资额不低于总投资额 30% 的田园综合体，年度内给予建设主体 1 000 万元的资金补贴，符合条件的可连补 3 年。

强有力的政策支持和不断集聚的项目正在为当地产业融合发展、居民致富增收持续提供“续航力”。自海青特色小镇开工建设至今，已完成建设项目 39 个，其中，投资 5 000 余万元建成的海青茶博园被评为 AAA 级景区。2020 年 12 月，9 个产业项目在海青镇北茶商街集中签约，总投资 3.2 亿元。

突破：茶树旁种猕猴桃　茶叶身价翻三番

海青茶的好品质背后，离不开茶叶种植技术与制茶工艺的不断突破与创新。

坐落于海青镇后河西村的青岛碧雪春茶叶专业合作社前身是山东第一家联合茶厂——山东联合茶厂（后改称海青河西茶厂）。合作社厂房的一个角落里，至今仍然陈列着一台 1968 年出产的老式揉捻机。致敬传统的同时，符合现代化标准制茶要求的自动化、清洁化、连续化茶叶生产线已经成为茶叶生产的主力军。

合作社成员卢孝刚介绍，引进的自动化茶叶生产线可以实现茶叶采摘后全程机械化，1 人可以替代 30 人的人力。更重要的是，炒茶环节中对于温度、湿度等技术指标全部可由电脑控制，从而最大限度避免传统人工炒茶的不可控因素，让同一批茶叶在口感风味方面保持统一。

除了利用机械化改良炒茶工艺，合作社还在种植模式上另辟蹊径。

“以往来说，在春夏秋三季茶叶中，夏茶的品质稍有逊色，很重要的一个原因就是高温强光影响。”卢孝刚说，为了解决这个问题，他们将茶树与红心猕猴桃进行间种，目的是利用猕猴桃枝叶来为一旁的茶树遮阴降温。“通过这种种植方式，夏茶也有了春茶的鲜爽口感，价格比普通茶叶高两三倍，一亩地能增收 3 万元。”

海青茶产业的突破还体现在茶叶的深加工层面。

“传统的种茶、炒茶，营收模式比较单一，产品附加值增长空间也比较小，而作为茶叶的深加工产品，抹茶制作的技术含量比较高，产品应用范围广，产业链条也比较长。”一说起抹茶，鸿雨抹茶创始人高俊峰就打开了话匣子，向公众介绍抹茶已经成为他自我约定的一个“责任使命”，把源于中国的抹茶技艺重新结合现代工艺创新突破，建立完备的抹茶“产、学、研”体系，打造属于中国的高品质抹茶产业，是高俊峰创立鸿雨抹茶秉承的信念。

不管是茶树旁搭种猕猴桃提升茶叶品质，还是茶叶深加工增加产品附加值，海青的“茶业人”从来没有停下过创新和突破的脚步，也正是这些不同环节上的“小突破”，成就了海青茶产业链条的“大革新”。

品牌：资本驱动　海青茶“出圈”新式茶饮

我国茶文化历史悠久、茶叶种类繁多，是全球最大的茶叶生产国和消费国。但与此同时，跟不少农产品产业化面临的问题一样，链条短、“小弱散”，以及缺乏商业化品牌等问题制约着海青茶的进一步发展。如何让茶叶销售和品牌塑造齐头并进，海青茶正在用一场与资本的互动，给出答案。

在海小青（青岛）文化发展有限公司总经理黄正誉看来，茶元素是“海小青”品牌的灵魂，通过在茶上做文章，就是希望能推动青岛西海岸新区茶产业向新式茶饮、健康食品等深加工方向多元化发展。

据了解，一手缔造“海小青”这一新式茶饮品牌的，正是承担海青特色小镇建设的国企青岛西海岸发展（集团）有限公司。2021年，黄发集团和香港知名餐饮公司合资成立海小青（青岛）文化发展有限公司，与中国农业科学院茶叶研究所签订战略合作协议，致力于研发健康的全民“新茶饮”。目前，海小青已与国内行业领军企业深度合作，打造“茶饮＋餐食＋衍生品”产品体系，并逐步在国内一线城市布局线下品牌加盟店，让其走出青岛走向全国。

有了产业做基础，海青茶不仅富了当地村民，更吸引了年轻创业者的目光，通过创新与创意不断发掘传统茶叶的新价值。

夏铭翊是一名“90后”，同时也是乐茶（青岛）农业科技有限公司的创始人。她告诉记者，企业研发的一次性可降解杯茶，将袋泡茶与可降解环保纸杯合二为一，其中的茶叶原料全部使用海青茶。上市后因为方便、卫生、口感好，收获好评不断，当年就销售了将近500万杯。今年销售量更是节节攀升，“我们主要面向商务需求，做企业定制，今年到目前为止的销售量已经远超去年，其中一个客户就订购了200万杯。”谈及创业项目的选择，夏铭翊坦言，海青镇当地的茶叶产量和品质是她的“底气”所在。

事实上，围绕“品牌+科技”，做强茶叶产业的“海青思路”也已经明确。据悉，当地将大力实施“补链、延链、拓链”工程，推动海青茶产业一二三产业融合发展，在加快发展标准高、规模大、品种优的精品茶园，打造青岛市级茶叶产业园、建设全省最大茶种质资源圃的同时，支持茶企开发高附加值产品，启动运营年产50万斤的北茶工坊生产线，构建工业化生产矩阵。

“我们通过打造政府引导、市场主导、企业主体和社会参与的茶产业发展模式，支持茶企参加中国国际茶叶及茶艺博览会、举办中国青岛（北方）茶博会等活动，打造‘海青茶’区域公用品牌，形成了基础牢、品牌响、特色强、质量好的茶产业发展态势，新区获评全国区域特色美丽茶乡，海青茶入选国家农产品地理标志认证名录。”青岛西海岸新区农业农村局、乡村振兴局局长王卫青说。

作者：郝凌峰

原载于2021年8月30日《农民日报》·中国农网

海南“三品一标”农产品达447个
“十四五”期间将再打造20个省级公用品牌

海南日报记者8月24日从省农业农村厅获悉，截至今年7月底，海南省“三品一标”农产品数量共447个，其中无公害农产品288个、绿色食品108个、有机农产品12个、农产品地理标志39个。

“三品一标”农产品是海南省农业高质量发展的重要内容，农产品区域公用品牌是热带特色高效农业的“地域名片”。2018年海南打造了“海南莲雾”“海南火龙果”“海南杧果”“海南黑猪”等10个省级公用品牌。

为让海南农业品牌更好地走出去，海南省农业农村厅今年上半年在全国各地举办了14场品牌推介会，同时组织国内大型商超、阿里巴巴和京东等电商深入海南田间地头采购优质农产品。此外，海南省农业农村厅还组织企业参加中国国际农产品交易会、中国—东盟博览会等展销活动，海南优质农产品也多次获得最佳农产品奖和金奖。

“我省‘十四五’期间将再打造20个公用品牌。目前,《海南省品牌农业发展实施方案》已经起草，未来将在政策、资金、技术等多方面加大力度支持海南品牌农业的发展。”海南省农业农村厅市场管理处相关负责人表示，接下来海南省还将推进中国特色农产品优势区认定工作，利用3年时间投资1.5亿元打造文昌鸡产业集群，“十四五”期间力争打造5个省级特色农产品优势区。同时，海南省农业农村厅将引导省级产业协会等社会机构，开展海南农产品公用品牌建设和管理，进一步指导市县开展区域公用品牌创建工作。

作者：傅人意

原载于2021年8月25日《海南日报》

江苏省统筹地标农产品保护与乡村特色产业发展

——以“准”约束性任务下达资金　省市县联合推进

近年来，江苏地理标志农产品保护工程工作稳步推进，通过融合发展“三品一化”，以品种保护、品质保持为核心，以品牌建设和文化传承为重点，统筹地理标志农产品保护与乡村特色产业发展。2020年和2021年，江苏省共有16个产品实施国家地理标志农产品保护工程，26个产品实施省级地理标志农产品保护工程。

细化实施方案，明确建设目标。围绕“保护什么、谁来保护、怎么保护”，开展地理标志农产品保护工程专题调研。国家级按每个产品400万元（2020年）和453.8万元（2021年）标准，省级按每个产品250万元标准，以“准”约束性任务下达工程资金，明确建设目标和内容、规范实施程序、严格工作要求。

深化组织保障，做到纵向联动。成立江苏省地理标志农产品保护工程实施领导小组和专家指导组，建立起“县级实施、市级考评、省级指导”的联合推进机制。

强化技术指导，完善实施内容。专家指导组对各地实施方案进行审查，印发实施方案审查意见通知，列明审查共性问题和个性问题。组织举办2期保护工程业务培训班，围绕工程资金使用、品牌建设、品质提升和绩效考评等进行专题培训。

优化信息调度，督促实施进度。印发关于报送地理标志农产品保护工程实施进展情况的通知，构建信息月报常态化机制。通过加强实施成效和典型经验宣传，形成一批能示范、可操作、可复制的标准图和典型模式，扩大保护工程知晓度和影响力。

实化绩效考核，确保实施成效。按照“谁立项、谁验收”的原则，明确考评对象、内容、方式和要求。坚持结果导向和目标导向，将评价结果作为后续项目和资金安排的重要依据。通过工作规范化、职责明晰化、督导检查经常化，确保工程实施取得成效。

来源：江苏省绿色食品办公室

原载于2021年8月4日《农民日报》

双柏茶叶：企业品牌实力不断增强 产品质量认证增强活力

“十三五”期间，云南省楚雄彝族自治州双柏县茶叶产业致力于茶叶品牌打造认证和茶叶农产品质量的提升，力推“白竹山茶”农产品地理标志标识及品牌认证。双柏县委、县人民政府加大茶叶品牌力度的打造，大力实施《双柏县农产品“三品一标”认证登记实施方案（2018—2020 年）》，加强领导，统一指导思想，明确目标任务、加大资金支持力度，制定切实可行的工作措施，积极打造世界一流的绿色食品牌，建设绿色产业发展基地，茶叶产业品牌认证成为“十三五”期间最耀眼的亮点，引领全县绿色食品牌产业发展，逐步实现“白竹山茶万亩有机产品基地”是“十四五”期间的奋斗目标和主要任务。截至 2020 年年底，双柏县共有 8 个乡镇、29 个村居委会、34 个初制所、2 个精制厂、1 521 户茶农发展茶叶生产，有茶园种植总面积 15 139 亩，其中采摘面积 14 470 亩，占总面积 95.6%，干茶产量达 455.7 吨，产值达 4 150.1 万元，均价达 91.10 元 / 千克。

◎ 双柏县茶产业种植基地

目前，双柏县茶叶产业稳步发展，茶叶产品质量逐年增强，品牌认证硕果累累，产品质量更加信赖，已成为楚雄州最有实力的产茶大县。到 2020 年年底，双柏县有茶叶初制所 34 家，茶叶品牌 24 个；有 15 个茶厂已取得食品生产许可证（SC 认证），SC 认证面积达 5 830 亩，占全县总面积 38.5%；2013 年 4 月 15 日“白竹山茶”获农业部农产品地理标志认证证书，认证总面积 10 000 亩，产量 500 吨；有 7 个茶厂 36 个产品获得绿色食品茶证书，认证面积达 4 330 亩，占全县总面积的 28.6%（云南省双柏县白竹山茶业有限责任公司 4 个、双柏县三尖山绿茶庄园有限公司 8 个、双柏县竹山春茶叶制造有限公司 5 个、双柏县法脿镇楚银顶茶厂 4 个、双柏县法脿镇老熊窝生态茶厂 5 个、双柏县法脿镇白竹山打磨箐茶厂 5 个和双柏县白竹虎牙茶厂 5 个）；有 4 个公司获有机产品认证证书，包括茶叶基地4个，茶叶产品7个（云南白竹印象茶业投资有限公司茶叶基地1个、茶叶产品3个，云南省双柏县白竹山茶业有限责任公司茶叶基地1个、茶叶产品2个，双柏县竹山春茶叶制造有限公司茶叶基地1个、茶叶产品1个，双柏县白竹龙笙茶叶有限公司茶叶基地1个、茶叶产品1个)，全县有机产品茶园认证面积2 600亩，占全县总面积的17.2%；有2家公司获农业产业化省级重点龙头企业（云南白竹印象茶业投资有限公司和云南省双柏县白竹山茶业有限责任公司）；有5家公司获农业产业化州级重点龙头企业（双柏县竹山春茶叶制造有限公司、双柏县益康商贸有限公司、双柏县三尖山绿茶庄园有限公司、云南双柏哀牢山古树茶有限公司和双柏县白竹虎牙茶厂）；有8家茶厂获县级家庭农场（双柏县白竹虎牙茶厂、双柏县竹山春茶叶制造有限公司、双柏县法脿镇老熊窝生态茶厂、双柏县法脿镇白竹山天生坝生态茶厂、双柏县彝源农产品有限公司、双柏县白竹龙笙茶叶有限公司、双柏县法脿镇红映茶厂和双柏县大庄镇麻栗树有军茶厂）；有1家合作社获州级示范社（双柏县楚银顶茶叶专业合作社）；有1家合作社获县级示范社（双柏县白竹山白竹春茶种植收购专业合作社）；“双柏县白竹山牌云雾茶”产品获批准为国家生态原产地保护产品；2016年12月31日“双柏县白竹山茶”品牌价值评估为4.87亿元人民币；2017年8月双柏县法脿镇法甸村（白竹山茶）荣获“一村一品”荣誉称号；在2019年5月昆明茶叶行业协会春茶周活动会上楚雄双柏县获云南十大历史名山“云南醉美茶乡”荣誉称号；双柏县首次申报全国产茶重点县在2019年10月22日中国茶叶行业协会评比中获“2019中国茶业百强县”称号。在双柏县2020年第三届农民丰收节评比活动中云南省双柏县白竹山茶业有限责任公司“白竹山”牌云雾茶获“双柏县2020年五优农产品”称号；云南白竹印象茶业投资有限公司（茶叶种植与加工）、双柏县三尖山绿茶庄园有限公司（茶叶种植与加工）、双柏益康商贸有限公司（古树茶、中药材种植加工）3家获“双柏县2020年五强企业”称号。

作者：李华荣
来源：双柏县乡村产业发展中心
楚雄州农业农村局官网2021年1月25日发布

“浙农码”首个县级应用场景落地安吉

走进浙江省安吉县境内的宋茗白茶有限公司核心生产基地，远看与许多茶山别无二致，但真正踏足其中，则别有洞天。在地头，有全景可视化的视频监控、水肥一体化的智能灌溉；在加工车间，从摊青到风选入库，每个环节都有数据，实时上传至“浙农码”数据中心后，便可做出科学的风险分析预警，最大限度减少成本和损失。

日前，“浙农码”赋码安吉白茶正式上线运行，这是全省首个落地的县级应用场景。这样的数字化场景成了今年安吉春茶季的一道新风景。

◎ 消费者正在用手机扫取包装上的二维码

“浙农码”是浙江数字社会系统乡村服务建设的一项重要内容，旨在为“三农”服务要素建立统一的数字身份，将不同农业信息系统中的数据进行统一和归集，打破“数据孤岛”，实现数据分析应用，来有效指导产业发展和管理。

记者了解到，依托“浙农码”总仓，安吉白茶数据仓将不同系统中涉及白茶产业的种植户、贩销户、加工户、经销商等经营主体信息，农药、化肥、地膜、基质等生产要素信息，杀青、烘干、挑选等加工信息三大类要素信息的数据进行归集，并通过统一数字身份联通，实现数据的点、线、面、体多维度链接，从而实现数据的深度挖掘分析。

对于消费者而言，只需用手机扫一扫茶叶包装上的“浙农码”标识，就可以看到产品信息、品质追溯、基地信息、智能监测等信息，实现品牌和展示信息的可控管理，并且追溯到每件产品的生产信息过程，为产品优质优价提供保障。

据介绍，接下来，安吉县还将把安吉白茶交易系统链接到“浙农码”后台，在茶城交易场景中，高效实现码上查询、码上监管、码上交易等，同时延伸到数字乡村，基于农户的精准数字化管理，丰富和扩展农技培训、乡村治理、阳光村务、便民服务、信用体系建设等不同应用场景。此外，安吉县还将对用户进行画像描绘，通过业务功能、使用习惯、个人喜好等方面的信息精准匹配和推送，打造农业农村数字化营销新模式。

作者：朱海洋
摄影：夏鹏飞
原载于 2021 年 4 月 14 日《农民日报》

湖北省狠抓项目落实

——建设锁定“十件事” 督导注重“三结合”

2020年，湖北省地理标志保护工程以落实项目内容为重点、实施项目中期督导三结合、严把验收审计最后一道关，取得了较好的效果。2020年，共对随州香菇、宜昌白山羊、宜昌宜红茶等共20个产品实施地理标志农产品保护工程，每个产品支持200万元，共计4 000万元。

地理标志保护工程有力推动湖北特色产业发展。实施的20个保护工程项目均有地方配套经费，共计配套经费2 798万元。每个产品培育至少1个规模化经营主体，20个产品合计培育壮大了56个规模化经营主体。20个地理标志产品的知名度和影响力都得到明显提升，特别是宜昌宜红茶、随州香菇、松滋鸡全国知名度进一步提升，有力推动了湖北特色产业发展。

实施保护工程、发展地理标志产业有效带动了农民收入的增长。20个产品累计带动农户2.4万人，增收1.2亿元，2020年人均收入年增幅在12%～80%。此外，湖北省通过优先支持贫困地区实施保护工程，20个产品均建立了建档立卡贫困户联结机制，累计带动贫困户9 000余人。

成绩取得的背后离不开相关政策的实施和落地。湖北省严格落实项目建设内容“十件事”，即落实项目配套资金、建立帮扶脱贫机制、核心示范区建设、质量控制体系建设、地理标志品牌建设、经营主体培育、追溯体系建设、生产日志记录、展示展销活动、人员培训工作。

抓好中期督导“三结合”。在督导检查中，湖北省注重省、市、县三级绿色食品工作机构联动配合、全程参与；实施进度督导和实施效果考核相结合；地理标志品牌提升与绿色食品、有机农产品“多标认证”相融合。通过督导检查和绩效考评，一方面了解实施单位存在的困难和问题，掌握实施进度；另一方面，督促地方和实施单位领导重视，加快项目实施。

把好项目验收审计最后“一道关”。项目实施好与坏，严格项目资金管理是关键。湖北实施单位专款专用，在实施结束后组织第三方审计并出具审计报告。将第三方审计报告作为项目验收的前置条件，审计不完成、项目不验收。

作者：周先竹　沈熙
来源：湖北省绿色食品管理办公室
原载于2021年8月4日《农民日报》

电视广播

编者按 电视广播新闻具备传播速度快、覆盖广、便捷逼真等特点。绿色食品、有机农产品和农产品地理标志的标志形象通过电视广播宣传渠道广泛传播，面向广大受众形成直接感知。近年来绿色有机地标农产品工作机构及生产者发挥各自优势，充分利用长期合作的宣传平台，以“有声、有影、有字”的宣传模式开展公益广告、新闻播报、专题栏目、产品推介等电视广播宣传，展现了近年来绿色有机地标发展的新进展、新提升、新成效、新典型。电视广播宣传在发挥舆论引领、精神激励、提升绿色有机地标农产品的市场辨识度和品牌知名度方面优势突出。

巧秀大地 | 摄影：方海鹰

中国绿色食品公益广告片在 CCTV 播出

绿色食品公益广告片于 2018 年 10—12 月在中央广播电视总台第一套、第二套、第四套、第七套节目以及部分省级卫视等频道黄金时段与广大观众见面。绿色食品公益广告片以青山绿水作为背景，展示绿色食品产自良好生态环境，带来蓬勃发展的景象。画面重点突出绿色食品标志形象，体现绿色食品精品品牌特质。以“绿色食品　中国首例证明商标”作为宣传语，传递了绿色食品的品牌特性，具有唯一性，向社会公众诠释了绿色食品的理念和内涵。

◎ 绿色食品公益广告片

该片的播出对扩大绿色食品的市场影响力，提升品牌知名度和美誉度有着重要意义，使绿色食品在满足新时代人民日益增长的美好生活需要、深入实施乡村振兴战略、大力推进质量兴农、绿色兴农、品牌强农等方面发挥更加重要的作用。

中央广播电视总台综合频道、财经频道、中文国际频道，
部分省级卫视频道 2018 年 10—12 月播放

我国“三品一标”种植面积近 4.5 亿亩

4 月 12 日，全国“三品一标”工作座谈会在北京召开。“三品一标”指的是无公害农产品、绿色食品、有机农产品和农产品地理标志。会议指出，要扎实推进“三品一标”高质量发展、要提高准入门槛，同时强化证后监管，今年要将绿色食品、有机农产品和农产品地理标志率先纳入质量追溯管理。目前我国“三品一标”种植面积接近 4.5 亿亩，经调查，“三品一标”产品销售价格平均增长 7% 以上，特别是绿色、有机农产品平均价格增幅在 20% 以上。

◎ 中央广播电视总台播报《我国“三品一标”种植面积近 4.5 亿亩》

作者：王丽娜　梁贵权

中央广播电视总台农业频道《聚焦三农》2018 年 4 月 13 日播报

今年农产品质量安全例行监测合格率达 97.4%

农业农村部发布，2019 年，全年农产品质量安全例行监测合格率达 97.4%。新认证绿色食品 13 487 个，有机产品 2 499 个，登记农产品地理标志 255 个。农产品质量安全水平继续保持稳中向好发展态势。

◎ 中央广播电视总台播报《今年农产品质量安全例行监测合格率达 97.4%》

作者：宋建春　石爽爽

中央广播电视总台《新闻联播》2019 年 12 月 25 日播报

高标准打造“龙江绿”

绿色食品是黑龙江省的金字招牌，是对外交往的“新名片”。“龙江绿”如何优质优价生金吐银，实现“种得好、产得优、卖得俏”？黑龙江省绿色食品发展中心给出这样的答案：顺势而为抓实、抓好新媒体营销，打好“直播＋电商”销售、名企抱团营销、线下体验及优质服务三张牌……为“龙江绿”插上“互联网＋”翅膀，让耕者心头飞出欢乐的歌。

◎ 黑龙江卫视播报《高标准打造“龙江绿”》

作者：张勃 刘冠兴

黑龙江卫视《新闻联播》2018年5月5日播报

保护知识产权

——北京鸭“持证上岗”

北京鸭起源于北京东郊潮白河一带的小白眼鸭，至今已有 600 多年历史，是北京独有的著名家禽品种。从辽代到明清宫廷，都备受推崇，开辟专门场所放养。民国时期传到国外的北京鸭更是备受热捧，价格奇高。历来北京鸭是北京烤鸭的唯一正宗原料鸭种，是全聚德、大董、四季民福等高档烤鸭店首选用鸭，民间素有“不登长城非好汉，不吃烤鸭更遗憾”的说法。但是长期以来，由于缺乏地理标志认证等知识产权保护，除北京鸭之外的市场上各类原料鸭种鱼龙混杂，严重影响了北京鸭的唯一正宗原料鸭种和北京烤鸭的品牌声誉。2018 年 4 月 25 日，为保护知识产权，传承北京鸭味，2018 年全国知识产权宣传周暨北京鸭农产品地理标志发布会在北京举行。据悉，此次发布会由北京市农业局主办，北京市畜牧总站、北京市农业绿色食品办公室，北京金星鸭业有限公司承办。发布会上向北京市畜牧总站颁发了北京鸭农产品地理标志登记证书，自此北京鸭将成为北京烤鸭唯一正宗的原材料，将得到国家知识产权的法律保护。

◎ “北京鸭”烹制工艺独特

◎ 餐桌美食“北京鸭”

来源：北京市农业绿色食品办公室

中央广播电视总台农业农村频道《聚焦三农》2018 年 4 月 28 日播报

《源味中国》纪录片介绍慈溪杨梅

2018年2月27日晚10时，中央电视台国际频道《源味中国》节目播出，其间介绍了慈溪杨梅。

由农业部联合中央电视台等传媒机构共同摄制的全国首部农产品地理标志纪录片《源味中国》，全片共分7集，每集30分钟。纪录片从农业部已登记的全国2 242个地理标志农产品中精选出最具中国特色的农产品，六大摄制组跨越千山万水拍摄两年多，实地采访了25个省份的300多个县乡镇村，以影视语言记录了中国各地最具地域特色的食材及其背后的山川、地理、生态、人文。慈溪杨梅是浙江省唯一入选摄制的地理标志产品。2016—2017年，中央电视台先后3次赴慈溪踩点、采访、摄制，历时近10天。慈溪市农业局监测中心、林特技术推广中心全程陪同，做好配合工作。此次拍摄工作还得到了慈溪市委宣传部的大力支持。

◎ 中央电视台播放《源味中国》纪录片介绍慈溪杨梅

纪录片通过镜头讲述采摘杨梅、酿杨梅酒、与文人雅客品酒等农人与匠人的故事，将慈溪杨梅的地域特色、种植特点和千年人文娓娓道来，再现了慈溪杨梅背后最具慈溪味道的乡味、乡情、乡愁与乡恋。2018年慈溪杨梅的种植面积8.2万亩，产量3.5万吨，产值3.25亿元，品牌价值11.75亿元。

来源：慈溪市林特技术推广中心

中央广播电视总台2018年2月28日播报

2019年“春风万里　绿食有你——绿色食品宣传月”在西安启动

2019年4月3日上午，由中国绿色食品发展中心、陕西省农业农村厅主办的“春风万里　绿食有你——绿色食品宣传月”启动仪式在西安举办。未来一个月，全国各地将开展组织开展形式多样、特色鲜明的宣传活动，向全社会宣传“绿色生产、绿色消费、绿色发展”理念。

“今天启动仪式拉开了2019年全国‘绿色食品宣传月’活动的帷幕，我们邀请媒体记者深入绿色食品企业、基地，了解绿色食品生产情况，挖掘典型案例，做好宣传报道，讲好绿色食品保护环境、提升品质、促进产业发展的生动故事，进一步扩大绿色食品社会影响力。”中国绿色食品发展中心主任张华荣介绍说，今年绿色食品宣传月期间全国各地绿色食品工作系统将结合本地实际，安排宣传力量，继续组织开展形式多样、特色鲜明的宣传活动，鼓励引导绿色食品企业、广大消费者积极参与，开展以绿色食品进社区、进学校、进超市为主要形式的集中宣传推介活动，让更多优质安全的绿色食品走进市民的生活，让广大市民更多地体验和了解绿色食品的理念与知识。

启动仪式现场，陕西省农产品质量安全中心和西安市农业农村局还组织了20多家绿色食品生产企业（含贫困县绿色食品生产企业）展销苹果、猕猴桃、柿饼、乳品、鸡蛋、蜂蜜等各类绿色食品，开展各种品鉴活动，增进消费者对绿色食品了解，引导消费者购买绿色食品。通过设立展板、展台，发放宣传册等形式向市民宣传普及绿色食品和农产品质量安全知识。邀请经销商，进行现场洽谈、贸易对接，促进绿色食品产销对接，助力产业扶贫。

◎ 陕西卫视播报 2019 陕西绿色食品宣传月活动

来源：陕西省农产品质量安全中心

陕西卫视《丝路晚新闻》2019 年 4 月 5 日播报

宁波紫菜吃出新花样

宁波紫菜，是宁波当地的特产。东海之滨的宁波象山海区，拥有18～20℃的海水温度、不带沙的海泥，凭借着天然的资源优势，是目前坛紫菜生产的最优产区。宁波可扬食品有限公司的坛紫菜养殖示范区，就位于这片海区。

宁波可扬食品有限公司成立于2000年，是一家从事紫菜养殖、雪菜种植，及其加工、销售的专业公司，被认证为绿色食品已有10年。该公司以产业基地为依托，走产业化、品牌化之路，通过专业合作社方式带动当地产业蓬勃发展，已初步形成育、养、加、销一体化产业链，发展前景十分广阔。目前，已具有年生产加工200吨紫菜、雪菜、干水产系列产品的能力，产品达60余种，品质优良，深受广大消费者喜爱。

◎ 浙江电视台播报《宁波紫菜吃出新花样》

来源：鄞州农产品质量安全管理站

浙江电视台新闻频道《翠花牵线》栏目2019年12月17日播报

大连大樱桃　新鲜自然好滋味

“北纬 39°，大樱桃优质种植区，甘甜多汁，口感醇正，大连大樱桃，新鲜、自然、好滋味。”2020 年 8 月 24 日至 9 月 27 日大连大樱桃在中央广播电视总台综合频道《新闻联播》前、财经频道《消费主张》、新闻频道《新闻直播间》进行视频广告宣传，每次时长 15 秒，宣传频次 56 次。

大连市自 1885 年开始引进大樱桃栽培，已有 130 多年历史。大连市位于北纬 39°，气候温和湿润，冬暖夏凉，土壤肥沃疏松，光照充足，自然环境十分适宜大樱桃生产。大连大樱桃科技含量高，培育了中国第一个自主选育品种红灯，以及后来的佳红、红蜜、晚红珠、明珠等自主选育品种占据半壁江山；探索建立了一整套设施大樱桃栽培技术体系，引领全国设施大樱桃产业发展。大连大樱桃果个大，光泽鲜艳闪亮，酸甜可口，风味纯正，肉厚多汁，品质优异。

◎　中央广播电视总台播报大连大樱桃宣传片

来源：大连市现代农业生产发展服务中心

中央广播电视总台央视综合频道《新闻联播》前、财经频道《消费主张》、新闻频道《新闻直播间》于 2020 年 8 月 24 日播报

舌尖上的绿色面粉—仓麦园

好面粉首先要有好产地。天山雪水与北坡骄阳共同作用，北纬 44° 天然优势（与世界优质小麦大国加拿大、美国、澳大利亚等国同处世界黄金麦区），是仓麦园的优生麦区，这里拥有丰富的冰川水资源，千年土壤的矿质精华，日照时间长昼夜温差大，收获期降水少，与生俱来的综合条件使这里生长的小麦有丰富的各类天然营养元素，其平均值高于其他一些麦区，尤其在新疆绿洲灌溉农业的孕育下，具备发展无污染绿色食品的绝对优势。

新疆仓麦园由新疆最大的国有粮油购销企业昌粮集团和新疆最大的面粉加工企业天山面粉集团强强携手，共同出资组建而成。在原料采购方面新疆仓麦园公司依托昌吉回族自治州粮油购销集团百万吨级雄厚的原粮仓储，购销优势，公司分别在奇台、吉木萨尔、阜康、昌吉、呼图壁等优质冬麦产区，建立直属基地，广集好粮，实现了对新疆黄金麦区优质小麦的优先选择优先采购。

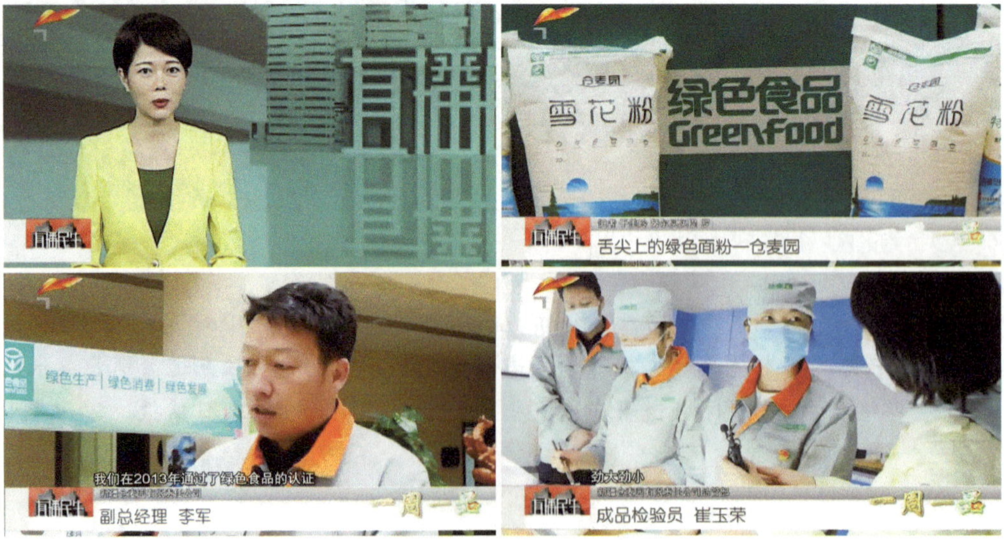

◎ 新疆广播电视台播报《舌尖上的绿色面粉—仓麦园》

小麦收购后储存至大型粮食专用储备仓库，采用绿色科学储粮技术，按国家质量标准要求严格控制库存粮食质量及安全，为生产绿色、安全、营养、健康的强筋好面粉提供有力的原粮保障。

仓麦园现有一条规模为日处理小麦600吨的生产线，先进的清理制粉设备选自国际著名粮机生产商瑞士布勒公司，采用德国西门子自动化控制系统。先进的设备，轻研细磨的制粉工艺，完善的高科技质量检验手段，使仓麦园面粉的加工工艺和产品质量达到国内先进水平。

作者：于美玲　努尔买买提　罗俊

新疆广播电视台丝路视听《直播民生》栏目2020年4月26日播报

刘梦莹：在田野大地上书写“茶”文章

有这样一群人，他们用思考和实干、热情和初心点燃梦想，在平凡的岗位上作出了不平凡的业绩，生动彰显了新时代中国共产党人的理想信念。福建省广播影视集团融媒体资讯中心推出系列报道《时代风采》，讲述福建省基层优秀共产党员的故事。

本期我们一起来认识福建省南平市农业农村局绿色食品发展中心农艺师，2017—2018年度全国绿色食品优秀检查员，南平市优秀科技特派员，南平市专利奖一等奖获得者刘梦莹。大学一毕业就回到家乡从事农业工作的刘梦莹，服务里程9万千米，给478个村送去了农业技术服务。2017年她成为一名科技特派员，在南平市建阳区漳墩镇，致力于小白茶产业的绿色发展工作，成为创新驱动乡村振兴生力军中的一员。

刘梦莹用科技特派工作经费和自己的工资，投入品种选育种植、绿色食品标准化生产、品牌打造中。在她的推动下，漳墩小白茶于2018年顺利获得绿色食品认证，成为南平市首个通过绿色食品认证的小白茶产品。

◎ 福建新闻联播《时代风采》系列报道播报《刘梦莹：在田野大地上书写“茶”文章》

目前漳墩镇上有3家企业7个产品通过绿色食品认证，同时也吸引了大批外出务工的人员回乡从事和茶产业有关的工作。刘梦莹与福建省水利厅、福建师范大学、南平市农业科学研究所等单位对接成功，带动600多亩茶山亩增产40千克，亩增效7 200元。

南平市建阳区白茶协会会长李泉弟告诉记者："科技特派员带来了技术力量，在种质资源筛选复壮、茶废弃物再利用、土壤肥力的改善等方面，给了我们很大的帮助。"

漳墩小白茶价格从5年前的每千克450元提高到每千克1 300元，已成为当地精准扶贫及乡村振兴的重要支柱产业之一。

来源：南平市绿色食品发展中心

福建新闻联播2021年11月22日播报

汕尾海丰小小油占米　闯出大名堂

海丰油占米属传统水稻品种，种植历史悠久。以前的油占米虽然好吃，但产量和种植效益较低，农民种植意愿不高，21世纪初的10多年，油占米种植曾一度陷入低潮。陈美怀是广东省汕尾市海丰县柑园种植专业合作社理事长，本着严谨细致的工作作风和务实肯干的奉献精神，致力于建设“海丰油占米”区域特色品牌产业。通过科学创新、良种良法、推广农机化和优质服务，采用“合作社＋基地＋农户＋社会化服务＋农机推广＋市场”的新模式，带动农业增产，农民增收，为汕尾、海丰农业的高质量发展作出了积极的贡献。

◎　广东广播电视台播报《汕尾海丰小小油占米　闯出大名堂》

来源：广东省农产品质量安全中心

广东广播电视台经济科教频道2020年12月28日播报

夏天吃冬枣的秘密

大荔冬枣产自陕西关中渭北平原东部，黄、洛、渭三河汇流地区的大荔县。大荔县自然条件优越，土壤肥沃，十分适合农作物生长，有关中“小江南”之称。充沛的降水使得这里土壤肥沃，有利于农作物生长，一年四季瓜果不断。冬枣吃起来脆甜多汁，水分充足。冬枣又叫作雁来红、苹果枣、冰糖枣等，是品质最好的鲜食枣品种。冬枣不仅好吃，营养价值也很丰富，最大特点是维生素 C 含量极高。每年 8—9 月是冬枣上市的时节，这时的冬枣长得刚刚好。一颗颗像苹果般圆润，青黄的表皮上搭配着赤红的点缀，格外娇嫩诱人。其实，最好吃的冬枣——大荔冬枣，就在我们身边，肉多皮薄而脆，甜而不腻，你吃过吗？本期《谁知盘中餐》带您走进大荔，揭开夏天吃冬枣的秘密。

◎ 中央广播电视总台播报《夏天吃冬枣的秘密》

来源：陕西省农产品质量安全中心

中央广播电视总台农业农村频道《谁知盘中餐》栏目 2020 年 8 月 14 日播报

3.15 绿食有你：精河枸杞别样红

“春风万里　绿食有你”，今天播出第五期：来自新疆博尔塔拉蒙古自治州精河县农产品地理标志登记保护区的精河枸杞。精河县地处天山北部、准噶尔盆地西南边缘，昼夜温差大，其碱性砂质土壤和天山冰雪融水灌溉，使得这里出产的枸杞色泽鲜红、果粒大、肉丰厚、味甘美、富营养，是理想的药食兼用食材。

精河县天山果业农业科技有限公司负责任人告诉记者，这几年精河县天山果业 99% 的绿色有机枸杞出口，在“一带一路”倡议的背景下，产品出口到中亚和欧洲。该公司还通过和内地的大企业合作，进行产品精深加工，提高了产品附加值，品牌效应日益凸显。从田间管理到车间加工每个环节都严格防止枸杞重金属、农药残留、二氧化硫、矮壮素等超标。

近期精河枸杞被纳入首批 100 个与欧盟地理标志保护产品等同的农业产品。这意味着精河枸杞可以正式进入欧盟市场。近年来，精河县委和政府将发展绿色枸杞产业纳入农业产业发展重点，紧紧围绕枸杞产业布局统筹整合涉农项目资金，集中打造示范基地，通过强基础、拓产业、创品牌、精加工、扩营销等完善产业全链条建设，做实产业发展，做大产业规模，推进乡村振兴。

◎ 新疆广播电视台播报《3.15 绿食有你：精河枸杞别样红》

作者：吴萧　于美玲　吴言志

新疆广播电视台丝路视听《直播民生》栏目 2022 年 3 月播报

带着地标农品去北京！

2021 年 11 月 26 日，广西地理标志农产品高铁专列在南宁东站首发。高铁专列伴随着喜悦丰收的笑声与歌声，载着地标农产品，奔向祖国四面八方。歌曲《带着地标农品去北京！》的歌词如下。

带着地标农品去北京！

芳林马蹄
陆川猪
横县甜玉米
融安金橘
大新龙眼
南丹巴平米
舌尖美味
通通吃光
八桂美食我可以
乘着高铁和地标农品一起
出发和北京 say hi
广西有山广西有海
有美丽风景
物产丰富
人民幸福
来了就开胃
高铁专利　满载热情
让我记住了你
独特区域　王炸品质
认准广西地理标志农产品

北海沙虫
上思香糯
龙胜地标集群
尝遍山海美味
再去覃塘
喝杯毛尖茶
十城风味　美食之光
快来吧　集美们
乘着高铁去北京
地标农品奥利给
广西有山　广西有海
有美丽风景
物产丰富
人民幸福
来了就开心
高铁专利　满载丰收
五湖四海爱上了你
独特区域　王炸品质
认准广西地理标志农产品

◎ 广西网络广播电视台播报《带着地标农品去北京！》

来源：广西壮族自治区绿色食品发展站

广西网络广播电视台 2021 年 11 月 28 日播报

稳居全国第三！2021 年湖北地理标志农产品增至 195 个

导语：记者从昨天（2021 年 11 月 11 日）召开的湖北省地理标志农产品保护工程暨农产品地理标志核查员培训班获悉，今年湖北省又有 15 个产品获得农业农村部颁发的农产品地理标志证书。

【解说】据了解，今年，蕲艾、柏泉绿茶等 15 个湖北产品获得农业农村部颁发的农产品地理标志证书。近年来，湖北通过大力培育地理标志农产品品种，提升了一批地理标志农产品品质，建设了一批地理标志农产品基地，叫响了一批“乡土”区域品牌。

【同期】湖北省绿色食品管理办公室主任　周先竹

截至目前，湖北总共有 195 个产品获得了农产品地理标志认证证书。这在中部六省稳居第一，在全国稳居第三。

【解说】地理标志农产品极富地域特色，拥有独特品质，是打造品牌农业、提升农产品知名度和市场竞争力、提高产品附加值的一块“金字招牌”。钟祥市七里湖萝卜在获得地理标志认证后，品牌溢价效应十分明显，市场销路也越走越宽。

【同期】钟祥市荆沙蔬菜种植专业合作社理事长　熊绪兴

我们现在正是萝卜大上市的时候，我们荆沙蔬菜合作社每天有 800 多人在外面拔萝卜，有 600 多人在家里清洗萝卜，销售高峰期（每天）销量达到 2 000 吨。

【解说】为进一步擦亮地标产品品牌，从 2019 年开始，湖北省启动实施地理标志保护工程项目，今年，恩施土家族苗族自治州的“利川红”品牌茶叶成功入选项目。通过项目的实施，当地茶叶种植基地增加到了现在的 18 万亩，“利川红”的综合生产能力、产品知名度和市场占有率也得到了显著提升。

【同期】利川市临江茶业有限责任公司负责人　刘奇富

让“利川红”品牌得到全国的认可，茶农的收入从每亩原来的 2 000～3 000 元，到现在已经达到（每亩）5 000～6 000 元。

【解说】目前，湖北有 40 个农产品进入了地理标志保护工程项目，3 年来累计获得项目支持 1.42 亿元，产品涉及蔬菜、水果、茶叶、畜禽、水产品等十几个行业。而随着湖北省一系列地理标志产品培育保护政策的落地实施，一大批地域特色鲜明、竞争力强的湖北农产品香飘全国，为助推湖北品牌强省建设和乡村振兴注入了强大动能。

【同期】湖北省绿色食品管理办公室主任　周先竹

对我们湖北的农产品提升品质，加强市场的美誉度都有极大的帮助。

特别是对湖北农产品品牌强省战略的实施，促进湖北农产品走出省门，走出国门，走向世界，是具有重要战略意义的。

（垄上记者报道）

◎ 湖北广播电视台播报《稳居全国第三！ 2021年湖北地理标志农产品增至195个》

作者：沈熙　袁帅

来源：湖北省绿色食品管理办公室

湖北广播电视台垄上频道2021年11月13日播报

点赞新乡村：调味佳品　宝庆朝天椒

◎ 湖南广播电视台播报《点赞新乡村：调味佳品 宝庆朝天椒》

古称宝庆的湖南省邵阳市，辣椒在明代传入我国之后，经过数百年的种植，培育出了一种尾尖向上的辣椒品种，宝庆朝天椒，这两年，宝庆朝天椒已获得国家地理标志产品，大祥区农业农村局以保护产品为契机，加快朝天椒品种提纯复壮，让宝庆朝天椒这个珍贵的地方品种，能够再度恢复昔日特征。宝庆朝天椒农产品地理标志地域保护范围为大祥区蔡锷乡、板桥乡、罗市镇、学院路街道、雨溪街道、檀江街道、城南街道的 2 乡 1 镇 4 个街道、38 个行政村、12 个社区；总保护面积 2 400 公顷，现年总产量 6 000 吨。宝庆朝天椒在《中国蔬菜优良品种》一书中，已被列为全国 6 个辣椒优良品种之一。辣椒小巧玲珑，尾尖朝上，上尖下圆，火红耀眼，人们统称为朝天椒。朝天椒有很高的营养价值，每 100 克红辣椒中，含维生素 C 达 150～200 毫克，居蔬菜之冠，还含有丰富的维生素 D 和胡萝卜素，以及蛋白质、铁、钙、脂肪等。香辣可口，是调味佳品，可加工成干辣椒、剁辣椒、酱辣椒、辣椒油、辣椒粉等。辣椒还是一味良药，有生热发汗之功，能“温中下气，散寒、除温”，帮助消化，治疗伤风感冒。用它加工精制的邵阳干辣椒，在美国、日本、新加坡、马来西亚等国家都享有盛名。

◎ 宝庆朝天椒

宝庆朝天椒种植区位于南岭与雪峰山脉过渡带的低山丘陵地；属中亚热带季风湿润气候，年平均气温 17.1℃，昼夜温差大，无霜期年平均 277 天，年平均日照时数 1 546.9 小时，年均降水量 1 323 毫米，主要集中在 4—6 月，7—10 月高温少雨；土壤为河流冲积形成的砂壤土，土层深厚，有机质含量高。独特的生态条件有利于宝庆朝天椒营养物质积累和风味形成。宝庆朝天椒果型细小，长 5 厘米左右，尾钝尖，成熟果果色鲜红，表面光滑，光泽度好，辛辣味浓烈。

宝庆朝天椒地理标志登记保护工作，不仅是打造大祥区地域特色品牌，推动区域经济发展的重要举措，也是保护地方传统产业的迫切需要。宝庆朝天椒通过省级农产品地理标志审定和品质鉴评，是大祥区优势农产品产业品牌培育和市场推介的重要推手，对实现农民提质增收具有重要意义。

村民彭美胜高兴地说，他家今年种植了 50 多亩宝庆朝天椒，今年辣椒行情较好，收购价从去年的每斤 3 元多涨到 5 元，以每亩 3 000 斤的产量来算，他的每亩辣椒地可以带来 15 000 元左右的收入。

◎ 种植户与村干部介绍宝庆朝天椒

新林村支书车娥珍透露，“这个朝天椒都是直起的，尖尖的，很辣。到了 7 月，第一批的辣椒一个有 5 厘米长，已经采摘了。这是第二批辣椒，第二批辣椒就小一点了，一年可以摘七八次，到打霜的时候就没有了。”

宝庆朝天椒，2020 年获批国家地理标志后，辣椒收购价一直在稳定上涨，吸引了越来越多的村民种植，今年全村辣椒种植面积就发展到了 200 多亩。“这两年价格增涨到每斤五六元，一亩可以增收两三千元钱。”

辣椒采摘下来后就被送到生产线上，通过清洗筛选，吹干后被送到不同的车间，分别加工成剁辣椒、泡椒、干辣椒等不同的辣椒产品，企业负责人介绍，目前他们自己的基地，加上附近农户种植的朝天椒，每天仅能收集 2 吨，因为量少，这条生产线每天只能开 2 个小时。负责人说：“剁辣椒家家户户都能做，但是泡椒的生产需要一家的技术含量，这个产品销售非常好，有企业找我们合作，但是目前我们的产量太小了，所以我们要考虑怎么样加大朝天椒的种植面积。”

“这两款都是我们的朝天椒，第一款我们叫剁辣椒，炒菜比较合适。”两名年轻人正在直播带货，他们自大学毕业后就开始创业，专做邵阳本地优秀农产品销售，他们的公司虽然才成立 4 年多，但在邵阳已经是知名的农产品供应链综合服务平台。通过他们的直播平台，用宝庆朝天椒做成的辣椒制品，被销售到全国各地。

◎ 直播带货

带货人说："我们的复购率达到80%以上，特别是我们这款辣酱复购率达到90%以上，因为它可以炒菜、拌饭、拌面条、蘸饺子、下火锅，能用到它的场景非常多。目前这款产品更适合炒菜，另一款产品适合拌菜，所以两个产品搭配在一起卖得很好。"

虽然是服务平台，但因为直接面对消费者，他们可以把消费者对宝庆朝天椒的各种需求反馈给生产厂家。"我们这款辣酱原来有点偏辣了，目前我们根据客户的需求进行了一个改良，我们在这款辣酱的基础上，我们增加了莴笋、野菜籽等原材料，现在这个产品在市面上是非常受欢迎的。"

宝庆朝天椒虽然自清代起就广泛种植，但目前除了种植规模偏小，还面临一个鲜为人知的事实。"宝庆朝天椒属于一个地域性的常规辣椒品种，经过多年的没有提纯，没有对种子资源进行保管。导致朝天椒最终长的高低不一样，辣椒的果形有长的有短的，生育期有长的也有短的，这个种子资源已经濒临绝收了，再不进行保护，再不进行提纯复壮，失去了这个资源就很可惜。"

面对资源现状，从2020年开始，邵阳市大祥区蔬菜协会迅速协调组织省、市、区三级农业专家对宝庆朝天椒种子进行多轮提纯复壮。在此期间，则利用已选出的、较稳定的朝天椒种子，指导种植户进行辣椒种植，逐步把宝庆朝天椒打造成大祥区农民增收、农产品企业增效的支柱性产业。

下一步，大祥区农业农村局将以此为契机，统一运用好"宝庆朝天椒"这个区域公用品牌形象，做好品牌，打好品牌，以品牌建设带动质量兴农、绿色兴农。根据该区"一县一特"主导特色产业发展规划，到2022年，全区种植朝天椒将达到1.2万亩左右，同时与湖南省农业科学院、湖南农业大学等科研机构紧密合作进行提纯复壮，研究更多的套种模式，让辣椒种植户们增收致富。

来源：湖南省绿色食品办公室

湖南广播电视台经视频道2021年7月25日播报

为了大地丰收

——增加绿色优质农产品供给　推进乡村振兴

吉林广播电视台《吉林新闻联播》于2021年6月28日播报了题为《为了大地丰收——增加绿色优质农产品供给　推进乡村振兴》新闻。报道中提道：吉林省以增加绿色优质农产品供给为主攻方向，围绕建设绿色有机基地、加快经营主体培育、申报地理标志保护等工作，推进农业生产品种培优、品质提升、品牌打造和标准化生产，为推进农业高质量发展和乡村振兴奠定坚实基础。

吉林省依托现代农业示范区、粮食生产功能区、特色农产品优势区和质量安全线等，创建全国绿色食品原料标准化生产基地，在乾安县博瑞生态农业有限公司的绿色有机生产包装车间里，工人们正在加班加点装箱发货，企业负责人告诉记者，通过各级绿色食品办公室工作人员和农业专家的技术指导，产品无论是从品种和产量上都实现了新跨越，企业已经具备了日均产出15 000～20 000斤绿色有机蔬菜的水平，吉林省绿色食品办公室或市级、县级工作机构会每月或每季不定期对基地进行指导，目前基地所有产品40个品类，全部通过中国绿色食品发展中心认定为绿色食品。今年吉林省还将以增加绿色优质农产品供给为主攻方向，充分发挥绿色有机地标，在品种培优、品质提升、品牌打造和标准化生产中的重要作用，巩固拓展脱贫攻坚成果加快推进乡村振兴。

◎　吉林省绿色食品办公室主任史宏伟介绍绿色有机基地情况

◎ 依托“绿色食品宣传月活动”推介绿色食品获证产品

◎ 基地风采

来源：吉林省绿色食品办公室

吉林卫视《吉林新闻联播》2021 年 6 月 28 日播报

2021 全国绿色食品宣传月大连站活动启动

2021 全国绿色食品宣传月大连站活动 6 月 16 日启动，首次利用新华社现场云平台直播，宣传大连市绿色食品、有机食品和农产品地理标志“两品一标”发展情况。

本次活动由大连市现代农业生产发展服务中心主办，来自大连市相关领域的专家在直播中介绍了大樱桃、海参等特色优势农产品发展情况。

依靠北纬 39° 得天独厚的自然资源优势，加上各级政府的扶持补贴政策，大连市培育了一批大樱桃、海参等的绿色食品、有机食品及农产品地理标志品牌，成为国内行业中的佼佼者。在直播现场，大连市从事樱桃、蓝莓、海参、海盐、鸡蛋生产的知名企业还分享了品牌创业历程。

大连是全国 36 个省级绿色食品工作机构地区之一，共有绿色食品、有机食品、农产品地理标志品牌 246 个，农产品抽检合格率居全国前列，瓦房店市、庄河市、旅顺口区为国家农产品质量安全县。“两品一标”产品对大连现代农业发展辐射带动作用明显。

◎ 大连广播电视台播报《2021 全国绿色食品宣传月大连站活动启动》

来源：大连市现代农业生产发展服务中心

大连广播电视台新闻综合频道 2021 年 6 月 20 日播报

庆丰收　感党恩　兴乡村

——第七届山西农交会：品牌引领拓市场　合作交流谋振兴

9 月 23 日，2021 年中国农民丰收节山西庆祝活动隆重开幕，第七届中国（山西）特色农产品交易博览会（简称农交会）同期举办。农交会设置了 12 个展区，参展商比上届要多 300 家，总共有来自全国 20 个省区市的 7 800 多种农产品参展，可谓是一场特色农产品的大聚会。第七届农交会以“品牌引领拓市场、绿色转型蹚新路”为主题，展示展销总面积超过 3 万米 ^{2}，集中展示了山西省内外农业发展新成果、新技术和新产品。和往届农交会不同的是，今年山西省专门设置有机旱作专题展和“特”“优”现代农业主题展区，50 多个有机旱作新品种和上百种旱作农业新产品集中亮相。

◎ 山西卫视播报活动盛况

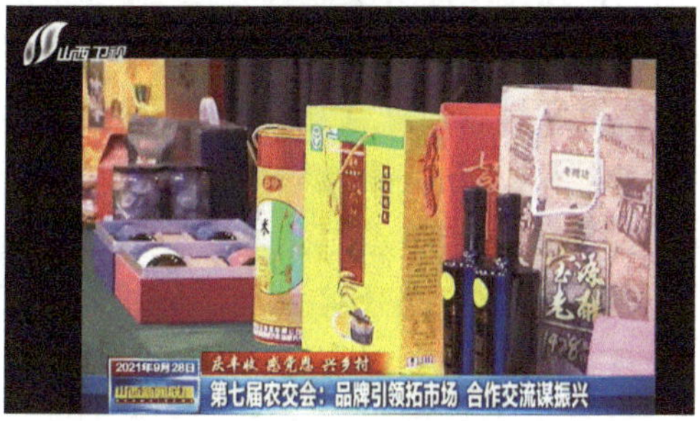

◎ 绿色食品亮相山西第七届农交会

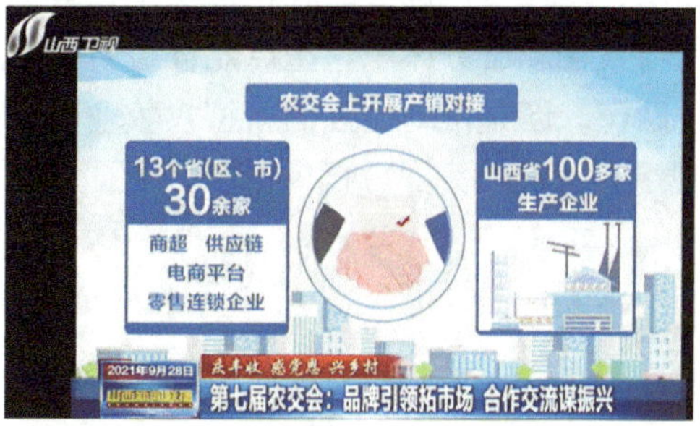

◎ 产销两旺

来源：山西省朔州市平鲁区农业农村局

山西卫视《山西新闻联播》2021 年 9 月 28 日播报

农业农村部联合青海省政府共同打造青海绿色有机农畜产品输出地行动方案出台

为贯彻落实习近平总书记关于打造青海绿色有机农畜产品输出地的重要指示精神，农业农村部、青海省人民政府近日联合印发《共同打造青海绿色有机农畜产品输出地行动方案》（以下简称《方案》）。

《方案》指出，要以推进青藏高原生态保护和高质量发展为目标，以部省共建青海绿色有机农畜产品示范省为载体，以“提质、稳量、补链、扩输”为路径，紧紧围绕品种培优、品质提升、品牌打造和标准化生产，加快转变农牧业发展方式，做优做强绿色有机农牧产业，增加绿色有机地理标志农畜产品有效供给，力争到2025年，青海省基本建成生态环保、特色鲜明、国内外知名的绿色有机农畜产品输出地。

农业农村部、青海省人民政府将成立领导小组，加强组织推动，着力打造七大体系。一是基础稳固的绿色发展支撑体系，重点是加强耕地质量保护提升，推进农牧业生态化转型，推进产地环境清洁化，提升基础设施建设水平，建设重点产业生产基地。二是农业生产“三品一标”发展体系，重点是强化优良品种培育，提升农畜产品品质，做强特色优势品牌，推动全程标准化生产，强化质量安全监管。三是智慧高效的科技创新服务体系，重点是促进科技创新，发展智慧农业，加强农技服务，培育人才队伍。四是带动力强的新型农牧业经营体系，重点是做强重点龙头企业，培育新型合作组织。五是提质增效的现代农畜产品加工体系，重点是拓展产地加工，强化精深加工，提升综合加工，推动融合发展。六是高效快捷的物流输出体系，重点是大力发展电子商务，提高数字化交易水平，打造物流专业服务平台。七是开放协同的市场营销体系，重点是大力拓展产品市场，完善市场服务手段。

◎ 青海卫视播报《农业农村部联合青海省人民政府共同打造青海绿色有机农畜产品输出地行动方案出台》

来源：青海卫视　农业农村部网站　青海日报
青海广播电视台2021年10月播报

乡村振兴在路上

——浙江安吉：为生态让路，白茶产业实现绿色升级

位于安吉白茶主产区内的溪龙乡黄杜村通过生态种植的方式做大了茶产业，实现了一二三产融合发展。在做大做强白茶产业的同时，也在为生态让步。安吉白茶产区依山傍水，产茶土地寸土寸金。由于白茶植株根系浅，急雨天气易造成水土流失，为了绿色发展，产区套种核桃树、竹木等木本植物，这种做法不但防止水土流失，还起到保护生态多样性的作用。产区把生态效益放在第一位，虽然减少茶叶种植面积减少了经济效益，从长远看，生态好了，吸引了更多人来当地投资和旅游。为生态让路、加强原产地保护的好做法，实现了以农产品为主的一二三产互动共赋的共富之路，续写了“一片叶子富了一方百姓”的好故事。

◎ 中央广播电视总台播报《浙江安吉：为生态让路，白茶产业实现绿色升级》

来源：浙江省农产品质量安全中心

中央广播电视总台农业农村频道《中国三农报道》2021 年 4 月 24 日播报

重庆市绿色食品宣传月活动启动

◎ 重庆卫视播报《重庆市绿色食品宣传月活动启动》

为展示绿色食品发展成果，分享绿色食品发展经验，让绿色食品“绿色生产、绿色消费、绿色发展”理念深入人心。2021 年 5 月 28 日，由中国绿色食品发展中心、重庆市农业农村委员会主办，重庆市农产品质量安全中心和重庆市绿色食品协会精心组织承办的“春风万里　绿食有你——2021 绿色食品宣传月（重庆）”活动正式启动。

活动现场，分设了最美绿色食品企业、脱贫地区绿色食品企业等展示区，来自南川、巴南、璧山、涪陵、巫溪、彭水等 23 个区县 64 家绿色食品企业的大米、茶叶、水果、蔬菜、食用油、水产品、畜禽产品等 200 多种品牌农产品进行展示推介和线上销售。参展企业现场销售额 6 万元，线上销售额 10 余万元。人民日报（重庆发布）、新华社、农民日报、重庆日报、重庆电视台等新闻媒体对活动进行了直播和报道，对参加活动的企业和消费者进行了现场采访。各级绿色食品工作机构的专家现场向消费者讲解绿色食品知识，发放宣传手册 2 000 余份，消费者参与互动积极踊跃。

来源：重庆市农产品质量安全中心

重庆卫视《新闻联播》2021 年 5 月 28 日播报

听听 FM：跟着节气寻味京城农产品

◎ 北京城市广播副中心之声播报《跟着节气寻味京城农产品》

打开 FM107.3：“倏忽温风至，因循小暑来。炎热盛夏的大幕已经正式拉开，草木万物也进入到生长旺盛的时节。除了赏景，饮食也是讲究‘绿色’的，吃食品当吃绿色食品，绿色食品安全、优质、吃着放心。小暑时节临近三伏天，闷热使人食欲不佳，养生保健一定要注意补充体力，多吃清热祛暑的应季新鲜果蔬，比如番茄、茄子、黄瓜、苦瓜等。最重要的是必须买有绿色食品认证的产品。优良生态环境是绿色食品生产的基础，绿色食品强调产品或者产品原料是产自优良生态环境的，产地的环境土壤、大气、水这些环境因子也要通过严格的监测，符合相应环境技术标准要求，确保产地没有污染，环环相扣等于给美味再加上健康的保护罩。”

由北京城市广播副中心之声和北京市农业农村局农业环境监测站联合制作播出《跟着节气寻味京城农产品》系列广播，伴随着京味十足的鼓乐和播音，使听众感受到一阵阵由绿色食品带来的丝丝清凉和熟悉韵味。广播主题以二十四节气为主线，一岁四时，春夏秋冬，每月两个节气，向百姓推介当季绿色优质农产品，接地气的同时传播绿色食品理念，部分产品还可以微信扫码线上购买，深受北京当地听众百姓的喜爱。

来源：北京市农业绿色食品办公室

北京城市广播副中心之声 2021 年 4 月 20 日至 12 月 21 日播报

2021 年我国主要农产品合格率达 97.6% 新认证绿色、有机、地理标志农产品 2.6 万个

农业农村部发布，2021 年，我国实施农业品种培优、品质提升、品牌打造和标准化生产提升行动，农产品质量安全监测总体合格率 97.6%，新认证绿色、有机、地理标志农产品 2.6 万个，实施地理标志农产品保护工程，实现产值 1 658 亿元。

◎ 中央广播电视总台播报《2021 年我国主要农产品合格率达 97.6% 新认证绿色、有机、地理标志农产品 2.6 万个》

作者：王凯博　朱姝

中央广播电视总台《新闻联播》2022 年 1 月 26 日播报

网络宣传

编者按 利用网络进行宣传已成为政府、机构和企业的重要宣传方式。加强网络信息宣传，整合与共享各级宣传信息资源，丰富绿色有机地标宣传工作手段是绿色有机地标工作系统共同努力的方向。当前，网络与移动端宣传已成为到达率最高的传播渠道之一，与广大消费者、社会公众接触得最充分。本次收录的各地网络信息呈现时效性强、关注度高、影响力大的特点。通过持续、广泛、有效地宣传，使绿色食品的科学理念、先进标准、审核制度、监管体系等得到社会的了解和信任。

牧歌 | 摄影：全峰

"四聚焦两强化五大行动"成为今年绿色食品、有机农产品和农产品地理标志工作主基调

◎ 全国绿色食品、有机农产品和农产品地理标志工作座谈会在合肥召开

2019 年 4 月 11 日，全国绿色食品、有机农产品和农产品地理标志工作座谈会在安徽合肥召开。

会议认为，2018 年，整个工作系统坚持"稳中求进"总基调，围绕高质量发展主线，着眼增加绿色优质农产品供给，稳步扩大总量规模，着眼提高产品质量，严格证后监管，着眼提升品牌影响力，加大品牌宣传力度，着眼企业增效和农民增收，积极开拓市场，积极发挥展会平台的功能作用，着眼强化产业支撑，加强技术标准研究力度，着眼打赢脱贫攻坚战，突出抓好品牌扶贫工作，扎实推动绿色食品、有机农产品、农产品地理标志持续健康发展，呈现出小省向大省迈进，大省向强省跨越之势，为质量兴农战略和乡村振兴战略的实施发挥了积极的示范带动作用。截至 2018 年年底，绿色食品、有机农产品和农产品地理标志总数 37 778 个，比 2017 年增长 18.1%，向社会提供绿色优质农产品总量超过 3 亿吨，质量抽检合格率达到 98% 以上。

会议强调，2020 年是绿色食品事业发展 30 年，站在新的时间节点，整个工作系统要在目标任务上再聚焦，在工作思路上再梳理，在推进措施上再压实，在工作手段上再创新，一要坚持目标导向，坚持科学发展和高质量发展的战略思想，统筹数量、质量与效益的关系，将发展目标和导向转移到提升产业质量效益和竞争力上来，努力实现产业水平高、产品质量高、产业效益高、品牌价值高。二要坚持问题导向，"严字当头"，加快建立健全认证制度和质量保障体系，切实做到程序严密、制度完善、措施管用，无缝对接。三要坚持服务大局，提高站位，放大格局，主动将绿色食品、有机农产品和农产品地理标志工作融入乡村振兴战略、质量兴农战略、农业绿色发展和产业扶贫等重点工作中来谋划和推动。四要坚持

底线思维，增强忧患意识，提高防控能力，着力防范质量风险，化解舆情风险，杜绝廉政风险。

据中国绿色食品发展中心主任张华荣透露，2019 年将守正创新、精准发力，强化制度机制创新和队伍能力作风建设，聚焦“提质量、稳增长”，从严审核把关，强化证后监管，积极跟进绿色食品、有机农产品和农产品地理标志质量追溯管理工作，组织开展绿色食品企业标志规范使用行动和绿色食品生产操作规程入户示范行动；聚焦“强基础、补短板”，加快标准制修订工作，加大产业技术支撑体系建设和重大课题研究，组织开展定点检测机构能力提升行动；聚焦“树品牌、增动能”，深入开展品牌宣传和市场建设，组织开展“春风万里　绿食有你”宣传月行动、“寻找最美绿色食品企业”行动，实施好地理标志农产品保护工程，举办好中国绿色食品博览会、中国国际有机食品博览会以及农交会地标专展等活动；聚焦“促融合、同发展”，扎实做好品牌扶贫，积极推进基地建设，推动三产融合发展，开展境外交流与合作，壮大“同盟军”，活跃“朋友圈”，形成同向发力、协调配合、共同推进的格局。

作者：梁宝忠

中国农业信息网 2019 年 4 月 11 日发布

绿色发展　品牌强农　乡村振兴

——2018 中国绿色食品发展高峰论坛暨第十三届有机食品市场与发展国际研讨会在厦门市召开

◎ 研讨会会场

12 月 7 日，2018 中国绿色食品发展高峰论坛暨第十三届有机食品市场与发展国际研讨会在福建省厦门市召开。本届论坛以“绿色发展　品牌强农　乡村振兴”为主题，政府部门、行业管理部门、农业绿色发展和品牌研究领域国内外专家、企业代表济济一堂，通过分析绿色食品、有机农产品发展面临的新机遇、新挑战，探索加快实现提质增效目标的思路、方向与实践路径，共商绿色食品和有机农业高质量发展大计。农业农村部马爱国总农艺师出席论坛并致辞。

◎ 农业农村部马爱国总农艺师出席论坛并致辞

马爱国指出，绿色食品、有机农产品是我国农业农村改革开放取得的重要成果，在推进绿色生产、引领绿色消费等方面进行了大胆的改革创新和实践探索，为世界农业可持续发展贡献了中国智慧和中国方案。要进一步发挥自身的特色和优势，率先实现高质量发展。希望国内外广大专家学者围绕本次论坛主题，多维度、多视角，为推动农业高质量发展、乡村振兴以及绿色食品、有机农产品产业发展建言献策，共同开创我国绿色食品、有机农产品高质量发展的新局面。

本届论坛上，农业农村部农产品质量安全监督管理司肖放司长，中国农业大学教授、中国工程院张福锁院士，国际有机农业运动联盟（IFOAM）张惠善主席，中国农科院质量标准与检测技术研究所、华夏有机农业研究院钱永忠院长，以及国内外政界、商界和学界共14位代表发表了主旨演讲。论坛上还举行了中国绿色食品发展研究院揭牌仪式。农业农村部、国家市场监督管理总局、农业农村部有关事业单位及协会，国际有关组织代表，部分省、自治区、直辖市农业农村行政主管部门的领导，部分地级市领导、专家学者和海内外绿色食品、有机农产品企业代表，新闻媒体400余人参加了论坛。

◎ 农业农村部农产品质量安全监督管理司肖放司长作主旨报告

◎ 中国农业大学教授、中国工程院张福锁院士作主旨演讲

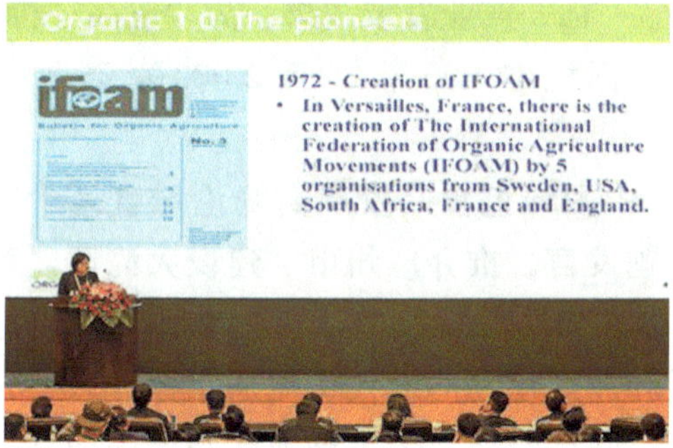

◎ 国际有机农业运动联盟（IFOAM）张惠善主席作主旨演讲

◎ 中国农业科学院质量标准与检测技术研究所、华夏有机农业研究院钱永忠院长作主旨演讲

来源：中国绿色食品博览会组委会

中国绿色食品发展中心网站2018年12月7日发布

广州市组团参加第十九届中国绿色食品博览会暨第十二届中国国际有机食品博览会

2018 年 12 月 7 日至 9 日，第十九届中国绿色食品博览会暨第十二届中国国际有机食品博览会（以下简称绿博会）在厦门国际会展中心举办。广州市由广州市农业局连槿总农艺师带队，广州市农业技术推广中心（广州市绿色食品办公室）组织了 8 家绿色食品企业参加了广东展团亮相绿博会。同时还邀请了广东宋小农供应链管理有限公司、广州盛盈汇电子商务股份有限公司 2 家采购商到会采选产品。

本届绿博会以"绿色生产、绿色消费、绿色发展"为主题，以"展示成果、促进贸易、推动发展"为宗旨，展示"三品一标"产业发展成果，为"三品一标"企业和商家搭建对接和产品交易平台，展览面积 37 000 米^2，近 2 000 家企业、1 万余种产品参展。

广州市农业局连槿总农艺师在"2018 中国绿色食品发展高峰论坛暨第十三届有机食品市场与发展国际研讨会"作主题发言，推介广州市"建设大湾区'菜篮子'建设方案"。方案拟建立以供港澳标准为质量标杆的认证标准体系，以绿色生态为质量要求的标准化生产流程体系和高效便利的现代化流通服务体系，打造以广州为中心枢纽，服务粤港澳大湾区，联结泛珠江三角洲地区乃至内地优质生产基地的"大湾区'菜篮子'"，为港澳市场稳定提供丰富优质的农产品。方案受到各参展企业的广泛关注。同时，广州展团的香蕉、甲鱼、马蹄粉、丝苗米、番石榴、桑果汁等绿色食品产品也引来大量参展客商的关注，受到了采购商的青睐。广州市的增城丝苗米和花都福源沙河甲鱼 2 个绿色食品荣获本届绿博会"金奖"。

展会期间，农业农村部农产品质量安全监管司肖放司长、中国绿色食品发展中心张华荣主任、广东省农产品质量安全中心林海丹主任等领导亲临展馆指导，对广州参展组织工作给予高度评价。通过本次宣传推介，展示广州绿色食品发展成果，进一步提升了广州市产品市场竞争力和品牌影响力。

◎ 广州市展区及推介会现场

作者：郭碧瑜

来源：广州市农业技术推广中心

广州市农业农村局官网 2018 年 12 月 19 日发布

河南50家绿色食品“双新双创”获奖企业亮相首届“中国农民丰收节”河南主会场

2018年9月23日上午，首届中国农民丰收节河南主会场在河南省新郑市红枣小镇举行，绿色食品“双新双创”获奖企业成果展在主会场亮相。各省辖市、省直管县（市）“三品一标”工作机构负责人、2018年河南省绿色食品“双新双创”获奖企业代表共150余人参加了此次活动。

在成果展上，来自河南省各地的50家绿色食品“双新双创”获奖企业汇聚一堂，210余种产品分布在931.5米^{2}的展区内。参展产品涵盖了种植业、养殖业、食品加工业，包括果蔬、禽蛋奶、食用菌、粮油、茶叶、饮品、酒类、调味品等，安全、优质、健康的绿色食品获得了与会领导的高度关注和充分肯定。数千名群众到成果展现场参观，通过问询和品鉴，普遍反映绿色食品安全、营养又美味，“买得放心、吃得舒心”。

河南省绿色食品发展中心开展了2018年河南省绿色食品“双新双创”评选活动，即在绿色食品生产中培养新农民、推广新技术，推进农村创业、创新。通过推荐申报、材料审核、专家评审、网上公示等环节，得出评选结果，授予30个生产单位、20名同志为2018年河南省绿色食品“双新双创”先进单位和先进个人。本次成果展集中展示了河南省绿色食品的新成果、新发展、新形象，是首届中国农民丰收节河南主会场上的一大亮点。

作者：张培奇　范亚旭

中国农业新闻网2018年9月29日发布

春风万里　绿食有你

——湖南绿色食品进校园第二站走进湘府英才小学

湖南绿色食品进校园活动在长沙市岳麓区师大附中梅溪湖中学成功开展后，湖南省绿色食品发展中心再次携手湖南省农产品质量安全协会，于2018年5月14日下午，走进长沙市湘府英才小学三（五）班，将“三品一标”及食品安全知识带入校园，为广大师生及家长上了生动的一课。

◎ 湖南省绿色食品发展中心工作人员为学生们讲解绿色食品知识

整堂课主要分为三个部分，首先是通过同学们感兴趣的手绘漫画宣传视频进行讲解，让同学们认识到十大“垃圾食品”的种类及危害，紧接着由湖南省绿色食品发展中心李铭主任通过PPT课件从专业角度解释“三品一标”概念，并从绿色食品与垃圾食品的区别、垃圾食品的安全隐患、如何选择健康绿色食品等方面做了深入浅出的讲解，整个课程注重趣味性，在专业知识中融合了轻松氛围，现场反应及其热烈。

同时，工作人员给孩子们发放准备好的宣传册、有机牛奶、绿色食品等，让同学们进行“三品一标”产品体验，并让大家根据现场所学内容对产品包装上的绿色食品标志进行辨认，形成更加直观的印象。课程还设计了绿色食品知识有奖问答环节，同学们异常兴奋，个个争先恐后积极举手发言，并踊跃提问。李铭主任对回答正确的孩子们，颁

◎ 绿色食品进校园现场

发绿色食品作为奖励。

绿色食品进校园活动充分发挥了学校是第一课堂的作用，食品安全要从娃娃抓起，通过学生们再间接向家长宣传，进一步提高民众对“三品一标”及食品安全知识的了解。后期湖南省还将继续开展绿色食品进社区、进学校、进超市、进企业等系列宣传活动，扩大绿色食品品牌影响力、增强绿色食品消费认可度，切实维护好绿色食品品牌公信力，推动绿色食品产业健康发展。

作者：邓志娟

来源：湖南省绿色食品发展中心

湖南绿色食品网 2018 年 5 月 16 日发布

湖北 79 家企业 220 多个产品精彩亮相第二十届中国绿色食品博览会暨第十三届中国国际有机食品博览会

第二十届中国绿色食品博览会暨第十三届中国国际有机食品博览会于 2019 年 11 月 29 日在郑州国际会展中心开幕。农业农村部副部长于康震、农业农村部总农艺师马爱国出席开幕式。

◎ 第二十届中国绿色食品博览会在郑州市举办

为充分展示湖北省绿色农业发展成果，唱响荆楚品牌，湖北省农业厅二级巡视员卢开阳率领湖北省 79 家绿色、有机食品企业 220 多个产品参展。农业农村部总农艺师马爱国等领导亲临湖北展区听取了卢开阳二级巡视员和企业代表对湖北产品的介绍，询问了湖北省“三品一标”发展情况和农产品安全形势，并对湖北省参展工作给予高度评价。马爱国还勉励大家说，发展绿色食品、有机食品和农产品地理标志，为保护我国农业生产环境，提升农产品质量安全水平，促进农业增效、农民增收和助力脱贫攻坚，发挥了积极的示范带动作用，希望大家持之以恒，走出一条标准化、品牌化、产业化龙头发展，推进绿色兴农、质量兴农、品牌强农的新路子。

◎ 湖北展区

本届博览会上，湖北展团创新参展形式，积极引导企业通过专场推介、美食品鉴、现场展示、视频推送等方式，有力提升了湖北省“三品一标”品牌美誉度。

开幕式当天，湖北省还高规格举办了宜昌白山羊、宜昌蜜橘专场推介会，各地客商纷纷洽谈合作。湖北展团成果丰硕，共获得绿色食品金奖12个，有机食品金奖7个，优秀商务奖2个，湖北省绿色食品管理办公室荣获最佳组织奖。

作者：王皓瑀

中国农民网2019年12月5日发布

“甘味”农产品惊艳“绿博会”

2019年11月29日，第二十届中国绿色食品博览会暨第十三届中国国际有机食品博览会在河南郑州盛大开幕。农业农村部党组成员、副部长于康震在开幕式上致辞，甘肃省农业农村厅党组成员、副厅长谢双红，甘肃省农业农村厅农产品质量安全监管处和甘肃省绿色食品办公室负责同志参加了开幕式。

今年，甘肃省组织了137家企业、合作社的458个绿色食品及19家企业的56个有机食品产品参展。展会分设绿色食品和有机食品两大展区，参展总面积达350万米^2。本次展会参展农产品95%以上为种植产品，交易额排名前三位的种类是苹果、牛羊肉、蔬菜。绿色有机农产品广受客商青睐，交易总额突破1.43亿元，交易总量达到9.7万吨；意向购买总量9.3万吨，拟开展合作项目14个，总额近3亿元，其中来自贫困地区的产品有396个，占比达到77%，交易额达到1.14亿元，绿博会已成为甘肃省拓宽贫困地区农产品销售市场、助力脱贫攻坚的重要展会平台之一。

据悉，本届绿博会为期3天，以“绿色生产、绿色消费、绿色发展”为主题，以“展示成果、促进贸易、推动发展”为宗旨，展示绿色食品产业发展成果，提升品牌知名度和美誉度，为绿色食品、农产品地理标志产品、绿色生产企业与商家搭建对接和产品贸易平台，促进贸易、培育市场，为带动区域经济发展提供新动力。

开幕式当天，甘肃展团举办了天水花牛苹果郑州推介会，甘肃省农业农村厅相关负责人及天水市麦积区相关负责人纷纷站台推介，齐为天水花牛苹果点赞。近年来，麦积区委区政府坚持把做大做强以花牛苹果为代表的果品产业作为加快发展现代农业、助推脱贫攻坚的重要举措，围绕果品产业适宜区全覆盖的发展思路，建成了一批档次高、规模大的花牛苹果绿色食品标准化生产基地，成功创建了24个国家级和省级花牛苹果标准化示范园，认证“三品一标”产品106个，培育发展了一大批龙头企业和农民合作社，有力带动了全区果品产业快速发展壮大。目前，麦积区花牛苹果种植面积已达41.4万亩，其中挂果面积36.5万亩，预计今年产量可达70万吨，产值接近20亿元，果品收入占农民总收入的38%以上，已成为全区农民增收致富的支柱产业。

据了解，本届展会甘肃省绿色食品办公室获得最佳组织奖；天水市汇农林果农民专业合作社等 20 家企业的产品获得第二十届中国绿色食品博览会金奖；甘肃佳业天成农业开发有限责任公司等 9 家企业的产品荣获第十三届中国国际有机食品博览会金奖；山丹马场丹马油脂有限责任公司等 9 家企业的产品获得优秀产品奖；金塔昱航生态农庄有限公司等 4 家企业获得优秀商务奖。

作者：程红兵

《甘肃日报》融媒体 2019 年 11 月 29 日发布

2020 年绿色食品宣传月活动在京启动

2020 年 5 月 29 日，由中国绿色食品发展中心主办，中国优质农产品开发服务协会、中国绿色食品协会、全国农产品产销对接公益服务联盟承办的“春风万里 绿食有你——绿色食品宣传月”启动仪式暨贫困地区产销对接活动在北京新浪微博直播间举行。中国绿色食品发展中心陈兆云副主任参加启动仪式并致辞。

本次活动恰逢中国绿色食品事业发展迎来 30 周年华诞之际，绿色食品宣传月启动仪式在新浪微博直播间通过连线地方部分贫困地区同时展开。启动仪式邀请了湖北省来凤县、咸丰县，河北省张北县，新疆和田县、尼勒克县，贵州省剑河县，四川省越西县，湖南省永顺县等贫困地区的多位县长在线代言本地绿色优质农产品，邀请了广大网络朋友参加。活动通过宣传绿色食品关于“绿色生产、绿色消费、绿色发展”的新理念，扩大绿色食品品牌影响并带动贫困地区开发绿色优质农产品，为推动特色产业发展、助力产业扶贫发挥更加积极的作用。

回顾绿色食品事业 30 年来的发展，早在 1990 年中国农业有识之士首创了“绿色食品”商标，开启了对优质农产品事业的持续探索。经过几代绿色食品人艰苦创业、接力奋斗，始终坚守为耕者谋利、为食者造福的初心，秉持保护生态环境，提升农产品质量，增强农业竞争力的理念，绿色食品这株开创性的幼苗，在 30 年间蓬勃发展，枝繁叶茂，结出了累累硕果。它培育了一个有中国特色，体现精品形象的农产品公共品牌，建立了一套以证明商标标志许可管理为核心，从田头到餐桌全程可追溯的质量控制体系，探索了一条以标准化带动品牌化，以品牌化引领产业化的发展之路，形成了一个不断壮大的新兴产业。目前，绿色食品企业已有 15 900 多家，获证产品 36 000 多个，绿色食品年销售额达 4 600 多亿元，绿色食品品牌影响不断扩大，受到产业界、消费市场和政府部门的广泛关注与重视。

本次活动是中国绿色食品发展中心连续第三年组织的全国性绿色食品品牌宣传活动，为期一个月，目的是宣传绿色食品发展理念，展示绿色食品发展成果，分享绿色食品发展经验。今年是脱贫攻坚决战决胜之年，当前又处于新冠肺炎疫情防控的特殊时期，中国绿色食品发展中心创新了宣传活动的形式，利用网络平台邀请部分贫困地区连线参加活动，发挥网络优势，既有助于扩大绿色食品的品牌宣传，又能帮助贫困地区绿色食品对接市场，寻找销路。绿色食品宣传月期间各地绿色食品工作机构还将在全国大中城市组织开展以绿色食品进社区、进学校、进超市为主要形式的集中宣传推介活动，让更多的绿色食品走进百姓的生活，同时邀请各地方媒体记者走进获证绿色食品企业与基地，深挖绿色食品按照“从土地到餐桌”全程质量控制体系生产的典型案例，讲好品牌故事，进一步扩大绿色食品的社会影响力。

本次宣传月启动仪式还得到了学习强国、新浪微博、银联云闪付商城、韵达溜达、点到网、京东农场、农物集等网络平台的大力支持，新浪微博组织多名“大 V”上阵，用直播带货等形式向粉丝和网上的朋友们推介扶贫产品，共同助力销售贫困地区的绿色优质农产品。在线参与直播互动的粉丝和网络朋友达 300 余万人，取得了可喜的宣传效果，为今后举办绿色优质农产品宣传推介活动积累了经验，开拓了视野。

◎ 绿色食品宣传月启动仪式暨贫困地区产销对接活动在新浪直播间举行

◎ 湖南省永顺县副县长李家健、尚军辉线上推介绿色食品莓茶

◎ 新疆和田县副县长程鹏线上推介绿色食品大枣

◎ “大 V”和企业代表推介产品

作者：张月

中国绿色食品发展中心网站 2020 年 6 月 1 日发布

发展绿色食品　助力乡村振兴

◎ 研讨会会场

在乡村振兴战略实施3周年之际，正值绿色食品事业创立30周年，中国绿色食品发展中心在厦门市举办“发展绿色食品　助力乡村振兴”研讨会，回顾历程、展示成果、总结经验、谋划未来，在新的历史起点上推动绿色食品事业高质量发展，为新时期深入实施乡村振兴战略，推动农业农村现代化建设发挥更加积极的作用。

20世纪80年代末90年代初，为了保护我国农业生态环境，提高农产品质量安全水平，增进人民身体健康，农业部提出了以“安全、优质、营养、健康、环保”为基本内涵的绿色食品概念，并率先在我国农垦系统启动了绿色食品产品开发。经过30年的探索和实践，绿色食品事业从无到有、从小到大、从弱到强，取得显著成效。

截至2020年9月底，全国绿色食品企业总数达到18 747家，产品总数达到41 681个。30年来，绿色食品企业和产品年均分别增长21%和22%，实物总量从50多万吨增长到1.03亿吨，增长了200倍。绿色食品产品现已覆盖种植、畜禽、水产等大宗农产品及加工食品，产品结构日益丰富。绿色食品产品质量始终稳定在高位水平，抽检合格率保持在98%以上。全国已创建绿色食品标准化原料生产基地721个，面积1.66亿亩，总产量超过1亿吨。2019年，绿色食品产品年销售额达到4 600亿元，出口额超过43亿美元。

30年来，绿色食品事业秉承生态环保、安全优质的理念，坚持推进绿色生产，积极引领绿色消费，成功打造出了一批安全优质、美誉度高的精品农产品，开辟了绿色优质农产品供给的重要渠道，为助推农业高质量发展，提高城乡人民生活水平作出了重要贡献。

第一，创建了一套特色鲜明的制度体系，促进农产品质量安全水平提升。绿色食品按照“从土地到餐桌”全程质量控制的技术路线，创建了一套符合国情农情、与国际先进水平接轨、科学完整的标准体系。建立了“以技术标准为基础、质量认证为形式、商标管理为手段”的运行模式，开启我国证明商标管理的先例，开创我国农产品质量安全认证的先河。推行了“环境有监测、生产有规程、产品有检验、包装有标识、证后有监管”的标准化生产模式，示范带动了我国农业标准化生产，提高了农产品质量安全保障能力，树立了人民群众对农产品质量安全的信心，提振了农产品消费的信心。

第二，探索了一个农业绿色发展的成功模式，推动农业可持续发展。绿色食品是我国生态文明建设的重要成果。绿色食品强调“出自优良生态环境”，注重构建综合平衡的自然生态系统，建立严格的环境监测和保护制度。实施产地清洁化、投入品减量化、生产标准化、废弃物资源化的绿色生产方式，有效控制了“大肥大药大水”对生态环境和产品质量的影响。坚持走生态产业化、产业生态化的发展道路，实现了保护环境与发展经济、维护生态安全与保障食品安全的良性互动，推动“绿水青山”转化为“金山银山”。

第三，打造了一块安全优质农产品精品品牌，增强农产品市场竞争力。绿色食品以先进的标准、优良的品质、过硬的质量、统一的形象，赢得了消费者的认可和信赖，品牌的知名度和美誉度不断提高，影响力和竞争力不断增强。大中城市消费者对绿色食品的知晓率超过 73%，一些国外知名企业还积极申报我国的绿色食品。通过发展绿色食品，农业企业品牌、产品品牌的“含金量”明显提升。目前，我国形成了绿色食品、有机农产品和农产品地理标志各具特色、协调发展的品牌建设新格局，显著增强了农产品的市场竞争能力。

第四，培育了一项蓬勃发展的新兴产业，带动农民增收致富。绿色食品坚持标准化、品牌化、产业化融合发展，推行“以品牌为纽带、基地建设为依托、龙头企业为主体、农户参与为基础”的产业化模式，强化企业与农户利益联结机制，让广大农民朋友分享品牌增值的红利，带动了农民增收致富。在脱贫攻坚战中，贫困地区的 4 000 多家企业、上万个农产品贴上绿色食品标志，走出深山，走向市场，闯出了一条产业扶贫的成功之路。

绿色食品 30 年发展取得了宝贵经验：一是始终坚持以人民为中心的发展思想，把保障消费安全、满足人民群众对美好生活的需要、促进农民增收作为事业发展的出发点和落脚点，让发展成果更多惠及人民群众。二是始终坚持服务农业农村工作大局，紧紧围绕我国“三农”工作阶段性战略目标任务，谋划推动事业发展，找准工作定位，发挥功能作用。三是始终坚持精品定位，对标国际先进水平，牢牢把住质量生命线，把绿色食品打造成为政府信任、企业信服、公众信赖的一流品牌，打造成为代表我国安全优质农产品水平的高端品牌。四是始终坚持政府推动与市场拉动相结合，充分发挥政府在规划指导、政策支持、资金投入、监督管理等方面的推动作用，凸显事业的公益性。发挥市场在配置资源中的决定性作用，通过优质优价市场机制，激发广大企业和农户发展绿色食品的内生动力。五是始终坚持敢为人先的创新精神，在发展理念、技术标准、管理制度、运行模式上，敢于创新、勇立潮头，保持事业发展的鲜明特色和强劲活力。

随着城乡人民生活水平不断提高，对绿色优质农产品的需求不断扩大，对优美生态环境的向往日益强烈，绿色食品事业迎来了新的历史机遇。绿色食品事业将坚持新发展理念，紧紧围绕实施乡村振兴战略，持续深化农业供给侧结构性改革，坚定走绿色兴农、质量兴农、品牌强农之路，进一步发挥质量优势、产业特色和品牌力量，在推动农业高质量发展和农业农村现代化建设中肩负起更加重要的使命：一是坚持服务大局，在实施乡村振兴战略中发挥“助推器”作用；二是坚守绿色理念，在推进农业绿色发展中发挥“排头兵”作用；三是打造精品品牌，在推进农业高质量发展中发挥“领跑者”作用；四是顺应消费需求，在培育绿色农产品市场中发挥“风向标”作用。

全国政协委员、农业农村部原党组成员宋建朝，农业部原党组成员、中国农产品市场协会会长张玉香出席研讨会并讲话，农业农村部农产品质量安全监管司方晓华副司长、福建省农业农村厅黄华康厅长分别致辞，中国绿色食品发展中心张华荣主任做了主旨发言，中国农业大学教授、中国工程院院士张福锁发布了绿色食品生态效益、经济效益和社会效益重大课题研究成果。研讨会由中国绿色食品发展中心党委书记唐泓主持，中国绿色食品发展中心副主任刘平、陈兆云以及各处室主要负责人参加了研讨会。

农业农村部有关单位、部分省（区、市）农业农村行政主管部门、全国省级绿色食品工作机构、部分绿色食品定点检测机构负责同志以及绿色食品生产经营企业代表参加了研讨会。

作者：修文彦

中国绿色食品发展中心网站 2020 年 11 月 10 日发布

多年白菜变“贵族”

——一棵白菜的变身记

酸菜，古谓之“菹”。盛生于燕，而兴于北。历两千余载不衰，其香播于万户，恩泽于宇内，实为肴中之上品也。昔以菘入盐，假以时日，腌制而成。其脆嫩鲜亮之感、去腻增食之功，概莫比焉；今以乳酸为酵，辅以良法，克害物滋生之隙地，生有机无害之菹，今人功莫大焉。

我是一棵白菜，战国时从地中海传入中国种植，已有2 000多年历史。目前，我生长在黑龙江省红星农场有限公司，这块黑土地用10年时间让我美丽转身，变成有机白菜，上文是著名词人为我写的歌赋。

北方的冬，天寒地冻，万物苍洁。从前，没有反季节的大棚作物，能过冬的蔬菜无外乎土豆、萝卜、白菜，吃的人们涩口乏味，不知是谁发明了酸菜，帮人们“猫冬”。

现在，市面上酸菜品种繁多，其中，黑龙江省红星农场有限公司生产的有机酸菜口感纯正。2018年9月25日，习近平总书记来到北大荒考察，最先品尝也是这有机酸菜。

田中变身份

来到红星农场有限公司场界，一块块“国家有机产品认证示范区”“国家级有机食品生产基地”这样的“重量级大牌子”映入眼帘，这里就是“酸菜前身”——有机白菜的家。

2003年，红星农场有限公司选择开发较晚、无污染的地块，开始进行白菜、大豆等有机基地的建设和转换工作，4万亩有机基地通过欧盟、美国、日本以及国内认证机构认证。

基地建设中，公司注重管理体系的建立和种植流程的规范。从有机食品的计划、物资使用到生产、加工、贮藏、运输、销售等各环节都制定了严格、具体的操作规程，并在有机产品生产单位的仓库、晒场、作业机具上都“烙”上了四个大字“有机专用”。

为了使每一颗菜都出类拔萃，红星农场有限公司可下了不少“工夫”。通过秸秆还田、增施农肥，改良了有机基地土壤；通过GPS导航、耕深监测，提高了有机基地作业标准；通过推广良法，试验示范，完善了有机农业种植模式；通过标准化的农机管理，机械灭草，降低了有机作物种植成本；通过液粪追施，补肥提质，提高了有机作物产量品质；通过破土培垄、大垄栽培，提高了有机作物的抗逆性。

2015年，公司开始采取集中种植、统一管理的方式，明确种植户和管理者的权责关系，保障了有机种植基地的良性发展。

王老伯是种地的好手，但是有机生产他可是门外汉，有机基地的标准越来越高，让这位曾经的“土专家”可越来越糊涂了。百户百种，品质不一。面对这一系列的问题，2018年公司董事长刘建生提出“改革”。开大会、交地款，交了种地钱，大家却都不知道地在哪，想动点“手脚”更是不可能。而这改革的办法就是“自愿加入、成本逆控、收入保底、利润共享”，有机基地不分区域、不分作物、不细分到户到人，农机工程师白玉秋带领专业团队按照“八统一”集中管理有机基地。王老伯也有幸被663家种植户推选为监督员之一。这一年下来，一脚泥巴没踩过，坐在家里每亩就有150元的稳定收益，种植户们乐开花，纷纷点赞：“既解决了我们的种地难，又保证了有机白菜的品质，这办法实在是高！”

一颗普通的白菜，在这样的“精耕细作”下华丽转身。

◎ 大白菜

罐内变酸菜

2007年10月，红星农场有限公司建成全国首家有机酸菜加工厂——北大荒亲民有机食品有限公司（以下简称亲民）。

最有名的要说被誉为“天下第一大酸菜罐”的有机酸菜腌渍罐了，有不少客商和学者都是慕名而来，想目睹大罐的风采。有机酸菜腌渍罐直径4.5米、高6米，每个罐一次可腌渍有机白菜60吨，相当于一节火车皮的容量，50个罐体清一色的采用316L食品级的不锈钢，罐罐管道相连，时时精准温控。

公司总经理于孝滨视每一棵白菜都如“珍宝”。与东北农业大学共同研发加工

◎ 酸菜加工

工艺，他要求工人们要经过好几道的整理工序后，才能将白白胖胖的有机白菜送入发酵罐，并选择盐、水和乳酸菌成为有机白菜的合作伙伴，来陪伴40余天的漫长发酵期，其他的“调皮鬼”是绝对隔离的。

普通酸菜很难控制亚硝酸盐的含量，国家标准是每千克不得超过20毫克，这也是关键技术掌控的难题之一。主管生产的副总经理李霞将样品送到了黑龙江省出入境检验检疫局。在焦急的等待中她听到了这辈子最爱听的话：“经检测你们公司的有机酸菜亚硝酸盐含量仅为每千克6毫克，符合国家标准。”这简简单单的一句话，换来的着实不简单，亲民人脸上可都乐开了花，暗暗下决心：按照操作规程和工艺要求进行生产，一点都不能马虎。

有机白菜在科学的工艺下摇身一变，成了有机酸菜。

手上变精品

亲民工匠经过17道标准化生产工序，精挑细选，精心包装，提高了产品质量，抬高了酸菜身价。

怎么包装可是有讲究的！原料要求株高30厘米以上的长棵实心菜，入罐前经过两次喷淋式清洗，入罐密闭发酵，出罐前的半成品要进行亚硝酸盐、酸度、食盐等多项指标的严格检验，出罐后的半成品要在生产线上去根分级，再用气泡清洗机清洗挑选后的半成品，然后切丝、整理、包装，包装后的袋装成品不能有气泡、烫袋、褶皱、夹菜叶等现象。加工车间的最后一道工序是将成品袋进行水浴杀菌。0～15℃是有机酸菜最喜欢的温度，经过化验员按照国家标准及企业内控指标检验后，进入了成品库，遮光保管。

“质量追溯”为17道工序把关。2009年，建设农垦农产品质量可追溯系统，从种植管理、生产加工和产品销售3个方面采集追溯信息，规范、真实地填写每一项农事活动、生产加工和产品销售记录。现在，每一袋酸菜都有自己唯一的“户口”——追溯码，追溯码能体现种植地块、生产日期、产品种类等信息，有效地保证了生产原料的可控性和产品质量。

有机酸菜在亲民工匠的手中，被塑造成了一袋袋精品。

远销变名牌

有机酸菜品质好，更要把名扬。

“亲民食品”2011 年被认定为黑龙江名牌产品、著名商标，2012 年被评为全国百佳农产品品牌；“红星酸菜”2013 年被国家质量监督检验检疫总局[①]实施地理标志产品保护，2014 年名列“最受消费者喜爱的 100 种产品”，2015 年荣获“龙江特产食品”，2016 年获中国绿色食品博览会获金奖，2017 年获中国国际农产品交易会获金奖，2018 年荣获“行业领跑者品牌”荣誉，2019 年被评为“十大创新产品品牌”之一。

“市场的认可和消费者的口碑取决于营销方式的创新。”谈起营销手段带给企业的发展活力，红星农场有限公司董事长姜耀辉侃侃而谈，并制定出了“三步走”计划。

◎ 厂区俯瞰

第一步是做实线下提升市场品牌占有率。通过“扫街”式铺货，在全国各地设立代理商，借船出海，迅速占领市场。入驻全国 KA（KeyAccount，意为“重要客户”）类商超进店 3 000 多家，覆盖大润发、沃尔玛等大型知名连锁超市，麦德龙、山姆会员店等会员型超市，永辉、华润万家等国内主流超市。在各地纷纷开设“亲民食品”健康体验店，通过打造样板市场，起到示范引领作用，以点带面推动全局营销。美国、日本、加拿大、中国香港等国家和地区也有了“亲民食品”牌有机酸菜的身影。

第二步是做活线上扩大品牌知名度。在淘宝、京东、拼多多等网络平台开设了“亲民食品”旗舰店，进驻了天猫农垦溯源馆。开通了企业微信公众号、微信商城、公司官网，这张“网”铺得越来越大。

第三步是做优服务赢得品牌满意度。通过快手、映客等平台，开设“亲民美食大讲堂”，将亲民有机食品的制作方法及产品特性，直观地传递给消费者，提高消费者的认知度和购买欲。开展消费者工厂游活动，实地参观考察有机食品的生产加工全过程，增强产品的忠诚度。参加各类大型展销会，以各种新颖的促销方式，激发跨行业热情，扩大产品销售领域。

---

① 中华人民共和国国家质量监督检验检疫总局，简称国家质量监督检验检疫总局。2018年国务院机构改革，将其职责整合，组建中华人民共和国国家市场监督管理总局。

◎ 直播带货

餐桌变主角

“东北待客不用酒，炖锅酸菜也醉人。”

公司将地域文化和健康食品完美的融合，就是这个新时代的“传统新美食”。如今，酸菜不仅仅是一种食品，更代表着地域特色和历史文化。它是吃腻了鸡鸭鱼肉后解油去脂、开胃消食的健康首选；它是妈妈的味道，它是童年的记忆，它是流淌在血液中的乡愁……

有多少他乡游子，徘徊在现代都市的街头，心中写满了对故乡的依恋，耳畔回响起那首家家传唱的《酸菜谣》。

酸菜谣

雪花飘，野茫茫，不见地里绿和黄。
谷入囤，粮归仓，棵棵白菜码进缸。
家家户户忙不停，一片和顺好年光。
日落山，冬夜长，柴门屋暖酒气香。
切酸菜，炖血肠，一家老小乐洋洋。
上酸菜了，神仙你来尝一尝。
上酸菜了，天下你是百菜王。

◎ 美味佳肴

作者：牟永鑫

来源：北大荒亲民有机食品有限公司

中国农垦（热作）网 2020 年 7 月 9 日发布

燕京啤酒、昌平草莓亮相“绿博会”，京味农产品引关注

诱人的昌平草莓、透亮的京纯蜂蜜、红润端正的“茅山后佛见喜”梨……2020年11月6—8日，在福建厦门举办的第二十一届中国绿色食品博览会上，北京展团携8家企业、20多款产品参展，展示了绿色、安全、优质的“京味”农产品。

◎ 北京展区

在北京展区，展台产品布置有序、京味突出，体现出北京都市型现代农业的鲜明特点。展区里京郊自产的知名农产品和食品琳琅满目，燕京啤酒、昌平草莓、全聚德咸鸭蛋、京一根粉条和京纯蜂蜜等“京味”浓烈。

“昌平草莓深受广大市民喜爱，也是北京农民致富的好产业。万德庄园在河北尚义建成了绿色食品草莓生产基地，使草莓上市期提前了半个月，风味和品质更好，深受首都市民青睐。”北京市农业绿色食品办公室主任欧阳喜辉介绍。

近年来，北京市不断推进农业高质量发展，截至目前，北京市绿色食品企业总数达到61家、产品总数284个、实物总量110.4万吨，国内销售额50亿元。北京市农业绿色食品办公室高级工程师庞博介绍，绿色食品实施“从土地到餐桌”全程质量控制，简单概括就是“环境有检测、操作有规程、生产有记录、产品有检验、上市有标识、管理有制度”。

作者：孙云柯

北京日报客户端2020年11月7日发布

河南绿色食品宣传月：为优质农产品走出平原大山插上品牌的翅膀

◎ 河南绿色食品宣传月现场

“打造绿色中原，享受绿色生活”。2020 年 8 月 7 日上午 9 时，河南省绿色食品宣传月暨产销对接活动启动仪式在郑州市文博广场（郑州市农业路 5 号）举行，该活动由河南省绿色食品发展中心、郑州市农业农村工作委员会、郑州市金水区人民政府联合举办。

活动以绿色生产、绿色消费、绿色发展为主题，以庆祝绿色食品事业创立 30 周年为契机，让消费者认知绿色食品，提升绿色食品市场影响力，推动实施质量兴农、绿色兴农、品牌强农，助力农业产业兴旺。

在文博广场设置展销区和品鉴区，来自全省 120 余家以绿色食品为引领的品牌农产品企业的 500 多种产品集中亮相，产品除了生活必需的米面粮油，还有肉蛋奶、果蔬茶、酒水、饮料、食用菌和调味品等，供广大市民免费品尝。在这里，您看得到安全，品得到美味，吃得到健康。

现场有好吃的、好玩的，白天有直播带货和扫码享消费折扣等活动，晚间有才艺表演等着您来参与，此次活动将持续到 8 月 9 日。

来源：河南省绿色食品发展中心

大象新闻客户端 2020 年 8 月 7 日发布

海南“三品一标”农产品宣传片

热带的海南岛海阔天空，山水如画，勤劳的岛民们在南国宝岛上生产出了品种多样的“三品一标”农产品。一批批“海南特产”从基地里，源源不断地输送出岛内外，为五湖四海的人们带来舌尖上的美味。

无公害农产品、绿色食品、有机农产品和农产品地理标志，统称为“三品一标”，是我国重要的安全优质农产品公共品牌。

地处海南中部山区的白沙黎族自治县，有着优良的生态环境。白沙五里路茶叶专业合作社的茶农们生产的有机茶一直是市场上的抢手货。

白沙五里路茶叶专业合作社符小芳介绍：“我们的茶产品获得了有机食品的认证，市场销量一直很旺，这得益于我们严格执行了国家有机食品认证的各种规定。”

海南把“三品一标”认证工作，作为推动农业增效、农民增收、精准扶贫和乡村振兴战略的重要抓手。

海南省人民政府出台了《关于加快推进品牌农业发展的意见》。从2014年开始，设立品牌农业发展资金，每年1亿元的扶持“三品一标”的发展，连续5年对“三品一标”认证进行扶持奖励。同时，海南省农业农村厅出台了《关于切实推进“三品一标”发展的意见》，对机构、人员提出了具体要求，明确“三品一标”目标任务。

此外，海南各市县也相继出台了“三品一标”认证配套扶持政策。三亚市出台了《加快发展品牌农业实施方案》；白沙黎族自治县出台了《关于加快推进农产品品牌建设工作的意见》；澄迈县出台了《“商标富农”工程扶持办法》；儋州市设立了市级品牌农业奖励资金，对获得“三品一标”的企业进行奖励。

海南南部的三亚市，不仅是著名的国际旅游城市，也是生产热带农产品的重要区域。三亚福返热带水果农民专业合作社种植的“三亚杧果”行销海内外。

三亚福返热带水果农民专业合作社彭福返：“我们的杧果不但卖到了省外，也卖到了国外，靠‘三亚杧果’这个品牌，我们的农民家家户户住进了‘杧果楼’。”

和“三亚杧果”一样驰名中外的，还有“三亚甜瓜”“三亚莲雾”它们都是受保护的农产品地理标志登记产品。

屯昌县出产的“屯昌黑猪”同样闻名遐迩，登记了农产品地理标志的“屯昌黑猪”品牌，市场售价比同类产品高出一截。

澄迈的“白莲鹅”、昌江的“霸王岭山鸡”“万宁东山羊”“五指山五脚猪”等也都得益于农产品地理标志品牌，带动了销量的增长。

每年的“琼中绿橙”采摘季启动之后，琼中湾岭镇农民的绿橙基地里，就像是“过年”一样的热闹，“琼中绿橙”走俏市场，让村民的钱包鼓了起来。

琼中黎族苗族自治县农业农村局廖孝文说：“‘琼中绿橙’上市以来，十分畅销，所以说，加强‘三品一标’的认定和管理，对农户的实惠是多多的。”

为了加快海南农业品牌的发展，提高“三品一标”农产品认证数量和质量，海南加强基层农业、畜牧业申报主体企业的培训力度。和许多的合作社一样，经过严格指导的文昌市潭牛镇启锐文昌鸡养殖场，获得了无公害农产品认证。

“三品一标”通过品牌带动、整合乡村优势产业，推行基地化建设、规模化发展、标准化生产、产业化经营有效提升了海南农产品的品质和市场竞争力。

位于海南西部东方市的海南北纬十八度果业有限公司，拥有 609 公顷的火龙果种植基地，那里的工人来自周边的村民，因火龙果的品牌声名在外，销量火爆，村民的收入也跟着水涨船高。

海南北纬十八度果业有限公司魏大志说：“海南省政府十分重视抓好海南品牌农业，我们公司基地的火龙果，就是在省、市农业部门的重视下，做好绿色食品这个品牌的，如今已经成为海南省规模比较大的火龙果种植基地。”

截至 2019 年上半年，海南省共认证无公害农产品 383 个，绿色食品 117 个，有机农产品 15 个，农产品地理标

◎ 海南“三品一标”农产品宣传片

志 34 个。

海南深入贯彻落实习近平总书记“4.13”重要讲话和中央 12 号文件精神，践行“质量兴农、绿色兴农、品牌强农”的理念，伴随着建设自贸区、自贸港的进程，海南“三品一标”品牌农业，必将迎来更加广阔的发展前景。

来源：海南省农业农村厅

腾讯视频 2020 年 4 月发布

第二十一届中国绿色食品博览会开幕 陕西绿色“忒色菜”待客来

◎ 陕西展团以苹果组成大雁塔模型亮相绿博会

◎ 展会现场

2020 年 11 月 6—8 日，第二十一届中国绿色食品博览会将在厦门国际会展中心举行。洛川苹果、眉县猕猴桃、临潼石榴、陕北小杂粮、富平柿饼、柞水木耳、泾阳茯茶……一件件陕西特色绿色食品，将载着满满的“绿色故事”，在鹭岛厦门摆下“绿色盛宴”。

本届中国绿色食品博览会陕西展团由省、市（县）政府部门及农业行政部门、相关事业单位，以及 17 家“两品一标”企业（合作社）和 1 家绿色食品生产资料企业组成，主要突出“质量兴农　绿色兴农　品牌强农，扎实推进特色现代农业建设”，聚焦产业扶贫精准脱贫，旨在重点宣传陕西省主导产业和优秀绿色食品企业产品，充分展示陕西农业抓绿色、提质量、树品牌的新特色、新亮点、新成就。

17 家企业（合作社）的 30 余种产品在综合展区，陕西鼎天济农集团的绿色肥料在生产资料展区进行展览、展示、展销。本次展会还充分与精准脱贫产业扶贫相结合，突出贫困地区特色农产品宣传，7 家绿色食品企业的 16 种产品参展。

记者了解到，陕西展区位于厦门国际会展中心 C4 馆 T03 展区，面积 225 米^2，东西长 15 米，南北宽 15 米，展区紧扣“追赶超越”展示主题，半包围螺旋上升的主体结构配合内部陕西代表元素城墙造型，表达出陕西农业绿色农产品昂扬向上的发展态势和未来展望。展台四周通透，分布合理、动线清晰，特别是用苹果装点的大雁塔造型成为展会一道靓丽风景线，将吸引国内专业采购商、嘉宾、媒

◎ 陕西展团推介绿色食品

体、观众驻足品尝陕果、品鉴陕西绿色产品。

展会期间，陕西还将组织陕西特色农产品（厦门）推介会，届时推介陕西优势特色农产品，包括区域品牌和企业品牌，拟推介的区域公用品牌有榆林特色农产品、临潼石榴、城固猕猴桃，企业品牌有洛川美域高牌苹果。同时借助本次中国绿色食品博览会平台，将颁发“最美绿色食品企业”奖杯，以及2020年登记的部分地理标志农产品和全国名特优新农产品证书。通过集中推介，宣传陕西品牌农产品良好形象，进一步扩大产品的影响力和市场占有率。推介会上还将安排独具特色的陕北民歌表演，充分展示地方特色。

据悉，截至目前，陕西绿色食品有效期内企业181家、产品299个，覆盖面积117.45万亩，累计产量150.53万吨。眉县猕猴桃、横山大明绿豆为中欧互认产品，眉县猕猴桃、大荔冬枣成功创建国家级农产品地理标志示范样板，9个产品已实施了地理标志农产品保护工程，10个产品正在开展保护工程推荐。现有洛川县、白水县全国绿色食品原料（苹果）标准化生产基地、眉县全国绿色食品原料（猕猴桃）标准化生产基地，总面积135.1万亩。

作者：石永波

西部网2020年11月5日发布

到 2025 年，重庆优质绿色品牌农产品将稳定在 3 000 个

2020 年 12 月 25 日，“全市农产品质量安全工作体系 2020 年工作总结会”在重庆市铜梁区举行。会议透露，2020 年重庆市新发展绿色食品 822 个，有机农产品 27 个，地理标志农产品 12 个。截至 2020 年 12 月，全市有效期内“三品一标”产品总数 5 593 个，超额实现“十三五”目标（3 000 个“三品一标”产品），总产量 1 346.24 万吨，总规模 70.56 万公顷。

目前，全市有绿色食品 2 610 个，排名全国第五，地理标志农产品达到 65 个，产量突破 1 000 万吨，比“十二五”末增长 1.93 倍。

自 2018 年 9 月《全国名特优新农产品名录收集登录规范》发布以来，重庆市 40 个产品获得了全国名特优新农产品证书，产量达 341. 402 万吨。

会议总结了“十三五”期间全市农产品质量安全工作的工作成效。“十三五”期间，市级累计证后监督抽检“三品一标”产品 1 000 多批次，合格率 98%，全市没有发生重大农产品质量安全事件；在产品质量追溯方面，全市农产品质量安全追溯点达到 4 460 个，覆盖全部“三品一标”生产经营主体，上传追溯信息 3.5 万条，企业使用追溯二维码 151 万余件；在标准化建设方面，全市制修订农业地方标准 434 项，创建国家级有机农业示范基地 2 个，绿色食品原料标准化生产基地 2 个，建立 6 个农业标准化示范单位，7 个地理标志农产品实施地理标志农产品保护工程。

接下来，重庆市将紧紧围绕农业高质量发展、乡村振兴和保障农产品安全，以品牌农产品发展引领农业标准化生产，增加优质绿色农产品供给，以农产品质量安全监管体系与监管能力现代化为抓手，推动农产品质量安全工作高质量发展，不断提高农业质量效益和竞争力。

预计到 2025 年，培育发展以绿色食品、有机农产品和地理标志农产品为主的优质绿色品牌农产品稳定在 3 000 个，总规模达到 1 000 万亩，总产量达到 1 500 万吨。主要农产品生产经营主体质量安全实现追溯管理。

作者：韩梦霖

新华网 2020 年 12 月 26 日发布

泽库县有机牦牛产业发展高峰论坛在广州举办

2020 年 12 月 3 日，青海省黄南藏族自治州泽库县绿色（有机）畜牧业暨牦牛产业发展高峰论坛在广东省广州市举办。青海省黄南藏族自治州委副书记、州长乔学智出席论坛并致辞。相关高校、科研院所、高新技术企业、推广服务机构参加该论坛。

◎ 论坛现场

乔学智在致辞中指出，此次在广州举行绿色（有机）畜牧业暨牦牛产业高峰论坛，旨在借力广州的人才和开发环境优势，通过高层次交流研讨，以战略性、前瞻性、市场化、品牌化视角，谋划黄南藏族自治州牦牛产业高质量发展路径；借助广州强大的商贸平台，使黄南藏族自治州以牦牛肉为主的绿色有机畜产品走向更广阔的高端市场；希望凭借“一带一路”倡议的强劲东风，登上 21 世纪海上丝绸之路的快车道，使黄南藏族自治州的特色产品走向更广阔的国际市场。

此外，泽库县国家级现代农业产业园作为本次论坛的牵头单位，联合泽库县多家单位宣布成立“泽库牦牛藏羊产业联盟”，发布了产业联盟形象 IP（Intellectual Property，意为知识产权），启动了“泽优牧品”品牌战略及“牛人计划”品牌营销计划。

论坛期间，泽库县雅稞生态农牧业资源开发有限责任公司、泽库县西北弘有机资源开发有限公司等 10 余家企业展出了包括雪牛绒、牦牛肉干系列、牦牛奶冰激凌在内的 60 余种特色产品。

黄南藏族自治州共有 1 860 万亩天然草场，160 万头（只）牲畜实现有机认证，是青海省生态有机畜牧业示范区，被农业农村部认定为国家级有机食品生产基地。泽库县被认证为全国有机农业（牦牛、藏系羊）示范基地。

泽库县委副书记、县长更智才让表示，作为全国有机农业（牦牛、藏系羊）示范基地，泽库县将以此次论坛为契机，继续依托优越的生态绿色有机环境和丰富的天然草场，立足牦牛和藏羊两大主导产业，围绕国家级现代农业产业园创建，进一步提高主导产业生产能力，提升发展质量，强化“泽库牦牛”“泽库藏羊”品牌优势，延伸产业链条，提升价值链、完善利益链，挖掘农业多种功能，实现双方共赢。

作者：才仁措

来源：青海省黄南藏族自治州委宣传部

泽库县人民政府网、中国藏族网2020年12月4日发布

《绿色食品产业“十四五”发展规划纲要》发布

发展绿色食品产业是贯彻落实中央决策部署、深化农业供给侧结构性改革的必然要求，是提升农业质量效益竞争力、实现农业高质量发展的有效途径，是顺应消费升级、培育绿色消费市场的有力举措。“十四五”时期是开启全面建设社会主义现代化国家新征程的第一个五年，是全面推进农业绿色转型和高质量发展的关键时期，绿色食品产业发展面临难得的机遇和良好的前景。为贯彻落实中共中央、国务院决策部署和农业农村部工作要求，近日，中国绿色食品发展中心印发《绿色食品产业“十四五”发展规划纲要》(以下简称《纲要》)。

《纲要》明确“十四五”时期绿色食品产业发展的目标：产业规模稳步扩大，绿色食品企业总数达到2.5万家，产品总数达到6.5万个，绿色食品原料标准化生产基地达到800个；产品质量稳定可靠，绿色食品产品质量抽检合格率达到99%；产业结构不断优化，畜禽、水产品及加工产品比重明显提升；标准化生产能力明显提升，绿色生态、品质营养特色更加突出；品牌影响力进一步扩大，品牌知晓率达到80%；产业效益显著提升，示范带动作用进一步增强。

《纲要》从4个方面部署了绿色食品产业发展的主要任务。一是提高绿色食品产业发展水平。按照“稳增量、优结构、强主体、增效益”的要求，立足各地资源禀赋、主导产业，引导开发一批品质高、品牌响的优质产品，培育一批规模大、实力强的生产经营主体，建设一批高质量、高水平的标准化生产基地，探索创建绿色食品全产业链样板，不断满足人民对绿色优质农产品的消费需求。二是确保绿色食品质量稳定可靠。坚持“四个最严”的要求，进一步完善全程质量控制体系。坚持“标准至上、质量第一”的原则，不断提升产业发展的质量、效益和竞争力。坚持数量与质量并重原则，引导各地科学设置产业发展目标。严格按标生产，严格许可审查，严格证后监管，确保产品质量稳定可靠。三是提升绿色食品品牌价值。突出绿色食品安全、优质、营养、健康特征，深入挖掘丰富绿色食品品牌内涵，强化绿色食品品牌宣传，不断提升绿色食品公共品牌的认知度、知名度和美誉度。加快专业营销体系建设，扩大绿色食品的市场占有率和影响力，提高消费者的满意度和忠诚度。四是夯实绿色食品产业发展基础。创新驱动绿色食品产业发展，大力推动绿色食品科技进步。强化多学科融合和产学研协同创新，提高绿色食品生产的科技含量，为产业发展注入新动能。着力推进信息化建设，积极搭建产业服务平台，加快补齐发展短板，全面支撑绿色食品产业高质量发展。

《纲要》从加强组织领导、积极争取扶持、加强队伍建设3个方面强化了绿色食品产业发展的保障措施。

中国绿色食品发展中心网站2021年11月16日发布

菏泽定陶黄店镇：浪漫“小玫瑰”催生亿元“大产业”

连日来，山东省菏泽市定陶区黄店镇万亩玫瑰产业园已是一片花的海洋。随着玫瑰种植面积的扩大和产量的提高，当地近几年不断拉长产业链条，提高玫瑰产品附加值，玫瑰已成为当地的亿元“大产业”。

◎ 黄店玫瑰种植基地

黄店镇何庄社区玫瑰种植户朱其章有着30年玫瑰种植经验，每天早上5时他和老伴就会准时在自家的3亩玫瑰田里开工采摘。这个时间段，采摘的花不仅新鲜，价格也非常可观。

“花骨朵现在每斤卖到4.3元，花朵每斤3.5元，一亩地能卖到5 000～6 000元。”忙活了一大早，收获满满的朱其章骑上三轮车，把新摘的花骨朵送到村里的收购点。

“这些天从早上6时开始，花农都陆续开始来卖花了，今年价格比较合适，花农卖花的积极性也高，每天能收到8 000～10 000斤。”定陶花香食品有限公司经理邵长征说，“我们这有80多名员工，每年能生产1 000多吨玫瑰酱，销路广，利润很可观”。

目前，黄店镇玫瑰种植面积达到了1.26万亩，农户采收的鲜玫瑰全部就地消化，进入当地的加工厂，主要用于生产玫瑰茶、玫瑰酱、玫瑰糕点、玫瑰酒等系列产品。当地已连续举办6届“中国定陶玫瑰风情节”。

黄店镇玫瑰产业的发展不仅鼓起了花农的钱袋子，也吸引了大批游客闻香而来，身临其境感受玫瑰的独特魅力。

“每年5月都是这里最美的时候，我都会带着我的家人到这来拍拍照、赏赏花，心情特别愉悦。”带着孩子来玩的游客王瑞国说。

“2020年‘黄店玫瑰’成功通过了地理标志认证，并得到部分资金支持，这些资金我们打算用于加强玫瑰生产管理，提高玫瑰产量和品质，改善玫瑰的加工条件，进一步扩大黄店玫瑰的品牌效益，使黄店玫瑰的知名度、美誉度、市场占有率进一步提高。”黄店镇玫瑰办公室的农艺师陈承宪说。

作者：皇甫燕飞

新华社山东频道2021年5月31日发布

灵石县“灵石酸枣仁”品牌正式发布，促进产业发展　助力乡村振兴

2021 年 11 月 30 日由山西省晋中市灵石县农业农村局、灵石县中药材种植协会主办，山东百仕达地标产业有限公司协办，以“做强地标品牌　助力乡村振兴”为主题的国家地理标志农产品“灵石酸枣仁品牌发布会暨产业园揭牌仪式”成功举办。

◎ 发布会现场

晋中市农业农村局党组成员农技推广研究员肖虎善、灵石县政府党组成员副县长刘斌奇、晋中市农业农村局质量品牌发展指导站站长王小玲、灵石县农业农村局局长蓝再昌、河北农业大学教授毛永民、灵石县中药材种植协会会长张丽俊等参加了会议。

在本次会议上，围绕“做强地标品牌　助力乡村振兴”与会领导做了主题发言，强调地理标志品牌是区域农产品的代言，是特定农产品的一张经济名片，是落实质量兴农、品牌强农战略的重要抓手，是助力乡村振兴的重要举措，具有超越一般品牌的经济和社会效益，集中优势资源、深入提升品牌价值，全力打造“灵石酸枣仁”品牌，用好农产品地理标志标识、持续讲好品牌故事，以品牌建设促进“三农”工作发展，灵石酸枣种植历史悠久，产品价值广受市场认可，具备良好产业发展基础，应深入挖掘酸枣仁药食同源的产品价值，打造灵石地域产业、产品特色，努力把“灵石酸枣仁”打造成全国乃至国际业内知名品牌。

会议现场“灵石酸枣仁”品牌主体灵石县中药材种植协会会长张丽俊为河北农业大学教授毛永民颁发“灵石酸枣仁”专家工作站特聘专家聘书，这标志着“灵石酸枣仁产业专家工作站”正式落成，同时，为首家“灵石酸枣仁”品牌授权用标单位灵石县福禄堂农业科技有限公司授牌。

2021 年，“灵石酸枣仁”成功登记为农业农村部农产品地理标志，并被农业农村部列入“国家地理标志农产品保护工程”，此次，灵石酸枣仁品牌形象正式发布

和灵石酸枣仁产业园揭牌启动，标志着灵石酸枣仁品牌化发展进入了快车道，势必有力推动灵石酸枣仁产业发展，推动专业化生产、规模化种植、标准化控制、产业化经营和品牌化销售等一系列联动叠加效应，并不断加强产学研合作，强化酸枣仁深加工产业，不断挖掘酸枣仁利用价值，逐步实现全产业链打造，全价值链提升的目标。

◎ 参观灵石酸枣仁产业园品牌文化展厅

◎ 灵石酸枣仁农产品地理标志介绍及应用管理培训

品牌建设离不开产品品质的保障，在生产方式上推动品种培优、品质提升，要坚持以质取胜，诚信为首，保证品牌的含金量和可信度，更离不开产业专家的指导。2021 年 11 月 30 日下午，河北农业大学教授毛永民，德州中农农业研究院刘宗林，就灵石酸枣仁的品牌管理和栽培技术进行了系统培训。

灵石种植酸枣历史悠久，“这山望见那山高，那山上酸枣长得好……”流传在家乡的民歌小调《打酸枣》把老百姓对酸枣的喜爱唱在嘴上、念在心上。酸枣仁，营养丰富，药食同源，被称为东方睡果，在《神农本草经》中就被列为上品，《名医别录》还称其“补中，益肝气，坚筋骨，助阴气，能令人肥健”。近代药理证实酸枣仁富含酸枣皂苷、酸枣苷元、白桦脂醇、维生素 C 等成分，有宁心安神、镇静催眠的作用，主治虚烦不眠、惊悸多梦、体虚多汗、津伤口渴。灵石酸枣仁药食同源价值逐渐提升，适用功效逐渐被消费者所认知，必将带来更广阔的市场。

◎ 酸枣仁

近年来，灵石县打造灵石酸枣仁特色产业，建设灵石酸枣种植示范基地，大力实施乡村振兴战略，以万亩酸枣基地为依托，不断推广新技术，已实现酸枣种植的基地化、标准化和品牌化，形成了“酸枣合作社 + 基地 + 农户”的发展模式。

下一步，品牌运营主体将借助专家学者和企业家的超前视野、智慧力量和平台资源，把“灵石酸枣仁”品牌打造成全国乃至世界知名的农业品牌。通过“灵石酸枣仁”区域地理标志品牌这个平台，让本地优质农产品企业抱团取暖，集中发力，扩大产品影响力，增强市场竞争力。

来源：山西省农产品质量安全中心

中国日报中文网、江西网络广播电视台 2021 年 12 月 3 日发布

天津市农业农村委开展“春风万里 绿食有你”绿色食品宣传月启动仪式

2021 年 5 月 18 日，由天津市农业中心组织开展的“春风万里　绿食有你”绿色食品宣传月活动在天津拉开帷幕。天津市 10 个涉农区农业农村委员会与区绿色食品发展中心负责绿色食品工作的相关人员，以及绿色食品企业代表共计 70 余人参加了活动。

活动中，来自天津本地的 14 家优质绿色食品生产企业逐一进行了现场推介，讲述了自己的品牌故事。启动仪式现场还设置了企业产品展示台，展示了小站稻、蜂蜜、果蔬、鸡蛋等 50 余个品种的绿色食品，通过现场试吃、发放宣传手册等方式增加了活动的体验感。

本次活动邀请了 10 余家媒体单位进行了现场采访和报道，数千名市民踊跃参与互动。启动仪式后，在天津卫视电视频道对绿色食品企业进行宣传，进一步扩大绿色食品的影响力。

此次活动是贯彻落实中共中央、农业农村部及天津市有关“三农”工作的重要举措，目的是进一步提升绿色食品品牌公信力和影响力，让绿色食品在满足新时代人民日益增长的美好生活需要、助力农业绿色发展、巩固脱贫攻坚成果和推进乡村振兴方面发挥更加重要的作用，引导天津农业加快向绿色化、优质化、特色化、品牌化方向发展。

来源：天津市农业农村委员会

天津市政务网 2021 年 5 月 19 日发布

巴南天坪山750万斤二圣梨挂枝本月采摘最适宜

果肉白色、肉质细嫩、入口化渣、汁多味甜、营养丰富的巴南二圣梨熟了！7月6日，第十四届重庆·天坪山采梨节开幕，6 000余亩约750万斤新鲜的二圣梨已硕果挂枝，只等您来采摘，最佳采摘期从即日起至8月中上旬。

◎ 沉甸甸的二圣梨已挂满枝头（供图：巴南区二圣镇）

走进重庆市巴南区二圣镇天坪山集体村，黄澄澄、沉甸甸的二圣梨已挂满枝头。天坪山距市区约38千米，海拔500～650米。从2002年开始，当地开始主栽南方优质高山梨品种翠冠，现已发展有6 000余亩梨园，今年预计产量达750万斤。

据二圣镇相关负责人介绍，以天坪山为主，覆盖二圣镇五个村的二圣梨，2020年被国家知识产权局登记为地理标志产品，同时，被农业农村部登记为农产品地理标志产品，获得“双地标”称号。

2013年，二圣镇集体村纳入首批全国现代生态农业创新示范基地建设以来，对天坪山的梨园管理就开始推行生态梨园生产技术，现已实现全覆盖。集体村持续加强标准梨园建设，今年通过梳行抽枝，降低梨树密度，加强社会化服务，制定并实施梨产业管护标准，梨子品质再次得到提升。

◎ 喜悦丰收（供图：巴南区二圣镇）

据了解，今年二圣梨现场采摘指导价每斤在6～8元不等，实际采摘价格，梨农们会根据梨子的大小和品质有所波动。除了现场采摘，还可以通过天坪山公众微信号和二圣源产地小程序线上购买。

当地梨农们说，虽然根据今年梨子的丰收情况，采摘季能持续到 8 月中上旬。可从往年的经验来看，预计本周末或下周，就即将迎来采摘的高峰期，大部分梨子预计 8 月前就会被采摘完。所以，喜欢二圣梨的朋友，建议将采摘时间选在 7 月。

◎ 果肉白色、肉质细嫩、汁多味甜的二圣梨（供图：巴南区二圣镇）

近年来，二圣镇按照现代农业、乡村旅游、生态经济三步走发展战略，以建设“田园小镇，幸福二圣”为目标，以“两山一村”（即天坪山、白象山、月亮湾渔村）为重点，大力推进一二三产业融合发展，形成了梨子、茶叶、生态渔业、花卉苗木“四个万亩”型基地，以及柑橘、葡萄、蓝莓、樱桃、桃李“五个千亩”型水果产业基地发展格局，农业主导产业年产值达 2.3 亿元。为了推进二圣现代农业产业园建设，将实施现代农业园区建设、巴南“银针”茶叶基地建设、精品果蔬品牌创建、生态渔业品质提升、“稻 +N”示范五大工程。

作者：刘政宁　李洁

人民网重庆频道 2021 年 7 月 6 日发布

“胶州大白菜”国际美食文化节在青岛胶州开幕

◎ 文化节现场

创新活动助力品牌升级，直播带货拓宽销售渠道，牵手“上合”推动国际布局……2021 年 11 月 22 日上午，“小雪”节气到，胶州大白菜也迎来全面收获季，在这个丰收的日子，“胶州大白菜”国际美食文化节在青岛胶州开幕，“庆祝建党 100 周年——胶州白菜百菜宴美食大赛”同步启动。该美食文化节旨在通过丰富的系列活动，创新发展理念，推进构建新“三品一标”体系，擦亮“胶州大白菜”品牌，使胶州大白菜产业从传统品牌向优势产业过渡；同时，通过短视频营销等新兴主流推广，增强品牌传播效应，助力大白菜行销全球，全面推进乡村振兴，推动胶州市农业农村高质量发展。

做优品质、做强产业链　擦亮“胶味领鲜”农产品牌

胶州市人民政府副市长高燕在致辞时说，总书记赋予青岛建设上合示范区、打造“一带一路”国际合作新平台的国之重任，胶州，也正以优越的区位优势成为支撑青岛高质量发展的重要一极，胶州农业也迎来开放发展、实现国际化跨越新阶段。近年来，胶州市不断推进农业品牌发展，着力打造“红黄白黑”特色品牌和“胶味领鲜”区域品牌，以绿色、生态、健康为主基调的农产品品牌实现快速发展。2020 年，胶州被评为国家级大白菜特色农产品优势区，产业发展迎来前所未有的机遇期，生态、绿色、健康、品牌、产业化、国际化成为胶州大白菜新的历史使命。作为胶州农业第一品牌的“胶州大白菜”，要优化品种、提升品质、做强品牌，提升市场美誉度，增强市场竞争力。面对新的历史机遇期，胶州市大

白菜协会要练好品质“内功”，进一步强化标准化生产，提升品牌基础，借助市场“外力”，不断拓宽市场渠道，提高产业能力。

“小雪来，出白菜”，骤降的气温挡不住丰收的热情，从今天开始，胶州大白菜将正式开园丰收，一棵棵鲜嫩的大白菜将随着四通八达的物流走向各地、走上餐桌。胶州市大白菜协会会长张居波表示，多年来，在胶州市委市政府及胶州市农业农村局的支持引导下，胶州市大白菜协会坚持以市场为导向、以品牌为引领、以科技为支撑，推动胶州大白菜产业标准化、集约化、规模化及品牌化发展。立足新发展阶段，胶州市大白菜协会将以全面推进大白菜产业现代化为突破口，加快促进大白菜产业链多元化发展，加快推动农旅融合互促，加快提升品牌集群效应。

推进现代农业发展，必须要夯实乡村振兴重点，其中一个重点就是要发展壮大特色产业，胶州大白菜入选“山东名片”品牌影响力 TOP 榜——地理标志十大品牌。对胶州而言，推进现代农业就是要大力发展大白菜产业，突出“三品一标”建设，加快推进胶州大白菜国家级特色农产品优势区建设。

启动白菜百菜宴美食大赛　让“胶州大白菜”品牌深入人心

致辞环节结束后，主办方通过视频形式发布胶州大白菜国际美食文化节系列活动。

随后，与会嘉宾联合启动“庆祝建党 100 周年——胶州白菜百菜宴美食大赛”，旨在通过全国美食爱好者制作大白菜特色菜肴进行比拼，让“胶州大白菜”品牌深入人心，以这一百姓喜闻乐见的美食竞赛方式庆祝建党 100 周年。

紧接着，与会嘉宾以共同推杆的方式开启大白菜开园仪式，“金色流沙”寓意白菜丰收。胶州大白菜文化展演环节随后上演，以胶州秧歌、茂腔、胶州八角鼓、胶州民歌联唱、吹打乐等方式展现百姓对胶州大白菜丰收的美好期盼。另外，由胶州市文联组织书法家、农工党青岛文化专委会联合九三学社书画家围绕大白菜进行现场文艺创作，以此更好传播胶州大白菜。

胶州大白菜展销会与大白菜品鉴会成为全场焦点。胶州市大白菜协会专家、美食专家与网红达人一起进行现场直播、菜地直播及新品品尝，以当下最火热的直播带货方式为胶州大白菜进行全方位推介。在秋季大白菜现场观摩会上，胶州市大白菜协会技术人员详细介绍产地的气候环境条件、新品种生育动态、产量质量等，以此引导农民科学选种，同步开展白菜认领文化活动。

据悉，不管是举办白菜美食大赛，还是举办白菜文化展、文化笔会及展销、品鉴会，主办方均希望通过各种接地气的方式，弘扬胶州大白菜品牌和理念，让名优“胶州大白菜”走入寻常百姓家。

智力赋能、项目签约拓宽销路　牵手“上合”扩大全球朋友圈

当天下午，一场以“胶州大白菜”为主题的品牌化发展论坛在胶州宾馆举行，旨在借助高端智库、行业专家为“胶州大白菜”品牌整合营销、农品电商发展贡献智力支持。

青岛创想力品牌研究院创始院长、品牌中国战略规划院专家委员盖彦带来《农产品区域公用品牌整合营销》主题演讲，为胶州大白菜品牌整合营销提供可行性建议；灵犀传媒创始人蔚曼曼带来《农业品牌电商发展之路》的演讲，为胶州大白菜互联网营销提供传播思路。

项目是乡村振兴的第一抓手。对于胶州大白菜来说，也必须要以项目为抓手、以产业为龙头扎实推进。

在重点项目签约环节，巴基斯坦中国中心与胶州市大白菜协会签订合作协议，合作双方将尽快推动胶州大白菜走出国门，普及到巴基斯坦等上海合作组织的国家及“一带一路”沿线国家和地区，让胶州大白菜畅销“一带一路”，助力打造“一带一路”国际合作新平台。

◎ 签约仪式

此外，青岛大学齐鲁乡村振兴研究院与胶州市大白菜协会签订合作协议；山东鲁花集团青岛大区、山东凯瑞商业集团 &22 城供应链集团、青岛市自驾游与房车露营协会与胶州市大白菜协会签订采购合作协议；青岛绿村农产品专业合作社与青岛农优特现代农业科技有限公司、青岛公交集团有限责任公司、青岛能源集团有限公司签订合作协议；青岛胶河源农产有限公司与青岛会生活商贸有限公司（海信广场）、青岛利群集团青岛福记农场食品有限公司、青岛国货丽达购物中心有限公司等签订合作协议。

◎ 特色产品展示

“种出来，卖出去；提品质，增效益。”胶州市被农业农村部等部门联合认定为胶州大白菜特色优势区，为全面推进胶州大白菜产业发展，进一步规范胶州大白菜品牌化运作，提升产业综合竞争力，胶州市围绕产业发展目标，大力推进胶州大白菜产业发展标准化生产普及、规范化质量控制、龙头企业培植、销售市场拓展、金融保险支撑、信息平台建设、品牌文化弘扬等“七大工程”，全力打造胶州大白菜特色优势区。

胶州市农业农村局有关负责人表示，胶州市农业部门将以“胶州大白菜”国际美食文化节为契机，继续以实施乡村振兴战略为“三农”工作总抓手，发扬“动车精神”，强化“全轮驱动”，以产业振兴为重点，协调推进“五个振兴”，积极探索乡村振兴齐鲁样板“胶州路径”，坚决打赢乡村振兴攻势，为同心同向建设更高水平开放型现代化上合新区贡献力量。

胶州市农业农村局局长姜衍海、胶州市商务局副局长庄春晓、胶莱街道办事处主任刘井哲、胶州市文联主席王振门等政府领导出席开幕式；巴基斯坦中国中心执行主任王子海、中国烹饪协会文旅特色美食发展委员会执行副主席孙树伟、青岛大学齐鲁乡村振兴研究院院长邵彬、利群商业集团有限公司物流总监卢翠荣、山东鲁花集团青岛大区总经理孙建亮、山东凯瑞商业集团新餐饮事业部副总经理聂凯等企业嘉宾出席开幕式。

来源：胶州市农业农村局

中国日报网2021年11月23日发布

贵茶相伴　终生无憾　一段视频解开“贵州绿茶”魅力密码

“贵州在茶园绿色防控方面做得特别好，在国内率先禁用水溶性化学农药，这真正关系到饮茶人健康。”中国工程院院士、中国农业科学院茶叶研究所研究员陈宗懋曾在茶文化、茶产业、茶科技统筹发展暨“十四五”发展战略研讨会上这样点赞贵州茶。

中国工程院院士刘仲华评这样评价贵州茶：“贵州茶做得非常好，让人能够喝上放心茶、干净茶，贵州茶引领国际市场是绝对没有问题的。”

贵州绿茶具有“翡翠绿、嫩栗香、浓爽味”的独特品质特征。

多位业内权威专家学者频频点赞，全国茶叶类唯一一个省域国家级农产品登记保护产品的背后，是贵州茶的优良品质和贵州茶产业旺盛发展的底气。贵州兼具高海拔、低纬度、多云雾三个适宜种茶制茶条件，近年来充分发挥生态优势、茶产业的优势、茶产业的核心竞争力，贵州的绿水青山逐渐成为金山银山、成为老百姓的金饭碗。

牢牢坚守“干净茶、生态茶、安全茶”原则，在全国率先提出“宁要草，不要草甘膦”，全面禁止除草剂和水溶性农药，茶园禁用农药在国家要求 62 种的基础上提高到 128 种，提出 28 种日本、摩洛哥等出口市场的禁用农药。大力推广茶园绿色防控，实现“以草抑草”“以虫治虫”，茶园生态系统、生态环境连年向好。

如今，茶叶已成为多彩贵州的一张亮丽名片。让我们跟随新鲜出炉的“贵茶相伴，终生无憾”贵州绿茶宣传片，一起解开“贵州绿茶”的魅力密码。

◎ 茶园

◎ 翡翠绿满枝头

◎ 茶农喜丰收

◎ 茶人推介

◎ 新茶喜人

作者：程丹

多彩贵州网 2021 年 9 月 1 日发布

福建“地标”在行动　福鼎白茶牵手南航飞蓝天

日前，中国南方航空股份有限公司深圳始发的国内68条航线内，“福鼎白茶”四个大字跃然眼前，这是福鼎白茶品牌宣传矩阵推进的重要一步，标志着福鼎白茶品牌建设已进入高速拓展的时代。

◎ 生动的宣传画

◎ 福鼎白茶在南航客舱亮相

福鼎白茶2020年取得农产品地理标志登记保护，2021年入选第三批国家农产品地理标志保护工程建设项目，品牌价值52.15亿元，连续12年上榜“中国茶叶区域公用品牌价值十强”，并被授予“最具品牌发展力”称号，此次，福鼎白茶牵手中国南方航空股份有限公司深圳分公司，充分体现了对品牌宣传的重视。据悉，本次航空头巾广告投放的航线降落地均为国内一二线、经济特区、省会重点城市，覆盖城市数量30余个，周航班数730余个。

作者：黄锐斌　蓝春准

福鼎市融媒体中心2021年12月15日发布

小米“挂帅”做出脱贫攻坚大“文章”

◎ 绿色食品阳曲小米

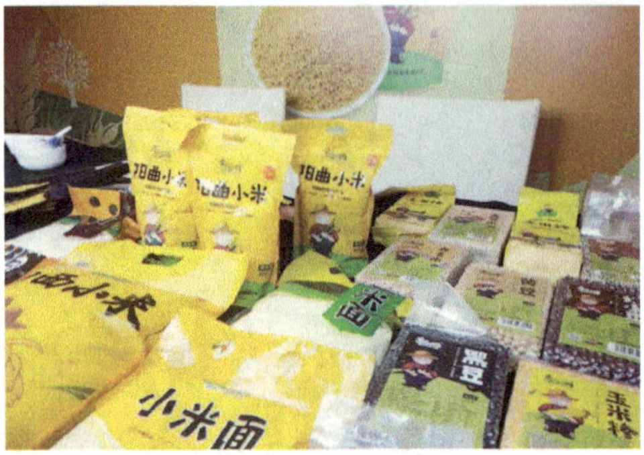

◎ 包装精美的小米农产品

“粒小味甘营养全，老少皆宜独占先；淘尽沧海沙中见，帝王将相也垂涎”说的就是阳曲小米。

阳曲小米色泽金黄，颗粒圆润，味道香甜，营养丰富，做成米粥、稀饭口感筋道润滑，制成面粉可蒸制种种食品，尤其适宜老人、小孩、孕妇食用，故而民间也有“阳曲小米最养人”的说法。

阳曲县史称“三晋首邑”，种植谷子历史悠久，在夏商时期就开始种植，有“谷乡”之称。2009年8月，经农业部门检测，其所含人体所需的5种维生素高于其他地方同类产品，2011年就被登记为全国农产品地理标志。

作为全县脱贫攻坚的主导产业，阳曲小米为全县如期完成脱贫攻坚发挥了巨大作用，也极大地提升了阳曲的知名度和美誉度。那么，在“十三五”期间，阳曲县是如何以小米产业为主导，逐步推进脱贫攻坚的呢？

2021年12月7日的宣传周活动上，阳曲县扶贫开发办公室主任侯爱荣介绍，早在“十三五”伊始，阳曲县就确定了以小米“挂帅”，由县供销合作社牵头，实施电商扶贫，逐渐做出了大文章。

“从2016年开始，我们一直在陆续推进。先打造了一个‘首邑田园’的县域公共品牌，然后又推出了一系列优质农产品。其中，以优质杂粮为主，其他的干果为辅。通过各种线上和线下，在省市乃至全国推介和宣传。”

在这期间，阳曲县将培养优质农产品和贫困户相结合，在全县将农业种植结构从过去的以玉米为主调整为以小米为主。通过几年的倾力打造，小米的价格从当初的每斤 4.5 元，涨到了现在的每斤 7.5 元。“这对老百姓来说很有吸引力，所以小米的价位起来以后，老百姓就争先恐后去种植了。”

随着全县种植小米形势的一片向好，阳曲县及时出台了补贴等一系列的配套政策，加上国家对贫困户的免息小额贷款政策，极大地推进了脱贫攻坚的进度。“这样一来，凡是种小米的贫困户，除享受国家补贴外，县里对他们再进行每亩 25 元的补贴，充分调动起老百姓的积极性。”侯爱荣说。

而后，主要通过县供销合作社，以龙头企业为领军，连接各乡镇的小米种植企业、合作社，再由后者与农户实行连接，形成了自上而下的“企业 + 合作社 + 农户”模式的“一条龙”式产业链。更重要的，是小米的价格逐年攀高，直接刺激了阳曲县小米种植的蓬勃发展。

其中，尤其以阳曲县清风良业种养殖专业合作社这个省级示范扶贫合作社为龙头，在小米扶贫的过程中，采取对贫困户用工建档立卡、免费耕收、承包农用地、免费帮销几个主要方式，助力贫困户脱贫。

“这几个环节，无论是哪个，都可以给老百姓带来实实在在的经济利益。大家不仅可以在务工、农用地转租上有额外收入，还可以免费实现耕种和产品销售，一举多得。”侯爱荣说。

产业的良性发展，使得阳曲全县的小米种植逐渐形成了规模。对此，阳曲县对清风良业合作社予以了大力的扶持，尤其在线上线下的销售。其中，市县的 100 余个帮扶单位每年都通过合作社批发小米，同时，帮助合作社在山西省进行产品展览、展销，甚至还到北京、上海和广州等地宣传。目前，阳曲小米已经遍及全国各大城市，在许多地方的大型超市、机场、车站等场所，皆可以看到阳曲小米。

这也意味着阳曲县的扶贫、脱贫取得了重要成就。侯爱荣表示，阳曲县的脱贫攻坚主要是在杂粮种植，水果、干果经济林，旱地蔬菜几方面采取产业扶贫、就业扶贫，以及政策兜底等。其中，小米种植产业是最突出、也是抓得最成功的一项，自 2017 年实现山西省首批脱贫摘帽以来，阳曲全县人均收入保持在了 1 万元以上。

但是，是不是脱贫就等于万事大吉？当然是否定的。“这是我们的新起点，在‘十四五’期间，我们还将继续进一步巩固拓展扶贫成果，并进一步落实。”

如何落实，怎样落实？侯爱荣说，对此，阳曲县实行了“四个不摘”的后续政策，即摘帽不摘责任，摘帽不摘政策，摘帽不摘资金，摘帽不摘帮扶。也就是说，在“十四五”期间，在责任落实上、项目资金扶持上、全社会帮扶力量上，阳曲县将一如既往保持政策不变。

“现在只是脱了贫，但我们要继续巩固至少 5 年，并保持贫困户原有享受的政策不变，让大家的生活再提高一个档次，确保他们和非贫困人口的生活水平看齐。”

下一步，阳曲县还将对一部分相对收入比较低的“监测户”“边缘户”等人群予以重点跟踪关照，并给予各类倾斜帮扶政策，确保不会有人致贫，不要有人返贫。

作者：白金　赵江芳　丁小易

网易新闻山西频道 2022 年 4 月 11 日发布

（注：本文成稿于 2021 年年末，故编者将其纳入 2021 年作品）

生动易懂，干货满满！上海绿色食品科普课件首发

生动地讲解搭配卡通动画，语言通俗易懂，内容干货满满，以这样形式呈现的绿色科普视频牢牢锁住了台下农户们的注意力。

◎ 科普公益宣传代言人黄浩分享知识

为更好地让农民了解绿色食品、实施绿色生产、执行绿色标准、践行绿色理念，打通绿色食品科普的“最后一公里”，2022 年 1 月 11 日，上海绿色食品科普课件首发仪式在上海正义园艺有限公司举行。

首发仪式上，市农业农村委员会二级巡视员、干部人事处处长姚训对上海市农产品质量安全中心开发制作的绿色食品科普课件给出肯定。姚训表示，发展绿色食品产业是贯彻落实中央决策部署、深化农业供给侧结构性改革的必然要求，是提升农业质量效益竞争力、实现农业高质量发展的有效途径，是顺应消费升级、培育绿色消费市场的有力举措。

“科技创新、科学普及是实现创新发展的两翼，要把科学普及放在与科技创新同等重要的位置。”上海市科学技术委员会科普工作处处长何家骥表示，要推动全市科普事业实现更加充分、更为平衡的发展，打造全国科普事业高质量发展的标杆城市。引导安全优质农产品消费、宣传优质特色农产品产业，更需要加强农业科普，讲好农业故事，分享农业知识。

本次活动邀请 SMG 融媒体中心《新闻坊》栏目主播、主任播音员黄浩担任绿色食品科普公益宣传代言人。会上，上海市农业农村委员会科技教育处处长刘佩红为黄浩颁发聘书。

据悉，绿色食品科普课件以“绿色发展”为主题，以绿色食品为主线，通过认识、生产、许可、标识、管理 5 个部分对绿色食品进行系统全面、深入浅出的讲解。目前，市民可在上海科普网和上海科普 App 在线收看。

◎ 绿色食品科普教育课件

作者：袁梓涵

上海市人民政府网等 2022 年 1 月发布

（注：上海绿色食品科普课件的制作工作是于 2021 年完成的，故编者将本文纳入 2021 年作品）

品牌故事

编者按　讲好中国故事，传播中国好声音。这些品牌故事来自田间地头、生产一线、基层工作者、实验室，从一粒黄豆、一把小米、一片农田到一个产业，以点到面、鲜活生动，表达力和感染力强。故事内容包括按照绿色食品全程质量控制体系生产的典型案例，特定地域带着历史人文特色的地理标志产品，产业发展的成效、经验和做法，还有从业者践行绿色发展理念，在新时代新征程上奋进的面貌等。通过娓娓道来的讲述方式，使绿色有机地标发展助力建设一个美丽乡村、带动一片经济，致富一方百姓的故事广为人所知，唱响了主旋律，诠释了新时代、新气象、新作为。

樱桃红 | 摄影：幸红兵

千年传承，30 载品质保障，一起来看大兴西瓜的前世今生

◎ 西瓜基地

消暑三件事是啥？空调！WiFi！西瓜！到北京一定要吃的西瓜是大兴西瓜！没错，今天故事的主角就是咱们大兴西瓜！

皇家贡品

大兴西瓜得天独厚，由来已久。相传在距今千年以前的辽太平年间（1021—1031 年），大兴就有西瓜栽培。

大兴地处永定河冲积平原，砂质土壤，昼夜温差大，利于西瓜生长。在明朝万历年间（1573—1620 年），大兴庞各庄西瓜就被选为皇宫太庙“贡瓜”，而后又成为皇室喜食的“御瓜”。

因瓜成名，因瓜致富

大兴西瓜是北京农业的一个知名区域品牌，更是绿色食品，作为大兴西瓜核心产区的庞各庄镇，更是因瓜成名、因瓜致富。全镇西甜瓜生产面积 3 万亩，年产量 1 亿吨。已发展起多个叫得响的西瓜品牌，“乐苹”是其中的佼佼者，不仅荣膺北京农业好品牌、北京市著名商标，还跻身中国驰名商标行列。

绿色食品

北京市大兴区有着全国闻名的绿色食品西瓜标准化生产基地，2009 年 9 月就通过了中国绿色食品发展中心组织的验收。北京庞各庄乐平农产品产销有限公司有 3 个产品获得绿色食品认证，批准产量 1 425 吨。2007 年 3 月 7 日，国家质量监督检验检疫

总局批准对大兴西瓜实施地理标志产品保护。绿色食品，把丰收和致富紧密地联系在一起。

种好瓜、卖好瓜

庞各庄乐平农产品产销有限公司董事长冯乐平言简意赅，“30 年来，我们就干两件事——种好瓜、卖好瓜。”从西瓜卖不掉到不够卖，从“三无产品”到知名品牌，“乐苹”坚守“以质求存，志在富农”。将质量的根深植进生产者心里，用科技强壮经营的藤蔓结出品牌富农的甘甜果实。

◎ 采摘西瓜

两条报纸消息的启发

故事要从 1992 年说起，当时庞各庄乐平农产品产销有限公司董事长冯乐平从报纸上看到两条消息，一是北京顺义农民种大棚西瓜取得了好收益，二是山东的苹果包装上市卖高价。实地考察后，她凑了 6 000 元钱，1993 年支起了当地第一个西瓜大棚。当年，这一棚瓜净赚 7 000 元钱。第二年，发展到 6 个棚，棚均纯收入过 1 万元。

1997 年，庞各庄乐平农产品产销有限公司成立。此后，种有科技含量的瓜、不走寻常路，该公司以这种“不变”应对市场的“万变”。该公司跟农业科技部门合作培育“太空西瓜”，开展断根嫁接、立体栽培等科研攻关，开发印字西瓜、盆栽西瓜等特色产品，引领小型西瓜种植，建“御瓜园”探索农旅融合……

每一个成长阶段，都不放弃尝试。

◎ 特色瓜

一次闭门羹催生的品牌

镜头拉回2000年，冯乐平到一家单位推销。人家问：你们有牌子吗？超市有卖吗？你们把西瓜包装成什么样的卖？一时语塞的冯乐平发现，自己的瓜就是‘三无’，她开始意识到必须做品牌，于是注册了“乐苹”商标。设计包装箱忙活了1个多月，他们带着样品又去了那家单位，一箱装6个西瓜个头匀称，还承诺全都自然熟，坏1个赔10个。靠着瓜卖相好、人诚恳，“乐苹”拿下了15万元的订单。团购市场打开后，冯乐平从品牌经营的高度对生产提出要求：一要改变原来与瓜农间松散的联系，二要有拿得出手的质量证明。成立合作社，从种无公害西瓜开始，再到绿色食品西瓜，“乐苹”找到了发展路径。

在生产环节严格按标准来，给种植负责人和大棚编号。在采收环节，严把成熟度和采摘时间，依托大兴区农业环境监测站实施批批检测。在储存环节，按入库时间分区存放。由于生产规范、质量可靠，庞各庄乐平农产品产销有限公司500亩核心基地的产品获得绿色食品证书。2013年，公司荣获“中国绿色食品示范企业”称号。好品质也要让市场看得真切，公司建设了“御瓜园”西瓜生态文化创意博览园，集种植、销售、采摘、观光、农业科普等功能于一体。2014年建立了农产品质量追溯体系，将生产全程透明地展示给消费者，如今，“乐苹”西瓜已在北京发展了500余家高端客户，年合同量达1 500万千克。

◎ 御瓜园

两句嘱咐成就的理念

在庞各庄乐平农产品产销有限公司大门口刻着“以质求存，志在富民”八个字，这是创业之初冯乐平父亲对她的嘱咐。质量不行，这条路就走不下去，想让农民跟着干，不能让农民吃亏，还得让他们看到长远利益。冯乐平说，品牌维护、质量把控，最终都要靠农户来落实，农户有奔头，企业才有前途。从收农户的瓜开始，到后来成立合作社带着农户经营，信守对农户的承诺是第一位的。

30年来，直接跟着冯乐平干的农户，从最初的6户亲戚发展到650个合作社社员，在全国8个省市建了3万亩基地，全国巾帼现代农业科技示范基地、国家星火计划农村专业技术示范协会、全国农民专业合作组织试点单位等荣誉纷至沓来。“我们坚守了30年，现在迎来了收获期。”冯乐平笑着说，“质量兴农、绿色兴农、品牌强农，是动力也是压力。得把绿色食品真正做到家，北京新机场建成后，让中外游客一进北京的‘南大门’，就能感受到我们农业的绿色发展。”

作者：房宁

摄影：张保旗

微信公众号“绿色食品博览”2018年7月20日推文

富岗苹果　打造中国果品绿色品牌

编者按：100元一个的富岗苹果，种植在太行山脉中的河北省邢台市内丘县岗底村，这里海拔500～1 200米，拥有昼夜温差15℃的独特气候条件和片麻岩中性偏酸的土壤。按照128道标准化生产工序种植，并通过绿色食品认证的富岗苹果，果形端正、细脆津纯、酸甜适口、清香蜜味、易贮耐藏，富含有多种对人体有益的氨基酸、矿物质和微量元素。

◎ 苹果管理技术员介绍苹果疏花疏果技术

北京奥运会专供果品、被誉为“中华名果”的富岗苹果，一枚苹果（一级果直径95毫米以上）售价100元。地处太行深山区的内丘县侯家庄乡岗底村，通过种植优良品种果树，采用128道生产管理工序，坚守绿色发展道路，使富岗苹果进入到高质量发展之路。

优良品种＋科学技术　“黑蛋蛋”变身“金元宝”

富岗苹果，红润个大品相佳，口感好，既有营养又健康。可是从前的岗底苹果却是果皮厚、锈斑多、着色不均匀，在河北农业大学李保国教授的眼中就是一枚枚“黑蛋子”。那么，这些“黑蛋子”是如何蜕变成“金苹果”的呢？

岗底村特有的土质、海拔、温差让富岗苹果有了“先天”的种植优势，不过这还不够，种植优良品种的果树和采用科学种植的方法对苹果的品质、品相起到关键作用。

苹果品相好不好直接影响其价格，为了让这些“黑蛋子”改头换面，李保国教授曾经自掏腰包给果农们免费发放16万个苹果袋，并传授苹果套袋技术。

“当时有很多果农不信，觉得这苹果既不见光，也不透风，怎么可能长得好。”

富岗公司副总经理杨双奎说，当时那 16 万个苹果袋只发出去了一半，直到果实成熟时，套袋苹果比没套袋苹果品相强出数倍，第二年，果农们就开始主动学习苹果套袋技术，自费购买使用了 160 万个苹果袋。

“我们在种植李保国教授培育出的岗底一号、岗底二号、岗底三号优质品种基础上，在种植过程中实行了包括栽植、定植后管理、第二三年管理和第四年以后管理四大环节，每一环节又包含数道生产工序，共计 128 道工序来保证富岗苹果绿色高品质的特点。”杨双奎说。

杨双奎口中的 128 道标准化生产工序就是李保国教授扎根岗底村，经过精心研究和数百次反复实验，为富岗苹果量身定做的标准化生产工序。这 128 道标准化生产工序是富岗苹果通过绿色食品认证、品质出众的法宝。

“我们这里常见的病虫草害是腐烂病、轮纹病、早期落叶病、红白蜘蛛、金纹细蛾、金龟子、食心虫、蚜虫、棉铃虫等食叶害虫和马齿苋草害。”杨双奎介绍。

“在苹果种植过程中说不用药的都是骗人的，用什么药，怎么用，用多少才是重点。”杨双奎说，128 道标准化生产工序，绿色种植是核心，在 128 道标准化生产工序中采用释放天敌、人工防治、物理防治等多种措施相结合的方法应对常见的病虫草害，从而减少使用农药。

针对腐烂病、轮纹病采取人工刮树皮的物理治疗方法。“防止虫害，采用人工防治以及光、电、热、气味等物理因素相结合的方法。利用糖醋液诱杀金龟子，黄板诱杀蚜虫等趋色彩性害虫，套袋躲避食心虫危害，诱芯 + 粘虫胶防治金纹细蛾，黑光灯诱杀棉铃虫等趋光性害虫成虫，利用诱虫带防治越冬性红蜘蛛等。”杨双奎说。

绿色食品是指产自优良生态环境、按照绿色食品标准生产、实行全程质量控制并获得绿色食品标志使用权的安全、优质食用农产品及相关产品。河北省绿色食品办公室的尤帅认为，选种优良品种，加之严格按照绿色食品生产规范进行的科学种植，是富岗苹果成为绿色高品质果品的秘诀。

◎ 岗底村的三沟两峪一面坡将打造绿色品牌种植基地

综合治理 + 精细管理　以“健康”“绿色”擦亮富岗品牌

“岗底以前为啥守着果树受穷？根在管理技术落后。”

"行政加科技，才好发展生产力。"

这是当年李保国教授对岗底村书记杨双牛说过的话。此后，杨双牛便下定决心要对治山、管理、营销模式进行一系列的改革。

"山水林田路"综合治理技术开启了治山新模式。由集体对山、水、林、田、路进行顶层规划，综合开发。实行统一设计规划、统一组织施工、统一组织服务、统一质量标准、统一检查验收，分户承包管理的模式。

"大园区、小业主"的园区经营机制，帮助岗底村走出了一条分户专业承包、分散经营管理、分类技术指导、分清权力责任、分级独立核算，统一品牌销售的新路子。

"李保国老师为岗底带来了'山水林田路'综合治理技术和'大园区、小业主'经营管理机制，有效地破解了因管理不善而出现的各种问题。"岗底村村委会办公室主任王文广说，果农负责种好树、交好果，果品再由公司统一收购并包装后，进行统一销售，实现公司与果农利益的"一体化"，这样能够最大限度地实现产业经营各主体的有机结合，既有效激发了农户的积极性和责任心，保证了苹果品质，也能够有效应对市场经济的变动。

"农药、肥料等所需物料由公司统一采购提供给农户，为农户统一做技术培训，保证 128 道标准化生产工序被严格执行。"杨双奎说，如果果品被检测出农药残留超标等问题，公司将回收问题苹果后进行集中销毁。质量是富岗苹果不可撼动的硬指标，因为，质量是富岗苹果赢得市场的唯一法宝。

随着人们对食品安全的愈发重视，富岗公司建立了国内第一个苹果类的食品安全追溯系统。"苹果追溯系统真正做到了从果园到餐桌的全程绿色监控，在消费者心目中形成了'吃富岗苹果，就是吃营养、吃绿色、吃健康'的共识。"杨双奎说。

未来，富岗人将继续立足绿水青山，围绕一二三产融合谋发展，大力发展果品深加工、农家乐、生态农业观光旅游等新产业。将岗底村的三沟两峪一面坡建成林果产业之区、旅游休闲之区、生态涵养之区，创造出更大的经济效益、社会效益和生态效益，努力打造绿色品牌。

作者：白根海　董达
来源：河北省绿色食品发展中心
长城网 2018 年 5 月 11 日发布

河龙贡米米业："一粒米"致富百村人

"如果这几年没有种植这10亩河龙贡米，每年就不可能增加1万多元的纯收入，建盖新房就是空想。"62岁的老伊是福建省三明市宁化县河龙乡河龙村的建档立卡贫困户，如今，他家建盖了200米^{2}的二层新房，还购买了一辆新的三轮摩托车，对生活充满了信心。

宁化是福建省23个省级扶贫开发工作重点县之一。全县像老伊这样的精准扶贫户有683户，贫困人口2 502人。总共种植河龙贡米3 145亩，总产量达130万千克，企业每50千克多补10元，这项就能增收26万余元。加上原价每50千克200元，真是让农户实惠多多。

鼓励老伊种植河龙贡米并与他签订订单合同的是宁化县河龙贡米米业有限公司（简称河龙贡米米业）。该公司是一家以优质大米加工为主，集收购、储运、销售为一体的大型粮食加工企业，也是三明市农业产业化龙头企业，列为2017年福建省重点上市后备企业。

"公司主导的'伊盆'河龙贡米系指宁化县河龙乡及周边地区生产的高端优质大米，是国家地理标志保护、地理标志证明商标、良好农业规范（GAP）论证产品。2010年获三明名优特农产品展销会'特色农产品金奖'，2014—2016年连续3年获第十届、十一届、十二届海峡两岸博览会金奖。2017年入选金砖国家领导人厦门会晤大米供应单位。"河龙贡米米业董事长陈伟洪说。

陈伟洪告诉记者，近年来，河龙贡米的发展规模有了质的飞跃，从原来的几百亩发展到现在的上万亩，经济效益蒸蒸日上。公司能取得今天的成绩，得益于宁化县委县政府的大力支持，更离不开广大种植农户的信任与支持。为此，公司十分热衷于帮助提升当地农民的生活水平，"百企帮百村"精准扶贫行动启动后，公司积极响应，将扶持贫困户作为专项任务。

"根据企业自身的发展特点，我们提出了'一企帮百村'的扶贫思路，把主要的立足点放在对广大种植户的服务上，放在对广大种植户的技术培训上。"谈及企业的帮扶举措，陈伟洪介绍说，与其他企业不同，公司主要立足于河龙贡米种植户涉及千家万户的实际，利用自身优势，采取政策科技扶持与资金农资支持相结合的原则，通过“送政策、送技术、送信息”等方式，化繁为简，帮助他们学习新技术、分享新信息、掌握新技能、创造新生活。

2016 年 3 月 8 日，习近平总书记在参加第十二届全国人民代表大会第四次会议四川代表团审议时提出，改进脱贫攻坚动员和帮扶方式，扶持谁、谁来扶、怎么扶、如何退，全过程都要精准，有的需要下一番“绣花”功夫。这让陈伟洪有了很大的触动。围绕这些问题，公司专门成立了河龙贡米扶贫工作组，负责制定扶贫工作计划、确定扶贫工作思路、明确扶贫工作责任以及落实扶贫工作对象。

为更好帮助种植户尤其是贫困户增强“造血”功能，河龙贡米米业坚持四措并举。

强化技术培训。公司坚持对种植户进行培训，每年根据各个乡镇的不同特点，组织种植户利用乡镇墟日进行培训，范围涵盖从浸种、秧田管理、施肥、稻谷储藏等全过程。

免费发送种子。为减轻贫困种植户的负担，公司坚持从源头上扶持，免费为贫困种植户发送种子。2016 年全年扶持贫困户 683 户，发放种子 8 800 斤，合计投入近 16 万元。

发放农资补贴。河龙贡米米业实行农资补贴政策，贫困户种植河龙贡米的，每 100 斤给予 10 元的农资补贴，2016 年共收回贫困户种植稻谷 130 多万斤，补助农资近 13 万元。

提高收购价格。贫困户种植河龙贡米的，公司按每 100 斤比一般种植户稻谷收购价高 20 元的价格收购，按收购稻谷 130 万斤计算，共对贫困户增加发放扶贫资金 26 余万元。

这些举措的实施，收到了“三赢”的成效，既帮贫困户增收，壮大了河龙贡米产业，同时也促进了公司的健康发展。数据显示，2017 年，宁化县 16 个乡镇落实河龙贡米种植面积达 2.1 万亩，贡米产量 825 万千克，产值 4 620 万元。今年，公司将增加贡米种植 1.5 万亩，对 1 000 户贫困户在种子、农业生产资料、收购价格等方面进行扶持，帮扶困难群众脱贫致富。

就在采访期间，由宁化县政府主办，河龙贡米米业承办的“伊盆”河龙贡米新品上市发布会在厦门举行，现场发布了 3 款“伊盆”河龙贡米新品，举行了经销商及合作商签约仪式、河龙贡米众筹项目信息发布及路演、河龙贡米全国运营中心总部授牌仪式等。

“公司的扶贫在于增加农民收入，提高种植户的生产能力和增收水平。通过一年的实践，企业尽己所能出资 55 万余元的专项扶贫资金，对 683 户 2 000 多人口的帮扶，拓宽了他们的增收渠道，实现了部分农户经济上的增收和生产技能的提高。”陈伟洪说，从根本上实现贫困户脱贫并实现共同小康的目标，虽然要做的事情还有很多，但自己充满信心。

作者：徐志南　俞凤琼

原载于2018年3月7日《中华工商时报》

小核桃谱写“绿色”传奇

近年来，随着人们生活质量的不断提高，人们对食物的观念从原来的“吃饱”到后来的“吃好”已经转变为现在的“吃健康”。绿岭公司作为河北省核桃产业的领军企业，其生产的绿色食品“绿岭”牌薄皮核桃也越来越受到消费者的青睐。

荒山秃岗变身“金银山”

“原来这里就是一条大约十几里长的大荒沟，因常有野狐狸出没，所以被称为狐子沟。狐子沟自南向北蜿蜒曲折，铺展在临城县城东北鸭鸽营乡李家韩和西洞两个村之间的一个荒山秃岭上，沟的东西两侧，是大约有五六里[①]宽的石岗野坡。”临城县原副县长路焕京介绍说。

狐子沟地处太行山东部的浅山丘陵地区，自古荒凉，野草丛生，碎石遍地，无法耕种。“如果扒开那层浅土，会发现里面净是红石头蛋蛋。在民间，早就流传有‘晴天渴死牛，雨天遍地流’‘兔子不拉屎，狐子都犯愁’的说法。”西赵村村民申换景说。

绿岭公司的负责人高胜福，那时还是临城县电信局的负责人，当年响应县里的号召，与当地政府签约承包了狐子沟东侧约 3 000 亩荒地，这荒地能种什么也让他犯了愁。

“这里的荒山地质非常特殊，遍布石头和荆棘，这种地貌，被河北农业大学李保国教授称为‘洪积冲积多砾石岗地’，当时他在这 3 000 亩的荒岗上转了一遍后，对我们说：‘种核桃吧，这种土壤，只适合种核桃。’”绿岭基地负责人张增建说。

1999 年，李保国教授带领绿岭人开创了“开沟换土、客土造林的太行山浅山区治理模式”，这种模式就是将鹅卵石挖走，打破僵石层，通过开沟换土从而建立起保水层，起到聚水节水保水的作用。同时，运用李保国教授国内首创的“绿岭薄皮核桃矮化密植栽培技术”，实现了“一年栽树，两年结果，三年有产，五年丰产，亩产 500 斤优质核桃，亩纯收益万元以上”的奇迹！

① 1 里 =500 米，全书同。

原来的荒山秃岗变成今天的种满薄皮核桃树的“绿岭”。这些来自“绿岭”的薄皮核桃以壳薄、色艳、仁丰、味好、食用方便等特色享誉全国，2004年通过中国绿色食品发展中心的绿色认证，2008年通过有机食品认证，荣获“河北省名优农产品金奖”“中华名果”“奥运推荐果品”等称号。目前，临城县薄皮核桃种植面积达到23.5万亩。

◎ 绿色食品核桃基地

高品质铸就绿色品牌

绿岭核桃丰收了，李保国教授和中国农业大学、江南大学等科研院所共同努力，以绿岭绿色有机核桃为原料，经过核桃仁现磨、均质、杀菌等20几道独特工艺，制成了无香精的纯天然核桃饮料——绿岭原香核桃乳。绿岭原香核桃乳是不加香精的核桃乳，目前公司正计划对核桃乳和核桃油产品申请绿色食品认证。

为打造“绿岭”品牌，绿岭公司严守食品安全红线。他们设计了合理的厂房布局、使用易清洁的厂房建设材料，购置了一批先进的生产设备设施、从生产环境到加物料接触环境方面都有效避免了人、气、物的交叉污染；公司车间内配有高频臭氧发生器、紫外灯、对车间内的空气定时进行有效杀菌；生产设备采用自动就地清洗系统（CIP），经过水洗—碱洗—水洗—酸洗—水洗的五步循环，确保生产管道不残留有机质和盐渍，避免微生物的生长，对设备死角进行每班拆卸清洗，避免了杀菌死角的存在。

在水质的把控上，绿岭公司也下足功夫，厂区水源定期检测不同取样位置的水质状况，水源经过车间双极反渗透设备，制出的生产用水在电导率指标超过纯净水，进水管道和污水管道严格分离，避免交叉污染，生产过程中每半个小时对水质情况进行检测，保证产品的质量安全。

为保障核桃脱皮环节的安全，绿岭公司研发了“青皮核桃脱皮机”“核桃清洗机”等专利产品。使用自动化程度高的机器对核桃进行脱皮、清洗，确保了核桃在生产环节保持绿色无污染的“本性”。

在原辅材料的控制方面，绿岭公司建立了良好的食品安全溯源体系。原材料进厂，严格对其厂家索证索票，确认资质合法；对供应商进行现场考察、评价，

◎ 绿岭公司的生态园树上核桃，树下养鸡

确立了一批优秀的原辅材料供应商。不论是原辅料还是包材，都选择实力过硬的厂家。每批原料进厂按照品管部建立的检验计划和质量标准，合格验收后进厂，使用前再次抽检。每隔半年，对厂家的原辅料送至具有法定资质的检测机构进行全项检验，对其出厂检验报告进行验证，确认其质量保证能力。

为使生产过程和产品实物质量得到可靠控制，绿岭公司还投资100多万元建了一座现代化多功能实验室，依据国家相关标准对产品进行有效检验，检验全部合格后出厂，检测仪器每隔半年送至监管单位进行鉴定，保证检测设备的精准性。

全产业链模式领航国内核桃业

近年来，绿岭公司在坚守“绿色、健康、诚信、守规”价值观的同时，也在不断进行产品创新，积极探索一二三产融合发展模式。

为延伸核桃产业链，增加核桃附加值，满足市场需求，绿岭公司不断探索产业融合发展的道路。2010年，公司投资3.2亿元建设了核桃综合深加工项目，完成了包括核桃初加工车间、核桃综合深加工车间在内的17万米^{2}加工厂房的建设，建成了核桃乳高速生产线、核桃蛋白片生产线、核桃油生产线等6条生产线，产品品类包括核桃乳、核桃油、核桃蛋白片、烤核桃等六大类30多个单品。

把核桃园打造成生态旅游景区，让游客分享轻松、舒适、清新的乡野情趣，领略核桃文化，绿岭公司投资8 000万元建设的“绿岭 · 核桃小镇”景区现在也开园迎客了。

种核桃，加工核桃，打造生态旅游园区，绿岭公司以“绿色”核桃为核心的创新融合发展模式正在形成发展中。

作者：白根海　董达　尤帅
来源：河北省绿色食品发展中心
长城网2018年5月15日发布

有情义的化石戈镇小米

2018年5月26日，在快到辽宁省阜新市阜蒙县化石戈镇的路上，只见路两旁平地上的玉米已经出苗，而耐旱的谷子却刚刚开始播种，原来不能上山的拖拉机，在开垦成梯田的地里耕耘。万德号村的村民郭玉林告诉记者："我们用的是老品种红苗子，种子与有机肥都是化石戈谷子种植合作社提供的，还是老品种做出的小米饭味道香甜。我们与合作社签有订单，合作社的小米卖得好，品牌打出去了，我们的谷子价格也会更高。"

化石戈在蒙语中是核桃的意思，据说早年化石戈镇附近山上有核桃树而得名，如今核桃树已不知所踪，化石戈镇小米却是声名远播。

化石戈镇党委书记吴学民告诉记者："2018年农业农村部开展中国农业品牌提升行动，推介一批叫得响、过得硬、有影响力的农业品牌。我们要将化石戈镇的'驼谷小米'建设成为全国著名区域公用品牌，以原始的绿色种植方式，以新型的生态环保生产模式，以多方位的销售手段，努力把化石戈镇小米推向更大的市场，从而带动农户脱贫致富。"

"宫廷贡米"佳话传

阜蒙县位于辽宁省西北部，距县城约65千米，是全县较为贫困的乡镇之一。远离城市是劣势，却是农作物生长的优势。这儿没有工业厂矿，地处水源上方和上风口，因此环境比较清洁，完全维持自然生态系统状态。

化石戈镇的耕地土壤类型主要是砂壤土和棕壤土，土层比较深厚、排水性较好，土壤有机质含量较高。相传数百年前，位于化石戈镇境内的骆驼山上生长着一种名为杂花草的植物，牛羊嗜食之。岁月流逝，山上的草叶与牛羊粪便随雨水淤积到山根地，使得此地种植的谷子粒大饱满，加工后的小米香甜可口。

"骆驼山上杂花草，化石戈的小米好。"这是千百年来流传在骆驼山一带的民间"口头禅"。说起骆驼山小米的故事，至今山下几个乡镇的农民都能讲出一段儿又一段儿。相传乾隆帝到了此地，吃了当地的小米饭后赞叹不已，回宫后就赐犁锄鼓励生产，此后化石戈地区生产的小米即有了“宫廷贡米”之说，“宫廷贡米”由此而得名。

时至今日，在辽西地区产妇坐月子，小米仍是首选食品。特别是阜新当地人每逢产妇“坐月子”都会千方百计“淘弄”一袋子骆驼山下化石戈的小米。如今，“宫廷贡米”的故事已经作为一种独特的地域文化，融入了化石戈小米并随之一同闯进了广阔的市场。

化石戈镇的小米好在哪里？化石戈镇副镇长魏洪波向记者介绍说，独特的地理、土壤、水质、气候环境，造就了化石戈小米与众不同的特殊风味，其营养十分丰富，维生素 E、钙、铁、硒、锌等含量均明显高于一般小米。化石戈小米外观呈黄色或者白色，籽粒饱满，米粒大小色泽一致。小米饭软滑可口，有一股清香绵长的独特风味。目前正准备将化石戈镇小米申请为农业非物质文化遗产。

“长寿屯”的长寿之道

随着时代发展，阜蒙县委、县政府认识到昔日曾作为“宫廷贡米”的化石戈小米只有走产业化、现代化加工之路方能打开市场大门。因此，责成原化石戈乡于 2000 年开始，采取“公司 + 农户”的模式，按绿色食品生产要求生产、包装“化石戈小米”。

乡里通过招商引资的方式成立了阜蒙县化石戈宏建米业有限公司，谷子种植面积不断扩大，达到全镇种植面积的 1/3。2002 年，经中国绿色食品发展中心批准，宏建米业有限公司的‘驼谷’牌化石戈小米获得 A 级绿色食品标志使用权。2003 年，该公司位于骆驼山周边的谷子基地被阜蒙县质量技术监督局推荐为国家级农业标准化生产示范基地。

2009 年化石戈乡被辽宁省农业委员会评为辽宁特产小米之乡。2014 年，化石戈小米获得农业部颁发的农产品地理标志登记证书。地理标志产品具有一套完整质量控制技术规范，规定了登记产品的地域范围、独特自然生态环境、特定生产方式、产品品质特色以及质量安全要求等。

化石戈谷子种植合作社严格按照地理标志产品的生产方式引导种植户种好谷子。与化石戈谷子种植合作社签有谷子种植订单的万德号村张麻屯的庄久东告诉记者：“首先得找好种谷子的地方，平地还不行，山上高、水好、通风条件好，种的谷子质量才好。合作社给我们提供种子与有机肥，平时经常有专人来指导怎么种，到收时不是合作社的品种多少钱也不会收。”

“我们张麻屯更是特殊，被人称为‘长寿屯’，像我的爷爷兄弟 5 人平均年龄都快 90 岁了。因为山上的石头都是麦饭石，含麦饭石的土壤与水使谷子的品质更好。”庄久东说。

化石戈谷子种植合作社理事长刘宏建向记者介绍说：“我们的谷子基地共有 5 000 多亩，其中，从农民手里流转 3 000 亩，与农民签订单 2 500 亩。谷子需要倒茬，最好选择 3 年以上没有种植谷子的地块，前茬以豆类、玉米、高粱或薯类等作物为好。因此我们合作社是以谷子生产为主，还种植黄豆、绿豆、红豆、玉米等作物。”

回归传统种植的惊喜

经济的快速增长带来的生活水平日益提高，人们的食品消费结构更富营养、合理、科学化，健康保健意识逐渐增强，营养消费开始成为家庭消费的主要组成部分。小米作为我国主要生产的谷物之一，拥有较之大米更为丰富的营养价值，适合大多数的消费者食用。

适应消费者返璞归真的需求，刘宏建开始试验按原始种植方法种谷子，肥料以农家肥与有机肥为主。化石戈镇台吉营子村的孙树奎除了将家里的 52 亩地流转给合作社，他自己还在合作社里做工。他向记者介绍道：“一亩地流转费 400 元，从春天整地灭茬到秋收我能干 10 个月活。谷子地里上的有机肥与农家肥，不打药不用除草剂，全是人工拔草，光拔草费一亩地就要用工 100 元。”

回归传统给刘宏建带来意想不到的惊喜。谷子还没种，沈阳市一家公司考察后以每亩 3 000 元的价格认养了 20 亩谷子，将来把小米当作客户的伴手礼。这也给了刘宏建做好传统种植、扩大生产规模的信心。

刚到化石戈镇任职不久的辽宁省农业委员会选派干部、化石戈镇党委第一副书记刘廷喜实地调研后，帮助化石戈镇确定了以小米生产加工为首的 3 个主导产业。他制定了化石戈镇小米整体提升计划并组织实施，在骆驼山脚下建一块 42 亩的小米原产地，在台吉营子村建设谷子新品种选育基地 500 亩，并请辽宁省农业科学院风沙地改良利用研究所的专家现场指导，按照标准化种植规程开展小米生产。

刘廷喜也多次到化石戈谷子种植合作社帮着出谋划策，刘宏建对记者说：“刘书记帮我们引进 5 个谷子新品种，联系省植保站给我们提供杀虫灯，协调邮政储蓄银行阜新分行准备给我们贷款。客户要求基地要装监控设备，他马上又通过朋友联系装监控。为促进销售，他要帮我们搭建‘化石戈小米’网上销售平台，已与省扶贫馆等 6 家大型网上销售商接触洽谈。”

戴着“宫廷贡米”的光环，运用传统的种植品种、传统的种植方法、传统的加工方法，化石戈镇小米在未来的市场竞争中必将有占有一席之地。刘宏建对此信心满满：“我们秉承先做人再做事，食品安全责任大于天的经营理念，产品质量可全程追溯，全力打造‘化石戈小米’这一从田间到餐桌更让人放心的品牌。”

作者：于险峰　张仁军

原载于 2018 年 5 月 30 日《农民日报》

结缘 20 余载　守护心中净土

1992 年，我在中国食品报社要闻部当记者，办公室接到了一个电话，邀请报社人员参加绿色食品的一个采访活动，由于我一直在跑农业口，部门主任就把这个任务交给了我。从此我与绿色食品结下了 20 余年不解之缘。

关键词：结缘

刚一听绿色食品有些懵，食品，特别是植物不都是绿色的吗？为何还要进行认证呢？来到位于北京市朝阳区西坝河的重庆大厦，中国绿色食品发展中心的同志们热情地接待了我，同时给我详细介绍了绿色食品认证的意义、概念、标准等，让我感到十分亲切，尽管对有些问题还不十分了解，但我已经感觉到，这是一项对农业和食品领域具有重大变革的事业，是具有开创性的事业。我想，我将与这项事业紧紧联系在一起了。

关键词：规矩

随着时间的推移，我参加中国绿色食品发展中心的活动越来越多了，使我对绿色食品的理念越来越了解，也越发感觉到这项事业的伟大。同时，与中国绿色食品发展中心的同志们接触了解越来越多，对他们的真情、专业、公正以及对事业的执着越发钦佩，我能有幸参与这项事业深感荣幸。

由于绿色食品的公信力、品牌影响力不断扩大，社会对绿色食品的认知度也不断提升，越来越多的食品企业意识到绿色食品认证的优势。但由于绿色食品严苛的标准和严格的准入门槛，有的企业想运用关系走捷径获得认证。一次一家很大的肉类企业找到我，说你跟中国绿色食品发展中心的同志熟，问能否帮忙快一些申请绿色食品认证。一是我对这家企业情况比较了解，二是这也是一家知名的企业，于是就答应帮忙试一试。我打电话给中国绿色食品发展中心的同志将这个情况说了。原本和蔼的那位同志立刻变得严肃起来，给我详细介绍起来绿色食品认证的流程，让我转告那家企业，认证欢迎，但一定要按照规矩来。同时，那位同志还将绿色食品认证的每一个步骤发到我邮箱，并让我转给那家企业。这件事让我震撼。因为在 2005 年我与国家认证认可监督管理委员会在中国食品报合办了“认证专刊”，与许多认证机构建立了联系，也比较了解认证机构的运作方式，在当时有些机构并不规范，甚至有些认证可以采取非正常手段就可获得。但绿色食品认证却不一样，只能按照标准流程规规矩矩地来，完全没有捷径。这也正是绿色食品产品质量抽检合格率持续多年稳定在 98% 以上、消费者对其认知度超过 80%、在各类认证农产品中位居第一的原因所在。

关键词：热爱

通过对绿色食品了解的深入，我对绿色食品更加信服，而且更加愿意尽自己的力量守护好绿色食品的事业。一次有一家机构抽查了北京绿色食品市场，并通过一家北京知名媒体发布了这样一条消息《北京一成绿色食品不绿》。看到这个消息之后我十分生气。因为，这个机构和这家媒体对绿色食品根本不了解，发这样的抽查结果很不负责任。我仔细看了这篇报道，发现这家机构所查的绿色食品绝大部分都是假冒绿色食品标志的，与绿色食品不沾边，根本就不是绿色食品。而且查出两件所谓不合格的绿色食品问题都是出在商标不规范上，质量根本没有问题。不能这样给绿色食品抹黑！于是我在第一时间写了一篇详细介绍的绿色食品的文章，同时呼吁工商部门应该严厉打击绿色食品标志假冒现象，并与报社协商发在了头版头条，引起了不错的反响。我的这种做法这并不是表白什么，而是出于对绿色食品真诚的热爱。

我到中国食品报社工作已经 30 余年了，尽管我的岗位、职务在不断变化，但是我对绿色食品的热爱有增无减。尽管很多活动我都不用亲自采访了，但是唯独绿色食品的活动我一定要去，并对所有有关绿色食品的稿件，我都要亲自把关，一一审核，仔细校订，生怕出现差错会给绿色食品带来负面影响。今后我将会一如既往为绿色食品事业作出自己的贡献，守护好这片在我心中的净土。

作者：粘新
微信公众号“中国绿色食品”2019 年 4 月 15 日推文

守护一方绿色食品安全，“从土地到餐桌”的绿色食品的成长之路

蓓蕾，象征着生命起始，绿叶，代表着蓬勃生机，阳光，则是万物之源，是一切生命的根本。这三者组合起来的自然生态，就是绿色食品的寓意所在。

第三方检测又称“公正检验”，第三方检测机构以公正、权威的非当事人身份，根据有关法律、标准或合同规定，对商品进行检验测试。

我国第三方检测起步较晚，是2000年以后才开始，欧洲则在15世纪之初就已经有第三方检测机构介入商品检验。随着国际化贸易的增加，人们对检测数据公正性的意识不断增强，对产品检测范围、检测项目以及检测频次的需求也不断增加，助推第三方检测机构的发展。

2003年，华测检测在深圳梅花山庄组建第一个实验室。2007年，公正、专业的企业形象，使华测检测的营业额首次突破1亿元。2009年，华测检测在深圳证券交易所挂牌上市（300012），华测检测获得第一座奋斗的里程碑。奋斗不息，前进不止，2013年，华测检测成为欧盟NB认证机构，于2015年入围国家强制性产品认证（CCC）指定实验室。

◎ 华测检测

时至今日，华测检测足迹遍布全国50多个城市，服务网点超过200个，拥有员工9 000余人，营业额始终保持每年20%以上增长，2018年度收入超过26亿元。华测检测已成为中国沃土上检验检测认证行业的中坚力量。

不忘初心，肩负保障农产品质量安全的神圣使命

小企业求发展，大企业担责任，华测检测秉承“诚信、团队、专业、服务、

成长”的价值观，在追求卓越品质的同时，主动承担起更多的社会责任。集团下属的8个事业部，食品、农产品检测隶属于生命科学板块，现有检测实验室19个，分布于深圳、上海、北京、青岛、哈尔滨、昆明、武汉等直辖市、省会城市及计划单列市，形成国内渠道最广、分支机构最多的食品检测网络。

严谨规范，做绿色食品质量安全的坚定守护者

2012年，经专家组严格考核，位于深圳总部的华测检测成为中国绿色食品发展中心授权的绿色食品定点检测机构。随后，位于青岛、武汉、哈尔滨的实验室，也相继取得“三品一标”检测资质。质量安全是绿色食品事业的生命，环境监测与产品质量检测，是夯实绿色食品质量安全的基础工作。

华测实验室依据ISO/IEC 17025的运行和管理，先后获得CNAS、CMA、CATL等权威资质，严格按照《绿色食品　产地环境质量》(NY/T 391—2013)、《绿色食品　产品检验规则》(NY/T 1055—2015)及产品执行标准进行检测。每年积极参加各级农业部门组织的能力验证，不断提升检验水平，取得满意的成绩。

“方法科学、行为公正、结果准确、服务高效”是华测检测的质量方针，经过十几年的艰辛耕耘，华测检测为绿色食品事业高质量发展提供了坚强有力的技术支撑，为绿色食品事业贡献出自己的力量。自获得绿色食品定点检测机构资质以来，累计服务客户数量超过2 500家，出具3 000余份检验报告。

热情服务，做绿色食品企业的贴心人

术业有专攻，从物华天宝的“千年古都”到瓜果飘香的“江南水乡”，从物产丰富的东北平原到风光绮丽的华南沿海，华测检测带给消费者的是“从土地到餐桌”的信任。“三品一标”、农业投入品、绿色农产品的每一步，都能看到华测人的身影。

为企业排忧解难是我们服务的宗旨。绿色食品企业多在偏远地带，申请企业情况也不甚相同，我们耐心解答企业的疑问，根据作物生产周期进行样品采集，为了一个样品，采样员可能要跑上一天才能完成。有时因为企业未及时提出续展等原因，留给我们的抽检时间很短，为了不耽误申报续展工作，采样员第一时间赶赴现场采样并将样品及时送达实验室，实验室人员加班加点保证按时出具报告，保证申报续展的顺利进行。

梧州的淮山，河池的苦瓜，柳州的蜜柑，绿色食品企业辛勤耕耘，中国绿色

食品发展中心严格审查，绿色食品定点检测机构专业守护，三位一体，共同成就安全、优质的绿色食品。

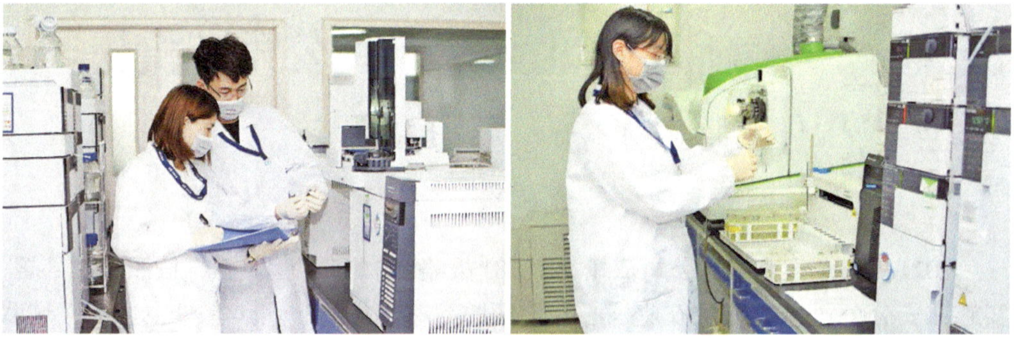

◎ 实验室

砥砺前行，为乡村振兴提供有力技术支撑

历时 28 年，绿色食品品牌已成为我国安全优质农产品的精品品牌，得到社会各界的认可。发展绿色食品，与自然环境友好相处，引导企业向绿色农业发展，提升产品品质，增加产品附加值，契合乡村振兴的发展思路。

华测人不囿于已有成就、不盲目贪大求快，有很强的参与意识，愿意在探索我国绿色食品发展的路上与有识之士并肩前行。发挥团队优势、技术优势和服务意识，为客户提供检验、检测、咨询、认证、培训五位一体的全方位服务。根植中国沃土，深耕第三方领域，传递行业信任，创造全球价值，华测检测拥有激情和理想，愿为绿色食品保驾护航，为乡村振兴提供优质服务。

来源：华测检测

微信公众号“绿色食品博览”2019 年 7 月 31 日推文

谋共赢　谱新篇　北大荒亲民公司有机生产基地“八化”开新花

2021年，北大荒亲民公司依托集团181战略和1213工程体系，按照集团部署，实施北安分公司绿色有机农业核心保护区的战略，拉开“聚焦有机主业、区域联合共赢”的帷幕。以“八统一”管理推进有机生产基地“八化”建设。

科学化决策　专班化运作

寒土赋新能，搭建新引擎。在北安分公司、红星农场有限公司两级党委的指导和带领下，科学提出强强联手、抱团发展的战略决策，迈出了壮大有机产业的坚实一步。实施有机产业发展规划，以可溯源的有机原料优质供给为核心，在国家级有机食品生产基地，红星农场有限公司通过美国、日本、欧盟、中国4个国家与地区有机认证的基础上，持续转换有机种植基地增至6.9万亩。联合长水河、龙镇、建设农场有限公司搭建战略合作，扩增场外有机原料种植基地面积2.85万亩。北安分公司牵头落实有机种植基地签约仪式，推进专班化运作，分别签订《有机作物种植基地合作框架协议》《绿色小麦收购合同》《有机农产品收购合同》，明确目标、落实责任。实施“有机基地联合战略”，提供“亲民食品”优质有机原料的强大组织保障，更是实现协调发展、良性互动的新起步、新收获。

体系化导向　制度化支持

内外一盘棋、联动绽活力。全面实行供、种、管、收、储、运、加、销的“八统一”管理。健全种植标准体系建设，采取“一品一模”技术向基地输出亲民种植标准，场内基地继续采取“集中管理、统一经营、收入保底、利润共享”经营模式联结种植户1 870户，由黑龙江农垦裕恒农业公司负责经营管理。场外基地采取“共同管理+利润共享”的合作方式，亲民公司承包长水河、龙镇龙场有限公司的有机耕地，负责制定各生产阶段的技术规程，指导生产经营。由基地农场有限公司负责组织生产经营管理及具体实施。以有机原料基地制度建设、标准实施，每年统供有机肥料 4 500 吨、生物药剂 10 吨、种子 650 吨，率先推进的有机农业“三减”以及“双控一服务”的有效落实，更用实际行动在保护耕地中的“大熊猫”。

精准化服务　节点化攻坚

风吹麦成浪、秋分收储忙。时下，北大荒亲民有机食品有限公司有机原料收储工作“多点开花”，紧抓春播、夏管、秋收各节点，统筹有机小麦、有机白菜、有机黄豆等作物的田间管理。位于红星农场有限公司的 5 个管理区、长水河农场有限公司的 6 个管理区、龙镇农场有限公司的 3 个管理区，以及 3 处原料烘干、清选、储运中心，从收获、运输、司秤、质检、烘干、仓储等环环相扣，现场紧张有序，按照原料收储动员会议精神，扎实开展收储工作。亲民公司所属各部门、分子公司自愿组建志愿小分队，奔赴有机小麦收获现场，按照收获标准抢抓农时、颗粒回仓，力争将 7.5 万亩有机小麦全部收在高产期。

协同化推进　数字化赋能

◎ 有机小麦获丰收

◎ 有机小麦质检

科学种基地、质产获双丰。做俏“北大荒科技范儿”，建立首批数字农场试点，夯实有机农业科技管理，利用农业基地信息分析，通过终端采集，监测当前基地的温度、降水量、光照和湿度，并进行记录回传，录入系统大数据库可与往年数据进行对比分析。充分利用农业物联网与农业遥感技术，以遥感无人机定时、定点、定路线自动航测为主，建立农情综合监测系统，在田间管理过程中为农技人员全程提供农作物生长周期解决方案，提高作物产量。有机大豆、有机白菜基地引进 3 台除草机器人，最大处理速度可达 12 千米 / 小时，一个作业班次相当于 200 个劳动力工作量，为扩大有机基地面积提供有力保障。

谋共赢，谱新篇。北大荒亲民有机食品有限公司有机生产基地创新“八化”开新花，坚持“做真有机、真做有机”的创业原则，做实有机原料供应保障关，为进一步壮大北大荒集团有机产业发展迈出坚实一步。

作者：牟永鑫

来源：北大荒亲民有机食品有限公司

原载于2021年8月17日《北大荒日报》

一粒豆，带动一方人

我的家乡在农产品安全县（市）——湖北省天门市。记得小时候过了腊八节，家家都忙着熬糖、打豆腐。用这里种植出来的大豆（即黄豆）制成的豆制品色泽洁白、口感细腻嫩滑、营养丰富、豆香浓郁。无论多久，无论多远，总记忆着家乡的美食美味。为了让更多的人有机会享受到这个美食，天门元淼农业产业化公司申报了绿色食品大豆，同时将新发展理念贯彻到产品生产的全过程和各个方面，带动当地的产业发展，带领一方百姓增收致富。

◎ 大豆示范基地

◎ 播种

◎ 育秧

独特的产地环境。北纬 30° 阳光，一江两河（汉江、汉北河、天门河）浇灌。每年 6—8 月的伏旱天气满足了大豆生产的光照需求，其独特的气候和富含硒的优质油砂土壤，加上浇灌农夫山泉水，赋予了大豆不一样的品质，出产的大豆色泽饱满，圆润似珍珠，蛋白质含量高，含有人体所需的优质蛋白质、不饱和脂肪酸、有机硒、钙、B 族维生素及多种微量元素。

统一的生产标准。天门元淼农业产业化公司采取“公司 + 合作社 + 基地 + 农户”的经营模式，成立技术团队，按照绿色食品大豆生产技术规程统一指导，包括选种、施肥、科技防控、采收、晾晒、精选、分级包装等环节，这样既提高了大豆的产量，又保证了大豆的质量，增加了农户的收益。

严格的质量管理。天门元淼农业产业化公司通过使用生产台账，完整规范的使用记录包括品种名称、生产投入品、农事操作、产品入库出库、产品质量安全检测等流程，遵循绿色食品生产的管理要求并执行到位，实现了全程质量监控，保证了产品的质量安全。

坚持品牌宣传。近年来，天门元淼农业产业化公司积极参加各类宣传活动。2020 年先后参加厦门国际投资贸易洽谈会、第四届上海全国优质农产品博览会、第十七届中国（厦门）国际食品交易博览会、第四届江汉流域（襄阳）农业博览会、第二十一届中国绿色食品博览会，并在第二十一届中国绿色食品博览会上喜获金奖，不断提高品牌的知名度和影响力。

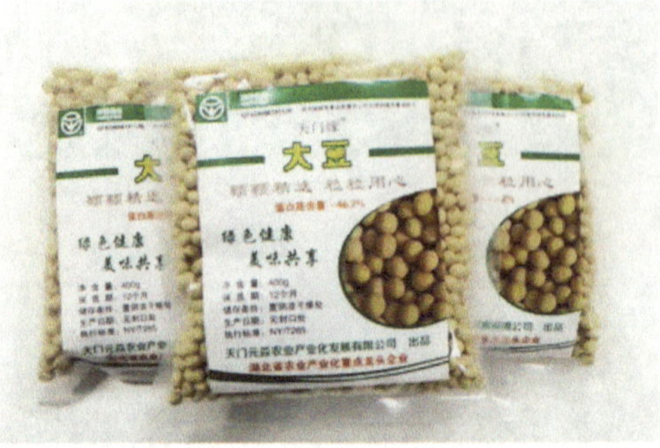

◎ 绿色食品大豆

◎ 丰收

做好帮扶工作。公司积极承担社会责任，在劳动用工方面特别注重对贫困家庭和残疾人员家庭成员的优先录用，目前有 10 多户贫困家庭成员为公司常年用工人员，残疾人家庭成员在公司做辅助工作，人均年收入 1.6 万元，最高可达 3 万元。通过雇用农村剩余劳动力、帮扶贫困户助推了农民增收和脱贫致富，得到政府的高度肯定和农民的一致好评。

此外，天门元淼农业产业化公司利用科技进步推动产业发展，积极同天门市农业农村局农技专家大院开展农业科技合作，进行大豆区试试验，引进、选育好的黄豆品种，致力于黄豆高产、绿色、稳产，好的品质表现才能尽可能提高黄豆的经济价值。

让天门大豆产品与品牌对接，是我们的机会，也是我们留给子孙的机会。唱响天门黄豆品牌，让天门黄豆走出天门，走向世界！

来源：湖北省天门市

微信公众号“绿色食品博览”2019 年 7 月 31 日推文

“从田地到刀叉”

——澳大利亚绿色食品啤酒大麦生长的故事

随着全球农产品贸易的不断发展，越来越多的境外绿色食品产品进入中国，为餐桌增添了美味，也带来了安全和营养。

◎ 澳大利亚大麦田

中国绿色食品发展中心受理境外绿色食品生产企业的申报后，按许可程序派检查员进行现场检查，今天我们去看看澳大利亚绿色食品啤酒大麦生长的经历。

优良环境生产优质品种

嘉能可农业公司（Glencore Agriculture Ty LTD）位于澳大利亚维多利亚州，是全球领先的谷物、油料、豆类等作物的种植、处理及加工企业，在南澳大利亚州沿海的干旱农业区经营着 80 多万公顷的大麦产业。

◎ 境外检查

南澳大利亚州沿海平原濒临南冰洋和大澳大利亚湾，海岸线长达 3 000 多千米，年降水量 400～450 毫米，呈现冬季温暖湿润、夏季炎热干燥的地中海式气候，种植区域没有工矿设施。

自然纯净的陆海之间出产了澳大利亚驰名的谷物、海鲜和葡萄酒。

◎ 澳大利亚产地环境

◎ 大麦长势旺

在广袤的砂质土壤上生长的澳大利亚啤酒大麦，已经连续 15 年获得中国绿色食品标志使用许可。

“田野日”活动聚资源

◎ “田野日”活动

澳大利亚农业技术推广和生产资料供应的社会化、法制化、商业化发达，与嘉能可农业公司签有种植收购合同的啤酒大麦种植者，在公司种植者管理部门的组织下定期培训学习，交流种植、销售等方面的要求和信息，这样的“田野日”活动聚集了从育种到收获的大麦全产业链的资源。

追溯体系有保障

嘉能可农业公司对每个生产和物流环节建立了电子记录，食品安全管理体系、危害分析和关键控制点（HACCP）体系、SIMS 质量追溯体系覆盖了澳大利亚啤酒大麦从种植到出口的全过程。

嘉能可农业公司拥有国际检测协会（NATA）认证的检测实验室，具备感官、农药残留、转基因等项目的检测能力，可以实现从海运船舱到种植地块的全程质量追溯。

通过本文您能够看到境外绿色食品生产管理的片段，可以了解澳大利亚啤酒大麦从田地中萌芽，直到端上餐桌前的过程。也许此刻您正在品尝的就是使用绿色食品澳大利亚啤酒大麦酿造的美味。

作者：张逸先

微信公众号“绿色食品博览”2019 年 11 月 1 日推文

万亩杏花香　万吨杏仁乳

北票，位于辽宁省朝阳市，作为三燕古都，有着悠久的文化历史底蕴。这个七山一水二分田的辽西小城，在春秋战国时期，属于东胡山戎之地，曾经的燕国。明朝朱棣皇帝因感念兀良哈（成吉思汗后裔）蒙古铁骑帮其夺了天下，便将北票赏其成为牧场。到了清朝，蒙古王爷在北票已经世袭了12代，并迎娶了嘉庆皇帝的四公主。为表忠心，每年的正月二十前后，都将北票的土特产品（如白梨、大米、干鲜野果、蜂蜜、人参、白条猪、野山杏仁等）送往北京，进贡给皇帝。

杏花飘香

野山杏，主要分布于河北、辽宁、东北、华北和甘肃等地。它是一种健康食品，性苦，微温，有小毒。含有蛋白质、脂肪、糖、微量苦杏仁苷，适量食用不仅可以有效控制人体内胆固醇的含量，还能显著降低心脏病和多种慢性病的发病危险。北票有57万亩野山杏树。每年清明刚过，洁白的杏花便爬满枝头。微风吹过，整个北票小城都笼罩在杏花雨里。这里更适合“小楼一夜听春雨，深巷明朝卖杏花。”面对这万亩盛开的杏花，朱宝智陷入沉思——怎样使资源优势转换成产品优势。

◎ 杏花飘香

当时北票市有一个场办企业——兴红杏仁乳厂，由于经营不善，面临倒闭。市里决定企业转制，变为私营企业。朱宝智便买下了兴红杏仁乳厂，并改名为北票市兴红饮品有限公司。

产品质量

改制之后，当上了企业法人代表的朱宝智心里千头万绪，为了尽快扭转企业的不利局面，经过深思熟虑，他决定首先从产品质量方面下手。研究山杏仁脱苦技术，获得了国家专利，并及时应用于生产。2005 年，公司通过了严格的质量检测，获得了朝阳市饮料行业首批质量安全（QS）认证和 ISO9001 质量管理体系认证，同时向中国绿色食品发展中心申报了绿色食品并获得绿色食品标志使用许可。

◎ 绿色食品产品

杏花雨笼罩的小城内，杏仁乳的香气也四处飘散，北票市兴红饮品有限公司在保证产品质量的同时，又做了多少努力呢？让我们一起开启今天的故事……

三驾齐驱

产品质量得到保证后，北票市兴红饮品有限公司企业法人朱宝智决定再从以下三个方向下手，提高企业效益。

一是打农业产业“龙头”牌，不断壮大企业规模。

北票市兴红饮品有限公司始建于 1990 年，发展到现在，被朝阳市评为 AA 级的农业产业化龙头企业。

北票地区气候适宜杏树生长，且历史悠久，野山杏面积 57 万亩，为企业的扩大再生产提供了充足的优质原料。为此，朱宝智在有关部门的帮助下，先后投入 500 多万元，建设成了年生产能力为 1 万吨的杏仁乳加工企业，为推动企业发展搭建了平台。

◎ 杏仁果

二是打市场牌，促进企业竞争的优势。

由于杏仁乳润肺养颜，止咳生津，且老少皆宜，所以销售市场前景非常看好。此外，从市场考察来看，辽西地区还没有杏仁乳生产企业，当地市场上杏仁乳全部来自外省市，这无疑为北票市兴红饮品有限公司的发展提供了前所未有的空间。

于是，在朱宝智的领导下，企业以市场需求为导向，积极开辟市场，拓宽销售渠道，使企业得到了飞速发展。现在产品已由改制前的以朝阳地区内部为主，发展到现在行销到辽宁、吉林、黑龙江、内蒙古东部、北京、天津等地区，深受消费者欢迎。年销量近万吨。

三是打地域牌，积极为当地发展做贡献。

朱宝智总经理在企业发展中先后获得“优秀企业家”和“十佳青年创业标兵”

等诸多荣誉称号，但在荣誉面前，他并没有止步。因为他知道，这些荣誉的取得出自企业全体员工和消费者的支持。于是，他将更大的爱心注入扶贫帮困、捐资助学、公共设施建设等诸多公益事业，回报家乡和社会。

例如，黑城子镇小城子村翻建村部，他捐助 6 000 元购买水泥；泉巨永乡黄家沟村一个学生因家庭困难想辍学，他赶到学生家里，劝其继续上学并捐助 2 000 元；兴顺德农场想建设一个广场供职工休闲娱乐，苦于没有合适的场地，朱宝智听说后，把企业的路边街面的 2 000 米 ^{2} 土地无偿提供给农场使用；每年中考、高考后，凡是家在农场的新生，因家庭困难不能上学的，朱宝智都会给予一定的帮助。

北票市兴红饮品有限公司新建的高大、宽敞、明亮的厂房和办公楼已成了北票市一道独特的风景。在风景如画、杏树环抱的办公室和厂区中，朱宝智和他的员工们又开始了崭新的一天……

作者：刘明贤

来源：北票市兴红饮品有限公司

微信公众号“绿色食品博览”2019 年 10 月 30 日推文

“刁老爷”梁平柚，一个关于柚子的百年传奇

它来自1901年，晚清光绪年间（1875—1908年）。让我们把镜头拉到今天的重庆市梁平区。这里屋前屋后，漫山遍野的柚子树。“我们的柚子看起来还是论斤卖，其实呢，要按年份卖。”“你以为你吃的是梁平柚子，其实呢，你吃的是梁平拉菲。”“梁平柚还是农产品地理标志产品哦……”

柚文化传承符号

“刁老爷”是个柚文化的传承符号。在唐晓东家的2 000亩柚子园里，就长着这么一棵树龄115岁的柚子树。直到现在，这棵老寿星每年还能贡献30～50颗果实。它被尊为梁平柚的“树祖”，今天梁平境内几乎所有柚子树，都是它的子孙。

◎ 梁平柚产区

这棵“树祖”，就是唐晓东的姑爷爷张兴泽的父亲，在1901年的某个良辰吉日种下去的。在“树祖”之前，唐家还有一棵“树宗”，是张兴泽的爷爷在1870年种下去的。“树宗”一直活到了2002年才寿终正寝。就像拉菲酒庄创始于欧洲中世纪一样，梁平的柚子，那也一定是有来头的，这就是历史积淀和文化传承。

再往前追溯，就到乾隆年间（1736—1795年）。1792年，福建南屏县有个四川来的知县，叫刁思卓，他回老家梁平县省亲，带回了一棵树苗，把它默默地栽到了县城东门的一家客栈里；聪明的你一定猜到了，这是棵柚子树苗，这就是梁平柚的起源，“刁老爷”梁平柚因此得名。直到1992年，农业部评选出了全国三大柚，分别是广西沙田柚、福建文旦柚，以及梁平柚。

三个人，两棵树，一百年

这三个词组，构成了唐晓东今天卖的梁平柚。

三个人中的第一人就是唐晓东的姑爷爷张兴泽。可以这样说：张兴泽之前，梁平人种柚子树的理念和方法，跟清朝没有本质区别，就是让柚子树自然生长，自然死亡，产量和品质不值一提。然而张兴泽不想这么做。于是在20世纪五六十年代，张兴泽采用了一种叫作“种子苗”的栽培方法，把树种撒下去，待它长出树苗后再行移栽，这样就能成倍扩大产量了。这个方法简单有效，但却无法确保优良性，变异率很高，看起来总产量提高了，品质却不稳定。于是三个人中的第二个人华丽登场了，他是张兴泽的儿子，唐晓东的表叔，叫张文辉。张文辉采用了技术含量更高的种植方法：在优质柚子树上选取一个侧枝，剥掉2厘米左右宽的表皮，然后包上农家肥，再用膜缠住，过段时间，这个枝丫底部就会长成一个“瘤子”；这“瘤子”其实就是又一个树根。这根小小的枝丫，就这样变成了一棵柚子树。这种方法使优良基因可以完整传承，一举解决了品质稳定的问题。于是梁平的柚子从20世纪八九十年代起，猛然进入了发展快车道，开始打响品牌。张兴泽的最初探索，就是在“树宗”和“树祖”身上开始的。光阴的故事悠悠讲了100年，到2003年以后，张文辉的方法也被淘汰了。张兴泽逝去，张文辉老去，孙辈的唐晓东来了。

◎ 传承人

风一样的男子

唐晓东41年的人生中，拥有多达百种岗位以上的从业经历。那些年，他当过兵，在建筑工地上搬过砖，在上海街头开过出租车，在北京秀水街“练摊”卖过衣服，在广州开过公司，2000年回到梁平老家，还开了全县第一家网吧……

◎ 包装精美的柚子农产品

然而父亲去世，成了他职业生涯的一个重大拐点。父亲死于白血病，而血液系统的问题竟然是家族遗传——唐晓东本人，也患有地中海贫血。于是他开始关注起健康养生话题，很自然的，就想到了健康食品。自家的柚子，可以润肠通便，可以治咽炎咳嗽，而且据说梁平柚里丰富的柚皮苷和类柠檬苦素，还有一定的抗癌功效……2007 年起，唐晓东接过了姑爷爷和表叔的接力棒，栽起了自家的柚子。到目前为止，唐晓东的柚子园年产量大约 4 000 吨，产值 2 000 万元，成了梁平最大的一家柚子生产商。

◎ 受市场欢迎的柚子农产品

用户体验

是的，用户体验，就是这四个字，唐晓东准备把它注入自己产品的每一个环节。比如说产品划分。怎样的柚子最好吃呢？答案是树龄越大的越好吃。10 年以上的可以吃，20～30 年的好吃，50 年的很好吃，百年左右的那就是柚中精灵了。唐晓东的柚子园里，百年左右的柚子树有 5 742 棵。那么，为什么要不管不顾的混在一起论斤卖呢？吃柚群众真的不愿为更好的味道买单吗？这下你就可以理解了：什么叫按年份卖的不光有拉菲。此外，因为“刁老爷”梁平柚含有类柠檬苦素和果酸，会有些许苦麻，因此，柚子要倒立放置 3 天才会更甜。

作者：唐晓东

来源：重庆市梁平区

微信公众号“绿色食品博览”2019 年 9 月 3 日推文

水产地理标志品牌
——余姚甲鱼

余姚市地处浙江省东部宁绍平原，因南有句余山，北有姚水，于是以山川之名命名为“余姚”，素有“浙东名邑”“文献名邦”之称。余姚交通便捷、区位条件十分优越。主城区东距国际港口城市宁波40千米，西距杭州市100千米。特别是杭州湾跨海大桥建成通车后，余姚至上海仅需2个小时车程，使余姚真正融入了以上海为中心的世界级特大型国际都市圈。

余姚甲鱼原产地养殖区域为北纬29°39′～30°21′，东经120°52′～121°25′的区域内，该区域地理地貌、水文独特，繁衍生长出具余姚特色的余姚甲鱼。在距今约7 000年原始村落——河姆渡遗址的第三文化层中，原始居民居住地出土大量的荤菜，包括陶器中的鱼骨、居住地龟壳与甲鱼壳遗物成堆。这一发现使得余姚成为迄今我国考古发现人类最早食用甲鱼的地方，可追溯到6 000多年前，这足以说明余姚甲鱼食用历史的悠久。

余姚甲鱼人工养殖始于1947年，池塘放养最早出现在黄沙湖养殖公司。到了20世纪80年代，随着市场对甲鱼需求的增加，温室养殖逐渐兴起，并出现了养殖甲鱼水产专业户。随着温室甲鱼产业开始走下坡，余姚市开始对甲鱼的野生亲本资源进行收集与保护，并尝试把甲鱼放在外塘水域，为甲鱼创造原生态的成长环境，自此开始了甲鱼生态养殖技术的探索和研究。通过多年的发展，全市形成了以池塘专养、鱼塘套养、南美白对虾套养、茭白田套养、稻田套养、莲藕田套养、大水面放养、山区水库放养为一体的极具余姚特色甲鱼生态养殖模式，并实现了山区、平原和沿海地区的全覆盖，为拓展甲鱼养殖空间，提高甲鱼综合品质奠定了良好基础。

政府的鼓励引导是余姚甲鱼产业持续快速发展的重要因素。近年来，宁波市、余姚市各级政府重视现代渔业发展，各级财政投入加大，扶持甲鱼产业发展建设。宁波市“3+2”主导产业发展规划，余姚市“315”“415”示范工程，余姚市甲鱼产业发展规划，中华鳖养殖病害互助保险，余姚市水产养殖池塘标准化建设和改造项目专项资金管理办法等产业发展政策频频出台，为甲鱼产业的发展和提升提供了政策保障，成为余姚甲鱼行业发展的助推器和加速器。2011 年 12 月，余姚市被授予“中国生态甲鱼之乡”称号。为有效解决单个生产者生产规模小、服务领域窄、市场竞争弱等问题，余姚市于 2013 年正式成立余姚甲鱼产业协会，并成功申报“余姚甲鱼”为农业部地理标志保护农产品，在政府的扶持引领下，甲鱼产业全面进入“合力搞生产、抱团闯市场”的发展新时期。在 2015 年中国农产品区域公用牌品价值评估中，“余姚甲鱼”品牌价值为 2.48 亿元。截至 2018 年 12 月，实现全市养殖总产量 1 500 吨，产值 3 亿元。2016 年 1 月，余姚甲鱼获“全国十大魅力农产品”称号，为浙江省唯一获此荣誉的农产品。同年，“余姚甲鱼”品牌被评为“2016 最具影响力水产品区域公用品牌”。2017 年余姚甲鱼网上销售总量近 1 000 万元，稳居电子商务甲鱼销售榜第一。2018 年 1 月，在宁波知名水产品品牌发布推介会上，“余姚甲鱼”品牌喜获宁波知名水产品区域公用三大品牌之一。2019 年，“余姚甲鱼”品牌被评为“2018 全国绿色农业十佳水产地标品牌”。

来源：余姚市人民政府

原载于《2019 年中国渔业年鉴》

吉林省查干湖全国有机农产品（淡水鱼）基地：阳光倾湖，冰上腾鱼

2021年6月15日，李克强总理来到吉林省松原市，考察查干湖生态环境。总理说："要坚持不懈抓好生态环境保护，在此基础上有序发展旅游事业，把查干湖这块金字招牌擦得更亮。"

镶嵌在关东大地之上，浩渺于白山松水之间，位于北纬45°的查干湖，蒙古语为"查干淖尔"，意为白色圣洁的湖。本文为您介绍的这块"金字招牌"，光听名字，就令人心驰神往。"蓝天白云碧水间，鸿鹄翩翩鸟流连；蒲苇轻拂鱼戏浪，野莲荷花绽笑颜。"这是对查干湖生态环境的真实写照，更是对生态保护最完美的诠释和最质朴的解读。

人水相依，生生不息。一趟拉网，一条小渔船，从冬网生产仅100吨到现在年生产鲜鱼5 000吨。

◎ 喜悦瞬间

吉林查干湖渔业有限公司

历经艰难探索，在历史性抉择的关键点上，坚持"以水养鱼，以鱼净水"的生态发展理念。严格规范有机生产标准，保障查干湖有机鱼的品牌形象。

企业恪守着尊重自然、顺应自然、保护自然的生态理念，这份执着的坚守和朴素的情怀，让查干湖以生生不息的生命姿态从远古绵延至今。

来自大自然的慷慨馈赠

作为国家级自然保护区，湖区水面辽阔，地貌平坦，是天赐的平原盆地浅水

型养殖场。湖内生物种群丰富，水质适应大多数温水性鱼类生长繁衍，盛产鲫、鲤、鳙等 68 种鱼类。

◎ 俯瞰查干湖

湖周边水生植物种类繁多，芦苇、青蒲成海，生长繁茂葱茏，是丹顶鹤、东方白鹳、黑脸琵鹭等珍稀鸟类栖息、繁殖和迁徙落脚的理想之地。

生态如生命，从水岸修复到生态围塘，从含蓄水源到净化水体，从改善水质到污染拦截……一系列量身打造的生态保护举措，查干湖以另一种富足和丰裕让我们看到有机的力量。

◎ 美丽的生态环境

◎ 鱼肥水美

2002 年以来，“查干湖”牌鱼产品被认证为绿色食品、有机食品，并实施旅游拉动，包装打造以查干湖冬网生产为核心内容的旅游产品“冬捕奇观”。

查干湖冬捕已经有上千年的历史，每年冬捕时，都会举行盛大的祭祀活动，表达对美好生活的祝愿和对大自然恩赐的感激。旅游拉动使“圣湖鲜鱼”迅速蹿红，成为全国淡水鱼中炙手可热的顶级产品。

◎ 祭湖神仪式和开网宴

◎ 湖上旅游项目

2003 年以来，查干湖的鱼产品已连续 17 年获中绿华夏有机食品认证中心有机认证，2017 年被评为全国有机农业淡水鱼示范基地。鱼产品由原来的单一品种发展为现在的四大系列 32 个品种，查干湖胖头鱼成为名副其实的“中国淡水鱼类第一品牌”。

最天然的好水出好鱼，68 种鱼类畅游嬉戏，圣湖滋养出最纯粹最天然的肥美的鱼。

每年 5 000 吨的查干湖鲜鱼，带着吉祥与祝福，成为大江南北寻常百姓餐桌上最健康的美味。

阳光倾湖，冰上腾鱼，查干湖将人类绵延了千年的生产传奇，演绎成了东北大地上令人震撼丰收场景。

来源：吉林查干湖渔业有限公司

微信公众号“华夏有机农业”2021 年 6 月 30 日推文

三十而立　步履不停

——宁夏绿色食品三十年微纪录片

万物生长，曙光升腾，再一次，我们出发了。带着对绿色生命的敬畏，信守对百姓舌尖的承诺，去开辟新时代的征程。只有走在路上，才能丈量大地的苍茫，才能抵达无尽的远方。

当太阳照常升起，我们再次赋予时间以壮丽感，这是绿色食品诞生以来的第三十个年头。

如果把绿色食品比做一个大步前行的人，那么他所跨出的第一步，就是在 20 世纪 90 年代，人民群众基本解决温饱问题的时候。从吃饱到吃好，人们对食物的安全营养意识开始萌芽。世界各国对不计代价地发展工业、过量使用化肥农药给农业和生态环境带来的破坏，展开了深切反思。探寻农业的绿色可持续发展道路，众望所归；绿色食品，呼之欲出。

一个概念的诞生，一次开创性的壮举。绿色食品开始在全国各农垦系统实施，建体系、定标准等一系列基础工作迅速推进，先行先试，第一批绿色食品认证工作也在农垦系统展开。

这里是宁夏农垦集团，宁夏首批认证绿色食品中的西夏王葡萄酒，就产自这里。

与西夏王葡萄酒同批取得绿色食品认证的还有南梁枸杞、玉泉葡萄，它们均属于农垦系统。

扎实走稳第一步，绿色食品开始向全社会推进。1995 年 1 月，经中国绿色食品发展中心和自治区人民政府批准，宁夏绿色食品领导小组正式成立，办公室设在宁夏农牧厅（今农业农村厅）。

绿色食品，必须产自优良生态环境，必须按照绿色食品标准生产，必须实行全程质量控制，这三个“必须”依托法治推动，在全国因地制宜、遍地开花。绿色食品从抓产地环境保护、抓农业投入品使用、抓绿色农业技术推广、抓全程质量监管入手，宁缺毋滥、审核从紧、监管从严、处罚从重，保障了从“田间到餐桌”的安全，进一步提高绿色食品的市场知名度、美誉度和识别能力。

◎ 宁夏绿色食品三十年微纪录片

初升的太阳，舒展的嫩叶，含苞的蓓蕾，宁夏绿色食品人用心守护、开放宣传。搭乘数据智能化列车，今天的宁夏绿色食品已全部实现生产过程可追溯，进入农业发展新时代。一些优秀的区域公用品牌、产品品牌、企业品牌，正在和绿色食品审核许可结合起来，推动绿色食品审核许可数量快速增长的同时，也进一步推动品牌农业按照生态化、标准化的思路发展。截至目前，全区绿色食品企业总数突破 118 家，产品总数 286 个，其中有 3 家国家级农业产业化龙头企业，52 家自治区级农业产业化龙头企业，有 26 家农民专业合作社从事绿色食品生产，全区已建成绿色食品原料标准化生产基地 13 个，面积达到 140 多万亩。

数字见证，产业繁荣的背后，是消费者对绿色食品日益增强的认同感。

走上粤港澳餐桌，走进国际市场，宁夏绿色食品大步向前的同时，立足自身工作职能，强化责任担当，减免国家级贫困县审核许可费用，减轻贫困地区农产品生产企业经济负担，推动农业产业结构调整，走出了一条以品牌化、优质化促进产业精准扶贫和乡村产业振兴的新路子。目前，贫困地区有 19 家企业申报了 21 个绿色产品，创建了 3 个全国绿色食品原料标准化生产基地，基地面积 53.8 万亩，直接带动了贫困地区农户增收脱贫。

高天之蓝与厚土之黄，交融出生

命的绿色，代代繁衍。宁夏绿色食品在三十而立之年，迎来新的机遇与挑战。种下初心树，写上使命书，在绿色食品产业高质量发展的开局之年，宁夏绿色食品人以奋进之姿、躬行使命。科技不断发展，时代永远向前，未来之路必将抱朴含真，步履不停！

来源：宁夏回族自治区农业农村厅

宁夏精品绿色农产品微信公众号 2020 年 12 月 2 日推文

起步晚的永顺莓茶该如何实现“弯道超车”？

◎ 永顺莓茶基地

“等风来，也要追风去。”是湖南省湘西土家族苗族自治州永顺县毛坝乡党委书记彭岚在微信个性签名栏里写下的。“如果说过去的‘风’是精准扶贫，今日的‘风’就是乡村振兴。”彭岚对记者说。在基层工作多年的她，亲历了曾是国家深度贫困县的永顺在各级党组织和党员干部的带领下，党群同心，实干苦干、打赢脱贫攻坚战的伟大实践。

脱贫摘帽不是终点，而是新生活、新奋斗的起点。2020年，农业农村部正式批准对永顺莓茶实施农产品地理标志登记保护。作为古莓茶之乡的永顺，在拔掉“穷根”后正立足优势莓茶产业，巩固来之不易的脱贫攻坚成果，开启乡村振兴的新篇章。

然而永顺莓茶起步较晚，如何“弯道超车”实现优质优价，成了摆在“彭岚们”面前一道亟待解决的难题。

抓品质　制定技术规范，提升标准化生产能力

山峦重重，云海层层，地处武陵山腹地的永顺县是莓茶生长的绝佳地带，温暖湿润、四季分明，终年湿度在80%左右，独特的气候条件孕育了莓茶醇厚回甘的特征。

经中国农业科学院等多家权威机构测定，永顺莓茶富含黄酮类化合物（以二氢杨梅素为主），具有药食两用价值。永顺莓茶原叶——显齿蛇葡萄叶，被国家卫生健康委员会列入了2019年版药食同源目录。

虽有先天优势，但永顺莓茶产业起步较晚，标准化生产水平有待提高。过去，永顺莓茶是以家庭式作坊和农户自己家中炒锅炒制的散茶为主，由于没有统一的

种植、加工、分级、检验标准和技术规程，产品质量良莠不齐。不少莓茶难以进入正规流通领域，致使产品销售渠道变窄，制约莓茶产业的发展。

◎ 永顺莓茶

找准了病根，就得对症下药。近年来，永顺组织编制了莓茶产业发展规划，加强品种繁育，鼓励优势产区扩大规模。瞄准“古莓茶之乡”的定位，永顺加大野生莓茶资源保护与利用，对已发现的“绿莓茶”和“红莓茶”两大类的4个品种进行科学繁育。作为永顺莓茶主产区的毛坝乡，“十三五”期间，种植面积从1 000亩增至1.1万亩，截至2020年年底，永顺全县莓茶种植面积为3.9万亩。

“下个五年我们将主抓莓茶产业发展的质量。”彭岚深知只有避免盲目扩大规模，提升莓茶标准化生产能力才能保证优质高产，促使产业健康发展。针对莓茶分级不够精细和生产不够规范的问题，永顺制定了符合该地实际的莓茶质量控制技术规范，规定了永顺莓茶的地域范围、特定生产方式及质量安全规定等要求。

然而，产业的标准化生产和高质量发展没法一蹴而就，相比于传统茶，相对年轻的莓茶在规范化和标准化方面还有较长的路要走。“在制定标准和执行方式方法上，我们正在积极探索。”彭岚介绍，永顺县已在毛坝乡建立了茶叶农产品质量安全实验室，该实验室依托于乡政府下设的农产品质量安全监管中心，负责茶园内日常监测监管。

◎ 俯瞰莓茶生产环境

强品牌　立足自然人文禀赋，擦亮“永顺莓茶”金字招牌

永顺莓茶不仅具备独特自然禀赋，还蕴含丰厚文化底蕴。千年土家文化、800年土司文化在莓茶芽叶上交汇，不少与莓茶相关的记载和传说流传至今。

听当地老人讲古，莓茶是青女带来的。管人世间霜雪的青女化身为藤，变出草药“遇火成霜”，守护一方百姓。将其进贡给土司王，土司王饮后连声称赞“美美美”，后来“美茶”被传为莓茶。据永顺县志等典籍考证，唐、明、清以及近现代均有当地百姓在野外采摘莓茶熬煮，用以解渴治病的记载。这些传说和记载让

◎ 采茶忙

莓茶有了“土家神茶”“土司贡茶”“红军茶”等美誉。

如何将自然人文禀赋转化为实实在在的效益？打响区域公用品牌，扩大市场影响力是关键。

“我们永顺十年前就有很多合作社注册莓茶品牌，全县大大小小的莓茶品牌超过 20 个，一开始大家的力量比较分散，包装质量参差不齐，损害了品牌发展。”河坝溪莓茶总经理彭先梅向记者介绍了过去永顺在莓茶品牌建设上的困境。

品牌在“精”不在“多”，这个道理在永顺已逐渐深入人心。近年来，为做大做强“永顺莓茶”区域公用品牌，永顺统一全县用标主体包装设计，制定了严格的公用品牌使用管理规定，加强品牌使用监管和保护。

如今，永顺莓茶的金字招牌越擦越亮。2021 年永顺莓茶春茶上市价格较去年同期提高 30% 左右。据彭岚介绍，近年来永顺洽谈莓茶合作、投资兴业的企业明显增多，富民增收效益明显，2020 年仅毛坝乡受益农民就超 1 万人，人均增收 3 000 余元。

凝聚莓茶品牌文化，提升莓茶产品附加值，永顺势在必行。为应对竞争日益激烈的茶叶市场，满足多样化的市场需求，永顺莓茶已发展出黑茯砖、速溶茶饮、莓茶月饼等新型产品。永顺未来将继续围绕莓茶文化，加大莓茶产品研发力度，全力打造莓茶文创产品，加快莓茶日用品、保健品、茶饮料品等附属产品研发。

拓渠道　线上线下联动，积极开拓营销渠道

莓茶每年的采摘季为 4—10 月，11 月再走进毛坝乡的古莓茶园，已不见忙碌的采茶人，一株株深绿的野生藤蔓树上已结出不少指甲盖大小的红色蛇葡萄。

◎ 莓茶产地

毛坝乡青妹子古莓茶园由 26 岁的返乡创业大学生王斌创建。2016 年，当时还在深圳做产品设计的他偶然发现，去云南旅游回来的同事对那里的“藤茶”赞不绝口。而这个“藤茶”就是莓茶的别称。“后来我把家乡的永顺莓茶

带给他们喝，同事都说爱喝，我才发现原来城市里的年轻人对这个是有很大的需求的。”王斌说。

酒香也怕巷子深。王斌在之后的调研中发现，家乡的莓茶品质佳，但在营销推广方面还有很大的空间。

拓展营销渠道，让永顺莓茶走出大山畅销全国是当地共同的心愿。“过去这两三年跟着政府在全国各地跑了不少展会，真是开了眼界，学了不少新东西。”彭先梅向记者介绍。近年来，永顺多次组织企业参加中国国际农产品交易会、中国绿色食品博览会等重要展会，以及全国性、全省性品牌宣传推介活动，屡次斩获大奖。

然而，发展从来不是一帆风顺。新冠肺炎疫情打乱了该地不少先前计划的活动节奏，据彭岚介绍，诸如线上本土网红培育计划和线下古莓茶文化节等活动暂时延期，“这也是给了我们更多的时间思考，完善这些计划，未来将它们做好做实，我有信心。”

◎ 永顺莓茶特色产业

未来永顺毛坝乡将继续秉持“绿色、有机、生态”的产品定位，立足永顺莓茶丰富的文化底蕴，重点打造“茶旅小镇”文化 IP（指文化与产品间的连接融合），线上线下联动发展网红经济，将毛坝乡建成集茶产业、文化、旅游、宜居于一体的特色茶旅小镇。

“IP 要靠一砖一瓦来建，再远的路一步步走总能到达。”彭岚在微信朋友圈里写道。

作者：欧阳靖雯　彭岚

中国农网 2021 年 11 月 11 日发布

国内同类产品最早且唯一连续8期24年通过“绿色食品”标志许可，这家企业靠什么？

◎ 茂密林区

自古野果出深山。

地处江西省西南边陲的赣州市崇义县，是赣、粤、湘三省交界“金三角”之地，是中国唯一的“中国南酸枣之乡”。崇义县生态条件优越，全县森林覆盖率高达88.3%，居全国之首。全县散生于深山竹木林地的野生南酸枣面积多达26万余亩，年产南酸枣鲜果10 000余吨。

创建于1958年的江西齐云山食品有限公司（以下简称齐云山公司），正是以崇义县南酸枣这一野生资源为基础，于1992年研发生产出公司龙头产品齐云山南酸枣糕，该产品1997年以来至今被中国家绿色食品发展中心认证为绿色食品，是国内同类产品最早且唯一连续8期24年通过绿色食品认证的食品。目前，齐云山公司也是国内南酸枣糕生产技术最好、质量最优、产量最高、销量最大的公司。

将野生资源优势转化为产业优势

齐云山南酸枣糕上市后，凭借着自然、纯真、野生、原味、酸甜韧滑、滋味浓郁、嫩糯细腻、口感独特的产品特色赢得了巨大的市场。

但多年的经营实践也让齐云山公司意识到虽然崇义县有着丰富的绿色食品资源，但光是依靠自然资源是不够的，随着公司规模的扩大、产量的增加，野生原料供应肯定会不足。

1998年，为解决主要原料南酸枣的供应问题，公司实施了“公司+基地+农户”的模式，采取免费提供野生选育的南酸枣苗、免费提供栽培和管理技术支持、合同保护价收购，严格按照绿色食品原料栽培的标准要求，大力推广南酸枣果园的种植，前后投入1 000余万元资金。

◎ 南酸枣挂枝

“截至2019年，我们已在全县16个乡镇及周边市建立了野生选育南酸枣基地2 000余个，南酸枣果园35 000余亩，其中2019年新增南酸枣果园2 100余亩，发放酸枣苗4万余株，每年为农民带来3 000余万元的收入。此举不仅既带动了当地农民致富，又为齐云山公司产品的市场进一步扩大打下了扎实基础。”齐云山公司董事长刘志高对记者说。

◎ 齐云山南酸枣厂区

多年来，齐云山公司坚持“发展具有特色的天然绿色食品，集中精力做强做大南酸枣产业”的经营战略，在发展绿色食品产业，把自然资源优势转化为产业优势上作出了不懈的努力，并取得了丰硕的成果。

2019年齐云山公司产量9 000余吨，产品销售收入27 800万元，向地方和国家贡献利税2 491万元。随着南酸枣糕食品及其他绿色产品产销量的扩大，每年要从农民手中收购南酸枣近万吨，收购南瓜、青梅、脐橙1 000余吨，每年为农民带来直接纯收入达3 000万元，齐云山公司已成为惠及一方百姓，造福广大农村的名副其实的“中国食品工业优秀龙头企业”。

更值得一提的是，由于野生南酸枣树资源给农民带来了稳定持续的收入，有效促进当地农民保护森林、让野生南酸枣自然繁衍的意识。同时在齐云山公司免费提供野生选育南酸枣苗的政策的推动下，越来越多的农户加入种植南酸枣的行列里来，特别是在退耕返林时，很多人种植的首选都是南酸枣树并初见成效，山上、路边、田间地头都能看到成片的南酸枣林，南酸枣树的种植进一步推动了生态自然的保护。

“公司在行业内已成为经济效益、社会效益、生态效益相互促进、和谐发展的食品产业的典型代表。”刘志高说。

依托研发创新让企业稳步发展

只有潜心于市场才能把握市场动向。

为适应市场变化，保持技术领先和质量领先。齐云山公司通过强化技术研发队伍的建设，加强技术开发工作管理，激励技术开发人员勇于创新、善于创新，取得了丰硕成果。

近年来，在技术创新和进步上，齐云山公司有多个行业第一：最早实现机器自动剥皮、最早实现核肉分离技术、最早实现果浆过滤技术、最早实现产品蒸汽自动烘干技术、最早实现产品全自动枕式包装、最早研制出“低糖”南酸枣糕……齐云山公司已经成为中国南酸枣食品行业技术创新的领路者。

“我之前吃过没有核心产品的亏，所以对于产品的研发公司必须要狠抓。”刘志高对记者说：“公司近几年来更是与中国林业科学研究所、南昌大学、中国中医科学院中药研究所、江西农业大学等高等科学院校进行合作。合作以来，取得了骄人的成绩，共同开发了多个南酸枣新产品，发表了关于南酸枣的科研论文20余篇，其中SCI论文8篇。”

在此期间，齐云山公司成功申请了发明专利6项，江西省科技成果8项，南酸枣优良新品种19个，国家授权植物新品种6个，制定江西省地方标准2个。与此同时，齐云山公司还通过了江西省科技型中小企业、高新技术企业、江西省质量管理先进型企业认定，获批组建江西省南酸枣工程技术研究中心，“南酸枣产业化关键技术和装备创新与应用”项目还荣获江西省科学技术进步奖一等奖。

截至2019年12月，齐云山公司近3年对南酸枣及山茶油科研费用投入达3 000余万元。

2020年，江西齐云山公司年产3.5万吨南酸枣系列食品新工厂全面投产，此项目占地105亩，建筑面积50 000余米^2，固定投资超过1亿元，可年产3.5万吨南酸枣系列食品，年产值和产品销售收入达12亿元以上，年创税利1.6亿元以上，带动农户5 000余户，增加农民纯收入1.5亿元，新增岗位2 000个。

据了解，该工程按照国内领先，世界一流的要求建设，厂房按《食品企业良好生产规范》(GMP)的标准建设，技术装备全面更新，选用国内最先进的设备，部分选用从欧盟国家世界进口的顶尖设备，目前是中国最大乃至全球最大、最先进的南酸枣食品生产企业。

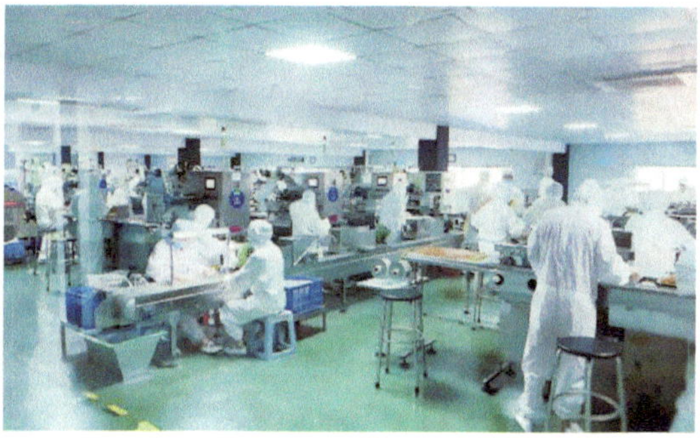

◎ 生产车间

内抓管理出绩效，外拓市场树品牌

刘志高在长期的企业经营和市场竞争中深刻体会到：品牌就是信任和质量，而产品的质量安全是品牌的立身之本。

为此，齐云山公司在“质量是第一竞争力”观念的指导下，用强烈的品牌意识和质量安全意识经营管理企业。齐云山公司不仅在企业管理上有着一套严格完善的规章制度，同时在质量管理上也有一套自成体系、严谨的质量管理制度，并严格执行。

为了强化质量管理，公司建立质量风险机制，建立“质量自检、互检制”“质量连带责任制”。使每一名操作人员，每一个环节，每一道工序都成为一道质量关卡，一旦出现质量事故或在市场上出现或反映任何大小质量问题，上至总经理、主管经理、车间主任、质量监检员，下至具体操作人员都将受到严厉的经济处罚，使每位员工身上都有压力和责任，从而使产品质量不断稳步提高。

同时针对企业员工的思想意识、技能状况，公司把强化员工培训，提高员工整体素质作为一项重要的工作来抓。每年自下而上上报要求，自上而下下达培训年度计划，切实执行培训计划。在培训计划中近 50% 为生产管理、质量安全管理、生产质量技能和方法的培训。

就是靠着这样一支高素质的队伍，齐云山公司近 5 年来在国家级、省级产品质量抽检、统检中，合格率达 100%，从未因产品安全质量问题而被消费者投诉过。

目前，齐云山系列食品已基本形成线下覆盖华东、华南、华中市场为主，线上覆盖全国，部分产品出口至美国、加拿大、澳大利亚、新加坡、马来西亚、韩国等国家以及中国香港和中国台湾等地区。

◎ 南酸枣系列产品

而齐云山公司也找到了森林生态效益、经济效益和社会效益的接点，实现了三大效益的最佳结合，走出了一条三大效益有机结合的可靠途径，成功实现了资源“在发展中保护，在保护中发展”的可持续发展战略。

作者：毛绪强　娄丹

原载于《农产品市场》杂志2021年第3期

小镇姑娘引路农村电商扶贫

在内蒙古乌兰察布，从来没有人想过在网上卖土豆（马铃薯），但乌兰察布察右后旗的“80后”姑娘郭晨慧做到了。被当地人称为“土豆公主”的姑娘名叫郭晨慧，家乡在察右后旗。2005年大学毕业后，她曾在北京一家游戏公司工作，2015年和丈夫一同返乡创业，以电子商务形式经营马铃薯、藜麦、奶皮等内蒙古农特产品。乌兰察布市是中国最大的马铃薯种植区，而察右后旗是乌兰察布市马铃薯种植面积最大的旗县，种植面积达400万亩。“这里早晚温差大，几乎没有虫害，所以基本上不用打农药。”郭晨慧说。

近年来，越来越多的年轻人逐渐改变就业观念，选择返乡创业，用自己的双手创造财富并回馈家乡，“80后”郭晨慧就是其中一员。

郭晨慧是土生土长的察右后旗人。5年前，做视觉设计的她从北京一家游戏公司辞职返乡创业，在白音查干镇上开了一家以电子商务形式经营土豆、藜麦、奶皮等内蒙古地方农副特产的实体店。从北京到内蒙古，从过去村里人羡慕的都市白领，到如今带动农户增收的电商专家，400多千米的归乡“路”，郭晨慧走了10年。

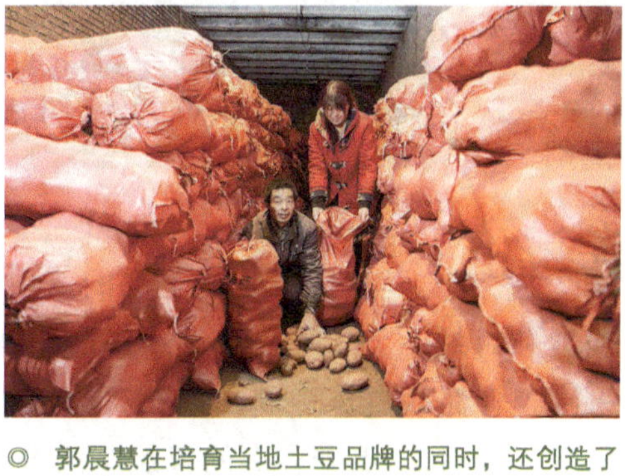

◎ 郭晨慧在培育当地土豆品牌的同时，还创造了十几个就业岗位，帮扶附近农村贫困户增加收入

郭晨慧坦言，大学毕业后，一直“北漂”的她从没想过会返乡创业。直到2014年，郭晨慧怀上了宝宝，在网上学习如何做母亲的同时，她发现许多母亲都和她有着同样的想法，要让孩子吃上健康绿色的食品。“这让我想起了家乡，想起了大草原上的牛和羊，想起了火山下美丽的土豆花，于是萌生了在网上销售内蒙古绿色食品的想法。”郭晨慧说。

◎ 2020 年 1 月 18 日，刚过小年，郭晨慧和丈夫依然在忙着处理网上的订单

孩子出生后，郭晨慧决定辞去北京的工作，卖掉房子，和丈夫一起回到察右后旗。

“当时的想法就是好东西一定会有市场，也一定会有好价钱。”郭晨慧首先在微信朋友圈发出了卖当地红土豆的消息，没想到短时间内就有很多人向她订货和咨询，这也为她后来创建电商平台树立了信心。

“村里人对农作物的市场供需、价格等信息不灵通。辛苦忙碌一年，不仅没有好收益，有时候还会赔钱。”郭晨慧说，她想把察右后旗的土特产品搬上国内外市场，让乡亲们的产品更值钱。

“我们这里的土豆红皮黄肉，口感发甜，淀粉量大，大小均匀成色好，而且是最‘绿色’的食品。”郭晨慧说。

“我们家的土豆全是从火山灰里长出来的，再加上我们使用的都是农家肥，所以无论品质还是外观都是一流的。”郭晨慧拿着自家的红土豆自豪地说，“后旗红”马铃薯在 2013 年被认证为 A 级绿色产品，2015 年在第十六届中国绿色食品博览会获得金奖，2016 年，获得 5A 级国际品牌认证。

◎ 冬天土豆存放在地窖中

郭晨慧销售的红土豆叫“后旗红”，这是她父亲取的名字。郭晨慧的父母是当地有名的土豆种植户，现有 2 000 亩种植基地，还经营着一家马铃薯销售公司，先后注册了“后旗红”“乌兰土宝”“草原下坡地”等商标，将当地土豆远销全国各地并出口俄罗斯、蒙古国及东南亚等国家和地区，年销量 1.5 亿斤，销售额达亿元。

“这个土豆上的泥，就是咱们这边的火山泥，这种土豆叫‘后旗红’，是我们当地独有的一个品种，我在地里的时候，把它刨出来打包成礼盒，很多乡亲们过来围观，都不知道我在干什么。”想起事业刚起步时的场景，郭晨慧记忆犹新。

一年前，“点子多”的郭晨慧又开始“折腾”起火山特色民宿。五谷杂粮、奶制品、土豆、火山民宿……通过电商平台，郭晨慧将家乡的土特产品和风土习俗推向全国。

“我是农村出来的，能体会到村民生活的不易，我希望能为乡亲们脱贫致富尽一点微薄之力。”郭晨慧说，她的梦想是把家乡特产发展成旅游商品，让更多人了解火山草原。“让大家收入逐年增加，这成为我继续前进的动力。”郭晨慧说。

◎ 郭晨慧和店员们的合影

作者：周晨亮　秦斌　张也

原载于2020年4月1日《人民画报》

山清水秀食绿！贵州新特制胜打好“绿色食品牌”

8 月的雷公山深处，苗家阿妈任普里正在家门口的九丰生态农业园大棚里给黄瓜落蔓。

任普里的家在贵州省黔东南苗族侗族自治州雷山县大塘镇新塘村，2017 年九丰生态农业园投入使用时，她就成了一名员工。在这里她学到了和以前务农“大不一样”的种菜技术，“这里的蔬菜不打药，用的是防虫灯，施肥也很讲究，我刚进来的时候不太懂技术，都是这里的小伙子教我们的。”淳朴的任普里用苗语和汉语向记者讲述自己的工作。她还不知道，自己精心种出的番茄，已成为上海市场上的“香饽饽”。

在占地 110 亩的大棚里，十几个循环风扇和水帘系统智能调节温度和湿度，种植操作步道上铺满了稻壳。“这个稻壳能保温保湿，最重要的是还能除草，避免使用除草剂等，让我们的蔬菜更加绿色健康。”九丰生态农业负责人李效忠说。

“当初选择在雷山发展蔬菜基地，看重的就是这里的好生态、好水质。”李效忠说，时下进入采摘期，平均每天有 2 吨新鲜番茄从这里走向市场。

贵州发展绿色食品，有利于培育和壮大主导产业，延长产业链条和价值链，对推动农业标准化生产，提升农产品质量安全水平，保障绿色优质农产品供给，促进农业增效、农民增收和农业绿色发展发挥了积极作用。

近年来，贵州深入推进绿色食品一体化发展，做大做强绿色种养业、农产品加工流通业、乡土特色产业，做特做新具有地域特色的农业产业和绿色环保特色产品，通过龙头企业规模化经营、集约化生产、品牌化发展，有力带动上下游产业链和相关配套产业发展，形成产销一体化、农工贸一条龙发展新格局，打好“绿色食品牌”。

不仅在种植端坚守绿色生态理念，在加工端，这条绿色发展之线也一直在延续。

一根金针菇，经过 9 道工序才能作为成品销售，每天产量 20 吨，销往遵义市各地……位于遵义市汇川区遵义科技城的贵州光明临港九道菇生物科技有限公司，通过集成生物技术、自动化工程技术、信息技术、生态技术、加工保鲜技术进行食用菌标准化生产，计划年产量 2.5 万吨以上，年产值达 1.8 亿元以上。

近年来，汇川区引入大批绿色食品加工企业落户园区，并积极采用新技术、新工艺、新设备，提高产品的科技含量，提升市场占有率。

截至目前，汇川区共有绿色食品加工企业 201 家，其中规模以上 12 家，包括以白酒、啤酒为主的酒产业，以面粉加工、发酵、冻干加工工艺为主的方便食品产业，以及以萃取、食用菌、调味品、肉制品加工为主的特色食品产业。

当前，贵州正抢抓构建新发展格局的战略机遇，把生态优势转化为经济优势，不断提升绿色优质农产品的规模化、标准化、品牌化水平，不断扩大美誉度、知名度、影响力，不断丰富产业链、价值链、供应链，让更多绿色优质农产品走出大山。

前不久，在上海对口帮扶地区特色农产品展销会活动现场，来自遵义桐梓县的大娄山方竹笋、花秋辣子鸡等优质绿色农特产品，吸引了大批上海市民购买。

桐梓围绕“野”字做文章，打造“娄山关”品牌，组织农户栽植方竹笋、食用菌等，统一收购加工，统一线上线下销售。对内构建电商服务体系，对外发力农产品上行，积极推进绿色食品进机关、进医院、进企业、进军营、进学校、进商超、进社区“七进”活动，为乡村振兴注入新动力。

2020 年，桐梓县与上海相关企业签订农产品订单达 1.44 亿余元，仅新鲜方竹笋销售就达 450 吨，销售额达 810 万余元。

“我县农商会会员从事农产品生产及绿色加工企业达 30 余家，合作社 124 个。加工企业带动合作社发展，合作社又带动农户从事种养业，形成完整产业链。全县农商会会员每年销往上海、广东、成渝地区的产品总销售额在 10 亿元以上。”桐梓县农商会党支部负责人谢同明说。

作者：刘悦

原载于 2021 年 8 月 27 日《贵州日报》

中国李子中的“爱马仕”

——镇宁蜂糖李

蜂糖李是贵州省安顺市镇宁布依族苗族自治县本地特色农产品，被称为中国李子中的“爱马仕”，光是听这昵称，果子的品质与名气可想而知，因为长相品质出众，还上过中央电视台第二套节目、贵州新闻联播、贵州日报。

蜂糖李的由来

蜂糖李是镇宁地方选育特色品种。相传蜂糖李母本之树上有一个蜂巢，其溢出的蜂蜜被树吸收，致结出之果实味甜悠长，犹如蜂蜜，这也是蜂糖李名字的由来。此后，由附近的村民挖取根蘖苗种植，扩散到附近六马镇、沙子乡等地。2006 年，安顺市农业科学院组织镇宁农业局、六马镇农业技术服务中心在当地观察鉴定。经过 2006—2009 年的观察鉴定和 2009—2014 年的区域试验，发现蜂糖李的农艺性状在同一年份的不同地块间，或在同一地块的不同年份间表现一致，其遗传性稳定。该品种于 2016 年通过贵州省品种审定委员会审定，正式定名为“蜂糖李”。

◎ 蜂糖李（供图：镇宁自治县六马镇）

蜂糖李的魅力

蜂糖李有 3 个优势不可复制：生长环境独特不可复制、品种独特不可复制、口感独特不可复制。其独特之处在于 3 个方面，一是镇宁南片区独特气候如同“天然温室”，特殊的土壤成分、酸碱度、伴生植物、微生物群落等形成了适宜最佳种植蜂糖李的小环境；二是降水量少光照时间长，镇宁南片区年平均降水量 900 毫米左右，其他地区降水量在 1 200 毫米左右；三是土温回升快，退温晚。在此区域种植生长的蜂糖李，外部包裹天然蜡粉、果实大、果顶平、核小、离核、味甘甜如蜂蜜、果肉致密酥脆、香味浓郁，经检测，可食率达 97.88%、果实硬度为 9.73 牛 / 厘米^2、可溶性糖含量达 13.54%，可滴性酸含量达 0.77%，维生素 C 含量达 8.95%。

◎ 成熟的蜂糖李（摄影：牧之）

近年来，由于蜂糖李的名声外扩，有不少商家到镇宁来引种蜂糖李，周边的关岭县、贞丰县、水城县，甚至四川、重庆等地都到镇宁来引种，但由于镇宁独特的地理气候条件，使得周边县城关岭、贞丰等地区引种的蜂糖李，虽外形特征与镇宁地区出产的蜂糖李相比类似，但是口感却无法相比。

蜂糖李的成就

2017 年，镇宁蜂糖李被登记为农产品地理标志，保护地理范围为镇宁自治县六马镇、良田镇、沙子乡、简嘎乡 4 个乡（镇）现辖行政区域，保护规模为 2.8 万亩。同年，镇宁蜂糖李荣获“全国优质李金奖”荣誉称号。

如今，镇宁自治县无公害产地认定面积约 3.5 万亩。镇宁蜂糖李地理标志保护范围内有 16 家经营主体取得无公害产地认定或有机认证，具有地理标志使用权。

蜂糖李的发展

目前，六马镇是蜂糖李的核心产区，已种植 12 万亩，占镇宁种植面积的大半壁“江山”——镇宁种植面积达 20.76 万亩。为进一步加强镇宁蜂糖李产业市场竞争力、品牌影响力，镇宁成立了蜂糖李商会，70 余家企业和大户加入，通过降低运输成本，拓展客商资源等方式，从品牌提升、市场对接、种植技术保障等多方面，壮大镇宁蜂糖李产业。同时，加快蜂糖李农产品深加工开发，打造果醋、果酒、蜜饯等系列特色产品，积极实施农旅融合政策，延长产业链，推动一二三产融合发展。

责编：栾小琳

多彩贵州网、新华网贵州频道等 2021 年 7 月 15 日发布

立足地理优势，打造五莲魅力国光

国光苹果是山东省日照市五莲县具有突出优势、知名度较高的特色果品，1934年即开始栽植，是我国最早栽植的地区之一。到20世纪90年代，全县国光苹果面积一度达到25万亩，居全省第二、全国第四。且因五莲县独特的地理环境和气候，形成了"个大形正、颜色鲜艳、皮薄质脆、酸甜适中、清香爽口"的特点，以"烟台苹果莱阳梨、五莲国光不用提"享誉全国，承载了几代人的美好记忆。国光苹果已发展成为五莲县的一项重要产业、成为一张亮丽名片。

奋发图强，创新思路谋发展

近年来，五莲县委、县府把发展苹果生产摆在农业农村工作的突出位置，作为振兴农村经济的支柱产业。2010年，县委、县府出台了《关于建设"森林五莲"的实施意见》，启动了"森林五莲"建设和农业结构调整三年战略规划。2012年启动了新一轮"森林五莲""果乡五莲"建设四年规划。2015年年底，启动了为期三年的林水会战，按照"西部突破、东部提升、面上结合"和"丰富内涵、提质增效"的思路要求，加快推进绿色发展。到2019年年底，全县果品面积达到53万亩，其中苹果面积7.6万亩。

整合资源，强化科技支撑

一是与高校合作。2015年7月，经山东省委组织部选派，山东农业大学李玲教授来五莲县挂职副县长，与山东农业大学签订战略合作协议、成立了五莲县果树技术协会，搭起了五莲县果树技术与高校及科研院所沟通的桥梁，整合全县技术资源，促进果业繁荣。二是建立高标准产业园。2017年4月，依托县国有企业五莲县土地储备开发有限公司，成立了五莲县凯阳现代农业有限公司，在中至、叩官建设高标准林果产业园。三是设立院士工作站。2017年9月，与中国工程院束怀瑞院士专家团队签订创新合作协议，设立束怀瑞院士工作站，重点推进国光提质增效、标准化栽培示范基地建设、优质新品种引进选育、设施果业发展等工作，研究推进国光苹果产业规模化发展、品牌化营销和专业化服务。四是开展果业高峰论坛。2018 年全国苹果矮砧集约栽培高峰论坛在五莲县召开，全国的苹果方面的专家汇集五莲县为其苹果产业发展献计献策。

改造提升，新建精品基地

对老国光园采取苹果套袋、土壤改良、有机肥替代、高光效修剪等技术进行改造提升，重点打造了松柏镇韩家口子村、前长岭村，风景区管委庄沟村，中至镇吴家官庄村，许孟镇山王庄村等一批传统国光基地。同时，采取乔化砧木矮化管理、宽行密植、水肥一体化、果园生草、绿色防控、机械化等技术，重点打造了叩官镇小峪子国光基地，许孟镇大珠子村，石场乡黄山片区、崖前片区，街头镇厉家屯、马咤寺、丰台等一批现代化高端国光基地。

创建品牌，发挥县域效应

2013 年五莲国光苹果取得国家农产品地理标志登记，2018 年五莲国光苹果获得山东省知名农产品区域公用品牌。为开展更好全域管理，县委、县政府制定《五莲县地理标志使用管理办法》，成立了由市场监督、农业农村、国土资源与规划等部门组成的地理标志使用管理领导小组，定期组织召开品牌发展专题会议，实行“统一品牌、统一标准、统一包装、统一经营、统一监管”的“五统一”地理标志农产品管理办法，发挥地理标志产品品牌效应，实施了“品质、品种、品牌”三品共建，设计了五莲苹果整体形象标识，打响五莲国光品牌，引领产业提档升级。

广泛宣传，搭建营销舞台

2016 起连续 4 年举办了“五莲苹果节”，多次参加国内外农产品交易会，广泛宣传富硒苹果、SOD 苹果、五莲红国光、凯阳国光等优质品种。其中，山东农业大学与松柏镇政府合作，研究出具有一定的营养保健作用的苹果，据测定，其有机硒含量是普通苹果的 3 倍以上，具有增强人体免疫功能、抗氧化延缓衰老的功能。采取“以节为媒、以展促销、以销带产、品牌增收”的营销战略，五莲县与山东省互联网传媒集团（大众网微信平台）签订全面战略合作协议，对五莲品牌农产品全方位、多渠道宣传推介，提高品牌知名度和影响力，拓宽销售渠道，增加果农收益。

作者：张配波
来源：五莲县农业农村局
原载于《山东农业知识》2021年2月刊

“521”下关沱茶的绿色食品和“绿色”未来

下关沱茶，3 次荣获世界食品金奖，3 次荣获国家银质奖，为国家地理标志保护产品 ……120 年来，手手相传，经过几代人的努力，下关沱茶制作技艺入选国家级非物质文化遗产名录，已成为云南茶业一张亮丽的名片！

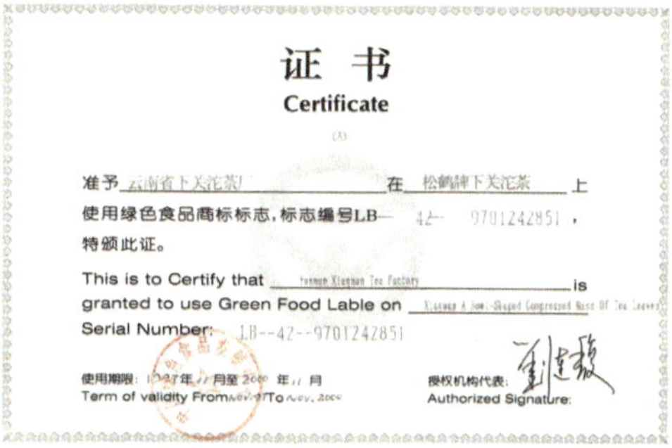

证 书

Certificate

准予 云南省下关沱茶厂 在 松鹤牌下关沱茶 上

使用绿色食品商标标志，标志编号LB— 42— 9701242851，

特颁此证。

This is to Certify that Yunnan Xiaguan Tea Factory is

granted to use Green Food Lable on

Serial Number: LB--42--9701242851

使用期限：

Term of validity From

授权机构代表：

Authorized Signature:

◎ 1997 年，下关沱茶在云南省茶叶行业中率先取得绿色食品认证

下关沱茶集团公司，是国家边销茶定点生产及原料储备企业、国家茶叶加工技术研发分中心、农业产业化国家重点龙头企业、国家扶贫龙头企业、中华老字号……同时拥有这么多国家级桂冠的制茶企业，在中国茶行业屈指可数。

近几年，云南省委、省政府积极推进世界一流“绿色食品牌”战略。下关沱茶集团公司通过扩大绿色食品基地及产品认证，在原料环境、设备、工艺仓储等方面，对标行业先进水平，提升下关沱茶绿色食品牌含金量。目前，该公司有绿色食品基地面积 5 万多亩，认证绿色食品产品 23 个，核准总产量突破 2 000 吨，名列云南省茶企第一。2019 年和 2020 年，下关甲沱和下关特沱分别入选云南省“十大名茶”。

下关沱茶共有云南省打造世界一流“绿色食品牌”领导小组办公室认定的“绿色食品牌”产业基地 6 个，其中，1 个省级加工基地，1 个州（市）级加工基地，4 个州（市）级种植基地。

◎ 下关沱茶银桥新厂区

目前，投资 2.5 亿元，占地 300 多亩，总建筑面积达 10 万多米 ^{2} 的银桥新厂区建设完成。2021 年起，下关沱茶将以新厂区在大理绿色食品工业园区项目竣工搬迁为契机，全部改用清洁能源，

◎ 下关沱茶参加云南省绿色食品办公室和农业农业厅组织的“521”国际饮茶日活动

大力推进生产加工绿色化、标准化、清洁化、自动化、智能化。除硬件条件提升外，公司正在致力于对银桥新厂区进行多方位的管理体系认证，全力加快危害分析和关键点控制（HACCP）、ISO22000、ISO14000 等质量管理体系认证，以提升绿色产品加工的软硬实力。

下关沱茶将继续传承百年紧压茶加工技艺，发挥“销法沱茶”“班禅紧茶”“下关铁饼”等产品特色和原料收储优势，满足广大茶友日益提升的品饮需求。

——知识科普——

521 国际饮茶日

2019 年 6 月 29 日，联合国粮食及农业组织大会决定，宣布每年 5 月 21 日为“国际饮茶日”，以赞美茶叶对经济、社会和文化的价值，是以中国为主的产茶国家首次成功推动设立的农业领域国际性节日。

“国际饮茶日”的设立是由中国推动的，这是世界对中国茶文化的认同，将有助于我国同各国茶文化的交融互鉴，茶产业的协同发展，共同维护茶农利益。

来源：云南下关沱茶（集团）股份有限公司
微信公众号“下关沱茶”2021 年 5 月 22 日推文

地理标志品牌带动夏县西瓜产业做优做强

外观新鲜亮丽，口感酥沙脆爽、甘甜透香、回味悠长，品质持久稳定——来自山西省运城市的“夏乐”牌夏县西瓜享誉全国，深受消费者青睐。

夏县夏乐精品瓜业协会成立于2015年11月，会址位于山西省运城市夏县禹王镇禹王村东侧夏乐瓜园。近年来，协会通过实施“农产品地理标志保护体系建设”科技推广项目，2019—2020年，政府先后投资340万元，项目实施面积3 500亩，指导支持地理标志农产品夏县西瓜强化特色品质、壮大特色产业。从品种、品质、品牌等方面扎实推进夏县西瓜产业发展和农民增收，取得科技兴业、助推振兴的显著成就。

聚焦品种培优

2021年中央一号文件提出，打好种业翻身仗。夏县西瓜产业在发展中，将育种放在第一位。

当地为项目区引进试验30个西瓜新品种，购置西瓜优种华之秀三号1 112袋。同时，当地引进生物有机肥、菌肥、育苗基质和生物农药295.36吨，开展质量管控和生产技术培训720人次，印制夏县西瓜生产技术手册1.5万册，购置耕地机械3台，提升了夏县西瓜综合生产能力，推动地标产品绿色优质丰产。

同时，为破解广大瓜农分户种植的堵点难点和后顾之忧，当地打造完善的生产服务体系，划分15个规范化生产片区，建立“片组户”基层服务网络，组建6支专业服务团队，实施科学化组织管理，实施集约化生产经营，提升产业化发展水平。

提升品质管控能力

随着人们对美好生活的不断追求，人们开始追求吃得安全、放心。夏县西瓜产业发展过程中，当地多措并举，保障西瓜品质。

当地通过举办质量管控及生产技术培训班，提升广大瓜农标准化种植自觉性，夯实品质管控基础。严格按照《夏县西瓜农产品地理标志质量控制技术规范》《绿色食品　农药使用准则》组织种植生产，把生产标准推广应用到栽培管理的各个环节中。落实采摘、分级、装箱三级质保措施，设立质检员、验瓜员、包装员 3 道质检环节，购置 20 个测糖仪。

夏县西瓜实现了可追溯。入驻国家农产品质量安全追溯管理信息平台，执行《食用农产品合格证》管理制度，建立西瓜生产档案，瓜瓜都有标识码，颗颗都有成长卡，个个质量可追溯，健全完善“生产有记录、流向可追踪、信息可查询、安全可追溯、风险可预警、责任可追究”的地理标志产品溯源体系，确保绿色优质丰产，呵护舌尖上的安全。

同时，当地通过建设“夏县西瓜地理标志农产品大数据平台”，对接国家农产品质量安全追溯管理信息平台，逐步实现精准化种植、可视化管理、智能化决策，提升智慧生产、营销、监管和服务水平，推动产业链优化升级。

为传统农耕插上科技翅膀

作为山西省运城市的十大城市名片之一，夏县充分借助科技手段，将西瓜产业做大做强。

打造科技型经营主体，深化校企合作，发挥专家科研团队作用，每年组织 30～50 个西瓜良种、新型投入品试验对比和推广应用。

坚持标准化栽培管理，培育 60 个农业科技示范标杆户，组织实施“夏县西瓜绿色优质高效集成技术推广转化”等科技试验推广项目，开展西瓜连作“无土栽培、嫁接种植”新技术试验示范活动，持续提升地标农产品质量、品质、效益和综合生产能力。

严格执行绿色食品生产各项标准和规范，认真落实质量标准，着力维护产地生态环境质量，努力保持夏县西瓜的品质风味独特性。

应用信息化技术，建设“夏县西瓜地理标志农产品追溯大数据平台”，逐步实现精准化种植、可视化管理、智能化决策，推动产业链优化升级；入驻国家农产品质量安全追溯管理信息平台，执行“食用农产品合格证”管理制度，健全完善地标产品溯源体系，打造从田间到餐桌的绿色食品安全链。

此外，当地开展丰富多彩培训教育活动，培育 236 名新型职业农民取得初级技能证书，锻造高素质职业农民队伍。

打响夏县西瓜品牌

当地采取“合作社 + 协会 + 公司 + 农户 + 互联网”运营模式，规范使用山西省著名商标“夏乐”，打造“区域公用品牌 + 企业品牌”双轮驱动品牌体系。

通过实施“种植区域、栽培管理、品牌效应、市场销售”战略举措，着力构建“技术品牌双轮驱动、生产基地全国布局、市场产品周年供应”产业发展新格局——以夏县西瓜地域保护范围为核心区域，稳步向本县境内、运城市域、山西省域、国内陕甘滇海等地拓展种植区域；选派技术人员传授标准化生产技术流程，利用当地土地、人力和温差等优势资源，组织指导当地瓜农标准化、规范化栽培管理；由夏具夏乐精品瓜业协会严格检验检测后，将达标西瓜冠以“夏乐”商标销往全国各地，有效改变生鲜农产品季节性断档缺位的先天不足，满足全时段、多元化、多层次的市场需求，真正让消费者一年四季都能吃上特色优质西瓜。

丰富品牌文化内涵

产业要想长远发展，必须注重文化性。夏县西瓜在发展中推动历史文化资源与现代文化创新相融合。

当地溯源 800 年前南宋时期的种瓜历史，寻觅典籍中的“红尖瓜”踪迹，探寻“两宫品瓜、钦定贡品”的史实，丰富源远流长的种瓜文脉。总结“西瓜大王田红卫”创业历程，梳理夏县西瓜发展脉络，推介品牌产品独特优势，表彰奖励 30 名科技示范优秀会员，建设夏县西瓜品牌文化博览馆，打造西瓜科普文化宣传长廊，生动活泼讲述夏县西瓜甜蜜故事、宣传推介品牌文化、丰富地标产品文化内涵。

当地通过建设 450 米 ^{2} 的夏县西瓜品牌文化博览馆，展示地理标志产品的深厚文脉、创建历程和发展前景。编辑出版《夏县西瓜品牌文化故事》单行本 2 万册、地理标志产品知识产权保护宣传册 1 万本、制作地理标志农产品专题宣传片和歌曲《夏县西瓜甜》音乐短片（MV），制作品牌形象展示门头、地理标志标识牌、产品广告牌等，传承优秀农耕文化，丰富品牌文化内涵，培育健康向上的企业文化，增强知识产权保护意识，参加中国国际农产品交易会、亚洲果蔬博览会展示推介，显著提升夏县西瓜的社会影响力和市场占有率。

甜蜜事业惠及千家万户

在实施地理标志农产品保护工程的实践中，夏县夏乐精品瓜业协会聚焦“保持品质、保护品牌”两大目标，把主要依靠生产要素数量和低成本的比较优势增长模式逐步转化为主要依靠核心竞争力提升的发展模式，推动特色品质在保持中优化、特色品牌在保护中提升、特色产业在创新中发展；在此基础上，协会乘势而上，着力发挥地理标志农产品的示范引领作用，辐射带动夏县西瓜产业高质量转型发展，使其成为广大瓜农科技兴业、勤劳致富的特色产业。

在地理标志农产品示范引领下，两年来，协会组织带领全县 8 个乡镇 40 个行政村的 800 多户农民在广袤的绿色田野上干甜蜜事业、做品牌文章，把小西瓜“种”成了大产业，取得了显著的综合效益，成为区域经济发展的支柱产业、推进乡村振兴战略的优势产业。

夏县西瓜享誉全国。近年来，先后被评定为“山西省著名商标”“中国著名品牌”“中国瓜业行业领先十大品牌”，是国家地理标志农产品、绿色食品、中国农产品区域公用品牌、全国名特优新农产品，被亚洲果蔬博览会评为“2020 年度最受欢迎的果品区域公用品牌 100 强”，是“2020 年山西市级农产品区域公用品牌”“运城十大城市名片”。

农民收入显著增加。夏县西瓜地头每斤批发价格平均比同类西瓜高 0.4 元，按照平均亩产 1 万斤算，每亩增收 4 000 元，项目区共增收 1 400 万元，人均增收 2 万元，户均增收 8 万元。2020 年当地种植优质大棚西瓜 1.6 万亩，年产量达 15 万吨，农业总产值达 2.1 亿元。涌现出种植 10 亩以上的瓜农 430 多户、种植 20 亩以上的瓜农 360 多户。带动周边 5 个乡镇 11 个村的 63 个建档立卡贫困户脱贫致富，吸纳 4 000 多个农民季节工。2021 年种植优质大棚西瓜 1.9 万亩，产销两旺、价格高企，从目前来看，瓜农的收益比 2022 年增长 20% 以上，增加纯收入 5 300 万元左右。

社会效益有效提升。培养了职业农民队伍，丰富了夏县西瓜文化内涵，加大了地理标志产品宣传力度，扩大了品牌文化影响力，提升了智慧农业水平。

生态效益充分显现。开展“两增一减”绿色食品生产活动，平均减少化肥使用量 30%、农药使用量 30%，减少了农业面源污染、改善了土壤结构。

作者：崔建玲　王江林

原载于《农产品市场》杂志 2021 年第 16 期

沙地大米放异彩

浓郁的家乡情结，强烈的创业梦想，专业的技术支撑，让“90后”大学生吴德宝在5年内成为乡亲们心中的“水稻博士”，也成为当地有名的致富带头人。不久前，吴德宝的产品沙地大米又被评为赤峰市首届乡村振兴优秀创业产品，更加坚定了他创新创业的信心和勇气。

◎ 水稻种植基地环境

吴德宝来自内蒙古赤峰市翁牛特旗白音套海苏木响水村，2016年从内蒙古师范大学农村区域发展专业一毕业，就踏上了返乡创业之旅，并将目标锁定在家乡的大米上。想要把沙地大米产业做大，就必须建立规模化、标准化的生产基地，组织农民走产业化经营的路子。基于这样的认识，吴德宝牵头成立了响水村第一家水稻种植合作社，既提升了产品质量，又降低了购销成本。吴德宝在父母的帮助下找亲戚朋友凑了70万元，成立了自己的加工企业，生产出第一批以“翁旗沙米”品牌命名的产品。

大米生产出来了，销售成为关键，吴德宝集中资金，在赤峰市区开了第一家“翁旗沙米”体验店。由于产品新颖、品质好，很快迎来了第一批顾客，随之出现很多经销代理商，产品销售难题得到了解决，探索出了一条“公司+合作社+门店”的销售模式。

◎ 响水村绿色有机水稻种植基地

“我们不仅服务于合作社的社员，也带动了周边其他农户的种植积极性。通过门店销售，提高了产品竞争力，以销定产，发展订单种植，对于订单水稻我们以每斤高于市场0.1元的价格进行回购，这样每户平均收入增加不低于

◎ 沙地大米包装

1 200 元。”吴德宝告诉记者，经过不断发展，截至目前，合作社共有社员 205 户，沙地水稻种植面积 5 600 亩，形成了响水村沙地水稻种植联合体，并对沙地大米进行绿色食品认证，建立了基地到餐桌全程追溯体系。

吴德宝始终认为，作为有专业知识的年轻一代，回乡创业不能只跟在别人后面走，而应该创新发展模式，找到真正适合本地区的发展之路。他首先在种植方式上创新，开展沙漠腹地种植试验。经过不懈努力，沙地水稻获得成功，不仅增加了粮食产量，还减缓了土地沙化，保护了生态。接下来，吴德宝又在打造产品上下功夫，出品了符合市场需求的罐装宝宝系列米，采取易拉罐氮气包装形式，每罐 300 克，一罐米用一灌水，符合当下年轻人家庭的生活习惯。新的创意提升了农产品的价格，沙地大米系列产品也成了网红产品。

响水村地理条件优越，南为老哈河，北为科尔沁沙地。当地有乾隆时期（1736—1795 年）留下的摩崖石刻古迹和夏家店文化遗迹，历史文化悠久。凭着活跃的思维，吴德宝结合沙漠水稻种植基地，围绕沙产业开发，同时开展了野外垂钓、沙漠越野、古迹观赏、稻田插秧等一系列游玩项目，着手打造沙地稻香文旅小镇。通过市区实体门店以及线上短视频进行宣传，吸引游客前去观光游览，以水稻土地认领的方式增加大米销售，形成了良性双循环产业融合发展模式。

沙漠水稻实现了一二三产业融合发展，带动周边 4 个村组协同发展，为地区乡村振兴提供了强大助力。而年轻的吴德宝也获得了内蒙古自治区“草原英才”工程青年创业人才等荣誉称号，目前担任翁牛特旗神农种植专业合作社理事长、翁牛特旗吴氏米业有限公司总经理。

作者：宋玉静　白蓼
原载于 2021 年 12 月 29 日《赤峰日报》

一个猕猴桃的自述：我是这样受宠的

“醒醒，该上车了！”熟睡近两个月后，在陕西省宝鸡市眉县0℃冷库中，我慢慢睁开了蒙眬的双眼。

我是谁？李时珍在《本草纲目》里这样描述我：“其形如梨，其色如桃，而猕猴喜食，故有诸名。”没错，我就是一个外表平凡无奇、内心却酸甜可口的猕猴桃。

虽然我才几个月大，但对家族史却了如指掌。“中庭井阑上，一架猕猴桃。”唐代诗人岑参笔下的情景，正是我的先祖从“野生”走向“家养”的真实写照。

我出生在眉县，一个被誉为“中国猕猴桃之乡”的地方，这里是中国最早人工栽种猕猴桃的地区之一。

◎ 陕西眉县猕猴桃

每个猕猴桃都有自己的主人，我能来到这个世界，多亏了我的主人——果农邓晓庆。他本是学设计出身，但因看好家乡猕猴桃产业发展前景，决心转行务农，很快成了远近闻名的行家里手。他在漫漫冬夜里修剪、绑枝，在融融春日中抹芽、授粉，经过他的细心呵护，今年5月，我出生了。

出生后，我才知道我的家族如此受人类宠爱！

我和我的兄弟姐妹在眉县共有30.2万亩，当地有12万人因我们而就业。今年，在眉县我和我的“同龄桃”体重共有52万吨，身价达58.5亿元。乡亲们说，他们因我们而脱贫，因我们正走向富裕。

据“家谱”记载，我的祖先是生长在横断山以东、秦巴山地的野果。比起它们，我们现在幸福多了：物联网环境监测、水肥一体灌溉、远程虫情测报……在现代科技助力下，我们得以在安全、绿色环境中健康成长。

如今，“家养”猕猴桃家族分布在世界6个大洲的30多个国家和地区。我的家族人丁兴旺，在眉县就有四大种类、20多个品种。比如我的兄弟“翠香”，它就因果肉翠绿、细腻多汁，受到许多人青睐和宠爱。

至于我嘛，则是在秦岭北麓长大的“宝宝”。这里每年平均光照时间超过2 100小时，气候温和、雨量适中，很适合我们成长。

◎ 在眉县齐镇斜峪关村一处猕猴桃园，村民在采摘猕猴桃（摄影：新华社记者都红刚）

◎ 在眉县齐镇斜峪关村的水果批发市场，村民在分拣猕猴桃，准备装箱（摄影：新华社记者都红刚）

今年金秋 9 月的一天，我听到主人嘱咐其他果农："这些小家伙很娇气，运输时千万要小心！"随后，我被摘下枝头，开启了一段新的旅程。

为了锁住我身上的水分，同时防止病菌入侵，下枝后，我先接受了"结痂愈伤"（让果柄接口处自然风干）。再经过 1 天预冷处理，我被送到眉县库存 3.3 万吨的共享气调冷库中。在这里，有自动喷水装置为我们及时补充水分，而测温装置则会确保实时温度控制在 -1～1℃。随着氮气缓缓注入，我们逐渐进入梦乡。

当然，很多小伙伴下枝后就迅速登上了通往各地的列车。它们将被送到北京、上海、广州等国内各大消费市场，有些还将走出国门，走上俄罗斯、加拿大、泰国等国居民的家庭餐桌。

人类为何对我们情有独钟？

听知识渊博的兄弟们说，我们小小的身体中富含多种氨基酸和矿物质，维生素 C 的含量更在水果家族中位居前列。为了充分利用我们的营养价值，国内外科研机构和企业把我们添加到果酒、面膜等精深加工产品中。未来，随着机械授粉、砧穗组合等技术逐步推广，我们的品质还将更上一个台阶。

今年 3 月，中欧地理标志协定正式生效，眉县猕猴桃入选中国首批 100 个地理标志产品。我的家族成员走进欧洲市场后，将以独特、优良的品质，与来自世界各地的伙伴们"同台竞技"。

"滴滴，滴滴……"汽车发动了，我不得不跟可爱的家乡说再见。离别之际，我有个愿望：期待家乡早日把猕猴桃产业打造成"百年产业""百亿产业"，期待我的家族能为中国乡村振兴、人民生活富足再立新功。

记者：贺占军　张思洁　姚友明

新华网西安 2021 年 11 月 28 日发布

构建农业社会化服务体系　叫响“上党高粱”地理标志品牌

金秋九月，高粱飘香。在长治市上党高粱主产区，孕育了一整季的高粱进入收获期。沉甸甸的高粱粗壮有序地排列在一望无际的田野上，勾勒出一片红色的海洋。

一方水土孕育一方瑰宝。山西省长治市是上党高粱的原产地，高粱产业特色优势明显，发展潜力巨大。据农业农村部检测，上党高粱的蛋白质含量不低于7.0%，脂肪含量不低于3.0%，单宁含量低于3.0%，且含有丰富的钙、铁、钾、锌、磷、硒等对人体有益的微量元素，用上党高粱酿的酒风格纯正，味道醇香。2019年6月，上党高粱通过农业农村部评审，成为受国家保护的地理标志农产品。

以上党高粱地理标志成功申报为契机，山西省重点农业龙头企业——山西潞玉种业股份有限公司牵头，联合1个科研单位、4个企业和10个合作社，组建成立集高粱品种研发、生产加工、仓储物流、市场服务全产业链为一体的上党高粱产业联盟，致力于用“上党高粱”这块区域品牌凝聚生产合力，延伸产业链条，提升市场竞争力。

围绕打造高粱产业集群，近年来，山西潞玉种业股份有限公司积极发挥龙头企业联农带农作用，在推进地理标志农产品的保护和发展中，不断创新机制、整合资源，通过构建社会化服务体系，开展全产业综合服务，以订单农业+生产托管+粮食银行共循环的农业综合服务为附加值，努力实现上党高粱的全产业链发展、全价值链提升。

建立订单基地　增强综合生产能力

山西潞玉种业股份有限公司是是中国农业发展集团成员企业、中国种业信用骨干企业、全国育繁推一体化种子企业，拥有一支从事研发工作10余年、经验丰富的专业化科研育种团队。同时，承担着国家、省、市高粱等作物的区域试验、生产试验、鉴定试验及新品种展示示范工作，是山西省“六新”科技示范展示基地，有机旱作农业推广的主导窗口和阵地。

立足自身资源禀赋，该公司设定“三大目标”，全力做强高粱产业：以做优品种为目标进行高粱品种研发，目前该公司已有酿造型高粱品种潞杂3号、潞杂9号、潞杂22、晋杂28，并从欧洲引进优质饲用型品种FU007，具有较大市场潜力；以做精品质为目标进行生产加工，通过“企业+新型经营主体+农户”的订单生产模式，每年可打造规模化、集约化、标准化高粱生产基地2万亩，辐射合作基地2万余亩，持续提升高粱品质；以做专市场为目标进行产销对接，与茅台、泸州老窖、洋河、黎侯宴、老雄山、晋道等省内外优质酿造企业合作交流，努力成为优质酿造企业的优质“原粮车间”。通过有组织的订单生产，做到稳定农产品价格，提高农业商品化率，以真正保障农民权益与收益。

组织生产托管　强化全程质量控制

在订单先行的引领下，该公司更大范围整合存量资源、盘活生产要素，牵头引入山西农大、长治市农业技术推广中心等科研技术单位，联合多家农业种植合作社、农机服务合作社、统防统治专业机构，以“公司+各类新型经营主体+农户”的形式全面组织生产托管服务。通过种肥药膜农资专项配套、耕种管收机械化作业、病虫草害绿色防控及农业技术指导培训4项举措集成，强化农资、农机、农技融合发展，做到订单生产基地“五统一”，即统一农资采供、统一种植标准、统一机械作业、统一田间管理、统一技术指导，着力聚焦服务解决了小农户生产难题，继而逐步推进了农业生产的规模化、专业化、标准化、集约化，更好地向农业高质量现代化发展转型升级。

构建粮食银行　实现全产业链增值

为持续保证高粱作物产品品质，充分保障农户储粮安全，做好适时销售，该公司稳步构建以加、储、销、兑为核心的“粮食银行”。

一方面，通过建设现代化、专业化加工仓储集散中心，进行了加工仓储设施设备的全面升级，新建8个保温及智能控制钢板仓，总仓容达1.2万吨；新建钢烘干、加工车间2 000米^2；新建智能测温、通风、除湿恒温库房5 000米^2；新建大型天然气环保节能型低温烘干加工线1条，可实现日烘干原粮300吨；配置自动除尘环保型清选、精选、脱壳、自动包装线2条，配套皮带机、吸粮机、地磅等多台套加工包装设备，可实现日加工包装600吨，为农户提供粮食代加工、代储存全套管理服务，也更高水平地确保了粮食品质，提升了市场竞争力。

另一方面，通过搭建“粮食银行”信息化管理平台，建立完善农户档案，依据市场形势及农户意愿，由公司对接下游企业进行销售结算或为农户提供以粮兑换商品等服务，规避谷贱伤农等现象的发生，让农户最大程度获得收益，实现农业生产年度的闭环运行，打造全产业链的价值增长。

农业社会化服务是现代农业的重要支撑，该公司通过满足农业产业发展中产前、产中、产后全过程的各类需求，整合集中各方面社会资源，把小农生产引入现代化农业发展轨道，使农业生产经营更适应社会化市场经济的需求。2020—2021 年，通过农业社会化服务的开展，该公司累计建设规模化、标准化、集约化、现代化的高粱订单生产基地 6 万余亩，生产机械化程度达 90%，生产效率提高 25%，产出优质原粮 3.6 万吨，实现总产值约 1.1 亿元，并带动 1.7 万余户农民增收致富。上党高粱产业的跨越发展，将真正为全面推进乡村振兴、加快农业农村现代化提供有力支撑。

来源：长治市农业技术推广中心

原载于 2021 年 9 月 24 日《山西农民报》农民丰收节特刊

绿色食品　食安天津

绿色食品的诞生，顺应了百姓对食品安全、优质的更高要求。天津市农业发展服务中心为了促进绿色食品的发展，潜心制定了《黄淮海北部地区绿色食品小米生产操作规程》《黄淮海地区绿色食品夏玉米生产操作规程》《北方地区绿色食品露地大白菜生产操作规程》等 10 余项全国绿色食品操作规程。通过宣传普及绿色食品标准体系，引导广大绿色食品企业、基地和农户进一步完善绿色食品全程质量控制体系，真正落实“环境有监测、操作有规程、产品有检验、包装有标识、证后有监管”的标准化生产，指导和帮助企业和农民认真践行农业绿色发展理念，全面提高农产品质量水平，推进质量兴农、绿色兴农和品牌强农。

◎　天津绿色食品宣传片

天津市农业发展服务中心为了让天津市民深入了解绿色食品，经常走进社区，举办多场以“绿色生产、绿色消费、绿色发展”“春风万里　绿食有你”等主题活动，积极向百姓近距离宣传推广绿色食品，为更多百姓尝到更高品质的绿色农产品做出不懈努力。

来源：天津市农业发展服务中心

搭乘近场电商数字化快车
——让佳木斯大米“走”得更快、更远

◎ 孙斌（左四）在水稻基地为到访者讲解水稻生产情况

龙江出好米，三成出自佳木斯。地处三江平原腹地的黑龙江佳木斯市，是传统的农业大市。3 000万亩肥沃的耕地、250亿斤粮食综合产能、90%的粮食商品率，是佳木斯作为国家粮食主产区、优质商品粮基地的最佳脚注。依托优越的自然条件，加上良种、良法、良机配套，佳木斯打出了“生态米都”的名片，探索线上线下相结合的优质稻米产销路子，协同推进“种得好”“卖得好”。

这个夏天，数字化赋能稻米产销，正在桦南县的20多万亩稻田里“拔节”“孕穗”——黑龙江孙斌鸿源农业开发集团（简称鸿源集团）与阿里旗下聚焦社区团购业务的MMC事业群合作，共建黑土地大米直采基地，直供全国百万社区小店，助力优质大米品牌营销的同时，在佳木斯大米数字化产销的沃土上深耕。

“好大米”的市场声量亟待放大

年届花甲的鸿源集团总经理孙斌，半辈子都在跟水稻打交道。从农民技术员到省级龙头企业的带头人，从自家的“一亩三分地”到辐射全县的“产销联合体”，多年来，孙斌带着农户们把主要精力放在水稻源头“最先一公里”——培育高产优质水稻新品种，种植出品质与五常大米不相上下、生长周期略短、产量更高的水稻。引进低温烘干、恒温仓储、低温加工等先进技术，锁住稻米的新鲜与营养。推广高产优质技术，领办农民合作社，带动2 000多个农户发展优质稻米订单生产……孙斌说：“通过合作社和联合社的生产，能够把栽培技术和生产模式随时地进行裂变和复制。”

源头的用心投入和把控，让他有底气把自己的姓名、信誉同大米“绑”在一起，“孙斌大米，做国民好大米，用品质说话，用好吃证明自己”。孙斌大米的品质也获得了政府背书，通过绿色食品认证，获准使用“佳木斯大米”农产品地理标志。

“种有基础，但是销不是长项。”孙斌说，尽管他们将生产端做到了极致，但要被市场认可，绕不开消费端。最初，大米销售主要靠粮食批发市场，供需难以有效匹配，“买的找不到卖的，卖的找不到买的。”要么是积压，要么被商家压价，有时候连销路都成问题，更谈不上打出品牌、卖上好价。

当时，为产销对接不畅、优质难优价所困的，不止孙斌大米一家。记者了解到，很长一段时间，佳木斯大米在市场上都处于“卖原料”的不利位势。让消费者了解佳木斯大米、让市场认可佳木斯大米的价值，成了地方政府和生产经营主体必须解决的问题。

从遥远的黑土地走近更广大消费者

为摆脱市场的尴尬境地，提振稻米产业发展，2015 年，佳木斯市提出以建立完整的标准体系为支撑，打造“佳木斯大米”品牌的目标。

相关部门、科研单位等历时两年多的研究、测试，建立了涵盖产前、产中、产后全过程的佳木斯大米标准体系。加快区域公用品牌建设，积极申报农产品地理标志；政府搭台，带领企业、合作社等借助各类展会、平台，树立佳木斯大米的全新形象。一步一步，佳木斯大米打开了东北地区大中城市的市场，又进军京津冀、东南沿海地区的市场，越卖越远。

线下“飘香”的同时，佳木斯大米的生产经营主体们也积极拥抱数字经济，提升线上热度。孙斌在淘宝、天猫、1688 等平台开售孙斌大米，尝到了甜头，他十分看好电商渠道。

2021 年 4 月 1 日，阿里旗下的 MMC 事业群成立，专注社区小店的数字化升级，通过对消费需求形成即时洞察，实现产业带、工厂和农业的数字化生产。近场电商这一模式让孙斌眼前一亮：“既有线上又有线下，这有助于未来提升农产品的市场空间和渠道，特别是从‘最先一公里’的前端和‘最后一公里’的终端，通过这个模式能有效缩短大米的销售时间与空间，降低单价运输的成本，提升农民的收入。”

孙斌找到阿里 MMC 事业部，提出共同打造黑土地大米源头直供基地，通过阿里 MMC 事业部旗下的盒马集市平台等，送达全国百万社区小店。他预计，未来销售量预期会达到30万吨，带动当地1.5万户农民创收，收入提升6 000万元以上。

数字化稻米基地的愿景并不远

与近场电商合作，采取源头直供的方式，不仅有利于降低流通成本、拓宽优质农产品销路，更便于“感知”到确定性社区的消费需求，反馈到产地端，实现以销定产。这是孙斌更看重的“合作点”。

对用户需求的直接感知能为生产提供科学的规划。孙斌认为，佳木斯大米的生产能力想要完全释放，前提是对用户的需求有明确有感知，“只要有客户，产品对路，我们就可以把我们的生产规模进一步放大，否则，只有生产没有市场会有很大风险。”

孙斌希望通过和阿里MMC事业部合作建设数字农业基地，不仅扩大农产品上行规模，更从源头进行农业技术端的数字化改造，形成佳木斯大米全方位的数字化升级。

实现这个愿景，孙斌大米是有现实基础的。通过领办合作联社发展“订单农业”，孙斌大米实现了大规模连片种植模式，机械化、智能化生产已经在水稻的灌溉、施肥、收割等各个环节落地。记者在佳木斯市桦南县的鸿源集团基地里看到，几十亩水稻的叶面肥喷洒作业，两架无人机仅用半小时就能完成。

这不仅仅是一家企业的愿景

据了解，佳木斯市将推行粮食生产科技化、加工产业规模化、经营主体多元化、质量效益最大化、区域农业协同化，坚定不移打造中国的大粮仓、绿色的大厨房。其中，关键一招是，抢抓创建建三江国家农业高新技术产业示范区的历史性机遇，推动农业科技研发向园区集中、农业科技进步率突破70%，打造现代农业的佳木斯样板。

稻米产业数字化转型之路上，产业基础扎实、品牌越叫越响、市场越来越大的佳木斯大米可以“走”得更快、更远。

作者：王晶晶

中国农网2021年8月11日发布

老区新解品牌红

——探析地标农产品建设的“吉安思维”

近日，一份实施意见被摆上了台前：江西省吉安市将深入实施“质量兴农、品牌强农”战略，构建“井冈山”农产品区域公用品牌认证体系，提升吉安绿色有机农产品竞争力，有效开拓吉安农产品国内外市场。

在吉安市奋力建设革命老区高质量发展先行区、江西省共富共享美好生活实践区、全国红色基因传承示范区“三区”的过程中，地理标志农产品成为连接“老”与“新”的重要一环。目前，吉安市共有三湖红橘、吉安红毛鸭、泰和乌鸡、井冈竹笋、井冈红米、登龙粉芋、峡江水牛、遂川狗牯脑茶8个地理标志农产品，正在申请井冈蜜柚的农产品地理标志登记。

“实施富民产业和‘一村一品、一乡一业’提质增效工程，坚持品牌化运营，实现统一商标使用、统一质量管理、统一市场营销，建设全国优质蜜柚基地。”吉安市市长罗文江在吉安市第五届人民代表大会第一次会议上作政府工作报告时表示。

一片来自山上的茶叶，如何突破地理空间局限，让更多本地人参与进来、让更多省外消费者熟知并认可？

遂川狗牯脑茶施展“下山功夫”

这天，罗传红的狗牯脑茶店里迎来了一名特殊的顾客——来自阿里巴巴的乡村振兴特派员汤得宗。“我预计在遂川挂点两年，对于狗牯脑茶我们也会提供流量扶持，扩大品牌影响力。”汤得宗表示。

罗传红来自吉安市遂川县汤湖镇，那里也是狗牯脑茶的发源地，他注册成立了遂川县汤湖狗头山精制茶厂。“‘牯’就是公狗的意思，‘脑’就是头，‘狗牯脑’就是遂川土话对‘狗头山’的叫法。”罗传红告诉记者，为了让狗牯脑茶“下山”，遂川人做了不少功课。

“别小看这一片叶子，里面学问可大了。”罗传红拿起一片茶叶说，“狗牯脑茶纯手工采摘，仅从芽、叶的形态就分为‘单芽’‘一芽一叶初展’‘一芽一叶展开’等，既是采摘标准，又是品质标准。”在加工上，遂川狗牯脑茶要经过两次杀青、两次揉捻，一共8道工序。经检测，狗牯脑茶的茶多酚、氨基酸等含量要高于其他绿茶，5次冲泡后还有余味。

“天生丽质”，这是江西省茶产业联合会会长王晓鸿对狗牯脑茶等江西茶的形象描述。然而，“大家闺秀”也容易“深在闺中人未识”，特别是动辄1 000多元/盒的狗牯脑茶，想要打开市场就更需费一番功夫。

对于拓展市场，罗传红感触颇深：“政府提供扶持资金，鼓励我们去开拓销售市场，给我们帮了大忙。”像罗传红这样的本地产销大户，在北京、上海、广州、深圳等地每开设一家狗牯脑茶专卖店，最高可以获得10万元政府补贴。目前，罗传红的年销售额达800万元，全国零售端的增值更是超过2 000万元。

“我们每年都会对这些省外开设的专卖店进行考察验收，引导他们统一门头样式、产品加贴二维码防伪溯源标识等。”遂川县茶产业发展中心袁三华告诉记者，政府加强监管的目的是为了更好地提供服务。

市场打开了，茶叶价格消费者能不能接受？供应能不能跟上需求？在吉安市遂川县珠田镇洋湖村，蓝导委管理着一片占地1 200亩的新建茶园，不同于汤湖镇，这里受制于厚层红砂岩红壤的土地条件，种起茶来要更难些。“好在有新建茶园奖补，给我们分担了不少压力。”蓝导委说。

为鼓励适度规模发展，遂川县对连片新建50亩以上的茶园，每亩奖补1 200元，分3年按比例兑现；同时，对于改造提升老旧茶园、抛荒茶园连片面积100亩以上的，每亩奖补600元；实施了茶园绿色防控技术的主体，还会按照购置设备价格的50%得到资金奖补。

遂川人有多爱种茶？据统计，2012年以来，遂川县在茶产业上累计投入资金2.4亿余元。截至2020年年底，遂川县的茶园面积达到28.7万亩，平均每人半亩茶园。

蓝导委也在盘算着新的种茶方式，他的茶园里间隔种植了油茶，部分地块的茶树还“修剪了平头”：“油茶的根系可以起到保水保肥的效果，等到喷灌设施到位后，原先基本放弃的夏秋茶可以捡起来了。”

夏秋茶的供应也是罗传红愿意看到的。“针对电商，我打算推出性价比更高的产品，而夏秋茶可以降低成本，与传统的高价茶形成梯度，进一步占领市场。”罗传红希望汤得宗带来的流量扶持可以拓宽狗牯脑茶“下山进城”的通道。

“坚持‘以茶立县’，稳规模、提质量、育龙头、拓市场、强品牌将成为主攻方向。”遂川县茶产业发展中心主任古志伟概括了狗牯脑茶“十四五”期间的发展思路。

一只主打“养生”概念的乌鸡，如何吃得好更吃得明白，实现“从种苗到餐桌”的品质传承？

泰和乌鸡林下“健步走”

养了大半辈子乌鸡的农民曾昭华没想到，有一天他的泰和乌鸡也能成为“网红主播”。在吉安市泰和县武山垦殖场，乌小鲜品牌创始人李坊亮找到了曾昭华。“都说泰和乌鸡有营养、汤好喝，乌鸡究竟什么样子、生长环境如何？消费者‘眼见’才为实。”李坊亮告诉记者，他准备在曾昭华的鸡舍里建一个直播基地，并在乌小鲜餐厅中播放实时画面。

泰和乌鸡就是人们常说的乌鸡，鸡肉中的胶原蛋白、“脑黄金”等物质让泰和乌鸡不仅美味，更具有极高的药用价值。

然而，浑身是宝的泰和乌鸡在销售上却并不具备天然优势。“目前，泰和县还没有专门从事冷链运输的企业，物流成本高，用顺丰快递寄出一只冰鲜的泰和乌鸡，仅运费就需要 30 多元。”泰和县泰和乌鸡产业发展中心副主任肖小勇坦陈。

与肖小勇有同样感受的还有江西汪陂途泰和乌鸡发展有限公司总经理欧阳文逵。“一只泰和乌鸡吃下 3 斤饲料也只能长七八两肉，而每斤的零售价超过 100 元，饲养周期长、料肉比低，再加上养殖密度小，整体成本偏高。”欧阳文逵告诉记者，单纯的电商渠道并不能从根本上缓解泰和乌鸡销售方面的压力，“相反，线上每成交一名客户，在流量上的投入最高能到五六十元。”

因此，如何把泰和乌鸡卖好、卖出价值，成为泰和人必须思考的问题。“充分挖掘泰和乌鸡的经济价值、药用价值、观赏价值，实现卖鸡肉和卖鸡蛋‘两条腿走路’。”肖小勇表示。

提升价值的首要工作是搞清楚泰和乌鸡到底好在哪里。2017 年 2 月，泰和县政府投入 300 万元委托中国农业科学院农产品加工所系统解析泰和乌鸡（蛋）的营养成分，“乌鸡蛋中富含硒”的结论正是来源于此项研究；2021 年 4 月，泰和县明确由县财政投入 2 500 万元（分 5 年），与浙江大学共同建立浙江大学泰和乌鸡产业技术联合研究中心，开展品种、饲料、产品加工、药用价值利用等全产业链研发和成果转化；2021 年 7 月，泰和县又投入 500 万元委托江西中医健康产业研究院确定泰和乌鸡的家系及药用特征，并开展种质资源调查、研制 SNP 芯片等。“深耕基础研究领域，就是为了告别‘王婆卖瓜，自卖自夸’的尴尬处境，让消费者一眼看明白价值所在，更让县里明确发展方向。”肖小勇说。

但是，主打养生的泰和乌鸡不能只有“满屏的检测报告”，原产地属性往往是消费者更为看重的。曾昭华自己也在微信里卖乌鸡，一年下来净赚10万元：“鸡苗都是从以前的原种场引进的，毫不夸张地讲，今天的乌鸡还是2000年前的‘那只鸡’。”

曾昭华所说的原种场曾是全国唯一的乌鸡保种单位，如今已经“变身”泰和傲昕乌鸡发展有限公司。说起不同，原种场场长黄燕明最有发言权：“以前‘吃大锅饭’时积极性不高，我甚至变成保种的‘光杆司令’。现在采取的是目标导向制，保种成果与绩效挂钩，压力大，责任感却更强了。”

突破体制机制局限带来的是泰和乌鸡原种覆盖面的扩大。“县政府投入3 500多万元新建了保种场，目前年出栏种苗200万羽，通过一级扩繁产出的商品苗则超过1 000万羽。”泰和傲昕乌鸡发展有限公司总经理吴有平介绍。

除了保证品种纯度，获得重生的原种场还创新传承了一项中国重要农业文化遗产——江西泰和乌鸡林下养殖系统。记者看到，在传统的养殖方式下，乌鸡“怡然自得”，三五成群在林下觅食，林间甚至播放着舒缓的音乐。“这样养出来的乌鸡不仅能更好地吸收饲料和土壤中的养分，还放松了‘身心’，有利于提升鸡肉的品质。”黄燕明说。

进行到这一步，泰和乌鸡本身的价值提炼得差不多了，但要想真正实现“叫好又叫座”，还必须打开销售思路。李坊亮想改变的恰恰是泰和乌鸡在餐饮端的销售模式。以往，泰和乌鸡要么是整只鸡炖汤、要么作为酒桌上的硬菜，价格贵不说，受众面还窄。而乌小鲜餐厅则主打客单价50元左右的“小而精”路线，发力北京、上海和深圳市场。李坊亮还只是“赣菜大军”的一个代表，在《江西省打造赣菜品牌三年行动计划（2021—2023年）》中，“滋补泰和乌鸡”等“十大赣菜”成为赣菜挑战传统“八大菜系”的关键棋子。

与李坊亮不同，欧阳文逵将目光瞄向了拓宽乌鸡产品线，乌鸡酒是汪陂途这个“乌鸡原产村”的下一个目标：“一吨酒要用300只乌鸡，每斤可以卖到298元。”

2021年5月，经过中国品牌建设促进会评估，泰和乌鸡品牌价值达28.95亿元。未来，泰和县将以乡村振兴为引领，以产业富民强县为目标，引导企业采取“公司＋养殖大户＋农户”以及统一种苗供应、统一技术服务、统一质量标准、统一品牌销售、统一价格回收“五统一”订单养殖模式，加快推进三产融合高质量跨越式发展，力争到“十四五”末期，泰和乌鸡产业年产值突破100亿元。

一株“连着老表”的柚子树，如何在模式上探索创新，充分发挥带动效应，实现农户和产业的双丰收？

井冈蜜柚的“统”与“分”

每到年底，都是柚子收获的季节。然而2020年蜜柚收获后，肖珠兰却坐不住了，一场持续的霜冻让她意识到，2021年的情况不会很理想：“村里的支柱产业就是井冈蜜柚，特别是合作社还吸纳了不少脱贫户，产业带动作用不能减弱。”

肖珠兰是吉安市吉安县永阳镇江南村党支部副书记，同时也是吉安县永阳江南蜜柚专业合作社（以下简称合作社）理事成员，她很快便将受灾信息报到了县里。“不仅江南村，全县的霜冻都比较严重，对来年的产量影响很大。”吉安县农业产业发展中心副主任郭晓明告诉记者，预测到减产后，吉安县迅速行动减少损失。

对于存活的蜜柚树，尽快恢复树势；对于冻死的蜜柚树，尽快补苗。吉安县投入上百万元，不仅免费提供树苗，还对新增面积每亩奖补600元。同时，吉安县采购了800吨有机肥发放给农户，用于增加果园营养。

“未减产先补救”，吉安的行动力来源于保护、发展“井冈蜜柚”品牌的决心。作为一种在吉安当地拥有四五百年种植历史的特有作物，井冈蜜柚始终被视为吉安市农业产业发展的关键元素。

时间回到2010年，彼时，吉安市委、市政府办公室印发了当年的“一号文件”，按照江西省“南橘、北梨、中柚”的战略布局，全面推进井冈蜜柚规模化、标准化、品牌化和产业化发展。3年后，一项基于井冈蜜柚的全民行动——“千村万户老乡工程”开始在赣中大地实施，并提出“争取到2020年，全市小户种植井冈蜜柚800万株”。

时至今日，井冈蜜柚的产业面貌脱胎换骨。目前，吉安市井冈蜜柚种植总面积达38.5万亩，即便是按照最小密度22株/亩测算，这个数量也远超当年定下的800万株“小目标”。

不仅如此，井冈蜜柚早已告别小农户零散种植的模式。在江南村，记者见到了正在合作社包装车间干活的脱贫户肖爱妹。“每个月的务工收入1 800元，一年下来也有两三万元，再加上爱人外出打工和其他保障政策，我家2016年脱了贫。”肖爱妹告诉记者，脱贫后，她想到的第一件事是如何进一步扩大收入来源。

但是，家底毕竟不厚，做别的事情又担心有风险，思来想去，肖爱妹在合作社入了股。“每股2 000元，对于资金不充裕的农户，政府还会提供入股资金。”肖珠兰的介绍引出了江南村进行的一项创新探索。

在江南村，党支部书记和村“两委”干部带头领办，72户脱贫户以脱贫产业发展基金入股。年底按股分红，脱贫户每股可以拿到近1 000元，同时村集体增收50万元。这便是江南村的“一领办三参与”模式。

目前，合作社的1 100亩井冈蜜柚按照自然村分成6个基地，所有工作由合作社出面，统一流转、统一规划、统一种植、统一管理，在农户与市场间真正架起了桥梁。据统计，截至2020年年底，井冈蜜柚覆盖了吉安市396个脱贫村，带动28 936户脱贫户80 493人累计增收6 487.45万元。

模式还只是基础，井冈蜜柚能不能实现产品增值，关系到产业效益能否持久。在位于吉安市吉州区的江西硕丰果业开发有限公司加工车间，记者看到，一条巨大的钢架横跨顶部，四周延伸出5条传送带，这便是硕丰果业投资500多万元建成的分选线，日处理能力达到200吨。“顺境提产量、逆境提品质。”公司总经理刘发明表示，精度更高的分级筛选可以有效提升井冈蜜柚的附加值。

记者了解到，井冈蜜柚主要分为金沙柚、金兰柚和桃溪蜜柚3个品种，针对每个品种，吉安市都在江西省地方标准中明确了果重、色泽、果面光洁度、风味等分级指标，并严格规定产品交收检验及分级判定等环节规则，做到全市范围内的统一。

眼下，吉安市井冈蜜柚发展服务中心主任周清有一项重要工作——组织申请井冈蜜柚的农产品地理标志登记：“力争到2025年，全市井冈蜜柚种植总面积稳定在60万亩左右，进入盛产期的年总产量稳定在100万吨以上，品牌价值突破50亿元，全产业链产值达100亿元。”

作者：范玉庆　韩啸　莫志超

原载于2021年12月21日《农民日报》